The Siege
Three Days of Terror Inside The Taj

Cathy Scott-Clark & Adrian Levy

[英] 凯西·斯科特-克拉克
阿德里安·莱维 著　单映 译

上海译文出版社

1. 孟买的泰姬酒店，
俯瞰中央圆顶和阿拉伯海
泰姬酒店收藏

2. 泳池畔的泰姬酒店
泰姬酒店收藏

3. 泰姬酒店创始人
吉姆舍提·塔塔（右三）
与家人一起
泰姬酒店收藏

4. 1931 年，印度王公列队欢迎新任总督
威灵顿勋爵抵达印度门。
照片摄于泰姬酒店内部
泰姬酒店收藏

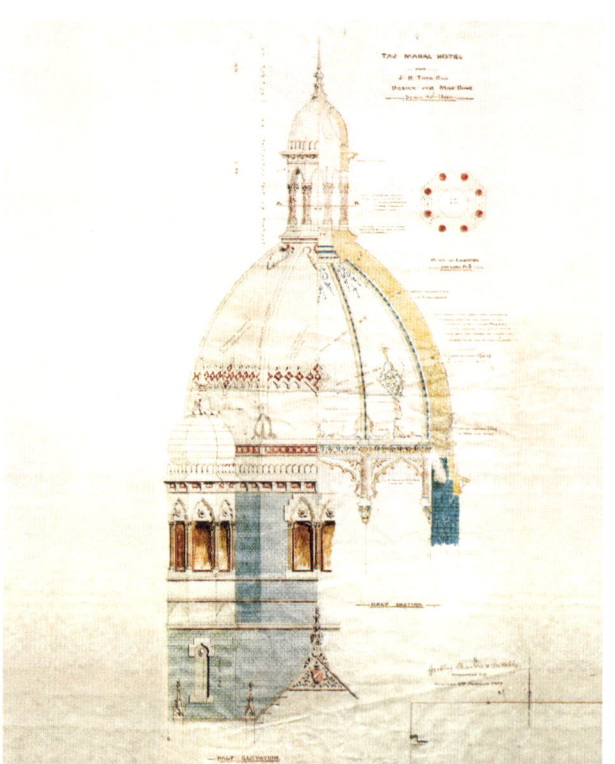

5. 泰姬酒店中央圆顶的原始建筑平面图
泰姬酒店收藏

6. 福斯廷·马尔蒂斯（左）早年在泰姬酒店当服务生之时
弗洛伦斯·马尔蒂斯

7. 挂在厨房墙上的泰姬酒店主厨合影，其中有尼廷·米诺查（最左）和拿着番茄的赫曼特·欧贝罗伊（中间）

伊恩·佩雷拉

8. 凯扎德·卡姆丁在泰姬酒店厨房，他是泰姬酒店主厨之一，在钱伯斯失败的撤离中遇难

卡姆丁家人

9. 钱伯斯俱乐部，很多人员在此被困

泰姬酒店收藏

10. 水晶厅,阿米特和瓦莎·塔达尼本要举行婚宴的地方
泰姬酒店收藏

11. 2008 年 11 月 25 日,阿米特和瓦莎·塔达尼在婚礼当天,即袭击前一天

阿米特·塔达尼

12. 乌代和萨马·康在"泰姬记忆"摄影工作室拍摄的照片,就在酒店遇袭前一小时
"泰姬记忆"(由萨罗什·安吉尼尔和珀尔·杜巴什友情提供)

13. (从左至右) 弗洛伦斯·马尔蒂斯、福斯廷·马尔蒂斯、普丽西拉·马尔蒂斯和弗洛伊德·马尔蒂斯

弗洛伦斯·马尔蒂斯

14.（从左至右）安布林·汗和萨宾娜·塞加尔·塞基亚

安布林·汗

16. 曾被扣为人质的库塔拉姆·拉贾戈帕兰·拉马姆尔西与孙女一起

K.R. 拉马姆尔西

15. 安德烈亚斯·李佛拉斯在摩纳哥

雷梅什·切路沃斯

17. 安德烈亚斯·李佛拉斯的游艇总管雷梅什·切路沃斯，背景里是超级游艇"艾莉西亚号"

雷梅什·切路沃斯

18. 达乌德·萨利姆·吉拉尼与母亲赛里尔·海德利在搬至巴基斯坦前的早期照片，彼时他还没有改名为大卫·海德利

作者存档

19. 这张大卫·海德利的照片是他母亲最爱的一张。她放了一张巨幅的，塑封后挂在家里墙上

作者存档

20. 年轻时的大卫·海德利

作者存档

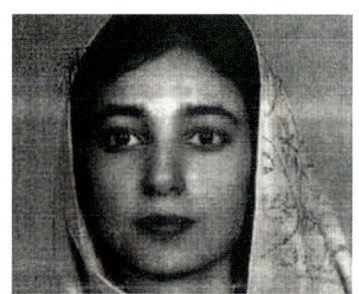

21. 法伊扎·奥塔哈，大卫·海德利的摩洛哥妻子

作者存档

22. 2008年7月，大卫·海德利进入印度进行最后一次侦察任务。监控摄像机拍到了他在孟买贾特拉帕蒂·希瓦吉国际机场的海关入境队伍中的照片

孟买移民局

23. 阿卜杜尔·拉赫曼·"巴达"（前）和阿里在钱伯斯俱乐部外面被监控拍下
孟买刑事分局

24. 2008年11月27日凌晨时分，肖艾布、阿卜杜尔·拉赫曼·"巴达"和乌默尔企图进入钱伯斯时的监控屏幕截图
孟买刑事分局

25. 阿杰马尔·卡萨布在贾特拉帕蒂·希瓦吉终点站

路透社/《印度时报》

26. 手机拍摄的钱伯斯内部照片显示，比沙姆·曼苏卡尼穿着黑衣躺在右边地板上，他的母亲穿着黑色纱丽坐在他身后的椅子上

蒂鲁·曼格希卡

27. 比沙姆·曼苏卡尼（右）和普拉尚特·曼格希卡（左）于2008年11月26日晚上11点，此时他们刚被酒店员工从水晶厅带入钱伯斯不久。普拉尚特是孟买医院麻醉师蒂鲁医生的丈夫，次日凌晨的撤离失败后，蒂鲁医生在钱伯斯照料受伤的员工他在袭击中幸存了下来

蒂鲁·曼格希卡

28. 燃烧中的泰姬酒店

路透社 / 阿科·达塔

29. 维什沃斯·帕蒂尔是袭击当晚少数几名进入泰姬酒店的警察之一

瓦塞特·普拉胡
《印度快报》

30. 客人们从泰姬酒店窗户逃出

法新社 / 盖蒂图片社

31. 一名"黑猫"突击队员进入泰姬酒店　路透社

32. 2008年11月27日，泰姬酒店总经理卡拉姆比尔·康坐在酒店门前做出回应。孟买已有至少101人在袭击中被枪手杀害，包括他的妻子和两个儿子

路透社/阿科·达塔

33. 迈克·波拉克（左三）在躲避子弹，此时他刚逃出泰姬酒店　路透社

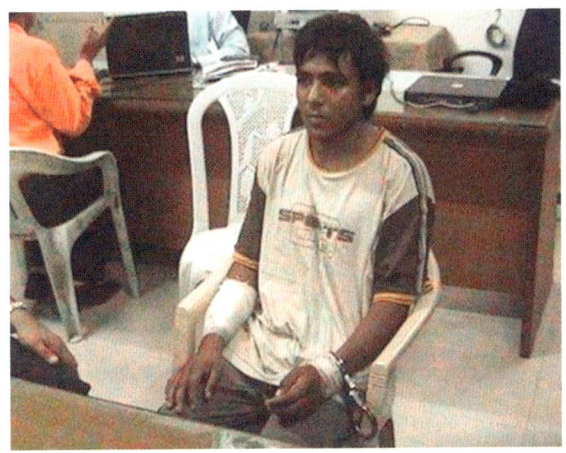

34. 2008年11月27日清晨，阿杰马尔·卡萨布在孟买刑事分局接受审讯时的手机照片

孟买警方

35. 在泰姬酒店找到的AK-47弹匣和未使用过的子弹

孟买警方

36. 袭击期间时任孟买警察局长哈桑·加福尔召开新闻发布会

路透社

37. 袭击过后从泰姬酒店六层俯瞰　萨钦·瓦兹

38. 战场：最后一战结束后的海港酒吧内部　萨钦·瓦兹

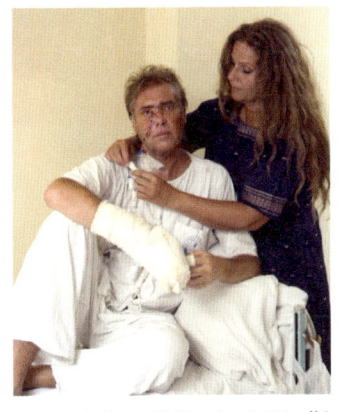

39. 2008年11月27日，阿恩·斯特朗姆和莱恩·克里斯汀·沃德贝克在孟买医院

罗伯特·S. 艾克，Scanpix 图片，挪威

40. 阿米特·佩谢夫，莎米安娜餐厅的前任高级经理

阿米特·佩谢夫

41. 威尔·派克和女友凯莉·道尔在孟买医院接受第一次手术后不久

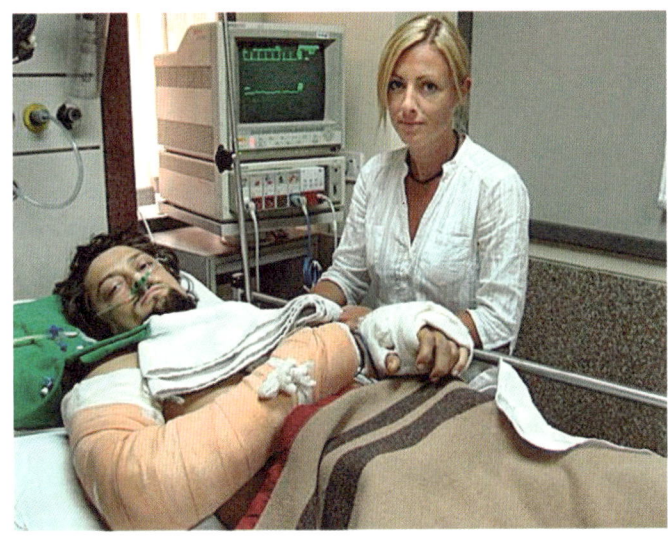

42. 酒店重新开业时塔塔集团投放的广告

泰姬酒店收藏

43. 遇难厨师的纪念碑

作者存档

44. 刚从酒店撤出时,迈克和安嘉丽·波拉克在泰姬酒店的台阶上

迈克·波拉克

献给泽德和艾娃

目 录

人物表 …………………………………………………… 001

序　章 …………………………………………………… 001
第一章　魔法屋 ………………………………………… 004
第二章　大卫王子 ……………………………………… 035
第三章　愿主赐你平安 ………………………………… 063
第四章　山羊、刀和火柴盒 …………………………… 109
第五章　羔羊和小鸡 …………………………………… 138
第六章　火海通道 ……………………………………… 179
第七章　长夜漫漫 ……………………………………… 199
第八章　死神的阴影 …………………………………… 224
第九章　安拉不要你 …………………………………… 249
第十章　"黑猫"与白旗 ……………………………… 271

后　记 …………………………………………………… 303
安息——逝去的生命 …………………………………… 321
关于信息资料来源的说明 ……………………………… 324
致　谢 …………………………………………………… 331

人物表

住店客人/就餐客人

威尔·派克和凯莉·道尔——来自伦敦的威尔和凯莉（30岁），在果阿的两周假期接近尾声时决定在泰姬酒店住一晚，于2008年11月26日下午办理入住。他们计划第二天回家。这是威尔的第一次印度之旅。

安德烈亚斯·李佛拉斯——亿万富翁，73岁，年轻时从塞浦路斯移民至伦敦后由烘焙业起家，积累了惊人的财富。他以预计达3.15亿英镑的身家跻身《星期日泰晤士报》富豪榜第265位，他还拥有私人豪华游艇。2008年11月，他与朋友尼克·艾美斯顿及他的印度游艇总管雷梅什·切路沃斯在南亚次大陆开拓游艇租赁业务。

萨宾娜·塞加尔·塞基亚——45岁，是一位声名在外的美食家和餐厅评论家、电视名人和记

者。她与丈夫山塔努及两个孩子（14岁的阿兰达蒂和11岁的阿尼鲁达）住在新德里。她这次来孟买是为了点评泰姬酒店的一个新餐厅并参加一位名流的婚礼。

鲍勃·尼科尔斯——英国出生的安保专家，44岁，经营一家总部在南非的VIP安保公司。2008年11月，他与6位同事费苏尔·内格尔、鲁本·尼凯克、里根·沃尔特斯、祖奈德·瓦迪、查尔斯·希弗和赞恩·威尔曼斯来到孟买。他们刚签了一份合同，负责即将举行的T20板球冠军联赛的安保工作。

拉维·达尼达卡——31岁的美国海军陆战队上校，此前4年一直在伊拉克执行战斗飞行任务，包括2004年11月和12月的费卢杰血战期间。这次是他十多年来第一次去孟买，与家族中的印度亲人重聚。

迈克和安嘉丽·波拉克——迈克·波拉克常驻纽约，32岁，是公共证券投资公司格伦希尔资本公司的管理合伙人。他与33岁的印度籍妻子安嘉丽来孟买看望她的父母。遇袭当晚，他们在酒店准备与朋友聚餐，两个年幼的儿子交由安嘉丽的父母照看。

阿米特和瓦莎·塔达尼——孟买纺织业与餐饮业巨头的继承人阿米特，32岁，遇袭当晚

预订了水晶厅举办婚宴。他与30岁的新婚妻子瓦莎邀请了500名宾客,此前一天他们举行了宗教婚礼仪式。

比沙姆·曼苏卡尼——红椒传媒(Paprika Media)的助理编辑,出版过 *Time Out India* 一书,专门介绍饮食。30岁的比沙姆当天在泰姬酒店参加学校好友阿米特·塔达尼的婚宴。

库塔拉姆·拉贾戈帕兰·拉马姆尔西——69岁的银行高管,来自泰米尔纳德邦,朋友叫他拉姆。11月26日,他来孟买出差,午饭后入住泰姬酒店,没有应邀去侄子位于城郊的家里住。

莱恩·克里斯汀·沃德贝克——莱恩是来自挪威的营销主管,与景观设计师男友阿恩·斯特朗姆在印度度假,为期一个月。莱恩和阿恩都热衷摄影,热爱旅游,这是他们的第四趟印度之旅。26日上午他们从古吉拉特邦来到孟买,计划第二天飞德里。

员　工

卡拉姆比尔·康——39岁,泰姬酒店总经理兼副总裁。卡拉姆比尔一毕业就在泰姬连锁酒店工作,从销售起步。他是印度军队一位锡克教少将的儿子,一年前开始管理酒店,把妻子妮

缇、儿子乌代（12岁）和萨马（5岁）搬到了6楼的套房居住。

阿米特·佩谢夫——27岁，浦那两位全科医生的儿子。阿米特从见习服务生干起，已在酒店工作了7年。袭击发生前几周，他刚被任命为酒店底层24小时营业的莎米安娜咖啡馆的总经理。

赫曼特·欧贝罗伊——泰姬酒店53岁的行政总厨，整个职业生涯都效力于塔塔集团。他在印度家喻户晓，一直在著书和上电视，好几家餐饮连锁店因其启发而生，还亲自设计了泰姬酒店里的大部分餐厅。

弗洛伦斯和福斯廷·马尔蒂斯——福斯廷·马尔蒂斯，47岁，酒店一层的茶室"海洋吧"的服务生领班，在泰姬酒店已经工作了20多年。他出身印度喀拉拉邦，如今与妻子普丽西拉及孩子（21岁的弗洛伦斯和16岁的弗洛伊德）居住在孟买东北部的塔那。袭击事件发生前2个月，他设法为女儿在泰姬酒店找到了一份工作——数据中心的见习电脑操作员。

安全部队

维什沃斯·南格雷·帕蒂尔——2008年6月被任命为1区副局长，管辖范围包括孟买大部

分五星级酒店和中心旅游区。32岁的帕蒂尔在马哈拉施特拉南部一个村庄里长大,1997年加入警队后平步青云,在以雷霆手段打击了马哈拉施特拉邦第二大城市浦那的非法集团后声名大噪。

拉吉瓦德汗·辛哈——警局第二特别分局的副局长,负责管理市里的外国人。出生在比哈尔的他是丛林战老手,曾与在马哈拉施特拉东部活动的纳萨尔民兵作战。他也是维什沃斯·帕蒂尔的军校同学,曾一起受训。

拉克什·马力亚——马力亚是孟买刑事分局的传奇老大,联合片区的局长,51岁,在追捕1993年孟买连环爆炸案凶手期间声名大噪。他的破案过程还被拍成了宝莱坞电影《黑色星期五》(*Black Friday*)。马力亚的父亲是宝莱坞制片人,马力亚本人也是苏科图·梅塔的纪实文学名作《孟买:欲望丛林》(*Bombay Maximum City*)中的主人公——警局老大艾杰·拉尔的原型。

哈桑·加福尔——孟买警察局局长,58岁,是孟买该级别官员中的第二个穆斯林。他是一位纳瓦布①之子,是占据孟买警局高层的众多特权阶级出身的警官之一。

---

① nawab,社会地位或等级较高的穆斯林。——译者

德文·巴蒂——刑事分局的二把手，拉克什·马力亚的副局长，也是经历过马哈拉施特拉东部的纳萨尔叛乱的老兵。

戈文德·辛格·西索迪亚——陆军准将，印度专业反恐部队国家安全卫队的副总督察。1975年毕业于德拉敦的印度军事学院（次大陆培养军事精英的院校）后，效力于第16锡克军团。

恐怖分子

大卫·海德利——1960年出生于美国华盛顿，原名达乌德·萨利姆·吉拉尼；他的父亲是巴基斯坦的一位著名播音员，母亲是一名美国女继承人。他在巴基斯坦长大，16岁时定居美国。1980年代因走私毒品被捕，随后成为美国缉毒署的密探。他改了个英国化的名字大卫·海德利，加入了巴基斯坦的虔诚军，协助策划并实施了孟买袭击事件。在此期间他也一直为美国情报界效力，传递虔诚军密谋袭击孟买的消息。

阿杰马尔·卡萨布——1987年出生于巴基斯坦东旁遮普省法里德果德村的一个贫困家庭。阿杰马尔是虔诚军为孟买袭击事件招募并训练的10名恐怖分子之一，经过宗教课程和近一年的体能训练后，2008年11月被派到印度执行任务。

虔诚军——成立于 1990 年的巴基斯坦武装组织,在印控克什米尔与印度交战。虔诚军由巴基斯坦三军情报局提供资金和武器①,其活动重点是派遣训练有素的自杀式袭击者袭击印度军队,不死不休。

哈菲兹·赛义德——虔诚军的上级组织达瓦慈善会的埃米尔。赛义德出生于旁遮普,孟买袭击时 58 岁,曾是拉合尔的一名伊斯兰研究专业的讲师,后于 1980 年代旅居沙特阿拉伯,开始积极支持圣战,反抗在阿富汗的苏联军队。回到巴基斯坦后不久,他在伊斯兰世界发起了根植于圣训学派的运动,并最终于 1990 年建立了虔诚军。

扎基-乌尔-拉赫曼·拉赫维——虔诚军的埃米尔和联合创始人,被所有虔诚军成员称为"扎基叔叔"。他出生于东旁遮普的奥卡拉县,和阿杰马尔·卡萨布一样。1980 年代他放弃学业,在阿富汗与苏联军队作战。他是虔诚军的主要军事指挥官,被印度调查人员称为孟买行动的主谋。

---

① 此说法从未被巴基斯坦官方证实,因而仅可视为作者一家之言。余下章节中亦在不同表述中提及此说法,编者为保持情节的完整性、便利阅读,所以保持原样,但不代表出版方赞同其言论。相关问题请以中国官方立场为准。——编者

"莫卧儿的天花板，用你那镜子的凸面
今夜，以你的魔咒，立刻把我化成多个。
因着怜惜天堂，他从冰中燃起了一些火。
今夜他——为主——敞开了地狱之门。
心的血管神殿中，所有雕像都已粉碎。
今夜，没有黄袍僧人留下来敲响丧钟。
主啊，不要降下如此多的惩罚，审判日还未来到——
今夜，我只是一个罪人，我不是异教徒。"

阿迦·沙希德·阿里的《今夜》一诗，选自《今夜请叫我以实玛利：加扎勒诗集》（*Call Me Ishmael Tonight：A Book of Ghazals*）（W.W.诺顿出版社，2003年）

序　章

2008 年 11 月 26 日，星期三，晚上 8 点

一轮银月悬挂在阿拉伯海之上，一艘橡皮艇向"女王的项链"——孟买后湾的璀璨灯光带驶去。10 名巴基斯坦战士悄悄地踏着黑色海浪而来，听着船舷外发动机的轰鸣声，弓身坐在一堆中式背包的上方，背包上印着一句英语标语："改变潮流"。10 把 AK-47，10 把手枪，还有弹药、手榴弹、炸药和计时器、地图、水、杏仁和葡萄干——他们在脑子里细数着包里的东西。靠这些在世界第四大城市大干一场似乎并不太够。但他们的教官向他们保证："出其不意会令你们所向披靡，恐惧会让警察四散逃开。"他们训练过夜间登陆，训练过把定时炸弹安装在出租车上然后在城市各处引爆，希望制造出一种有军队入侵孟买的假象。伊斯梅尔兄弟是这伙人的队长，他高举着一个设置好登陆坐标的 GPS，海水喷洒在他们身上，刺痛了他们晒伤的脸庞。

他们都是一年前自愿参加圣战的，经过了宗教教导和军事训练，从巴控克什米尔地区的秘密山顶营地来到繁忙拥挤的港口城市卡拉奇的安全屋。4 天前，即 11 月 22 日黎明，他们终于起

航了。

海上航行的某一天,他们劫持了一艘印度拖网渔船,这是对每个人勇气的第一次考验。第二次考验则是告别他们的联络员,看着那几个曾与他们朝夕相处形影不离的人消失在海雾中,返回巴基斯坦。第三次是胁迫被他们劫持的印度船长驾驶着被扣渔船带他们驶向309海里之外不可战胜的孟买,他们明白这是独立行动的第一步。

事实上这并不是真正意义上的独立行动。一部卫星电话把他们与卡拉奇的一个控制室连了起来,通过定期通话来了解最新情况。但这些长于穷乡僻壤的内陆男孩,只知道鸡和羊,连流星从头顶划过都惊得目瞪口呆。第二晚,也就是11月24日,他们躺在甲板上想象着灵魂升入天堂的情景时,其中一人讲着辛巴达在阿拉伯海上历险的故事,"布满岩石的海岸上散落着一千艘英勇船只的残骸,不幸身亡的水手们的遗骨在阳光下闪耀着白光。我们吓得簌簌发抖,想着很快里面也会加上我们的尸骨"。

最终,在11月26日,GPS响了,提醒他们已经抵达了孟买海岸,于是他们打电话到卡拉奇,询问如何处置掳来的船长。任务落到了阿杰马尔·卡萨布身上。刚满21岁的他,觉得有必要证明自己的价值。另外两人摁住印度船长,而阿杰马尔割开了他的喉咙。身上溅了血的他们跳上一艘黄色橡皮艇,驶向那个灯火辉煌的印度城市。

阿杰马尔后来回忆道,当时他们每个人仿佛都陷入了沉思。这是一条通向死亡的不归路。不会像英雄般凯旋,村子里不会有庆祝活动(tamasha)欢庆他们的胜利,当地的清真寺不会张贴殉道者海报来纪念他们的英勇。那本圣战杂志也不会刊登感人肺腑的悼词。他们驶近孟买的时候,阿杰马尔的母亲努尔·埃来西正蹲在位于法里德果德的家里的炉火旁，为他的弟弟妹妹煎帕拉塔馅饼，厨房架子上放着一壶浓稠的凝乳。她浑然不知最心爱的儿子此时正凝望着迅速接近的外国海岸，满脑子都是"下手别留情"的指令。

2007年11月，阿杰马尔和另一个年龄相仿的男孩踏上了这条路，他俩以圣战士的方式宣誓，会为彼此战斗到最后一刻。但那个男孩的家人最终说服他回家去了，还有一些骨干成员也想家了，于是就被担心他们的父亲、兄弟或叔叔们接走了。到了2008年5月时，这些未来战士中已有一半人改变了主意。阿杰马尔曾等在营地的门口，但没有一人过来接他。最后，形单影只的他把自己奉献给了组织，签了一份遗嘱，发誓要"割开异教徒的喉咙来平息我的愤怒"。

之后，联络员们为他准备好背包，送他与另外9人出海，所有人都穿着全新的西式服装，留着短短的运动头，带着伪造的印度身份证。

晚上8点20分，陆地在他们前方升起。阿杰马尔背上背包时，想起了他们的埃米尔的承诺。这位宗教领袖送别他们时，构想了他们死时的模样："你们的脸会像月亮一样熠熠生辉。你们的身体会散发芳香，灵魂会升到天堂。"

他们跳上岸的时候，靠近旅游胜地克拉巴的乱糟糟的渔民公寓（chawl）里空无一人。居民们的注意力都在电视上直播的一场印度对英格兰的板球赛上。只有一个当地人巴拉特·坦德尔在他们跑上马路时过来盘问："你们是谁，到哪里去？"回答他的是一声怒吼："Hum pehle se hi tang hain. Hume pareshaan mat karo（我们已经够烦的了，别缠着我们）。"

一小时后，枪声和爆炸声响彻全城。

第一章　魔法屋

福斯廷·马尔蒂斯想要死得风风光光。但这个在泰姬酒店已经工作了20多年的高级服务生,总是找不到合适的时机和他脑子不太灵光的话痨女儿、21岁的弗洛伦斯谈论这个话题。进城的路上,弗洛伦斯总是叽叽喳喳说个不停,通常情况下福斯廷也是很愿意去听的。最近他刚为她在酒店找了个工作,但他们的排班经常不一样。哪怕排到同一班次,他们也得应对颇多波折的通勤之路。

大多数早晨,弗洛伦斯黑发飞扬,紧紧抓着父亲,坐着他的本田摩托车穿过孟买喧嚣的东北郊区。停好车后,他们挤进了塔那火车站主干线的人潮里。她在火车上坐了一个小时,一路上哼着电影里的情歌,他则站在那里跟其他通勤者贴在一起,就像午餐盒里叠着的帕拉塔馅饼。

在印度最繁忙的车站之一贾特拉帕蒂·希瓦吉站(CST),他们抽空在古老的维多利亚铁路时钟下面对了下手表的时间,然后继续穿过人潮汹涌的车站大厅,去赶开往克拉巴的公共汽车。在帝王影院站下车后,福斯廷戴上了他的宽檐帽,就像一个板球裁判;而骨骼纤细、高瘦矜持得像一只涉水鸟的弗洛伦斯,走过散发出干面包和柠檬蛋糕味的非请勿入的孟买游艇俱乐部,步入孟买旅游区的心脏地带。前方，泰姬酒店巍峨耸立，就像掀开模具后恢弘不凡的沙滩城堡。

在酒店的员工入口，即梅里韦瑟路的考勤室，47岁的福斯廷在他的员工卡上按下了拇指印，而他的女儿三周前才签了试用合同，用墙上的一个古老机器来打卡。吻别父亲后，她出发去二层的数据中心工作，那里监控的是泰姬集团的全球系统；他则去地下室换上白外套和黑裤子，随后前往一层的海洋吧，那里是酒店住客享用早餐和下午茶的地方。

下一次见面聊几句的机会要等到晚上9点左右，在棕榈吧，一个毗邻海洋吧的通风良好的玻璃房。弗洛伦斯喜欢休息时坐在那里，欣赏着华灯耀彩的印度门①那里川流不息的度蜜月者和游客，而宠溺她的大厨们会给她一个咖啡冰淇淋球。

福斯廷纠结他的死亡有些时日了，而弗洛伦斯并不想听他"那些多愁善感的念头"。这个想法在他与普丽西拉结婚22年的铜婚纪念日即将来临时达到了顶峰。11月26日这天，纪念日的正日子，他已经重温了结婚誓言，送给妻子一条新的芒加苏特拉项链——一个黄金吊坠挂在一根黄色绳子上，还有一件靓丽的金色和绿色的丝绸纱丽。为了庆祝这个日子，他已经送了弗洛伦斯一双白色帆布鞋，她立马就穿上了。福斯廷还答应16岁的儿子弗洛伊德，当晚晚些时候会带点特别的礼物回去给他。

泰姬酒店在福斯廷生命中的时间比他记得的还长。他是一名来自喀拉拉邦的基督徒，从孟买还叫孟巴（Bombay）的时候就已经在这里工作了。"孟巴"一词为16世纪的葡萄牙殖民者所创，他们惊叹于它的美丽港湾（bom bahi）。海港的景色为酒店的许多

---

① Gateway of India，外形酷似法国的凯旋门，孟买的主要地标建筑。——译者

餐厅和酒吧增添了光彩,从酒店如今高达 5000 英镑一晚的顶级套房能一览无余。

曾经顶着一头栗色浓密头发的福斯廷,最早从客房服务做起,直至 1995 年湿婆神军党把孟巴改名为孟买。湿婆神军党是马哈拉施特拉邦的一个草根政党,反移民,反穆斯林,把卑劣的沙文主义变成了政治热门。不久后,他成为一名服务生,最后变成一片蔚蓝的海洋吧里谢顶的服务生领班。海洋吧是一个幽会胜地,里面有幸运情侣座(又叫阴阳交缠椅)。那里付他薪水就是让他对顾客有求必应。正因为如此,他想在去世时换成被人服务,想让他那默默无闻的一生有个热热闹闹、哀悼者众多的葬礼。他现在要做的就是说服弗洛伦斯接受并理解他的想法。

2008 年 11 月 25 日,星期二,晚上 7 点,采购部

像泰姬酒店这样的豪华大酒店,就如同插入瓶中的大帆船模型,一个私人世界,有钱人一旦进来就再也不想离开。它是座宫殿,最初的 U 形大酒店,1903 年面朝海港而建,初始有五层,后来扩建到六层,1973 年又增加了现代的塔楼。刚逃离法国西南部,想来个脆皮酥盒①,那为什么不去宫殿南角的金磨坊看看?从阿富汗-巴基斯坦交界地带回来,想要一本关于犍陀罗雕塑的书?行李员会带你穿过塔楼大堂去那烂陀书店。推拿师随时待命,普拉提课就在泳池边上,脱毛和身体排毒服务都可以在你的房间里私下完成。宫殿的顶楼是最顶级套房的所在地,有一队队身着

---

① croustade,用面包或玉米片等捏成的杯形饼皮,经油炸或烘烤后填入肉、鱼或海鲜馅料。——译者

制服的管家为你打点一切。

泰姬酒店是一座灯塔，孕育于美好年代①，当时它那独一无二的灰白色玄武岩外墙，已成为从驶近码头的半岛东方轮船公司船只的甲板上可以看到的第一个地标。精致华丽的阳台和凸窗，顶部宏伟的粉色圆顶和一个中央圆顶，已在清晨的雾霭中闪耀了一百多年，被称作孟买的魔法屋（jadu ghar）。

旧时，当客轮进入视野，酒店内部会响起铃声，提醒员工们富有的客人即将下船，要抱着"顾客就是上帝"（atithi devo bhava）的宗旨去欢迎他们。这个想法来自酒店创始人吉姆舍提·塔塔，他是印度帕西人，一位实业家和慈善家。他一直想创办一家指向未来的酒店，让每个人都忘记19世纪的孟买那些瘟疫横行、被死亡阴影所笼罩的日子。今日，像弗洛伦斯·马尔蒂斯这样的新员工都会收到发下来的环扣卡片，放在衬衫口袋里，上面罗列着塔塔的历史价值观。

整个场面需要军队般的管理，管事的是被员工们称为后台之神的行政总厨赫曼特·欧贝罗伊。他身材矮胖，面容沉着，蓄着花白的小胡子，高高的前额在厨房全速运转时闪闪发亮。欧贝罗伊从一间被他称为避难所（adda）的小屋里统治着这个厨房王国，屋里有几十座象神、旗帜和全球知名大厨的语录。这间屋子位于横跨宫殿和塔楼的一楼服务区的中心地带，墙上挂着一块瓷片，上面写着："主啊，保佑我的小小厨房，/以及进到这里的人；/愿他们发现这里尽是欢乐、祥和与喜悦/没有其他。"

对次日的安排始于前一晚，就在福斯廷·马尔蒂斯及海洋吧的日班员工回家之后。欧贝罗伊要保证步入式冷库里容易腐败的食物

---

① 指从19世纪末开始至第一次世界大战爆发的那段时间。——译者

不多不少刚刚好，足够应付第二天的午餐和晚餐：为法式十二宫烧烤餐厅准备的龙利鱼，马萨拉卡夫餐厅的招牌大虾串所需的贝类，日式芥末餐厅的寿司大厨们所需的每天从马尔代夫空运过来的金枪鱼肚腩。仅肉类和禽类就有二十几家供应商随时待命，保证供应。

在这么一个气温有时高达38摄氏度、空气湿度可能有80％的城市，供应来自世界各地的新鲜美食需要特殊的措施。卸货口挤满了从市里码头过来的超低温集装箱，卡车上装满了来自拉特纳吉里海岸的黏稠多汁的阿方索芒果，还有来自东北部山区避暑地的噶伦堡霉奶酪。人力车和手推车飞速进出，运送着当地市场里的水果、坚果和香料，还有根据每位主厨的要求送来的诸如玛莎拉粉之类的香料混合物。送货大厅里，箱子被手动分拣和派发：鸡和羊送到宫殿一层的屠宰区，熟食送到后面的冷库。太多的话，东西会腐烂。太少的话，欧贝罗伊手下的厨师们就没法干活。

午夜，在即将跨入11月26日的时刻，熟睡的乌鸦像多米诺骨牌一样立在阿波罗码头旁的树上，总厨欧贝罗伊还在工作。酒店正处于婚礼旺季的节骨眼上，他知道泰姬酒店的几十家餐厅和酒吧明天的早中晚餐预定都已爆满。他的厨房预计将要端出几千顿饭，分解开来就是100公斤米饭、2万个蛋、200公斤要去壳的虾、几百个要开的新鲜椰子、200公斤面粉、6卡车的蔬菜和水果。然后，洗衣房里还有3万条亚麻布要用100加仑的清洁剂来清洗。他疲惫地在一个个方框里打钩，确保一切都已准备妥当。

2008年11月26日，星期三，凌晨4点，厨房

欧贝罗伊总厨很晚才睡下，而厨房一早就开工了。当有钱的

客人们还在埃及棉床单上睡觉时，泰姬酒店的烘焙区已经忙得热火朝天。一群以女性为主的员工在面粉、盐和酵母里不停忙碌着，空气中弥漫着发酵出来的甜香。很快，门口的铬合金托盘里就摆满了黏糊糊的美食。

到了清晨 5 点，不锈钢的厨房里已是热闹非凡，行政主厨、副主厨、调味厨师、帮厨和洗锅工们都到了。到了 6 点，冷盘厨师也干劲十足，沙拉已清洗完毕、削皮去边，而在走廊另一头的主厨房里，酱汁、肉汁、调味汁、高汤翻滚出勃勃生机。根据彭博社的最新调查估算，在这个拥有全球最炙手可热的房地产市场的城市里，在泰姬酒店拿工资的人需要 308 年才能攒够钱在阔气的孟买南部买下一间中等大小的公寓。酒店把员工安置在周围的廉价住所里，单身男性住在宫殿南翼对面那幢破旧的共有四层的阿巴斯大厦，女性员工则住在附近的罗斯蒙特大楼。

从此刻到清晨，欧贝罗伊总厨奔走于每个厨房，胸前口袋里插着一只勺子，在菜式端出料理台时从盘里舀一点，大喊着把它们召回来："跟菜单描述的不一样！" 20 多年来，这位来自与巴基斯坦接壤的旁遮普邦穷困地区的总厨，把童年记忆里的本地食物变成了国际美食。在 1 楼连接塔楼大堂和宫殿的大理石通道上有家马萨拉卡夫印度菜餐厅，它的招牌菜就是他母亲的阿塔鸡的现代版：把整只鸡用香料腌过后，放入坦都炉烤制。

作为火车站站长的儿子，欧贝罗伊在开始四处旅行时，就越来越痴迷于收集各种美食点子，把缓缓行驶的卧铺火车的餐车食物变成最热门餐厅美食的灵感来源。他走得越远，就越有雄心壮志。孟买首家提供地道日料的餐厅就是宫殿一层的芥末餐厅，是 2001 年欧贝罗伊与美国名厨森本正治见面后受启发打造的。在中东呆了一段时间后，他在塔楼的顶层开了一家黎巴嫩主题餐厅搜客(Souk)。法国新式菜烹饪大师保罗·博古斯给了他十二宫烧烤餐厅的灵感去吸引孟买的"大腕",只有这些腰缠万贯的人才付得起贵得令人咂舌的博古斯菜式的账单。

欧贝罗伊的一生为烹饪而活。他的办公室门背后挂着一套崭新的白制服,就是为通宵工作准备的。他的妻子就住在附近,却抱怨总是看不到他的人影。他手下有个多达200人的厨房班子,个个斗志昂扬、忠心耿耿,这些明星大厨有张醒目的合影,就挂在主厨餐厅的墙上,他们笑容满面,高举着自己的"武器":刀、胡椒研磨器、锅铲和西红柿。"我们留在这里是因为塔塔家族,"欧贝罗伊会这样说,不无讽刺地暗指拥有该酒店的家族,"我们当然不是为了钱。"泰姬酒店的餐厅经理一个月只赚300镑,而孟买的竞争对手餐厅可能会付他们双倍。

早上6点,在简陋的阿巴斯大厦,夜班员工刚歇下,就被早起上班的日班员工吵醒。阿米特·佩谢夫27岁,长着一张娃娃脸,是酒店24小时营业的莎米安娜咖啡馆的经理,他把薄薄的棉布床单拉起来盖住脸,徒劳地抵抗着外面的嘈杂。每年这个时候,凉飕飕的清晨都需要好一会儿才能适应。今天他觉得筋疲力尽。莎米安娜的工作(还包括管理泳池畔的十一宫咖啡吧),是他的第一个高级职位,他才做了几个星期。莎米安娜位于酒店底层,在塔楼大堂通向泳池和宫殿花园的通道上,招待着通宵饮酒或失眠的客人。每个人都同意这是全酒店最累人的工作之一。

今天阿米特还要赶一份报告,是关于上个周末他主持的意大利美食节的。他一直写到了凌晨2点,还是没有写完。最近这几天加倍辛苦,因为欧贝罗伊总厨还盼咐他去照看萨宾娜·塞基亚,一位出了名的吹毛求疵的美食评论家,正为新开的"主厨工作室"

写评论。她粗鲁又苛刻，但他还是应对自如。"再坚持两天。"阿米特自言自语道，然后翻了个身。星期五就是他期待已久的"休息日"，还是升职后首次。他大概会骑着摩托车去北边的约胡海滩，打一局斯诺克，或是去海湾披萨店和女大学生眉来眼去一番，海湾披萨店是海滨大道一家全白色的时尚餐厅。

阿米特7年前入职泰姬酒店，当时是一名见习生，在海洋吧的福斯廷·马尔蒂斯手下工作，被这位前辈支使着平举托盘跑来跑去，"看我托着东西能走多快"。到了2006年，他已经变成了福斯廷的上司。"事情就是这样：我长进了，而他没有。"

阿米特又迷迷糊糊睡着了。当他醒来时，已经迟到了。他一跃而起，冲了个澡就跑去考勤室。换上了黑色的经理西装，他摸了摸胸前口袋里的"泰姬酒店价值观"环扣卡片。"广纳贤才，发挥才干，提升酒店管理的卓越水准。"每天他都会召集莎米安娜的服务生，考他们是否记住了。这也是福斯廷灌输给他的最重要的事情之一。背诵泰姬酒店的价值观，用心记住，之后一切都会水到渠成。这些卡片自福斯廷开始工作以来已经改变了很多，现在还概括了塔塔家族雄心勃勃的财务目标，提醒每个人他们是如何从一家酒店发展成如今这个全球性的帝国，在12个国家拥有112家分店、13629间客房，目标是到2016年营业额超过20亿美元，或6.5亿英镑。

他到莎米安娜时，里面已经坐满了人。这家光鲜华丽的咖啡馆装饰得像印度婚礼帐篷，天花板有轻盈半透的帘幔垂下，水晶吊灯叮当作响。服务生领班雷马图拉·肖卡塔利已经忙到脚不沾地。他在泰姬酒店已经工作了很久很久，久到一些同事都叫他"传家宝"。阿米特跟他和负责开放厨房的年轻副主厨鲍里斯·雷戈打了招呼。雷戈的父亲是果阿最负盛名的厨师，1970年代在泰姬酒店做过培训,与欧贝罗伊成了朋友。"不知疲倦的家伙",阿米特如此称呼小雷戈。主厨在一片嘈杂声中笑着冲他喊道:"老板,晚饭想吃什么?"这阵子雷戈一直承诺给他的经理做特别的披萨。"大厨,我要唐杜里①鸡,多放辣椒,多加一份马苏里拉芝士,还有很多很多的洋葱。"阿米特大声回答。雷戈敬了个礼:"9点半为您送到,先生。"

莎米安娜的经理检查了厨房的布告栏,看有没有总厨欧贝罗伊在黎明时分贴上的最新通知。有几个VIP客人和议员要来。真是噩梦啊,阿米特思忖着。他们总是喝得酩酊大醉,欺凌员工,还想逃单。今晚还有一个盛大的信德族婚礼、三场宴会,8点钟还有一个生日派对。又将是忙乱的一晚。他看到泳池露台主管生病请假了。那么他的助手必须负责今晚的池畔烧烤。他打电话叫阿迪尔·伊拉尼来帮忙,此人是十一宫咖啡吧服务生中的后起之秀之一。

到了早上7点,外面的塔楼大堂里,卡拉姆比尔·康正在转悠。这种步态,照他朋友的调侃,看着就像一条鲨鱼要撕了一窝海豹,就这样酒店总经理开始了当天的第一次巡视,评估酒店的方方面面,此时酒店里弥漫着蜂蜡混合新鲜剪切的夜来香的香味。

那些在其他连锁酒店工作的对手都将卡拉姆比尔视为泰姬酒店的攻击犬。但在他那些四处穿梭忙着抛光打磨、洗刷占据了宫殿中庭中心的悬臂式中央大楼梯的员工看来,这位蓝眼睛的总经理和蔼可亲。39岁的他也是一位年轻的"船长",正如他对总经理这个职位的描述,是在前方引领船只的人,是泰姬酒店这艘船

---

① Tandoori,源自南亚的烹饪方法,将肉插在金属棒上在泥灶中烘烤。——译者

的驾驶台上一望可知的面孔,一个激励自己团队的人,并自称总是"最后一个离开的人"。巡视的时候,他时不时会停下脚步开个玩笑,或问问家庭状况,把了解客人和员工都当作正事。在夹层上,也就是抵达一楼之前的中间楼梯平台上,他还花了点时间对酒店创始人的黑色半身像行了个合十礼(namaste)。作为一个彻头彻尾的塔塔人,卡拉姆比尔敬慕那些开创了这一切的人。

他对自己的衣着跟对待酒店一样讲究:深蓝的西装,挺括的棉衬衫,搭配着多半由他妻子妮缇挑选的丝绸领带和手帕。今天是橙色和金色的方格,明亮的音符会减缓一天的辛劳,毕竟旺季即将来临,压力也会随之而至。在宫殿的3楼,标着324房的一扇假门后面藏着酒店的一个酒库,负责食品和酒水的副经理正在进行早上的盘点。在5楼一间布满鲜花的房间,负责酒店"公共区域"的花匠们在搭建高耸的鲜花装饰。今天是从东北运来的玫瑰花,环绕着艳粉色菊花和喀拉拉木槿花的底座。

他大步走出这座宫殿的大堂,进入泳池旁的回廊。回廊用玻璃马赛克镶嵌,顶部是一个个洋葱顶,看起来像佛罗伦萨寄宿学校的土耳其浴室。建筑师们郑重地称之为印度-撒拉逊风格,融合了印度伊斯兰教、哥特复兴式和新古典主义风格,正如印度本身也混合了伊斯兰教、印度教、锡克教、基督教和佛教价值观一样。对卡拉姆比尔来说,泰姬酒店一部分像英国皇家植物园邱园,一部分像鬼气森森的宫殿。他的周围传来棕榈叶的沙沙声,园丁们正在剪除隔夜的叶子。他们一个月挣6000卢比(约合70英镑),必须在客人出现之前干完活离开,回到他们的廉价公寓。巡视完一圈后,他回到了位于塔楼前台后面的办公室,翻看当天各类活动的单子。

他本可以在笔记本电脑或黑莓手机上完成这项工作。未来几天和几周的安排都已设置成可以进行数字分析的版本。但卡拉姆比尔喜欢去亲身感受，泰姬酒店值得这样的亲密接触。对他来说，酒店是一个特例，需要他精心呵护，以至于他干脆就住在这里，和妻子妮缇及两个儿子（12岁的乌代和5岁的萨马）一起，住在这座宫殿6楼一个俯瞰阿拉伯海的绝佳套房里。套房位于顶层的南角，周围环绕着酒店里一些最顶级的豪华间。

卡拉姆比尔的父亲是一位锡克教少将，曾在1965年和1971年与巴基斯坦作战。从浦那的弗古森学院毕业后不久，卡拉姆比尔就在泰姬集团的销售部门发现了自己的专长，从此进入销售业。被派驻新德里工作的时候，他用了不到一年的时间就把一个走下坡路的品牌打造成城里最热门的酒店。之后，他又被派到勒克瑙去从零开始建一座全新的泰姬酒店——以至于朋友们都开玩笑说，集团老板拉坦·塔塔会叫卡拉姆比尔搭乘早班飞机去某个城市，等他一到就让他接管那里的酒店。他一生中的大部分时间都在五星级酒店度过，幸好卡拉姆比尔热爱与之相伴的一切：好伙伴，一杯红酒，一支昂贵的雪茄。他母亲最终接受了儿子永远不会参军的事实后，打趣说她的儿子竟变得如此殷勤好客，都能当一名好主妇了。

1994年在泰姬酒店的一次会议上，卡拉姆比尔遇见了一头乌黑秀发的北印度女孩妮缇·马图尔，他告诉他父亲这就是他的梦中情人。妮缇放弃了工作，变成了全职母亲。他们的大儿子乌代像爸爸一样冷静坚忍，小儿子萨马则像妈妈一样活泼好动。妮缇习惯了把丈夫的衣服快递到下一个忙碌的地点，习惯了大部分时间只能跟他通电话。但他也总能想办法在家长会或者有学校表演的时候回家，经常是迟到后偷偷溜进去。乌代考进了印度最好的学校之一——孟买大主教学校，全家都非常高兴。

从事销售17年之后，2006年，卡拉姆比尔首次被任命为一家酒店的经理——泰姬兰茨恩德酒店，一家位于班德拉的老酒店。班德拉是西北部的一个时尚区，深受宝莱坞明星的喜爱。"这是逼着我从零开始。"他回忆道。儿子们都很开心，盼望能时常见到父亲。而他表现突出，不到一年就让酒店的入住率翻了一倍多。2007年11月，塔塔把集团的瑰宝——阿波罗码头的泰姬皇宫酒店交到了他手上，任命他为酒店的总经理兼副总裁。妮缇对能回孟买市中心兴奋不已。不过，事实证明泰姬酒店的工作非常繁重，家里人抱怨见到卡拉姆比尔的次数更少了，因为他一直在工作，随叫随到。

今天与往常没什么不同。他的记事簿显示，宫殿一楼2万平方英尺的会议室、宴会厅和功能厅大都已被预订一空。总厨欧贝罗伊提交的活动表上显示，水晶厅有一个信德族婚礼。水晶厅深受社会名流欢迎，全部开放时它会有泳池那么长。酒店最有权势的客户之一——印度斯坦联合利华公司董事会，今天也会有35名法国、荷兰和印度的高管及夫人来王子厅参加豪华晚宴，王子厅是酒店最南角的一个私密宴会厅。

一大波欧洲议会的人也即将抵达，他们是来自英国、法国、荷兰、西班牙、意大利和德国的贸易专员和欧洲议会议员。同时入住的还有印度的一批国会议员。酒店很快还要接待几位国际板球巨星，包括谢恩·沃恩和凯文·皮特森，他们将来为新的T20板球冠军联赛开赛，而他们的先遣队今天就会到达。卡拉姆比尔的安保主管苏尼尔·库迪亚迪，正在五楼的办公室敲定酒店的安保方案。另一边现代的塔楼里面，也是忙得一刻不停。一个来访的韩国贸易代表团有一百多号人，已经预订了顶楼的一个功能厅——会合厅（Rendezvous），就在搜客隔壁。

这个上午特别忙乱，因为卡拉姆比尔午饭后要出门。印度西装生产商雷蒙集团的总裁，一个孟买大腕，要在泰姬兰茨恩德酒店举办一场狂欢活动，卡拉姆比尔受命出席，F1赛车手米卡·哈基宁会作为嘉宾亮相。去那里单程就要一两个小时，所以他和妮缇可能要等到次日早上才能见面。他不在的时候，行政总厨欧贝罗伊会负责各种事宜。

离开之前，卡拉姆比尔还有一项特别敏感的任务要处理。酒店正打起十二分精神招待萨宾娜·塞加尔·塞基亚，印度最权威的美食作家。虽然印度各地的专业厨房都是男性的领地，但萨宾娜通过成为他们的首席鉴定师在这个竞争环境里扳回些许。她的入住对酒店来说是一把双刃剑。若她状态良好又有合适的人作陪，她的评价可以把一家新餐厅变成摇钱树。但她也是出了名的毒舌。现如今，因为糖尿病和总体健康状态不佳，她的脾气越来越坏。最近萨宾娜情绪低落，还没有从其父2月去世的打击中恢复过来。一开始泰姬酒店邀请她时，她并不想来。

她之所以答应是因为发现同一时间孟买正好有个名流婚礼。但她又立刻后悔了，打电话给住在德里、同样要去孟买的好朋友安布林·汗。"我的生活失控了——我要崩溃了！"萨宾娜抱怨道，并告诉安布林她迫于压力留在德里参加一个侄女11月26日晚上的婚前派对。"我该怎么办？"

她与安布林结识的时候，后者正在为欧贝罗伊酒店做公关。"小心点，否则她会把你生吞活剥的。"安布林的老板曾如此警告他。但安布林发现萨宾娜其实"很好相处"，还对一位密友说："她和蔼可亲，渴望得到别人的喜爱。"但这是有代价的。自从安布林进入了萨宾娜的小圈子，萨宾娜就变得很霸道，"随时随地会打电话来,还不容拒绝"。

萨宾娜也是机缘巧合进了这一行。她本是学古典音乐的,之后进了《印度时报》,负责操办其150周年庆祝活动。她的超凡脱俗吸引了所有人的注意,也常常成就她的传奇故事,而她自己也总是以惊人的直白来讲述这些故事。1990年代,一个公关人员打来电话,给了她一个诱人的工作:"理查·基尔来了,想办场演唱会。您能组织一下吗?"萨宾娜没有听说过基尔这个人,但同意在洲际酒店的咖啡厅与他见面。她一见到他就惊为天人,立刻担心这个"相貌英俊的男人"会让她的男友山塔努·塞基亚吃醋,山塔努是个"性子鲁莽的阿萨姆人",正在外面的车里等着。

她告诉每一个人,基尔一直拉着她聊天。"我知道聊得越久,山塔努就会变得越恼火,"她回忆说,"我还一直奇怪为什么其他桌的客人都盯着基尔看。'这些印度人看到一个好看的高加索白人就不能冷静一点,不要盯着他看吗?'"然后他的电话响了,他道了个歉,说是女友辛迪·克劳馥打来的。萨宾娜不知道她是谁,满脑子想的都是:"好吧,你的女朋友打电话来,我的男朋友等在外面。这是纯粹的工作还是什么?"最后,基尔向她道谢,给了她自己的名片和私人号码。他提出送她到门口,但她婉拒了。"你不用出来,不然我还得去解释。"那个周末,萨宾娜和山塔努租了影碟,《军官与绅士》。"我我我的天哪。"她尖叫着,翻遍她的包去找基尔的名片。名片被她弄丢了。

1998年,萨宾娜再次涉足新领域——美食专栏,大获成功。不过,那时她已经和《印度时报》闹翻了,尽管她的作品想在哪里发表就可以在哪里发表。"她要么狠踩一个地方,要么心安理得接受他们的热情招待。"安布林如是说,她曾以朋友的身份警告萨宾娜,"你为人刻薄,待人苛刻。你这样要吃苦头的。"

现在萨宾娜对孟买之行这样磨磨叽叽,安布林一点都不同情。"你是怎么回事?"她问道,打断了朋友的喋喋不休,"整个德里都要来参加这个孟买婚礼。"一想到这个,萨宾娜又打起精神,答应要来。

她于11月24日星期一抵达孟买,卡拉姆比尔派司机开着捷豹来接她。萨宾娜惊呆了,打电话给莎维特丽·乔赫利,一位住在孟买为澳大利亚广播公司和其他公司写稿的果敢坚毅的自由撰稿人。"我是萨宾,他们刚开了一家新店,主厨工作室。赫曼特·欧贝罗伊要为我做一顿特别的晚餐,"她顿了一下,"我想你和维克拉姆都过来。我们好好热闹一下。怎么样?"

在泰姬酒店里,卡拉姆比尔带萨宾娜去了日出套房。它有大理石地面,华丽的棱纹木制天花板,有起居室、卧室、用餐角,占据了酒店最南端圆顶的大部分空间,隔壁就是卡拉姆比尔自住的家庭套房。莎维特丽和丈夫晚上8点半左右过来时,香槟已经冰镇好了。萨宾娜兴高采烈地把他们拉进门。"快来,让我们在这张大床上蹦几下。"

欧贝罗伊这个主厨工作室的创意引自美国和欧洲,他在那里吃过好几次"主厨的餐桌"——设在明星主厨的厨房内部的私密环境。在孟买他必须改良一下这个创意,因为没有一个"大腕"愿意坐在厨房里,为一顿6人晚餐花费125000卢比(约合1500英镑)——还不包括酒。"萨宾娜,这是你的人生巅峰。"莎维特丽对萨宾娜感叹道,他们吃着盛放在范思哲的盘子里的食物,由阿米特·佩谢夫为他们服务。"真是太好吃了。"菜一道道地端到他们面前。"这是我第一次吃神户牛肉。只要一涉及萨宾娜,他们就会做得过头。典型的泰姬酒店风格。"

吃完8道菜之后,萨宾娜上楼回到了套房,感觉昏昏沉沉。

她打电话给如今已是她丈夫的山塔努。"他们实在是太捧着我了。"她对他说。但他正忙着参加德里的家族婚礼。而且全家人都对她飞往孟买去参加别人的婚礼感到不满。萨宾娜得不到她想要的回应，有点受伤。"你不知道你都错过了什么。"她说，然后挂断了电话。她又打电话给安布林："你肯定想象不到这套房有多豪华。过来和我一起住吧。"但安布林正忙着工作。身为《印度快报》的总经理，她要去开一个会。这一晚萨宾娜一个人孤零零地睡在她的超大床上。

2008年11月26日，下午4点，宫殿大堂

卡拉姆比尔·康在班德拉，总厨欧贝罗伊在他的小屋里研究客人点的餐，阿米特还是没写完他的意大利美食节报告，而外面的塔楼大堂，度假者和商人们把前台围了个里三层外三层。沿着大理石轴向过道过去，在中央大楼梯的旁边是颇为安静的宫殿前台，VIP客人们坐在扶手椅里，等着办理入住。威尔·派克和凯莉·道尔也在其中，穿着人字拖，一身沙滩装备，引得迎宾员看了他们好几眼。

在果阿呆了两周后，他们刚飞抵孟买。从机场过来的这一路是一次严峻的考验。"第一次体验真实的印度，"当他们的出租车在每个红绿灯前都被挥舞着书、手机充电器和除尘掸子的推销员包围时，威尔喃喃道，"真是疯狂。"此时在芳香宁静的泰姬酒店，他感到自己放松了下来。"下午好，道尔先生。"前台用凯莉的姓称呼威尔道，因为所有的账单都是用凯莉的信用卡支付的。威尔咧嘴笑了，一直笑到被带进他们的海景房，就在大楼梯上面的三

楼。他比凯莉小 2 岁,并且在公司也是她的下级,薪水只是她的零头。他开玩笑说他被永久去势了。

他们一进入 316 房,就被眼前的阿拉伯海全景震撼了。太美了。凯莉打开行李,把沙子和湿衣服撒到地上,然后去了浴室。威尔想开窗,但它是双层的,动不了。他研究起了电视频道和酒店的餐厅名单。比起之前连着两周的翠鸟啤酒、烤鱼和薯蓉芝士丸子①,这里的选择可要多多了。

他躺下来,凝视着有褶饰的丝绸窗帘,感觉像是已离开伦敦好几个星期了。这次的整个度假计划都很混乱,心血来潮,说走就走,凯莉订了机票却忘了办签证,以致在机场出现了尴尬的一幕,不得不灰头土脸地回去工作。他们最终在一个星期后的 11 月 10 日成行,但这趟旅程是值得的,他们在果阿海滩度过了难忘的两周,乘了火车,参加了瑜伽静修。

是凯莉提议在返程前好好奢侈一把。抽了两周印度大麻(charas)的威尔不太确定自己能否适应,甚至不确定是否愿意去适应。泰姬酒店大概是印度最有名的酒店了,像格利高里·派克和艾灵顿公爵这样的人物才会去那里吃喝玩乐,沉浸在历史和优雅之中,但不是他该去的地方。凯莉劝他,反正他们也要穿过这座城市去坐飞机回家,为什么不干脆在那里住一晚呢?

泰姬酒店 1903 年 12 月刚开张时,简直是一场灾难。英国人不喜欢它,印度人又觉得它太贵。创始人吉姆舍提·塔塔伤心不

---

① malai kofta,一道传统的北印度菜,据说是世界各地印度餐厅菜单上非常受欢迎的一款,由炸土豆、芝士球和奶油酱汁组成。据说是莫卧儿帝国的厨师中世纪时发明,本质上是肉丸咖喱的素食版,通常在节日、庆典和婚礼上供应。——译者

已，坐船去了欧洲，次年因心脏病去世，葬在萨里郡的布鲁克伍德公墓——塔塔家族的墓地。但渐渐地，印度的王公和纳瓦布们开始把这家酒店当成第二个家，带着随行的仆人们入住。到了1905年11月，当威尔士亲王和玛丽王妃踏上阿波罗码头来进行国事访问时，泰姬酒店已经否极泰来，挤满了本土的皇亲国戚。

　　酒店也随着印度不断变化，昔日贵族淡出历史舞台，独立运动的富有首脑们崭露头角。穆罕默德·阿里·真纳曾在面朝大海的舞厅向妻子鲁蒂求婚，他将在1947年成为新生的巴基斯坦的领袖。神童兼女诗人萨罗基妮·奈都，后来的印度国大党主席，曾在酒店发表演说。印巴正式宣布分治后，独立的第一首赞歌在泰姬酒店响起。英国人正式退出印度历史舞台时，就是从印度门离开的，印度门是为了纪念1911年乔治五世和玛丽王后的来访而建造的。泰姬酒店毫不费力地从殖民主义的堡垒转型成自立自主的象征。

　　其后30年，好莱坞也爱上了它。弗兰克·辛纳屈与索菲亚·罗兰在这里和世界领导人、企业家、商业巨头们觥筹交错。1973年，这座预订火爆的酒店增加了一座美式塔楼，入住率翻了一倍。海港这侧的地基上也新建了一个大堂，上面是一个私人俱乐部，以酒店的建筑师威廉·钱伯斯的名字命名。

　　公共区域简化了，但服务区域随着每一次的改造变得越发像迷宫般复杂。厨房在1930年代从顶楼搬到了一楼，1969年宫殿又新建了第六层。塔楼建成后，新的服务区域横跨塔楼和宫殿，但它们不是平齐的。到处都有梯子，只有通过这些梯子才能进入隐藏在天花板洞里的储藏室。窗户变成了门，面板转过来才能看到运货电梯。新建了一些楼梯，但没有加到建筑蓝图上。过道一个连着一个，角度千奇百怪。

威尔这人需要花点力气说服，在果阿的倒数第二天，凯莉一直缠着他。他得做出决定。她在伦敦的薪水意味着他们负担得起一个更昂贵的套餐，包含免费的机场接机、管家和海景标准客房。在海滩赤脚两周后，凯莉满脑子都是特大号床、平板电视、浴室、蓬松的毛巾这些一流的享受。"你当嬉皮士的时间只有这点了。"威尔说，他也想知道事实是否确实如此。他的态度松动了，于是他们收拾好行李准备去泰姬酒店，想着在周一回到现实生活（天气预报说伦敦会下小雨）之前，先好好享受奢侈的一晚。在他的人生中，一直以来他都是选择最省力的顺其自然，虽然这一点已有所改变。

印度之旅是两年美好时光的巅峰。"属于我的时刻来了。"出发前他对自己这样说。他的工作进展顺利。他和一个"真的很酷，我们会永永远远在一起"的姑娘谈起了恋爱。大学时他搞砸了学位，花了几年时间在苏豪区照看酒吧。2007年初他转了运。某天晚上，一个顾客给他介绍了一份工作，在伦敦的一家制片公司巴尔电影（Bare Films）当剧务，在那里他第一次遇见了凯莉。从此之后，生活豁然开朗。

细致、漂亮又充满活力的凯莉是一名崭露头角的制片人。她当时已婚。但威尔——有着蓬松的头发、足球运动员的体格、悠闲淡然的举止——给她留下了深刻的印象。一晚，他们出去喝酒，"事情就自然而然发生了"。第二天早上醒来，他慌里慌张地套上牛仔裤，觉得自己像一个刚丢了工作的尴尬的登徒子。三周后，同样的事再次发生。他们很快就陷入了一段本不该发生的关系，而且两人都沉溺其中。凯莉的活力很有感染力。"你只知道，跟着她，就会特别开心。"威尔这样告诉他的朋友。他之前唯一一次有类似的感觉还是16岁时爱上同校的一个女生。分手后，他"哭了整整一个星期"。

凯莉离开了她的丈夫。2008年初,她和威尔在卡姆登镇租了一间"很酷的公寓"。从此之后,他们周末开着威尔的红色名爵跑车在伦敦兜风,或者在卡姆登集市闲逛,淘一些"不适合他们小公寓的奇奇怪怪的家具"。他们俩都喜欢呼朋唤友,为十几个朋友做西班牙海鲜饭,或者举办变装派对。威尔在当地几家俱乐部当DJ,给自己取了个艺名叫"懒派克"。

威尔的工作也开始有了起色,当时他对 Pret A Manger 餐厅有个模糊的广告创意,在公司网站的"评论区"留言后,这个点子逐渐成形。发到网上时,他也不知道会不会有人看到。公司的首席执行官很快给他打了电话,约他在1月见面。策划并不是威尔的强项,"我还没做什么呢,事儿就这么来了"。这个夏天的高光时刻是在一个慵懒的长周末,有大寒音乐节(Big Chill festival)的音乐和露营,有亲朋好友在侧,包括凯莉、他的弟弟本、他的姐姐罗茜,还有他极其随和的父亲奈杰尔——一位退休的广告公司高管。

是凯莉提议秋天去印度旅行,在威尔向 Pret A Manger 公司正式推销他的广告点子前放松一下。他们也要考虑一下接下来去哪里。他们假期的大部分时间都在果阿南部的度假胜地帕洛伦,那里棕榈树下成排的酒吧和便宜的旅馆吸引了一大批瘾君子,威尔看书和听音乐的时候也会卷一支大麻烟来吸。

他的背包里放着一本计算机科学之父、饱受折磨的艾伦·图灵的传记,还有《一个数学家的辩白》(*A Mathematician's Apology*),那是 G.H.哈代为自己渐渐黯淡的职业生涯写的挽歌。喜欢窝在扶手椅里的威尔,总是会沉浸在物件中。不看书的时候,他会和当地的孩子在海滩上踢足球,或者用一台旧的速8相机来拍摄日落、火车旅程和市场。他买了印度版的肯和芭比娃娃，打算用它们来拍摄一部定格动画短片。威尔和凯莉一起东游西荡。"我们真他妈的什么都会。"他对自己的弟弟说。

2008 年 11 月 26 日，星期三，晚上 6 点

在距离泰姬酒店 10 分钟车程的三叉戟-欧贝罗伊酒店（卡拉姆比尔·康喜欢称之为"城里第二好的酒店"），1 区的副局长维什沃斯·南格雷·帕蒂尔正在过着极其煎熬的一天。总理曼莫汉·辛格 11 月 28 日要来孟买，在这之前，特别保护小组必须进行一次长达 8 小时的安全检查，他算了下，时间才过去一半。

他忍住了一个哈欠，提醒自己这只是小事一桩。维护 1 区治安是一份荣耀。这里遍布着城里最时髦的酒店、公寓和别墅，是孟买的历史中心，也是克拉巴的核心旅游区。1 区的缺点也是一大筐：身份尊贵的来访者（比如总理），乘飞机过来的外国政要，夸夸其谈的富有居民。这些人只用一天就能挣到一个腐败的警察在任上所得的全部不义之财，或者一个老实巴交的警察一辈子也挣不到的钱。

帕蒂尔留着整齐的小胡子，方下巴透着倔强，熨烫平整的衬衫袖子小心地卷起。5 个月前他被任命为 1 区副局长，让很多人大跌眼镜。他是马拉地人，来自孟买南边大约 220 英里外的偏僻村庄考克鲁德，村里都是寺庙和农民，而他是个出身平平却大有出息的乡下男孩。在名字决定出身的印度次大陆，姓帕蒂尔的一般是地主和战士，而身为知名举重运动员之子的维什沃斯·帕蒂尔，儿时就一心想要参军。他很小就"痴迷军装"，十几岁上了国

家军校，还赢得过一枚射击金牌。他在班里名列前茅，父亲希望他拿到硕士学位，然后参加1997年的精英公务员考试。但他违背了父亲的期许，加入了印度警察局。他的第一个职务在农村，农村出身的他，了解村里人就像了解家人一样。

这个来自考克鲁德的乡下男孩没想到他会如此成功。在马哈拉施特拉邦和其他地方的警队当头的都是出身特权阶级的警官，比如孟买警察局局长加福尔，就是海得拉巴一位纳瓦布的儿子。但不到十年，圈外人帕蒂尔就崭露头角，通过高调的活动、挑战特权、安抚保守派，撼动了特权把持的制度，于2008年6月升为孟买南区炙手可热的副局长。现在他身居高位，和他一起的都是城里最高级别的警察，包括局长加福尔和孟买刑事分局的传奇老大拉克什·马力亚。

坐在那里听上司们说话时，帕蒂尔心里涌起深深的忧虑。让他忧心的是，他上任后收到的好几份显而易见的情报几乎没人在意，如果认真对待，孟买肯定会进入战时状态，不管总理来还是不来。

他上任第一周就收到了最早的密报，称利奥波德咖啡馆（泰姬酒店边上一个热门的游客打卡地）在恐怖袭击的名单上。接下来的几天，通过研究情报，他发现了一组令人不安的示警，频繁出现，内容详细。他的前任们也收到过几十份密报，称这座城市可能会遭受恐怖袭击。但据他所知，情报部门和警方都毫不在意。

最早的相关内容2006年8月就送来了，说虔诚军——一个颇有影响力的巴基斯坦圣战组织，曾派穆斯林叛乱分子在分裂的克什米尔与印度安全部队作战，积累经验后正在为针对孟买的大规模袭击"做准备"。里面提到一些五星级酒店已被列为袭击目标，包括三叉戟-欧贝罗伊酒店和泰姬酒店。自那以后又有25份进一步的警报,很多都是由美国中央情报局传给印度政府的对外情报部门——调查分析局,再发到印度的国内情报局。

帕蒂尔琢磨过这些信息的来源。他检查过细节,美国显然有一个重要的情报来源,纷繁复杂的线索勾勒出这个人就在出了名的与世隔绝的虔诚军内部,而虔诚军是大家心知肚明的一个由巴基斯坦情报部门资助的组织。

恐怖活动对孟买来说也不是什么新闻。过去几十年里,这座城市经历了十几次严重的袭击,共有500多人死亡,近2000人受伤。最近的一次屠杀就在2006年7月,一系列的火车爆炸事件夺去了181条生命,马哈拉施特拉邦政府为此还成立了一个研究小组。但几个月过去了,也没有给出什么建议。

帕蒂尔发现,之前所有的恐袭事件都是炸弹被藏在自行车和摩托车上,弃于集贸市场和知名建筑外。有些材料是自制的,来自从纺织厂盗取的原本用来做固色剂的氯酸钾。还有的是用"黑肥皂",当地人以此称呼一种从巴基斯坦或中东走私进来的黏性军用炸弹RDX。但最近的情报显示,虔诚军在策划一场新行动,对这座城市进行即时突袭。三份情报都明确提到了fidayeen,意即持有手榴弹和AK-47的自杀式袭击者,若不制伏就会造成巨大伤亡。虔诚军已经在印控克什米尔用这种战术造成了骇人的后果。

11条警报显示,该计划会包括多次同时发动的袭击。6条警报指出,疑犯会从海路混进来,这对印度来说还属首次。1区位于城市半岛最狭窄的地方,从西部的后湾、东面的港口和码头都可以登陆。帕蒂尔联系了海岸警卫队,询问有什么措施可以加强安保。"什么都没有。"他被告知。他又打电话给分管港口的副局长,对方坦言因为资金不足,他连一艘追捕水上疑犯的快艇都没有。他都已经开始自掏腰包租用渔船来巡视自己负责的水域了。

帕蒂尔不确定接下来该怎么做，就向警队好友之一、第二特别分局负责监管外国人的副局长拉吉瓦德汗·辛哈征求意见。帕蒂尔和辛哈（大家通常叫他拉吉瓦德汗）是同届同学，1997年毕业后一起进入警队，虽然之后的职业发展道路并不相同。拉吉瓦德汗出生在印度北部彪悍好斗的比哈尔邦，他的首个警司职位就在警界公认最难对付的加德奇罗利：马哈拉施特拉邦东部一个偏远的县。这里是所谓"红色走廊"的一部分，是纳萨尔派叛军的据点。纳萨尔这个名字来自西孟加拉邦的一个村子，那里是叛乱的发源地，据传纳萨尔派叛军拿起枪杆推翻腐败的地主，保护当地部落免受剥削，阻止大公司掠夺土地。警察夹在中间左右为难，有些对于被迫去给政府干脏活感到愤怒，有些则借机做好了战斗准备。

打斗落下的一条骇人大疤斜着划过鼻梁的拉吉瓦德汗属于后者。"身处丛林，你就自然而然会有那种杀手的本能。"他和同事开玩笑道。上任第一周，他的队伍就碰上了简易爆炸装置，卡车和吉普车被炸了个四脚朝天，遇袭的士兵们冒着枪林弹雨撤进了森林。头脑冷静的拉吉瓦德汗带领他们步行到了安全地带，没有折损一员。得知有这么多关于孟买的情报后，他给帕蒂尔的建议是认真对待。"一旦出了事，"他对好友说，"最后还得你去收拾烂摊子。"

于是，帕蒂尔开始每晚召集最精明强干的手下开会，在关键地点给他们布置具体任务。他还亲自走访了被列为目标的几个地方。2008年7月，他开始重点关注后湾南端的巴德瓦园区，那里是没人管的渔民聚居地，距离世界贸易中心、三叉戟-欧贝罗伊酒店和泰姬酒店都很近。帕蒂尔写信给西区总部的海岸警卫队司令，提醒道:"如果反社会分子/恐怖分子/反国家团伙想要用火箭筒发动袭击,会用上这些船。"

随后,情报局又收到了两条和泰姬酒店有关的包含日期的情报。一条提及 5 月 24 日可能会有袭击,另一条提到 8 月 11 日,两条线索都来自一个在巴基斯坦的线人的密报,据说这人就在虔诚军内部。一个比较看重仕途的警察可能会避开这个国内最风光的、由次大陆最有权势的实业家塔塔家族掌控的酒店,但帕蒂尔单刀直入,要求 8 月 12 日与酒店的安保主管苏尼尔·库迪亚迪会面,并面谈了 9 个小时。之后在写给局长加福尔的报告中,1 区副局长总结道:"总体而言,酒店管理层并没有做什么使酒店能适应城里不断变化的安全环境。"

帕蒂尔不是酒店经营者,不懂吸引住客的必要性。他所看见的就是一座历史建筑,被大量无守卫、无法防御的入口和易受攻击的多孔墙所环绕。装了闭路电视,但标识模糊,排布混乱。3 楼有一个酒窖,因为火灾隐患而关掉了。用来检测是否有人携带武器和爆炸物潜入酒店的系统马虎草率。没有安装防爆屏障,这意味着泰姬酒店很容易受到飞车射击或驾车入内的自杀式袭击者的攻击。帕蒂尔告诉库迪亚迪:"不要去想这个城市发生过什么。想一想还没发生的。如果他们在摩托车上放过炸药,就要注意从空中下来的敌人。"帕蒂尔希望把酒店打造成一座坚不可摧的堡垒,但泰姬酒店需要继续它的奢华享受。

8 月 12 日的会面之后,帕蒂尔决定走官方程序。他给库迪亚迪写了正式的书面建议,抄送给了酒店总经理卡拉姆比尔。鉴于美国提供的警报所建立的模式,他建议酒店安装防爆屏障,安排武装警察哨兵和屋顶狙击手。但他的建议被礼貌地拒绝了,理由是客人到店时希望迎接他们的是穿着光鲜制服的迎宾员

(chobedar）而不是特警队，后者会破坏酒店的奢侈品牌形象。

2008年9月20日之后，他终于取得了一些进展。一辆装了炸弹的大型卡车摧毁了巴基斯坦首都伊斯兰堡的五星级万豪酒店，造成五十多人死亡。随着爆炸现场的恐怖场景在印度各地播出，帕蒂尔与泰姬酒店管理层又开了一次会。接下来几天，他草拟了26条紧急措施，包括安排警方枪手从高处监视酒店的主门廊，并在下面部署6到9名武装警察。他建议为宫殿南端的玻璃边门——诺斯科特门安装安全格栅，其他入口加上自动落锁，俯瞰后湾的宫殿大堂门则永久关闭。所有的员工、客人和访客都从同一个咽喉要道进入，即塔楼大堂，那里应配备金属探测仪，设背包检查和搜身检查。到10月的第二周，泰姬酒店已经落实了这些建议中的很多条，帕蒂尔就休假去了，酒店也承诺会把剩余的完成。

此刻在三叉戟-欧贝罗伊酒店的安全会议上，帕蒂尔给总理即将来发表讲话的这家酒店提出了相似的建议。"袭击这座城市的时机已经成熟了。"他提醒酒店道。情报部门也明白这一点。中央情报局的一份最新情报显示，"虔诚军已整装待发，准备对这个城市发起猛烈攻击"。

晚上7点，宫殿侧翼，316房

泰姬酒店里，凯莉还在浴室，"捣鼓那些女孩子的事"，威尔则眼看着天空渐渐暗成了紫色。他敲了敲门。"我们要来不及买东西、喝啤酒了。"她出来了，穿着无肩带超长连衣裙和凉鞋，跟血红色的指甲和唇色很配。完美极了。

他们出发前往克拉巴大堤的那些店铺,就在酒店后面两个街区的拥挤地带。他们在这里的时间太短了,想到处看看。但在体验了梦幻般的海滩和一尘不染的酒店大堂后,这里实在太过喧闹了,所以一看到利奥波德咖啡馆有张空桌子,他们就赶紧坐了进去。这座孟买建筑看起来像维多利亚时代的药房和冰淇淋店的结合体,自1871年开始一直由同一个帕西人家族掌管。

此时正值店里的减价时段。"来点啤酒和墨西哥辣椒吧。"喜欢这种热闹的威尔提议道。他们喝了些啤酒,谈论着是否在这里吃饭,随即又否决了,还是想在泰姬酒店吃一顿优雅的晚餐。漫步回去时,他们走过贝斯特-马格街,从诺斯科特入口进入了古朴的酒店。"这里没有保安,"他对凯莉戏言,"如果你想打劫这个地方,可以从这里进来。"他们沿着凉爽的大理石过道朝宫殿大堂走去,一路上经过空荡荡的精品店和一个展示柜,里面是一些来过的贵客的照片——尼尔·阿姆斯特朗、耶胡迪·梅纽因和贾迈勒·阿卜杜·纳赛尔,他们在泳池酒吧逗留了一会儿,又喝了一杯,招呼他们的是彬彬有礼的服务生阿迪尔·伊拉尼。

阿迪尔和他们聊了一会果阿。他去过一两次,有个表兄弟在那里开了家酒吧。但很快,他注意到外面街上有鞭炮声和叫喊声,于是叫来了经理阿米特·佩谢夫。"怎么乱哄哄的?"阿米特耸耸肩道:"没什么。"经理还在为他的意大利美食节报告大伤脑筋。什么时候才能把它交上去呢?他急匆匆地走了,去查看主大堂后方的莎米安娜。

凯莉和威尔结了账,去网上办理回家航班的值机手续。威尔还飞快地给他的父亲和姐弟发了一封邮件。他期待着回去之后喝啤酒、听音乐,看场阿森纳的球赛。"要不要星期天过来吃点咖喱菜?"他最后写道,"我来下厨。"

宫殿的 6 楼，评论家萨宾娜·塞基亚正在她的套房里，穿着一身华美的纱丽，前额有个大大的印度教宾迪①，头顶梳着一个紧实的发髻。她离开帕西会馆的名流婚礼只是为了回到泰姬酒店，她的脑袋晕乎乎的，两腰隐隐作痛。连续吃喝 3 天后，她的身体发出了抗议，当管家过来帮忙时，她吐在了他的鞋子上。他镇定地继续清理这个烂摊子，问她是否需要看医生。萨宾娜窘迫不已，让他出去买药，她需要独自待一会儿。

她给安布林·汗发短信求助，话说得又乱又烦躁。"换上运动裤。"安布林建议道，又补充说等她处理好三叉戟-欧贝罗伊酒店的事就马上过来。萨宾娜看向窗外，港口停着一艘线条优美、闪闪发亮的游艇。上面似乎在举行派对。她又发了一条短信给安布林："快来，我点了蜡烛，有鲜花和晚餐。等你。"

几步之外的 6 楼套房里，卡拉姆比尔一家下午购物刚回来。大儿子乌代忙着做作业，萨马正在准备 12 月 3 日的大主教学校入学面试。男孩们看起来兴高采烈又充满活力，所以妮缇灵光一现，决定拍些新照片给丈夫一个惊喜。她打电话给 1 楼的摄影工作室"泰姬记忆"，经理珀尔·杜巴什安排摄影师晚上 8 点过来。妮缇又打电话给卡拉姆比尔询问情况。不出所料，交通很拥堵，但他已经到了泰姬兰茨恩德酒店的庆祝活动现场。他说，场面相当宏大，还有传言称宝莱坞顶级明星沙鲁克·汗可能会露面。他答应一有机会就溜回来。妮缇说她有东西给他。"是孩子们的。"她透露道。照片就是给他的惊喜。

---

① Bindi，印度教妇女点在眉心作为装饰的红点。——译者

晚上 9 点，塔楼大堂

衣冠楚楚的访客及婚礼宾客身着纱丽和长袍缓缓入内，走过白色的意大利大理石和杏色的丝绸地毯，朝着水晶厅的接待处或晚餐餐桌走去。客人们坐在大堂的靠背椅上，啜着玛瑙套桌上厚重水晶玻璃杯里的柠檬水（nimbu pani）。

外面台阶上，一群吵吵嚷嚷的欧洲议会议员和他们的工作人员从大巴上涌下来，迎接他们的是酒店的万寿菊花环。办理入住的柜台前站着 6 名身材魁梧的前突击队员，来自南非一家 VIP 安保公司——尼科尔斯 & 斯泰恩联合公司。这家公司有很多利润丰厚的业务，包括为每年在洛杉矶举行的奥斯卡颁奖典礼提供安保建议。这次他们受雇于印度板球管理委员会（BCCI），是即将举行的 T20 板球冠军联赛的先遣队之一，刚结束迪拜那边的工作过来。这天的活动到晚上很晚——烟花、凯莉·米洛的表演——他们感到头昏脑涨。

"先去放行李。"出生于英国的老板鲍勃·尼科尔斯告诉手下。他已经来了几天了，见过了泰姬酒店的安保主管苏尼尔·库迪亚迪、卡拉姆比尔·康、警方和 BCCI 的人。"我们先去吃点东西，喝点啤酒。"他说。刚到的这帮人想吃中餐。但现在只有位于塔楼顶层的搜客有七人桌。"又要吃羊肉了。"回去梳洗时，其中一个突击队员嘟囔道。

晚上 9 点 15 分，光鲜时尚、玻璃围成的搜客已是人头攒动，它在塔楼的顶部，可以俯瞰印度门和阿拉伯海的壮丽景观。尼科尔斯一行人围坐在窗边的一张玻璃桌旁聊天。孟买的警察们正花时间应对即将举行的板球联赛的安保需要，而接下来几天，压力将会更大。

　　餐厅的另一头，31岁的印度裔美国海军陆战队上校、战斗机飞行员拉维·达尼达卡坐在远处墙边的一张桌子旁。和他一起的是他的兄弟及印度亲戚。拉维住在圣地亚哥，上一次来孟买时才十几岁，是跟父亲一起来的。父亲不幸英年早逝后，拉维和孟买这边的亲戚断了联系，已经13年没有见过祖父了。很长时间以来他一直"想重续亲情"，但两次艰苦的伊拉克之行绊住了他的脚步，包括在代号为"幽灵狂怒"（Operation Phantom Fury）的军事行动中执行战斗飞行任务。这场始于2004年11月的费卢杰血战，由海军陆战队率领，其间一百多名美国士兵和几千名伊拉克人丧生。拉维驾驶鹞式战斗机，削弱了叛乱据点的火力，"旗开得胜"。待他最终回家后，花了很长时间才调整过来。

　　现在他终于抽出时间来印度一趟，过去10天里一直忙着跟新老亲戚聚会。过去4年，他身陷美国的"反恐战争"，脑海里挥之不去的都是自己长在西方、根在亚洲的复杂情感。当晚早些时候，他去见了一个堂姐，她住在卡夫广场旁边的巴德瓦园区附近，向他展示了她家窗外的景色：渔民的小屋沿着一个小水湾排列，水湾里停泊着漆着鲜艳色彩的船只。他看着夕阳西下，渔民们修补渔网，多年来第一次有了真正的放松之感。此刻，他期待着吃一顿丰盛的晚餐，和另一个堂弟叙旧。之后，他们还计划去见见正在三叉戟-欧贝罗伊酒店吃饭的亲戚。他的堂弟透过搜客的窗户指了指三叉戟-欧贝罗伊酒店，那里一片灯火辉煌，仿佛纳里曼角的灯塔。"景色美极了，"他评价道，"就好像坐在世界之巅的玻璃鱼缸里。"

　　楼下的塔楼大堂，随着就餐客人和婚礼宾客的散去，逐渐恢复了宁静。酒店的钢琴师莫雷诺·阿方索,刚弹完一曲《永远》(Always)。这位谢顶的音乐教师每周有六个晚上在玻璃大门的右侧弹奏三角钢琴。阿方索几乎在这家酒店工作了一辈子;他的父亲1930年代曾在这里拉小提琴,他对酒店的最早记忆就是和弟弟一起坐在下面刻着他们名字的小木凳上陪伴父亲。他看了眼手表:21点36分。晚上中场休息时间到了。阿方索放下钢琴盖,穿过一扇没有任何标记的员工门,悄悄走了出去。

第二章 大卫王子

2006年9月,大卫·海德利第一次走进泰姬酒店时,惊叹于酒店的富丽堂皇、员工的优雅、常客的欢乐,以至于他都不知道自己能否策划它的灭亡。酒店的富丽堂皇让他想起了自己的贵族出身,想起了家族的巨大财富和影响,这都是他小时候坐在母亲膝上得知的。

迎宾员们一边大喊欢迎,一边拉开门,敬礼,好像专门列队欢迎他一样。塔楼大堂的素馨花散发出柑橘和滑石粉的香味,更不用说从海洋吧的窗户向外看去,那人头攒动的印度门看起来像一幅精心描摹的透视画。海德利几乎都要赞同这家酒店是世俗的珍贵之物,值得保存下来。

海德利发现这座不夜城是如此令人振奋。他贪婪地了解着它的历史,7座岛屿如何在1661年作为布拉甘萨的凯瑟琳公主的部分嫁妆,送给了查尔斯二世,尽管直到19世纪,那里主要还是科里的渔夫住着。之后,像塔塔家族这样的帕西人迁过去,在这一片盐水沼泽地上建起了帝国(和泰姬酒店),把这座城市变成亚洲最繁忙的海港及孟巴省的首府,英属印度最繁华最和平的地方之一。塔塔家族的决心给海德利留下了深刻印象。他喜欢孟买的狂热和咄咄逼人的进取精神。他瞧不起的只是印度——他祖先的土地——的理念。而且他也正是利用了这细如发丝的裂口,这存在于城市和国家之间、人民和他所称的"印度教统治者"之间的裂口,来证明自己那个带来死亡和骚乱的秘密计划是有理的。

他第一次来的时候,因为手头的工作刚开始,预算吃紧,所以住不起泰姬酒店。但这里,就像他卖力工作过的大部分地方一样,外表决定一切。他给自己找了个一流的住处,一间位于4英里半之外的布里奇-坎迪高档社区的私人公寓,变成泰姬酒店的常客之后还一直把它挂在嘴边。服务生、经理和客人们常常看到他坐在海港酒吧豪饮一杯唐培里侬香槟王,或是在福斯廷·马尔蒂斯的海洋吧里款待某个据说是他"客户"的人,听他用他的美式大嗓门向同伴介绍他在"布里奇-坎迪的时髦单身公寓"。

海德利让人过目难忘:身高6英尺2英寸,金发在脑后扎成马尾,宽阔的肩膀像个橄榄球边锋,皮肤白皙,穿着皱巴巴的阿玛尼牛仔裤和衬衫,肩上搭着一件皮夹克。他装得好像他是个危险人物,袖口露出一只价值1万英镑的劳力士水鬼。但他很容易跟人混熟,在右舷酒吧、酒店大堂、十一宫咖啡吧、泳池旁,到处都有孟买人在争论谁和他最熟,聊着哪个女人喜欢他。大卫会倾听你的烦恼,然后跟你击掌相庆。"对,没问题,"他会说,"不管你要什么。"大卫多酷啊。"我会帮助你的。"他足智多谋又慷慨大方。"让我来。"

但所有以为他是大卫——来自美国费城的企业家——的人,都不知道全部的真相。对他的妹妹雪莉、同父异母的弟弟哈姆扎和丹亚尔,他的三个妻子珀西娅、沙琪亚和法伊扎,他的表兄弟法里德和亚历克斯、舅舅威廉、最好的朋友塔哈乌尔·拉纳以及受雇于无处不在的巴基斯坦三军情报局(ISI)的间谍伊克巴尔少校来说,他是巴基斯坦裔美国人达乌德·萨利姆·吉拉尼。

让他最初来到印度为恐怖袭击做侦察的这种混杂的遗传和混合的血统，也惊人地体现在了他颜色各异的眼睛上：一只蓝色，一只棕色。

他的父亲赛德·萨利姆·吉拉尼，是巴基斯坦的著名播音员，出身于拉合尔一个人面很广的家庭。他的母亲赛里尔·海德利，是美国马里兰州的一名女继承人和冒险家。她的姑婆曾是一名特立独行的美国慈善家，资助过女权运动甚至阿尔伯特·爱因斯坦的研究。但赛里尔养尊处优的童年受到了1952年的一场悲剧的重创，那一年，她那位曾是大学时代橄榄球明星的父亲，在酒吧劝架时中弹身亡。赛里尔的母亲带着4个孩子在邻近的宾夕法尼亚州重新开始，买下了费城的富裕郊区主线（Main Line）的一个大型农场。但13岁丧父的赛里尔越来越不服管教。19岁在马里兰大学读书时，她认识了被借调到"美国之音"工作的吉拉尼，他们像"两块火石"一样迅速擦出了火花。吉拉尼文质彬彬，见多识广，在巴基斯坦是有名的传统加扎勒音乐的鉴赏家，用音乐对她展开了追求。1960年达乌德在华盛顿出生后，赛里尔同意搬到巴基斯坦，不无兴奋地憧憬着冒险刺激的未来。但两人在东海岸的联邦时代联排住宅里的恩爱生活，并没有在吉拉尼家的祖宅——拉合尔大门紧闭的阿巴斯府邸延续。1966年，他们离婚了，赛里尔又嫁给了一位上了年纪的阿富汗保险业高管，留下达乌德由吉拉尼的第二任妻子抚养，后者也是拉合尔一位出身名门的女继承人。

感觉被抛弃的达乌德变得不服管教，就像在他生命中缺席的母亲年轻时那样。为了让他改邪归正，他父亲把他弄进了旁遮普西部小镇里一所很受军人家庭欢迎的军校。虽然达乌德不是军人，但跟这些人有着同样的社会背景。他是从印度来的移民（mohajir），他的家族出自旁遮普邦的卡普尔塔拉，因为印巴分治引发的大屠杀而背井离乡。这段残酷的经历一直萦绕在吉拉尼的家里，他对印度的敌意也在军校教室里表现出来，并在练兵场上重现。

跟他的美国母亲一样，达乌德不愿意全力以赴地做事，他的巴基斯坦家庭也不断提醒他身上有异域血统，这种格格不入很快就因两个刚出生的弟弟丹亚尔和哈姆扎而发酵。16岁时，他第一次有机会飞到美国和母亲重聚。赛里尔在她的阿富汗丈夫去世后就搬回了费城，在当时还比较破落的栗树街附近的第二街买了一家昔日的地下酒吧，改造后，开了一家名为开伯尔山口的酒吧，她还在花园里支了个巴基斯坦婚礼帐篷（shamiana）。不过，她临时起意爱上了另一个男人，《费城问讯报》的记者，她把她多年未见的儿子交给了酒吧的常客照顾，这些人则叫他"王子"。性格保守的穆斯林少年达乌德住在酒吧的楼上，挣扎着适应新生活。他的舅舅威廉，赛里尔的兄弟，后来回忆说，大多数时间他一边目不转睛地看着酒吧电视里播的电视剧《欢乐时光》，一边等着他母亲回家。但最终，他还是接受了1970年代的美国所能给予他的一切。当地的电视频道曾来录制过一个关于这家酒吧的节目，节目中，达乌德原本的平头成了披肩长发，长腿套着喇叭裤，赛里尔穿着一件长及脚踝的皮毛大衣，光彩照人。不到两年，他就搬到了曼哈顿，用家里的钱租了上西区的高档公寓，开了一家音像店。

达乌德也开始追求享乐，家里的现金用完后，他思考着可以做些什么来让自己衣食无忧。他会说两国语言，可以自由出入美国人进不去的战乱地区。1984年，他联系了他大学时代最好的朋友塔哈乌尔·拉纳，曾经性格内向但学业优秀的拉纳此时正在接受培训，要成为巴基斯坦军队里的军医。达乌德打算回到巴基斯坦，叫拉纳陪他一起开车去部落地区。拉纳用自己的军队关系和身份证帮他们在巴基斯坦的一些敏感地区走动——却浑然不知达乌德从当地的走私犯那里买了半公斤海洛因，藏在车子后备厢里。

带着他藏的货从阿富汗-巴基斯坦前线回来后，达乌德在拉合尔翻了船。他搭上了一个女人，在不了解毒品纯度的情况下给她尝了点儿。她吸毒过量，警察逮捕了他。他父亲动用关系把他捞了出来，案子的卷宗也被悄悄处理了。但从此之后达乌德的父亲就和他疏远了，也勒令两个小儿子"远离"他们同父异母的大哥。

达乌德不死心，再次铤而走险。他回到开伯尔山口的门户重地——白沙瓦，成了那里的常客，经常拖着拉纳开吉普车陪他。他还决定在出口生意上小试身手，把海洛因放在行李里走私到美国，通过他在曼哈顿的弗利克斯音像店卖出去。偶尔，他会拖着一个巨大的行李箱出现在费城，里面塞满了VHS录像带，给美国的表兄弟姐妹们留下了深刻印象。"他魅力十足，英俊潇洒。但我们都不知道他到底在做什么。"其中一个这样说。

4年后，在法兰克福机场转机去费城时，达乌德被海关抓住了，从他的箱子里找出了2公斤海洛因，他面临着漫长的刑期，而他父亲与他断绝了关系。被移交给美国当局后，他只能靠自己了，于是他跟美国缉毒署做了个交易：供出他在美国的共犯。这些共犯分别被判了8到10年的有期徒刑，但叛徒达乌德却变成了缉毒署雇用的线人，奉命打入巴基斯坦-美国海洛因交易网。他翻译了好几个小时的电话窃听内容，指导探员如何审问巴基斯坦人。但他拒绝遵守规则。一名缉毒署探员曾抱怨他在办差的时候消失，私下安排无探员在侧的会面。但他拿出的成果令人信服，提供的信息又十分准确，所以等他重新露面的时候，当局便对他既往不咎了。

一名缉毒署前探员回忆说，达乌德可以花言巧语地让自己逃脱一切罪责。老练的缉毒调查员发现他们总会给他免罪，因为他能把他们带到他们原本去不了的地方。他的母亲赛里尔远远地疼爱着她的儿子，因为他们很少见面，她在客厅墙上挂了一张他的巨幅塑封照片。不过，其他美国亲戚就没这么确定了。他们认为达乌德只关心自己，认为这种自私源于他缺乏自我意识：一个年轻男人，对母亲不满，与父亲疏离，有好几个模糊不明的身份，却没有一个是适合的。"我们会开玩笑说，他一边胳膊底下夹着一本《古兰经》，另一边夹着一瓶唐培里侬香槟。"他的舅舅威廉如是说。

美国缉毒署集中打击东海岸的海洛因交易时，他们的明星线人达乌德·吉拉尼回到了巴基斯坦，开始在一家名为四柱的清真寺活动。这座清真寺有一个巨大的神学院和祈祷厅，占据了拉合尔一个热闹地带的史上有名的十字路口的大片地方。加米亚-卡迪西亚清真寺是虔诚军——在印控克什米尔成名的圣战组织——的地盘。清真寺的几个大喇叭播放着虔诚军要解放克什米尔的口号。外面悬挂的横幅宣扬着奉《古兰经》而进行的圣战。在巴基斯坦这么一个急速衰退的国家，没有可靠的医疗卫生服务、急救服务或公共教育，自称要服务社会的虔诚军往往是第一个做出回应的，特别是发生任何灾祸的时候。这使得它吸引了很多人。

达乌德从父亲那里了解了很多印巴分治的故事，被反印度的圣战所吸引，同时萌生了一个浪漫的想法——要成为伊斯兰突击队员。他还敏锐地觉察到了一个商业机会：在海洛因生意走下坡路之时，从毒品交易转为贩卖那些已开始让他的美国雇主深感不安的新势力的敏感信息的可能性。1997年达乌德在纽约再次被捕，这次他尝试了这个想法，提出要做个交易——由他去接近激进分子。呈给法庭的一封信显示,这个想法是可行的,因为检察官承认,虽然达乌德可能贩卖了 15 公斤价值 947000 英镑的海洛因,但他在"一系列问题"上,对当局表现出了"可靠,并乐于提供信息"。达乌德被判处 15 个月监禁,关在戒备不那么森严的新泽西州迪克斯堡,仅过了 9 个月就被释放了;而他的同伙被判入狱 4 年,囚禁在严加看守的监狱。

1999 年 8 月,他回到了巴基斯坦,机票是美国政府出的。一年前,基地组织用炸弹同时袭击了坦桑尼亚的达累斯萨拉姆、肯尼亚的内罗毕的美国使领馆,夺去了几百条生命,华盛顿展开报复行动,向阿富汗的基地组织的 5 个训练营发射了 75 枚巡航导弹。他继续效力美国缉毒署,但随着华盛顿开始注意到阿富汗-巴基斯坦边境的极端主义势力,美国的反恐部门也对他产生了兴趣。

回到拉合尔后,达乌德的所作所为像是在策划一次教科书式的渗透。他安顿了下来,娶了一个名叫沙琪亚·艾哈迈德的巴基斯坦传统女性,并定居在被称为"情人水路"的拉合尔运河边上一个相对独立的社区,尽管他的父亲已成为巴基斯坦广播电台的主管,他的弟弟丹亚尔在备考公务员,但都与他保持距离。2000 年底,基地组织在也门袭击了"科尔号"驱逐舰后不久,达乌德向虔诚军的圣战基金捐了 5000 卢比(约合 600 英镑),并且自己掏钱买了哈菲兹·赛义德——虔诚军的上级组织达瓦慈善会的埃米尔的一次私人讲座的入场券。赛义德留着浓密的巴巴罗萨式棕红色胡子,已在美国的监控名单上。讲座结束后,达乌德问埃米尔他能否加入虔诚军,但他的请求被"极有礼貌地拒绝了",他回忆说。达乌德一半的美国血统和白皮肤,让他们觉得很可疑。他必须要更加努力才能获得认可。

他回了美国,干起了老本行。他让他的新女友、加拿大化妆师珀西娅·彼得住进了他在上西区的公寓，绝口不提他在巴基斯坦还有个妻子。他在她看来就是个血气方刚的美国人，直到发生了 9·11 事件。那天，达乌德一直守在电视前，她害怕了，因为发现他一脸的"幸灾乐祸"，怒气冲冲地对她说美国活该被袭。他对圣战的迷恋此时已初见端倪。

他在国家危机时刻的态度让珀西娅感到惊慌，她把达乌德的话转述给了纽约酒吧的一个朋友，后者报告了警方。联邦调查局叫珀西娅去问了话。10 月 4 日，联合反恐工作小组（JTTF）的两名国防部探员当着达乌德的美国缉毒署联络员的面盘问了他。"你觉得我是个极端分子，"据一个查看了当时笔录的国防部官员回忆，达乌德如此说道，"但你最好查清楚，我可是为美国政府工作的。"他还玩了一把斗鸡博弈（game of chicken），声称自己与巴基斯坦的三军情报局间谍机构的副局长有亲戚关系，他算准了美国这边没人能快速查出这关系是否属实。到了 2002 年 2 月，9·11 事件发生 5 个月后，达乌德再次来到巴基斯坦，奉美国政府之令去加倍努力打入虔诚军内部，该组织很多骨干现在也在向基地组织靠拢，包括达乌德在拉合尔的新好友兼邻居帕夏。

帕夏的全名叫阿卜杜·拉赫曼·哈希姆；曾是俾路支第六步枪营的军官，英俊潇洒，战地经验丰富，巴基斯坦军方加入美国的"反恐战争"后，他拒绝听命去托拉博拉山脉打击奥萨马·本·拉登，而后退役。帕夏的战斗故事让达乌德大为震撼，这位前军人还给他讲了自己是如何与阿富汗塔利班联手的。在帕夏的影响下，达乌德从 2001 年以前每年只在巴基斯坦停留不到一个月，变成一年中的大部分时间都在那里度过。

他穿上了巴勒斯坦的传统服装沙尔瓦卡米兹，他告诉朋友们他戒了酒，也不再看电视、玩手机。他暂住在穆里德盖的虔诚军总部，那是拉合尔城外的一片开阔地。他甚至还皈依了严苛的圣训派——那是虔诚军的根基，是伊斯兰教逊尼派中保守的萨拉菲派的一种，唯先知穆罕默德的言行是从。他还尝试了为期3个月的艰苦的准军事课程，乘坐大巴进入巴控克什米尔的山区，去了虔诚军的秘密训练中心，它有个煞有介事的名字，叫"圣战士之家"(Bait-ul-Mujahideen)。那里归扎基-乌尔-拉赫曼·拉赫维管，他是虔诚军的埃米尔、联合创始人和军事指挥官，被学生们称为"叔叔"(chacha)。

42岁的达乌德，年龄比组织里的大多数成员大一倍。他没能通过军事课程，在2002年末灰溜溜地回到了纽约。这个时候，他两手空空，没有什么东西可以拿来与人交易，而接下来的几个月，美国的生活让他烦躁不堪，除了最亲的亲人，他谁也不想见。他像所有的圣训派信徒必须要做的那样，留着杂乱的胡子，一天中的大部分时间都在祷告，按照他们那种严肃而独特的做法把双手交叉搁在肚子前。他的母亲赛里尔和女友珀西娅都为他的转变感到忧心，赛里尔还把自己的忧虑吐露给了当地开咖啡馆的一个朋友。"他在巴基斯坦参加了一个训练营，一直在说他有多恨印度。"她说。赛里尔的朋友向联邦调查局告发了达乌德。

她并不知道联邦调查局已经调查过达乌德了，联合反恐工作小组也不知道。据一个看过他档案的人透露，官方对达乌德的看法是，他不一定是个可靠的线人，但他有巨大的潜力。这两个部门都习惯了管理身份隐秘的卧底特工，所以他们比他的亲人和女友更能容忍。所有深入敌人内部的线人都有各种问题，甚至会有敌对情绪，很难劝诱、激励和管束。没有归属感这一点意味着他们的人格是变形的，一如他们的人生，在不同的文化和义务之间被拉扯着。联邦调查局的培训手册告诉探员们，要假定这些卧底线人只为他们服务。正如一位在联合反恐工作小组干了20年的资深探员所描述的:"一个联络员所能期待的最好结果就是,线人的目标和他所属组织的目标在某一点上正好重合。"

慢慢地,达乌德开始安定下来,家人也把他的激进态度抛到了一边。几个星期后,他重获珀西娅的芳心,在中央公园向她求婚,带她飞到牙买加,2002年12月和她在那里结了婚,并没有提及他远在巴基斯坦的第一任妻子沙琪亚和他们生的两个小孩。

接下来的两年半,达乌德游走于美国和巴基斯坦,过着两种不同的生活,但在虔诚军那里并没有取得什么进展。2005年8月,他的私生活再起风波。对丈夫频繁去往巴基斯坦感到烦躁并生疑的珀西娅,给他在拉合尔的父亲打了电话,这才发现那里还藏着一个家。感到愤怒和屈辱的她,8月25日去弗利克斯音像店与达乌德对质,之后报警说他暴躁起来,还动手打了她。她又打了反恐热线,复述了达乌德说过的关于巴基斯坦训练营和虔诚军的一切——虔诚军已于2003年被美国列入恐怖组织名单。联合反恐工作小组和她面谈了三次,但之后没了下文,因为达乌德再次让美国当局相信,他所做的这一切都是他为了掩盖他的卧底身份,而且有据可查。他向美方提供了独特的看法,不光对虔诚军,还有虔诚军内部亲基地组织的骨干,并适时透露了自己和帕夏的友谊,而帕夏"认识奥萨马·本·拉登"。美国已追捕这个基地组织头目6年,于是达乌德在反恐圈子里被列为"重要人物",是仅有的几个持美国护照还被人相信可以和美国头号通缉犯在同个圈子里活动的人之一。

2006年1月,随着联合国安理会把虔诚军列入受制裁组织名单,冻结了其领导人的资产,并对其实施旅游禁令和武器禁运,达乌德决定冒一次险。他打电话给帕夏，提议私下去找他当年贩毒时认识的一些人，这些人"也许可以利用贩毒的那些路子把武器走私到印度"。这样做必定会敲开虔诚军的大门。但9·11之后，情况已经发生了翻天覆地的变化。他俩在开伯尔山口的门户白沙瓦的西面被捕。这些边境地区极为敏感，因为西方指控巴基斯坦在这里藏匿了塔利班难民和基地组织的头目。巴基斯坦军方派出间谍、特工和侦察兵搜遍了整个地区，也禁止像达乌德·吉拉尼这样持有外国护照的人前往该地。

帕夏掏出了他的军官证，在牢里关了一夜后，他终于获准打一个电话。这位前军人打给了开伯尔步枪队的一个老朋友。之后，帕夏和达乌德被带到了一个军营，见到了一名自称为阿里少校的军官。他向虔诚军干部帕夏行了礼，并为他们的遭遇而道歉。帕夏悄声告诉达乌德，"这个少校是个间谍"，为三军情报局效力，三军情报局是军方管的情报机构，给圣战组织提供资金和武器对抗印度。

少校穿得像个银行职员，剪短的小胡子，染黑的头发，和达乌德想象中的三军情报局特工完全不同。帕夏解释说，三军情报局里的人都是各种各样的。那些被派去全职做圣战工作的，会变得像里面的人一样，往往也自愿听命于保守的宗教组织。少校则不同，他跟虔诚军来往是短期的，已被选入北方联合情报局，也就是以两三年为一个周期和圣战组织打交道，之后就会被派到其他地方继续间谍工作。

达乌德拿出了自己没有退路时的一贯做法：提出跟少校做一笔交易。他希望这把戏在巴基斯坦也能跟在美国一样管用，如果他还能回家的话。他换上了大西洋中部地区的口音，透露说自己其实是半个巴基斯坦人，持美国护照，很想帮助圣战组织对抗印度。少校似乎很是吃惊,但达乌德继续暗示他是自己人。"为什么不试试让一个身份清白的人去侦察情况,然后对孟买这种在印度极为重要的商业中心来一次大规模袭击呢?"他甚至愿意正式改名,改成一个听起来更西方化的名字。

吃晚饭的时候,达乌德用他父亲的名字和声望来讨好少校,还透露说他的弟弟丹亚尔在优素福·拉扎·吉拉尼手下工作。吉拉尼是一位冉冉升起的政治新星、巴基斯坦国民议会的前议长。"会有人联系你的。"少校说道,最终允许达乌德和帕夏回到拉合尔。很快,一位"伊克巴尔少校"就打来了电话,指点达乌德去机场路上的一个拉合尔军营。伊克巴尔少校和阿里上校属于同一类型,达乌德觉得他肯定也是三军情报局的特工。少校聊起了这个袭击孟买的计划,跟他在边境工作的同事阿里少校一样表现出了浓厚的兴趣。但这个计划是如此胆大包天,每个人都不敢掉以轻心,所以他们的会面最终也没有敲定什么。

一个月后,少校才又联系了他。达乌德的家庭关系已被查证,少校带来了好消息,提出资助达乌德回美国并用新的英式名字申请护照。达乌德选择了大卫·科尔曼·海德利作为新名字,中间名和姓都来自他 37 岁就不幸英年早逝的美国外祖父。当月他就办好了更名手续,告诉美国亲属的理由是厌倦了每次入境时都因他的巴基斯坦名字而被移民局拦下。有一个在美国军方效力的亲戚起过疑心。"我有种很不好的感觉,考虑过是不是向上级举报他。"但他最终没有这样做,而达乌德的行为也没有引起美国官方的任何警觉。一个有犯罪前科且因支持恐怖主义而受过多次调查的人提出的改名申请,居然没有受到任何质疑。这是一种反常现象,或者美国当局是有意为之,就像他们在达乌德曲折的职业生涯——作为美国政府的密探和向警方告密的罪犯——中所做的许多事情一样。

达乌德回到巴基斯坦后,伊克巴尔少校派了一名军官来训练新鲜出炉的"大卫·海德利",这是三军情报局为期两年的监视和反间谍实地训练的浓缩版。如果他要去孟买侦察,就必须学会怎么记录他的发现,要注意什么,以及如何确保自己不被盯上。伊克巴尔少校还给了他所谓的"印度机密文件",说是从印度警方和军队内部获得的,"暴露了他们的训练内容和弱点"。少校吹嘘说他们在新德里有一个代号为"蜜蜂"的超级特工。少校还透露,虽然是他来指导海德利,但孟买行动会由虔诚军负责。

海德利终于敲开了虔诚军的大门。没过几天他就收到消息,叫他去偏远的"圣战士之家"营地与新任命的虔诚军联络员见面。他沿着羊肠小道去了巴控克什米尔的首府穆扎法拉巴德,走进了海拔7500英尺的切拉班迪山(Chelabandi)的茂密森林。营地坐落在一个碗形平原上,有一座大型清真寺、几家旅馆和一个储备充足的弹药库。一眼望去,穿着卡其色沙尔瓦卡米兹的新兵们在三个沙地练兵场上训练,练兵场分别叫做乌哈德、塔布克和卡迪西亚(都以先知时代的伊斯兰传奇战役命名)。虔诚军负责境外行动的副主管萨吉德·米尔迎接了海德利,并领他去了自己的办公室。那里一尘不染,空调开得冷气十足,放满了电脑、卫星电话和地图。营地的人称这里为"冰盒"。米尔的孩子们夏天差不多一直待在里面避暑,因此被大家称为"北极熊幼崽"。

米尔告诉海德利,他们会把他的计划称为"孟巴行动"。他要去孟买侦察虔诚军的突击队员稍后可以袭击的目标。他需要在孟买弄个身份做掩护。海德利立刻想到了一个点子,是昔日贩毒生涯带给他的启发。他可以找他的老朋友塔哈乌尔·拉纳,拉纳离开了巴基斯坦军队,如今生活在芝加哥,移民生意做得风生水起,都是帮南亚人移民到美国。2006年6月,三军情报局出钱让海德利飞回美国与拉纳见面。海德利问拉纳能否把他的移民生意做到孟买,在那里开个分公司,却没有解释背后的盘算。在海德利看来,朋友和家人都是商品,可以拿来买卖和利用。"他差不多可以说服任何人去做他想做的任何事。"有人这样说道。拉纳办好了所需的文件(事后他说自己"没有丝毫怀疑"),带着海德利的新护照去印度领事馆申请了一年期的商务签证。而与海德利分居的珀西娅,根据一项关于受虐待配偶的法律申请了美国永久居留权。在她的申请中,她指控丈夫对她实施家暴,而且支持仇恨犯罪、攻击犹太人和印度人、赞扬自杀式炸弹袭击者。

她的指控被存档,联邦调查局事后坚称,由于隐私法,移民局没有上报这些内容。不过那时候,联合反恐工作小组已经询问了珀西娅、海德利的母亲和其他几位亲戚,还有他们那些向当局举报的朋友,所以这要么是一系列严重的情报失误,要么就像赛里尔和珀西娅越来越确信的那样,大卫/达乌德正为美国情报界秘密提供虔诚军的信息(以及反过来向虔诚军提供美方的信息)。

2006年秋天,大卫·海德利用伊克巴尔少校给他的1.5万英镑,在靠近孟买高档的威灵顿体育俱乐部的商业区——塔迪欧市场,开了一家移民法律中心。他在当地报纸上刊登广告——"为印度人(工作经验不限)申请美国和加拿大的工作签证,保证签发",还雇了一个秘书,办公室里只有秘书一人,她很好奇为什么海德利没有传真机或国际长途电话,也很奇怪为什么他从不让她安排行程。但那时他只是一个外国人。

秘书并不知道实际上海德利还有一个办公室:教堂门火车站附近的"依靠网吧",在那里,他与塔哈乌尔·拉纳、萨吉德·米尔、伊克巴尔少校以及网名为"蝎子6号"的帕夏频繁互通邮件。米尔以"瓦西"为代号，通过两个邮箱地址（rare.layman@gmail.com 和 get.me.some.books@gmail.com）与海德利通信，伊克巴尔少校则用 chaudherykhan@yahoo.com 给海德利写信，称他为"我亲爱的"。海德利有时候署名为"大卫·萨拉菲"，用的邮箱是 ranger1david@yahoo.com。他总能找到时间汇报当地的尤物。"这里的妞真辣，"他在给拉纳的一封邮件中写道，"我们俩应该扔下女朋友来这里玩个痛快。"

现在他需要找个床伴。他去了公寓附近一家叫莫科什的健身房，宝莱坞的一些小明星常去那里锻炼，他结识了健身教练维拉司·沃雷克。他们在一起聊电影，即兴闯入宝莱坞的派对。沃雷克对海德利泡妞的本事刮目相看，他们骑着沃雷克的摩托车，辗转于班德拉的深夜酒吧。"我们不是亲兄弟却胜似亲兄弟。"沃雷克对女孩们吹嘘道。

一天晚上，他带海德利到希瓦吉-曼迪尔，一个有剧院有寺庙的综合建筑，去看一场健美表演。在那里，沃雷克介绍海德利认识了拉胡尔·巴特，印度呼声最高的导演之一马赫什·巴特的儿子。很快，海德利、沃雷克和巴特三人就变得形影不离，这两个印度人叫他们的新朋友"大卫·阿玛尼"，因为他总是穿阿玛尼的衣服。为了让事情进展顺利，海德利提到了自己在美国的一些生活：放浪不羁的母亲在费城经营的酒吧，外祖父的悲惨遭遇，以及他的美国先祖们是如何在纽约州建造了第一口油井并结识了洛克菲勒家族。他还为他们在泰姬酒店的频繁聚会买单，特别是福斯廷·马尔蒂斯负责下午茶时段的海洋吧。而巴基斯坦这边的家，他从未提及。

让巴特感到疑惑的一件事是海德利有着广博的武器知识。他滔滔不绝地评论着世界各地安全部队的伏击和袭击。他能描述出大部分武器的口径和容量。但有一次,当巴特开玩笑叫他海德利特工时,他勃然大怒:"别这样说。"他对极其奇怪的事很敏感,巴特心想,而且他还不止一次情绪小小失控。海德利告诉朋友们,他想带他们去看阿富汗-巴基斯坦边境。巴特笑着摇头。"我怕得很,"他说,"我怕我会像丹尼尔·珀尔①一样被杀。"海德利笑了:"只要有我在,就没人敢动你们。你们应该改个名字。"他看了看巴特,说道:"也许你可以改成穆罕默德·阿塔!"人人皆知,穆罕默德·阿塔是9·11袭击的共犯。"这样明目张胆反倒安全了。"海德利对他们说,当着他们的面笑了起来。

不跟沃雷克和巴特一起的时候,海德利经常独自前往泰姬酒店。在他的脑海里,这里已是头号目标。他和交游甚广的本地商人苏尼尔·帕特尔一起喝酒,设法受邀去参加了水晶厅的一次宝莱坞派对,还从酒店的商店买了一支万宝龙笔。他在那烂陀书店翻过书。他喜欢泰姬酒店及其风格,并细致地观察过它。他参加了至少两次"周五之旅",是一种付费的边走边谈的活动,很受游客欢迎,他把整个过程拍了下来,在其中一个视频里录下了酒店的布局和历史。他研究了酒店创始人吉姆舍提·塔塔的资料,塔塔家最早是古吉拉特邦的牧师,后移民到这座城市,1858年把家里的儿子送去伦敦,踏上了探索世界之旅。

所有的东西都是研究材料。海德利录下了导游的解说词,说的是塔塔王朝的后裔如何从欧洲归来,打算开棉纺厂,建造一座建立在个人忠诚之上的工业帝国。吉姆舍提·塔塔还买下了一块可以俯瞰阿波罗码头的港口的矩形填海土地,设想在那里依据殖

---

① 《华尔街日报》的记者,2002年在巴基斯坦被恐怖分子绑架并杀害。——译者

民地的标准建造一座融合莫卧儿、拉其普特和东方美学的酒店。

在一份酒店手册中,海德利划出了介绍泰姬酒店设计的段落,讲的是实业家塔塔如何聘请一支充满活力的印欧团队,在孟巴时期杰出的维多利亚建筑大师弗雷德里克·史蒂文斯的带领下建造了这座酒店。弗雷德里克·史蒂文斯还建造了皇家阿弗雷德水手之家(后来的邦警察总部),以及维多利亚终点站(后来更名为贾特拉帕蒂·希瓦吉终点站)和教堂门车站。

手册还描述了史蒂文斯如何用耐磨的灰色玄武岩建造了一座U形建筑,从港口进入,宽敞的画廊贯穿整个大楼,从二楼到屋顶,沿着每边的翼楼,形成一个屏障,迎着海港夜晚的微风。海德利跟着人群走过这些画廊,录下全程,之后勾勒出整条路线。参观者还被告知史蒂文斯是如何计划在这些画廊之间穿插一些以爱德华时代的风格诠释的古吉拉特格子架和栏杆。

海德利弄清了复杂的布局,为所有走过的地方绘制了详细的草图,还了解了酒店的创新历史。他在酒店指南中标记出一些段落,这些文字解释了酒店从后到前的位置安排如何使尽可能多的客人欣赏到海景。像维多利亚终点站一样,泰姬酒店的每个角落都有圆顶,还有一个宏伟的中央圆顶罩着悬臂式中央楼梯。地窖里有制冷设备,底层和一层有商店和餐馆,客房在二到五层,楼顶被屋顶花园覆盖。1900年史蒂文斯猝然离世后,接替他的威廉·钱伯斯为酒店新增了一个佛罗伦萨文艺复兴时期的主题。吉姆舍提斥资2600万卢比(约合今天的20万英镑),建造了30间私人套房,单、双人间350间,配了电灯、风扇、摇铃和时钟,以及从德国进口的四部机械式载客电梯。酒店有自己的发电设备、药店和土耳其浴室。还开设了一家邮局,为酒店增添旧时城邦之感。为加大技术投入,酒店使用二氧化碳制冷系统为住客提供冷气,同时也为昔日孟买的第一家持证酒吧提供冰块。1902年,泰姬酒店已建成了一半,有一位英国经理和一位法国主厨,吉姆舍提这时开始环游欧洲和美国,寄回了一堆比利时水晶吊灯和埃菲尔铁塔的制造商生产的旋转钢柱。

到了2006年12月14日,海德利所有的存储卡都存满了资料,包里塞满了酒店及孟买的旅游地图和手册。他告诉新朋友们他要回费城和母亲共度圣诞节,实则乘飞机去了拉合尔。他直接去见了伊克巴尔少校,把录像交给了他。几天后,他前往切拉班迪山的萨吉德·米尔的办公室,给他播放了"孟巴行动"的录像。但在虔诚军那边,海德利还需要说服另一些人。他被军事首领扎基叔叔单独召见。自从在圣战者训练营遭遇滑铁卢之后,这还是他第一次见到扎基叔叔。军事首领扎基为海德利送上了牛奶和藏红花以示尊敬,但言语中仍与他保持距离。米尔后来安抚海德利说,赢得叔叔的支持需要时间。"让他接受这个计划很难,但我们在努力,"米尔说,"最重要的是,你要入他的眼。"从这一刻,海德利可以肯定的是,虔诚军正在认真研究如何对他侦察过的所有目标展开袭击,包括孟买警察总部、一家叫利奥波德咖啡馆的游客聚集地和泰姬酒店。

回到拉合尔之后,海德利在他和他巴基斯坦妻子沙琪亚的家里烦躁不安,沙琪亚此时已有8个月的身孕,怀着他们的第三个孩子。他不擅长等待,所以一接到贩毒时认识的老熟人昌德·拜的电话,就马上跑去见面了。

海德利叫他CB,此人在拉合尔的穆斯林镇经营一家古玩店兼棋牌室,他告诉海德利自己给他找了个他一定会喜欢的人。是个年轻的摩洛哥医学生,名叫法伊扎·奥塔哈,看起来很西化、奔放又性感,来巴基斯坦接受医生培训,但一年后就厌烦了人体解剖。法伊扎受过良好的教育,能说流利的英语、阿拉伯语和法语,她那摩洛哥中产阶级玩体育、弹钢琴的成长背景,如今被她说成是"第三世界地狱"。医生诊断她患有高血压,并开了一个疗程的注射治疗,这让她昏昏欲睡、头脑混乱,她担心药物被污染了。法伊扎想回家,整天在CB那"蜘蛛横行,遍地灰尘"的店里吸大麻打发时间。当海德利大步走进去时,她正在店后面打牌。

法伊扎盯着他看,他那宽阔的肩膀、简洁干脆的西式做派和迷人的笑容,立刻让她觉得自己时来运转。"他和我交换了一个那样的眼神,我内心有个声音告诉我,'他就是那个真命天子,我知道我一定会嫁给他。'"她在日记中写道。

经历了几个月拉拢虔诚军、取悦三军情报局的辛劳,再加上紧张的孟买侦察之旅,美丽、活泼、玩世不恭的法伊扎对海德利来说无异于一剂补药。不到一个星期他们就"结婚了",海德利给她租了一间公寓,离他妻子有些距离,丝毫没有提起他妻子的存在。这对新婚夫妇在可以俯瞰巴德夏希清真寺的地方享用烛光晚餐,她坐在他的摩托车后座上在拉合尔的古老小巷里转悠。当他要求她戴穆斯林妇女的头巾时,她同意了。"我的大卫是个英俊的男人,一只眼睛棕色,一只眼睛蓝色,那么帅气、羞涩、聪明、善良,"法伊扎写道,"有时他单纯,有时像个小婴孩。他总是对我说:'亲爱的,你知道吗,今生和来世我们都会在一起。'就像他在两个世界里都找到了我一样。"

但是,蜜月提早结束了,因为海德利突然说他必须出国。他收到了伊克巴尔少校的电子邮件,提醒他完成对"孟巴行动"的侦察,不用去管扎基叔叔的保留意见:"嗨,你怎么样最近没有联系项目进展如何请告知我最新情况。"

2007年2月21日,他飞离巴基斯坦,让忐忑不安的法伊扎起了疑心。她翻遍了海德利的电话账单,四处打电话,发现了孕晚期的沙琪亚和她两个孩子的存在。两个女人都打电话给在孟买的海德利,气得发狂。海德利担心复杂的感情关系可能会扰乱行动,于是搁置计划,飞回了拉合尔。他花了5天时间才安抚住沙琪亚。新婚妻子法伊扎则让他花了更长时间,法伊扎鄙夷地将情敌描述为"一个裹得严严实实的生物",指的是对方保守的伊斯兰教外表。

2007年3月20日,海德利返回孟买。法伊扎坚决要求同行,称这趟旅程为"我们的蜜月"。海德利不是这么想的:"我不想把她带到印度。但她坚持要来。"他不得已屈服了,挥金如土,生平第一次在泰姬酒店订了间房,这次他终于可以把迷宫般的酒店里只对客人开放的所有角落和缝隙录下来,比如宫殿里最高档的五层和六层的走廊。但他一走进大堂,就意识到自己犯了个错。曾经是自由典范、抽印度大麻、赌博、喝酒的法伊扎,现在拒绝取下头巾。

海德利在泰姬酒店的酒友们立即发现了他,纷纷冲了过来。他们那个无神论的美国朋友怎么和一个裹着头巾的穆斯林女人在一起?"哦,她是个客户。"他信口编道。接下来的几天,他以法伊扎作为借口参观泰姬酒店,为她拍了数百张照片,同时一直在想如何让她回家去。这趟旅行才过几天,沙琪亚就打来了电话,压力更大了:她刚生了一个儿子。

海德利为法伊扎订了一张回拉合尔的机票,但她拒绝回去,反而逃到了摩洛哥的父母那里,而且越来越觉得关于海德利的一切都是谎言。"他告诉我他在做移民生意,但没有证据表明他有什么真正的业务。"她在日记中写道。首先,海德利必须稳住沙琪亚，此时的她已经去迪拜投奔她母亲那边的亲戚了。他见到了他刚出生的儿子，真诚地提议给他取名奥萨马。当海德利在费城的一次家庭聚会上宣布了这一消息，并把家里的新成员称作"我的小恐怖分子"时，美国的表亲们都被吓到了。他把法伊扎的事先搁置一边，回到了巴基斯坦，向虔诚军的米尔和三军情报局的伊克巴尔少校承诺，他会完成对孟买的侦察。侦察若不成功，整个行动就会完蛋。

2007年6月中旬，海德利带着新的监控材料从孟买返回，立刻得到了一些回应。每个人都想知道出现在许多镜头中的一个很有魅力的年轻女子是谁。海德利只得承认他又结婚了。虔诚军有着神学上的顾虑。"萨吉德在电脑里把法伊扎的脸涂黑了。"军事指挥官扎基叔叔坚决要求用电子技术把照片里所有女性的脸上都蒙上头巾。伊克巴尔少校担忧的则是谍报。新任妻子会对海德利的伪装有什么影响吗？为了让事情变得简单点，海德利决定用代码。之后的所有通信中，他把沙琪亚称为M1（1号婚姻），法伊扎则是M2。他没有提到在美国分居的第三个妻子珀西娅·吉拉尼。

2007年7月，突发的外部事件迫使扎基叔叔重视起了海德利和"孟巴行动"。警察和圣战分子在伊斯兰堡市中心的红色清真寺（Lal Masjid）对峙的画面被现场直播，数百万巴基斯坦人惊呆了，这是该国首次重大的直播事件之一。清真寺里头发灰白的大毛拉直言不讳地批评佩尔韦兹·穆沙拉夫将军的军事独裁统治，批评他协助西方打击基地组织。他的学生还自发组成义警巡逻队，袭击音像店和理发店，指责它们是非伊斯兰的，或者干脆说它们是妓院。

7月3日，海德利和扎基都看了政府军在红色清真寺外与圣战分子交火的实时画面，引发的那场激烈枪战造成了20人死亡。5天后，穆沙拉夫的突击队发动突袭，杀死了大毛拉和他的几十名宗教学生，这一消息让伊斯兰共和国陷入了疯狂。哀悼者和基地组织宣布要对巴基斯坦的当权政府发动圣战。

一波又一波的自杀式炸弹袭击者（许多还是儿童）被引导去袭击警察和军队。同年12月，暴力事件令前总理贝娜齐尔·布托丧命，她刚结束流亡，回来为即将到来的选举拉票。袭击的消息传来时，海德利正和虔诚军的铁杆成员帕夏在一起，他"祈祷布托快点死"。虔诚军遇袭时，他们也在一起。这个有国家撑腰的圣战组织被拥护红色清真寺的激进派斥为"军队的工具"。没过几个小时，政府军就部署到了拉合尔的卡迪西亚清真寺之外，与此同时，三军情报局特工在为埃米尔哈菲兹·赛义德保驾护航。政府军的枪手也在守卫着虔诚军在穆里德盖的秘密训练营，身穿便衣的短发特工抱着机枪，在该组织领导人的仿希腊式别墅里巡逻。

在圣战分子的施压下，包括帕夏在内的虔诚军内部一个相当大的派系认为，虔诚军应当抛弃三军情报局这个金主，与基地组织联手，从对付克什米尔的印度军队改为袭击在阿富汗的联合部队。

扎基叔叔把海德利叫去了"圣战士之家"，承认自己"在团结虔诚军为克什米尔而战这方面存在严重问题"。他还担心，如果虔诚军一脚踢开军方，它将失去三军情报局这个盾牌并受到各方攻击。

伊克巴尔少校将海德利召回拉合尔，承认为了阻止虔诚军分崩离析，三军情报局"承受着巨大的压力"。这个组织需要制造一起惊天大案，一次可以把所有人团结在一起的行动。他告诉海德利，扎基现在"不得不考虑对印度实施一次惊天动地的恐怖袭击"，只有这样，才能满足其内部一些派别想要攻击伊斯兰的敌人

（美国人、以色列人和欧洲人）以及印度的渴望。他认为"孟巴行动"是个完美的计划，把袭击目标定在印度，还有在孟买的外国客人。

2007年9月，海德利回到孟买，探查泰姬酒店的"入口和出口"以及它的珠宝店。他被告知，这些数据现在被集中在"圣战士之家"的一个行动指挥室里，那里已经用谷歌地球（Google Earth）绘制好了一张酒店及其周边环境的巨大示意图。

海德利现在忙得不可开交，必须简化自己的生活。他已经设法说服M2（法伊扎）在2007年8月回到了拉合尔，无疑是与她达成了某种协议，就像他与其他人那样。法伊扎很高兴地在日记中写道："我见过他所有的面孔，而最美好的就是，我知道这个人和我在一起时不需要那么卖力讨好。"但是当海德利下次来看她时，却要求离婚。她万万没料到这个。他们激烈地争吵起来，他还打了她，之后回到沙琪亚那里给了她一把枪防身。"你能相信吗，他居然认为我会去杀了那个女人和他的孩子？"法伊扎写道，言语间心灰意冷，"这些事情让我哭泣，让我伤心。"

法伊扎想报复。她设法进入了伊斯兰堡外交区戒备森严的美国大使馆，指控海德利是个圣战分子。"我见过他所有的身份，"她告诉大使馆官员说，"大卫、詹姆斯、达乌德或者戴维。"她知道他做过毒贩，却还是爱上了他。但自从2007年2月仓促结婚后，她怀疑他在干的事要可怕得多。

大使馆官员叫她去见一个"地区安全官员"，后者带去了"1英寸厚的文件"，里面都是关于她丈夫的资料。她说了海德利的行为，他们点点头，似乎都已知晓。她说，和虔诚军一起时，他用达乌德这个名字，表现得像个虔诚的穆斯林，他还公然抨击

围攻　057

美国对伊拉克和阿富汗发动的战争。在家里，他是"戴维"，看电视里的《宋飞正传》和杰·莱诺的脱口秀。他最好的朋友帕夏跟基地组织有瓜葛，但在家里，他听"老板"① 的歌，知道《为跑而生》(Born to Run) 的所有歌词。她感到"又惊恐又困惑"。

她最担心的事情是他频繁前往孟买。她说丈夫在家诅咒印度及其政府，却又经常往返于孟买。她有照片可以证明，包括2007年4月和5月在泰姬酒店内拍摄的所有照片。她把这些照片都弄出来了。她解释说，那次本来是"我们的蜜月之旅"，但在他朋友面前，她却成了"生意上的客户"。他在那里谋划着什么吗？她没有得到回应。

官员们结束会面走了，她还没反应过来自己就已经在外面了，强烈的阳光刺得她眯起了眼。美国大使馆后来把此事归为"家庭纠纷"。法伊扎在日记中写道："我告诉他们，他要么是恐怖分子，要么是在为你们工作。他们的意思差不多就是我可以滚了。"

几天后，海德利出现在她家门口，暴跳如雷。"你为什么去大使馆？"他质问道。她在日记中写道："他是怎么知道的？"

拉响关于虔诚军的警报的，并不只有他的家人、妻子们和朋友们。2007年，乔治·W.布什总统的白宫国家安全小组收到了一份亲手递交的文件。欧洲调查人员之所以把它交到华盛顿，是因为发现了一个不妙的事态。文件提醒说，一个新的恐怖主义轴心正在浮现，巴基斯坦的虔诚军被认定为"野心膨胀，不甘只做一个地区性的圣战组织"。文件引用了在英国、法国、德国和澳大利亚收集的证据，指出一部分资深的虔诚军成员已经开始将目光投

---

① 即布鲁斯·斯普林斯汀（Bruce Springsteen），昵称为 the Boss。——译者

向更远的地方，比如印度及其他。海德利的虔诚军联络员萨吉德·米尔被追踪到在欧洲和海湾一带活动，在那些地方招募新人，筹集资金，留下虔诚军的休眠间谍①，通过暗语与他们保持联系。他的这番计划的核心是英国，英格兰被标为"西1"（West 1）。

在华盛顿，这份文件被礼貌地驳回了。回复英国调查人员的信息很简单："穆沙拉夫总统是我们在巴基斯坦的最佳选择。仍应由他来判断并决定该如何处置虔诚军。"美国官员补充道，目前的优先事项是"瓦解基地组织"及"发掘所有的情报和人力来抓捕奥萨马·本·拉登"。

2008年1月，赛里尔·海德利在费城去世，享年68岁。在充分享受了生活，经历了5次闹腾的婚姻后，她终于倒下了。在海外一直与母亲保持通信的大卫·海德利深受打击。但他没有时间悲伤；"孟巴行动"正在迅速成形。据他的表兄弟们回忆，在费城参加完母亲的葬礼后几天，海德利就飞回了巴基斯坦。在那里，他受邀参加了虔诚军在巴拉卡胡的一个安全屋召开的秘密会议，巴拉卡胡是伊斯兰堡东部边缘地带有名的圣战组织聚会地点。萨吉德·米尔欢迎了他的到来，向他介绍了一个他似乎在"圣战士之家"见过的人，阿布·卡哈法。虽然留着传教士胡子，大腹便便的卡哈法却因力大无比被称为"公牛"，是扎基叔叔手下的二号人物。他是来自巴哈瓦尔布尔的旁遮普人，是一位传奇的战地指挥官，将负责"孟巴行动"的军事部分。卡哈法带来了一个消息。虔诚军决定把一个自2006年以来一直没有认真考虑的想法重新提上日程：从海路袭击孟买。

---

① 暂时不从事间谍活动的间谍。——译者

海德利又惊又喜，脑袋晕乎乎的，被命令立即返回孟买寻找登陆点。"萨吉德给了我一个旧的佳明 GPS。"卡哈法教了他如何使用，并给了他 4 万巴基斯坦卢比（约合 300 英镑）作为经费。离开前，海德利见到了伊克巴尔少校，少校给了他一捆印度卢比伪钞和一个建议。"蜜蜂"——那个给了他们印度机密训练手册的三军情报局双面间谍——想到了一个可以用作登陆点的地方，在孟买南部的渔民聚居地巴德瓦园区，据他报告那里只是偶尔有人巡逻，并且离道路那边远远的。海德利该去查看一下。

2008 年 4 月初，海德利抵达了孟买。第一晚，他在泰姬酒店前登上了一艘游船，去港口另一侧的象岛石窟兜了个来回。码头这边灯火通明，挤满了游客、保安和警察。没有人注意到他在拍照片和获取 GPS 读数。

第二天，他又乘坐另一艘船，晚上 8 点半从海滨大道出发，因为"公牛"卡哈法提示过他袭击者可能选在这个时间登陆。这里一派繁忙景象。接下来的一天，他乘出租车前往卡夫广场，一路沿着海岸线到达巴德瓦园区。海德利与一名船夫聊天，说服船夫第二天凌晨 3 点带他出海。他们航行了将近 3 海里。返航前海德利留意到，登陆点确实像"蜜蜂"说的，黑漆漆而且乱哄哄，离主路很远。第二天他又来了，骗渔夫说"一群大学生要坐船，很快会联系他"。

海德利飞回了巴基斯坦，驱车 5 小时前往拉瓦尔品第的军营，把登陆点的 GPS 坐标交给了萨吉德·米尔。他一到那里，就惊呆了。虔诚军这位负责境外行动的副主管在迪拜做了整容手术，尽管在海德利眼里，米尔看起来仍像米尔，"也许有一点点像中国人"。既然米尔都准备好销声匿迹了，"孟巴行动"必定已是板上钉钉。

监控拍下的一张照片显示,大卫·海德利排在 2008 年 7 月 1 日孟买机场的入境通关队伍中,看起来就是个疲惫不堪的游客,褪色的淡蓝色 polo 衫松松垮垮,青绿色的棒球帽盖住了油腻腻的马尾辫。随身行李沉重地挂在他的左肩上,里面装着相机,他将用它完成虔诚军所说的最后一次侦察任务。

除了侦察泰姬酒店、三叉戟-欧贝罗伊酒店和贾特拉帕蒂·希瓦吉终点站,海德利还开始为这份目标名单上新增的一处——哈巴德大楼——准备材料。这是一个犹太人服务中心,位于人口稠密的克拉巴区的一条小路上,由一名美国拉比管理,为在印度工作或度假的以色列人提供服务,度假者之中许多都是执行任务归来的军人。袭击哈巴德大楼的建议来自一支由 16 名印度人组成的队伍,虔诚军在孟买招募了他们来制定袭击目标名单。作为一支与虔诚军本部迥然不同的队伍,在穆里德盖他们被称为"老鼠"(chohay)。

这个袭击目标是为了维护虔诚军的团结而艰难达成的幕后交易的一个例子。虔诚军的传统守旧派想把哈巴德大楼排除在外,因为它偏离组织的信念太远,而且攻击它会导致虔诚军被全球唾弃;但亲基地组织的中坚游说团体占了上风,甚至说服了扎基叔叔,如今他们把犹太人目标作为虔诚军的"新方向"。

海德利回到拉合尔后,米尔立刻把他叫到了"圣战士之家"。海德利几乎没怎么睡觉,到达营地时已精疲力竭,手里抓着一张汗湿的便条,上面盖着虔诚军的印戳——一对弯刀悬在烈日上方。母亲去世对他的打击,加上他为了维持双重身份所花的精力,耗尽了他的元气。他疲惫地移交了几个新目标的 GPS 航点,附上数小时的录像和带注解的地图,这些数据都被叠加到泰姬酒店及周边地区的示意图上,上面的信息已越来越多。当晚,海德利就发了烧，病倒了。第二天醒来后，他发现米尔在他的床边，透露说"孟巴行动"将会拿到这个组织的执政委员会（sura）安排的一次特别策划会议上讨论。

海德利做好了进入该组织核心圈的准备。但米尔神色严峻。虽然埃米尔哈菲兹·赛义德、扎基叔叔、"公牛"卡哈法和其他高层人物将参加执政委员会的会议，但海德利没有受到邀请。米尔找了个借口说是不想在一些新面孔面前暴露他的身份。

他绝不能说早些时候在领导班子会议上，扎基叔叔透露，伊克巴尔少校发来警告称三军情报局认为海德利"在把他们所有人玩弄于股掌"。他们仍然需要他来确保"孟巴行动"取得成功，因而进退两难。扎基提议道："跟他保持一定距离，继续行动。"如果海德利将他们出卖给美国中央情报局或其他西方机构，他们依然可以利用他。扎基认为，西方国家无论是谁在操纵海德利，都会贪得无厌地获取信息，因而他们会容忍他的把戏到最后一刻，这将给虔诚军的行动留下余地。"让他离执政委员会远点就行，"扎基说，"而且我们必须隐瞒行动的日期。"

秘密会议结束后，米尔来找海德利，设法用一个诱人的计划把他骗回了山下。袭击小组已经招募完毕，"孟巴行动"现在正式成为自杀式袭击者的任务。他们挑选出来的圣战士将在城里攻占目标，劫持人质，设法让媒体直播，并最终处决俘虏。接下来，他们将火烧孟买最著名的地标，最后在激烈的枪战中殉道。

第三章　愿主赐你平安[①]

2008年11月26日，星期三，晚上6点

古铜色皮肤的安德烈亚斯·李佛拉斯，一头银发向后梳着，亚麻衬衫领口敞开，站在他的超级游艇"艾莉西亚号"的上层甲板上，凝视着被大海波光映照的泰姬酒店。他下午刚从孟买有名的小偷市场（Chor Bazaar）购物回来，陪着他的是性子温和的一名印度人——他的游艇总管雷梅什·切路沃斯，此人打理着他的船队，帮他提包，包里鼓鼓囊囊地装满了雕刻品和纸质装饰品。安德烈亚斯上一次来孟买是和妻子安娜一起，他们在泰姬酒店的马萨拉卡夫餐厅吃到了"令人念念不忘的咖喱菜"。几个月前，安娜因为迅速恶化的癌症去世，73岁的安德烈亚斯打算今晚回到酒店，纪念安娜，寻找"另一道著名的咖喱菜"，并上岸待一段时间。

他的英国朋友兼游艇经纪人尼克·艾美斯顿正借用"艾莉西亚号"举办印度一家新企业的开业庆典：这是他首次涉足次大陆的游艇销售和租赁业务。与平时不同的是，今天安德烈亚斯没有心情与人社交。作为一名性格张扬、常年漂泊在外的希腊裔塞浦

路斯人,他总喜欢吹嘘"艾莉西亚号"的豪华尺寸:280英尺的雄伟船体,18间高级包房,18间套房,一个按摩浴缸,一个直升机升降坪和一个温控酒窖,航行期间配备了一整队身着制服的船员。"我是游艇之王,"他告诉人们,并将他的成功秘诀简单归结为:"船越大,就越贵,(我们)就越忙。""艾莉西亚号"建于2006年,耗资7000万英镑,被当年的《福布斯》杂志评为有史以来最昂贵的游艇,它代表的是安德烈亚斯的商人生活的高水准。

他出生在一个一贫如洗的塞浦路斯农民家里,有8个兄弟姐妹,1960年代他移居伦敦,从伦敦西部高档的肯辛顿区的面包店送货员做起,最终打造出了利润极丰的鸢尾花糕点与餐饮连锁店。将这桩生意以1.3亿英镑的价格售出后,穿着玫瑰粉色西装、戴着粗金项链的安德烈亚斯过起了奢华的生活,买了不止一架喷气式飞机,又在全球广置豪宅,包括在摩纳哥,还与摩纳哥的阿尔伯特亲王成了朋友,并成为皇家游艇俱乐部的成员。通过这个俱乐部,他结识了尼克·艾美斯顿,一个和他一样背井离乡在伦敦打拼的摩纳哥人。

安德烈亚斯和尼克在希腊的迈泰奥拉修道院进行了为期10天的静修,这里是詹姆斯·邦德电影《007之最高机密》的取景地。他俩都热爱超级游艇,从私人包船业务中赚了很多钱。"艾莉西亚号"的租赁费用是每周50万英镑;曼联前锋韦恩·鲁尼是安德烈亚斯的最新客户之一,6月在船上举办了他与科琳的婚礼,当时"艾莉西亚号"停泊在意大利的里维埃拉。但安德烈亚斯从不忘记他的穷苦出身,所有在"艾莉西亚号"上工作的人,特别是雷梅什,都认为他是一个细心又慷慨的老板。

---

① Salaam alaikum,常见的阿拉伯问候语,也可译为"你好""祝你平安"。——译者

为了启动自己的印度业务,尼克聘请了社会名流、企业家拉坦·卡普尔,他是德里的一名销售行家,出身富裕的地毯商人家庭,他的销售秘诀是,当地板上有血,印度人就会开始买地毯。"外表决定一切。"卡普尔在今年早些时候与他见面时说,当时尼克与安德烈亚斯在伦敦和摩纳哥的游艇业务受到了全球金融危机的猛烈冲击。

在爱尔兰的经济高速发展势头结束之前,卡普尔就已在不遗余力地吸引爱尔兰投资者去次大陆,从中积累了丰富的经验,他还给尼克上了一堂关于城市精英的速成课,告诉他最重要的豪宅在哪里。"如果孟买最重要的六对夫妇感兴趣,那么整个城市都跟着过来。"卡普尔信誓旦旦道。不过,他得下更多的功夫才能说服安德烈亚斯,后者不喜欢他的夸夸其谈,曾发了一连串的邮件直言不讳地表示:"我不想让穷鬼上船。"炸毛的卡普尔马上回复道:"我不认识任何穷鬼。"他迅速列出了一串已经购买了游艇的"大腕"名单,其中就有翠鸟啤酒的所有者、航空业巨头维贾伊·马尔雅,理查德·伯顿在1967年伊丽莎白·泰勒凭借《谁害怕弗吉尼亚·伍尔夫?》一片获得奥斯卡奖时送她的船,如今归他所有。

卡普尔的想法很简单:"艾莉西亚号"只要往泰姬酒店边上一停,就是个活的广告牌。它还可以提供场地举办一系列高档活动。印度《时尚》杂志已经在船上办过一次媒体午餐会招待杂志编辑们,而今晚拉坦和尼克将在此举办一个由酩悦香槟赞助的豪华晚宴。宝莱坞传奇人物阿米达普·巴强的弟媳会主持明天的"女士午餐",而周五晚上,演艺巨星沙鲁克·汗答应来露个面,这将引来数百人上船参加活动。

不过,最后关头出了点状况。"艾莉西亚号"到得晚了,在午餐开始前两小时,它在距离泰姬酒店500米的地方抛了锚。一群印度官员几乎立刻就冲上了船。尽管每一份该填的表格都填了,也向警察、海军和海港当局行了贿,卡普尔仍然担心不已。100位客人将大大超出锚区的限制,而且由于他们在归海军管的水道上,对音乐和饮酒的严格限制也可以置之不理。当警察局局长加福尔终于接受邀请时,每个人都松了一口气。

此刻,当船员们换上了印有艾美斯顿公司标志的红色T恤后,安德烈亚斯把尼克叫到了一边。"今晚船就交给你了,"他对朋友说,"我去泰姬酒店吃点咖喱,很快就回来。"晚上7点30分,他在雷梅什和游艇水疗中心的两个菲律宾女孩的陪同下,乘坐"艾莉西亚号"的补给船驶向印度门的泊位。反方向也传来发动机的突突声,一队衣冠楚楚的孟买"大腕"正乘船向"艾莉西亚号"驶去,准备品尝晚宴上的珍馐美味。"这将是一场盛大的派对,"尼克对儿子伍迪说,"船看起来棒极了。这个位置也非常好。"以喜怒无常闻名的阿拉伯海此刻一片宁静,泰姬酒店沐浴在金色的光芒中。

莱恩·克里斯汀·沃德贝克是一位挪威的营销主管,经验丰富的旅行者,她看了下手表。此时是晚上7点45分,她和男友阿恩·斯特朗姆正堵在路上,沿着海滨大道向克拉巴区龟速前进。她凝视着车窗外的大海,试着去屏蔽这一片喧闹。他们从古吉拉特邦飞来,只在孟买待一晚,为的是见一个Facebook上认识的新朋友——26岁的孟买人米图·阿斯拉尼。对莱恩来说,这是他们为期一个月的精神之旅的最后一站,米图特地来市中心见她,他们约好在离泰姬酒店只有几步之遥的利奥波德咖啡馆碰头。

但现在,三车道挤成了六车道,车子紧挨着车子,互相剐蹭着车门的油漆。莱恩的电话响了,是米图打来的:"对不起,亲爱的。我迟了45分钟。"她从西北面郊区过来,堵在同一条路上。

"我们利奥见，么么哒。"莱恩慌了。明天早上她还要和阿恩赶飞机去德里，然后转机回家。如果他们这次见不到米图，以后就永远没机会见面了。

当他们终于到达咖啡馆时，已是晚上近9点，那里热闹非凡。身穿红衬衫的服务生忙得不可开交，莱恩通过米图的Facebook头像认出了她。她们高兴极了，在远处墙边找了一张三人桌坐下，米图告诉莱恩自己刚成功拿下第一份宝莱坞的工作，担任南亚最高产的热播电视剧工厂巴拉吉电视电影公司的创意总监。她将参与制作一部刚被评为"年度最佳节目"的肥皂剧。她还给莱恩看了自己几天前参加婚礼的照片。"看，"她笑着说，"我第一次穿纱丽。"她们盯着对方看，莱恩穿着宽松的沙尔瓦卡米兹，而米图穿着紧身牛仔裤和T恤。她们互相调侃着，感觉就像老朋友一样。当服务生终于来到她们这桌时，莱恩负责点单。"来点意大利面和蒜香面包吧。"她说。

咖啡馆外面，车辆堵得水泄不通，空气中充斥着小贩的叫卖声。保安萨钦·索特守在对面贝纳通商店的门口，看着成群结队的游客从眼前掠过。他刚在一本小练习册上准确地记录了时间，晚上9点43分，就看到两个二十出头的年轻人从一辆黄色出租车上下来，背着鼓鼓囊囊的背包，好像刚从大学回来。他们看起来就像干净齐整的当地孩子，那种每晚在孟买南部富人区闲逛的孩子。他们站了几分钟，透过窗户看向咖啡馆里面，然后他隐约听到其中一个说："来吧，兄弟，我们以真主的名义动手吧。"两人在背包里一通翻找，掏出了哑黑色樱桃木的突击步枪。他们这是要干什么？他们走进咖啡馆，把什么东西掷向了就餐人群，一道亮光瞬间让索特什么都看不见了。随之而来的一声霹雳让他的耳朵嗡嗡作响，烟雾从利奥波德里面涌出，紧接着一股爆炸的巨浪

围攻 067

将他砸到了人行道上,玻璃和碎片撕碎了他的衬衫,突,突,突的自动武器射击声响了起来。

烟雾散去后,他看到这两个男人把一发发子弹射向咖啡馆里面和外面街上的人群。空气中弥漫着令人毛骨悚然的尖叫声,子弹四处飞溅,有些打在他脑后的金属百叶窗上。他爬着,呻吟着,寻找掩护,用手捂住耳朵。他的耳朵在流血,脸被划破了。

店内,莱恩吓得僵住了。"天哪。"米图茫然地站了起来。阿恩也跟跄着站起来:"到底怎么回事?"莱恩回过神来,抓住他俩的手腕把他们拖到桌子底下,这时又一次爆炸掀翻了桌子和食客。然后,突,突,突,短促连发的射击声再次向他们而来。"保持安静!别动!"莱恩低声说,并抱住了躺在她两侧的阿恩和米图。

"这不可能是真的。"她不停地对自己说。突,突,突的枪声在地砖上凿出深洞,掀起水泥碎片。尖叫声响起,随后是更多短促的射击声。他们在处死就餐的人吗?此刻枪手在咖啡馆的另一边,但正在走过来。米图瑟瑟发抖。"快装死,"莱恩悄声说,"躺着别动!"一名枪手此刻就在他们身边。她能感觉到滚烫的弹壳咔哒咔哒地落下。她转向阿恩,他面色苍白。"我爱你。"她用唇语说道,这时的一切都淹没在枪声里。

一股甜甜的铁锈味闯进了莱恩的鼻孔:是血。绝不会错。米图发着抖,莱恩继续抱着她,她的身体传来一阵阵短促的抽搐。对莱恩来说,米图仿佛正散发出一种平静的能量波。她翻身转向阿恩,又吓得向后缩去,发现他的脸和手都被子弹击中了。"米图死了。"她低声说,强忍着眼泪抱着她的朋友,米图的身体已经没有了生气。

咖啡馆 200 米外的克拉巴警察局内,值班督察听到了子弹滚落和嘶吼声，不确定是否来自 AK-47。他抛下电视里直播的英国-印度单日国际板球赛，跑出去查看，并在警局的事件日志上标记了晚上 9 点 45 分。他的宿舍在警局的一楼，他确定枪声来自利奥波德那里。

警局门口，神情紧张的警员们聚在一起，行人们尖叫着从他们身边跑过。督察走了几步，确定看到了前方有尸体躺在克拉巴大堤上。看起来像是炸弹爆炸：建筑物上的广告牌被扯了下来，汽车警报在嚎叫，路灯都灭了。他抓起下属的对讲机，呼叫南区控制中心。"21 点 48 分，克拉巴警局对讲机：派克拉巴 1 号到利奥波德酒店。"

督察拦下了两名警员，他们所持的武器是标配的点 303 口径拉栓式步枪。这些枪老到都已经在印度停产了，以致维修困难，零配件稀缺。大多数城市警察局里的武器只有这些老旧步枪和竹制警棍（lathis）。他身后是一支五人机动部队——克拉巴 1 号，配备的也是类似武器。"我们走。"他催促着他们，拍着手，仿佛在驱赶母鸡。无论发生的是什么，肯定是混乱的流血事件。他大步走在前面，走近咖啡厅，避开受伤的人。突，突，突的声音现在柔和了下来，好像袭击者们已经离开。

几分钟后，他看到了一张人人熟知的面孔：第二特别分局的头头拉吉瓦德汗·辛哈，正飞奔而来。他顿时如释重负。这个特别分局的副局长就像坦克一样，所向披靡。他身经百战，经验老到，肯定知道该怎么做。拉吉瓦德汗接到本邦情报局副局长的电话时，正和家人在 VT 路警局大院的家里，情报局副局长认为这是果阿的俄罗斯和以色列的贩毒黑帮在火并。督察不以为然。他只知道他的人说有两名持枪歹徒，拿的是突击步枪，他们对着利奥波德咖啡馆一通扫射后向泰姬酒店逃奔过去。

拉吉瓦德汗大步走了进去。门边有三具尸体，其中两个是西方人。他估摸着重伤者中应该还有十五六人已经遇难了。在一个角落里，一个身上血迹斑斑的服务生正在镇定地打扫，好像只是一只盘子摔碎了。拉吉瓦德汗抬头看了眼咖啡馆夹层，看到一个就餐的顾客被枪杀后栽倒在玻璃上，面部朝下，表情痛苦。得叫个警员把这具尸体搬回去。他屏蔽了耳边歇斯底里的哭声和尖叫声，专心致志地寻找证据链。爆炸把水泥地面炸出了一个个大洞。是手榴弹，他得出结论。顺着墙上密密麻麻的弹孔往上看去，他发现一个桌面上有两个AK-47的空弹夹被绑在一起，认出了这是典型的实战配置，可以快速更换弹夹。这不是雇凶飞车射击，也不是什么俄罗斯人或以色列人。他想知道这两个武装分子是有团伙的，还是单枪匹马。

他抓住了一个路过的无线电操作员。"后援在哪里？"他朝着对讲机喊道，担心逃离现场的枪手背后有更大的阴谋。必须动员警力。"所有在附近1英里内巡逻的警察马上过来。"控制中心没有任何反应。他又喊了一次。"21点49分，克拉巴警局对讲机：需要增援，需要增援。"这次南区控制中心回应了，召集了一批人手。拉吉瓦德汗数了一下，4组人。充其量也就24名警察，远远不够。

他在行走的伤员中快速转了一圈，询问当时的情况。他看着一名女子抱着另一个来就餐的女人，后者很明显已经死了。正是莱恩·克里斯汀·沃德贝克，她结结巴巴地说看见了两三名持枪暴徒，年纪轻轻，胡子刮得很干净。而根据另一个西方人的描述，其中一个歹徒穿着一身黑，另一个更高更魁梧的，穿着黑色军裤和胸前有些图案的灰色长袖T恤。南区控制中心呼叫，询问伤亡人数，副局长有点含糊其辞地回答：大概16人需要住院治疗，12

人遇难。"开火的枪手被控制住了还是逃了?"拉吉瓦德汗听到了此时已远去的枪声。"还在开火,就在泰姬酒店附近。"南区控制中心呼叫道:"突击队1号,马上来泰姬酒店。"

突击队1号有一辆波列洛吉普,能载6人。拉吉瓦德汗叹了口气。他们这样子是没有任何胜算的。警方必须全力以赴才行。他循着突,突,突的枪声,沿着那拉吉-弗东吉路跑着,思忖着他在咖啡馆内部看到的情况。"是该死的巴基斯坦人,"他低声道,"跑到我们的地盘作乱。"

曼尼什·乔希是泰姬酒店的电脑操作员,晚上9点46分,他刚从那拉吉-弗东吉路上牛津大厦内的酒店办公室下班,就听到了"婚礼的鞭炮声"。他走了出去,看到有什么东西躺在路上。他走过去,发现是一名外国女性,浑身发抖,还在流血。她磕磕巴巴地说自己中枪了,开枪的人已经跑了。她指向了泰姬酒店。曼尼什惊慌失措,茫然不解,他把她拖进室内,找地方靠着,同时拿起手机给酒店里的同事打电话:"我想有歹徒拿着枪朝你们来了。快出去。"

泰姬酒店的一名保安在牛津大厦的露台看到了两名男子手持突击步枪顺着马路跑来,也打电话提醒酒店内的同事:"封锁酒店。枪手来了。"消息被一层层地送到酒店5楼的泰姬酒店安保主管苏尼尔·库迪亚迪那里,他知道有5个入口正大开着:鲍勃·尼科尔斯和拉维上校抵达的塔楼主大堂入口;评论家萨宾娜办理入住的面朝大海的宫殿入口;威尔和凯莉从利奥波德咖啡馆返回经过的南边诺斯科特门;考勤室的员工入口;还有塔楼背面的另一个员工入口。

前门外,年轻的保安普鲁·佩特沃在塔楼大堂值班,他身穿剪裁得体的深色衣裤,是库迪亚迪手下的"黑衣人"之一。他收到了关门的通知,而此时一大波客人、就餐者及路人正蜂拥着穿过安全屏障和 X 光机而来。

萨贾德·卡林姆也在人群中,他是英国布莱克本的工党议员,欧盟代表团的成员之一。片刻之前,他已经发现有客人背着一个半昏迷还在流血的女人从大门进来,大喊着说是从利奥波德咖啡馆过来的,那里已经遭到了袭击,很多顾客都向五星级泰姬酒店逃过来,觉得这里会安全一点。

佩特沃被汹涌的人潮淹没了,此时第二波拥挤的路人——专职司机、出租车司机、警察——正试图挤进酒店。"慢一点,"他惊恐地叫道,"有人要被绊倒了。"议员卡林姆被人群裹挟着,经过大堂,经过左侧的海港酒吧,然后经过前台,向左上角的莎米安娜而去。"别无选择了。"他告诉自己。

正门主台阶那边,佩特沃没注意到的是,两名背着双肩包的年轻男子也顺着人潮悄悄进入了酒店,只有酒店的监控记下了他们。在酒店里,他们站了几秒钟,被眼前的富丽堂皇所震撼。然后,穿着红色 T 恤戴着红色棒球帽的那个镇静地转向左侧的海港酒吧,而另一个穿着黄色 T 恤的则径直走向莎米安娜。他们都十分清楚自己该去哪里。

像是接到了什么信号,他们放下包,掏出了突击步枪。

宫殿二层,弗洛伦斯·马尔蒂斯在数据中心听到了类似卡车卸货的声音。声音来自大堂方向。她看了眼电脑:晚上 9 点 48 分。孟买就是这样一座喧嚣的城市,她告诉自己。但今晚她有些心神不宁。今晚只有她一人值夜班,而她最讨厌一个人值夜班。她试着哼唱她最喜欢的宝莱坞电影的曲子,但不管用。半小时前她去了趟下面一层的棕榈吧，寻找她的父亲福斯廷，但遍寻不着。她试过打电话给他：没有应答。她倒也不是很担心，因为家里刚给他买了一部新手机作为生日礼物，他还不是很会用。

弗洛伦斯紧了紧身上的薄羊毛衫。与酒店电脑打交道的那个曼尼什·乔希已经连着给她讲了几天鬼故事了，什么死了很久的酒店客人在宫殿走廊上游荡之类的。她现在需要的是美好的记忆。她想到了一个。为了庆祝她在泰姬酒店的新工作，全家人第一次出去度假，去了拉贾斯坦邦的一个避暑地阿布山。他们租了当地的服饰，拍了很多照片。她父亲还受邀去了一个"男士派对"：喝了些啤酒和一两杯威士忌。明天他还要休一天假，去庆祝结婚纪念日。她低头看了下脚上那双漂亮时髦的白色帆布鞋，笑了，这是早上父亲送给她的礼物。然后，她桌上的电话响了："弗洛伦斯，有恐怖分子来了。"她听出了这个声音：曼尼什，办公室里爱搞恶作剧的那个。她才不会再上当呢。"够啦。"她嗤了一声，挂掉电话。

往上一层，宫殿翼楼的316房间内，威尔切换着电视频道，等着凯莉梳妆打扮完毕。这时他听到了烟花爆燃声，或者说枪声。他走到窗边，但什么都看不见。"凯莉，你听到了吗？"他隔着浴室门喊道。"什么？"她问道，裹着浴巾走出浴室。"我听到了枪声。"她沉下脸来："别胡说八道。这里可是五星酒店。我们要去吃晚饭了。"

突，突，突。这次凯莉也听到了，她身上的水滴落在地毯上。很难说声音是从哪里来的，但能听出就在附近。"到底怎么回事？"她一边擦干头发一边问道。突、突、突，爆破声就在酒店里面。枪声在回响。是中央大楼梯那里吗？那里朝左50步，往上三层，

围攻　073

就是他们的房间。"我们去看看。"威尔主张道。凯莉并不想去,但也不想一个人留下来。打开门,他们光着脚沿着安静的走廊跑过去,一直缩着身子低着头,"就像电影里的人一样"。酒店不再像之前那样散发着新鲜剪切的花朵的芳香和昂贵的香水味,而是弥漫着烟火味。跑到楼梯那里后,他们战战兢兢地把脑袋探出楼梯扶手,看到烟已经盘旋而上向他们而来。"看那个。"威尔说。凯莉不知道看见的是什么,一片茫然。而此时,空气中散发着像是秋天公园里的味道。

楼梯的另一边,他们看到一个金发碧眼的西方人,也跟他们想的一样。他们互相点了点头,然后视线落到了正从下面跑上来的两名年轻的泰姬酒店员工身上。威尔向他们挥挥手,但他们脚步不停,跑到四层后就不见了。"是救援人员。"他喃喃地说。

砰砰声又响了起来。这次他们百分百确定是枪声了。对面的男人跑走了,威尔和凯莉也匆匆回到了房间。该躲起来还是该想办法逃出去呢?"我们连消防通道在哪里都不知道。"威尔说道,他开始慌了,在门后寻找酒店地图。"听我说,酒店会保护我们的。"凯莉分析道。都是这样的,不是吗?酒店的安保人员应该会把持枪歹徒赶出去,然后回来救他们,就像电影《火烧摩天楼》(*Towering Inferno*)里那样。

他们锁上门,关掉电视和灯,挤进了床和浴室墙之间,拉着彼此的手。

泰姬塔楼的顶层,从搜客明净的玻璃墙看下去,路灯的橙色光芒在下面铺开,就像一块精美的丝绸地毯。美国海军陆战队上校拉维·达尼达卡已不再欣赏风景,餐厅里此起彼伏的短信声和电话声让他感到很不对劲。他的一个堂弟接到电话说:"克拉巴发生帮派火并了,就在一两个街区之外。"然后一个姑妈打来电话:"有个疯子在泰姬酒店后面挥舞着枪。"

"我就说吧。"拉维对自己说道,回想起早些时候对酒店正门安保松懈的担忧。半小时前他走过安全警戒线时,一个金属探测器发出哔哔声,但没有人上来阻止他。他们居然就这样让他继续往前走了。为什么人们装好系统后就什么也不管了?还有谁也像他这样没被检查就通过了?他希望自己的偏执只是源于作战疲劳的长期影响。

餐厅的另一边,VIP 安保公司的老板鲍勃·尼科尔斯正在给他的突击队员讲笑话,突然隔壁桌的人倚过来问道:"你们知道下面发生什么事了吗?"鲍勃摇了摇头。"我们的朋友正想办法进来,他们说有枪击。"

酒店内部深处传来了爆炸的巨响,声音在这层楼回荡,每个人都听到了。一名突击队员站了起来,但服务生叫他坐回去。"有两个男人在大堂里互相开枪,先生,"他透露道。鲍勃把他的手下召到一起。"如果事态变严重了,我就得像《虎胆龙威》里那样,把我们所有人都弄出酒店。"他说,引来众人一阵笑声。鲍勃很擅长安抚人。他身材壮硕,一头红棕色头发,与布鲁斯·威利斯①正相反。

下方位于宫殿翼楼一层的水晶厅里,新婚夫妇阿米特和瓦莎·塔达尼的名字以金色字样写在门边的布告牌上,非常醒目,但他们还没有进场。一些客人在发牢骚,因为此时已是晚上 10 点,而婚宴本该在晚上 9 点半开始。但这个城里到处都是迟到的

---

① 电影《虎胆龙威》中男主角的扮演者。——译者

人。除此之外还有疲劳。婚礼已进入第四天,从上个星期天下午的音乐派对开始,到昨天晚上在信德一座寺里举行婚礼仪式的重头戏。今晚的婚宴则是 500 人的自助餐,让新娘新郎有机会招待更多的亲朋好友。

水晶厅富丽奢华,桌面是精致的粉色和灰色的装饰,桌子中央有隆起的泡泡状装饰品。30 岁的记者比沙姆·曼苏卡尼穿着一身黑,是第一批到达的客人之一。他是新郎学生时代的老朋友,不情不愿地带着母亲同行,希望自己不需要整晚照应她。后者本想待在楼下,坐在大堂看人来人往。但他听说婚宴主人提供免费酒水,就说服她上来,希望能喝到一大杯血腥玛丽。

他眼角的余光瞥到了家里的一个朋友,是孟买医院麻醉科的顾问医师,就走过去想让母亲和她坐在一起。"典型的孟巴做派,人人迟到。"他评论道,这时楼下好像有鞭炮炸响。客人们面面相觑。"怎么这样粗俗。是新郎安排的?在室内放鞭炮?"几秒钟后,十几名泰姬酒店的员工冲了进来,医师转向她的女儿,瞪大眼睛:"看来新郎新娘要准备进场了。"但他们开始闩门。她抓住一名路过的服务生问:"怎么回事?"他面带惊恐:"女士,请保持冷静。我们不知道。"

晚上 10 点 05 分,在酒店的池畔咖啡吧,十一宫咖啡吧的经理阿米特·佩谢夫在为一对加拿大夫妇倒葡萄酒,聊着他们在果阿的假期,这时他听到主大堂传来爆炸声,那不可能是婚礼庆祝的声响。他指示手下的服务生护送十一宫的客人进入小一点的宫殿大堂,从那里他们可以离开酒店到外面街上。阿米特跑了约百米,穿过泳池露台,向莎米安娜跑去,那里有数十位客人在就餐。因为莎米安娜就暴露在主大堂的上方,他怕他们会有危险。

负责十一宫咖啡吧的阿迪尔·伊拉尼正带领人群离开泳池时，看到泳池露台和塔楼之间的玻璃门滑开了，一名男子抱着突击步枪走了出来，正是从前门进来的两名枪手之一。看到前面挤成一堆的客人，他瞄准人群，射出一连串无情的子弹，人一个个中弹倒地，他又找到了新目标，瞄准并再次开火。

阿迪尔的心剧烈跳动，感觉都快爆炸了。客人们四散逃开，有些冲进宫殿大堂，有些回到泳池周围的灌木丛中。他想把他们聚到一起，眼角余光却看到那对加拿大老夫妇仍坐在桌旁。他试图引起他们的注意，大叫："**快出去**。"还没来得及把他们拖开，另一名服务生从里面喊着说所有通向外面街道的出口都被锁上了，也就是说他们被困住了。当他和那名服务生开始引导客人上中央大楼梯时，阿迪尔意识到自己手上还托着托盘，上面有两个空杯子。"继续往上走。"他催促道，心里担忧着外面的那对加拿大夫妇。

客人们正爬着楼梯，一阵震耳欲聋的自动武器射击声突然响了起来。阿迪尔转过身来，看到枪手正紧跟在他身后。他惊慌失措，越过楼梯扶手跳下，沿着底层的过道向金磨坊和诺斯科特边门跑去，把枪手引开。突，突，突。他跑着，鞋子敲击着大理石地面，他感觉到一阵子弹飞过，划破他的衣服，打得石膏和大理石飞溅。当枪手转身回去找楼梯上的客人时，他冲向门口。"快开门，"阿迪尔对着前方正在锁门的"黑西装"们喊道，"我们要出去。"他们抬起头，见一个员工朝他们跑来，顿时面露困惑，这时门突然从外面被打出了好几个洞。更多袭击者在外面的贝斯特-马格街上，想冲进来。阿迪尔和这两名"黑西装"急忙后转，朝宫殿大堂跑回去。不到几秒钟，诺斯科特门就被打碎了，两个人冲了进来，一个穿着黑衣，另一个穿着灰衣。正是刚刚扫射了利奥

围攻　077

波德咖啡馆的两名枪手,他们追了过来。

两名"黑西装"跟着阿迪尔冲进了在过道一半位置的路易威登店,服务生记得店后方有一部货梯。他猛敲电梯按钮时,看到枪手正进入商店:"快关门,关门,关门。"黑衣枪手扑过来,伸出一只靴子想阻止电梯门关上。就在阿迪尔看到他举起枪的时候,门砰地关上了,电梯抖动着上行。他如释重负地瘫倒在地,希望能从二层出电梯,他知道那里有条路可以出去。但当电梯门打开时,他发现自己在高档私密的六层,即卡拉姆比尔·康和他的家人所住的楼层。"黑西装"们比画着手势问他:走哪边?他毫无头绪,他们就跑开了,留下阿迪尔僵在原地,听着从中央大楼梯传过来的枪声向他逼近。

酒店后面,副局长拉吉瓦德汗抓着一个警用对讲机大喊,后援在哪里?此时已是晚上 10 点 10 分,距离第一次袭击发生已经过去了近 25 分钟,他仍能听到枪声从泰姬酒店里面传出。他小心翼翼地翻过酒店的后墙,进入花园和泳池露台,看向下面的十一宫咖啡吧。什么都没有。已经死了多少人?他不知道,听出里面有两把突击步枪在开火。他的无线电在刚刚过去的 10 分钟里也传达了其他事件。"21 点 56 分,海滨大道 1 号:在欧贝罗伊附近听到开火声。"是三叉戟-欧贝罗伊酒店,他的同学维什沃斯·帕蒂尔,1 区的副局长,一整天都在那里商讨总理即将到来的访问。有多少枪手在那里?警方正在全市各地设立检查站。"21 点 58 分,南区对讲机:封锁所有道路。"

拉吉瓦德汗跑到位于贝斯特-马格街的诺斯科特边门,发现那里大门敞开。他小心翼翼地走了进去,注意到大理石过道沿线的精品店全都被子弹扫射过。走到大楼梯时,他看到一名死去的保安倒在电梯边，旁边趴着一只狗。他们是酒店搜救犬队的，已被近距离射杀。前方传来一阵巨响，他也感觉到了。有人在用 AK 步枪扫射酒店大堂。他转过身，原路出去，沿着泰姬酒店前面的墙走向印度门和塔楼主大堂。那里此刻已经锁上的大门口聚集着一群惊慌失措的人。他们被克拉巴区枪战的报道吓坏了，仍想进入酒店，却不知道酒店里面也有枪战。一名行李员躺在台阶上，白色制服浸透了鲜血，尸体被恐慌的人群踢来踢去，而酒店保安则连成人墙，试图拦住拥挤的人群。其中就有"黑西装"普鲁·佩特沃，他坚守着防线，大喊道："里面也在开火，里面不安全。往后退。"

接下来的 10 分钟里，佩特沃和同事们透过玻璃，无能为力地看着两名枪手血洗大堂，把任何能动的东西一个接一个地射倒在地。佩特沃看着其中一名学徒厨师，他的一个最近刚被泰姬酒店管理培训生计划录取的朋友，带着一群就餐客人走出十二宫烧烤餐厅，前往前门附近的礼宾站，准备返回再一次带人撤离。佩特沃正默默地为他加油，却看到其中一个枪手转过身来。佩特沃猛敲玻璃，尖叫出声，想要提醒厨师，却痛苦地看到他被子弹击中头部。

拉吉瓦德汗此时就在佩特沃旁边，脸紧贴在玻璃上。他的无线电嘟嘟作响，有消息称贾特拉帕蒂·希瓦吉终点站有枪击，这个中央火车站是弗洛伦斯和福斯廷·马尔蒂斯及其他数百万人每天经过的地方。"南区控制中心：派人去 CST 增援。"两名枪手冲进火车站中央大厅，持枪向通勤人群扫射，造成多人遇难。接着，又有消息传来：利奥波德拐角处的犹太人旅馆哈巴德大楼也有枪击。"南区控制中心：马上过来。正在开火。我们需要立刻增援。"

目前据拉吉瓦德汗所知,至少已报告了 4 起单独事件,伤亡人数正在迅速攀升。就在他想知道情况是否会变得更糟时,印度门出租车队伍里的一个司机跑了过来,瞠目结舌。"我看到两个枪手把一个袋子放在那里。"他说着,手指向一个方向。另一名警官和他一起走过去,看向袋子里面,看到一堆乱七八糟的电线和午餐罐头。"打电话给拆弹队,"拉吉瓦德汗对他的无线电吼道,"我们需要路障(nakabandis)和增援。警戒线(bandobast)有多少就送多少过来。"袋子里的炸弹装了计时器,已设好待爆。

海港酒吧里,正门的左侧,纽约金融家迈克·波拉克蹲在一张不堪一击的桌子下面,旁边是他的妻子安嘉丽、迈克大学时代的朋友希夫·达希特及其妻子蕾什玛。他们刚到这里没几分钟就发生了枪击,虽然他们什么都能听到,但什么都看不到。他们低着头,听着尖叫声、脚步声和震耳欲聋的子弹反弹声,想象着外面的混乱场景。

波拉克夫妇对泰姬酒店有着特殊的情结。安嘉丽出身孟买一个富裕的家庭,十几岁时就在这里参加各种聚会。她和迈克遵循她家族的传统,2004 年在酒店的水晶厅举行了婚礼。美国对冲基金管理人迈克在纽约的一次聚会上对她一见倾心,但当她把这个 6 英尺高、干净利落的沃顿商学院毕业生带回印度时,全家人都吓了一跳。此后波拉克一家生活在纽约,有一个 2 岁的儿子和一个 6 个月大的婴儿。迈克是格伦希尔资本公司的联合创始人,他一手将这家全球投资公司发展成了价值 25 亿美元的企业。他是个工作狂,而安嘉丽很想念她的家人。他们在这里只待一周时间,尽量同很多朋友和家人相聚。今晚他们有个难得的机会,因为她的父母在帮他们照顾孩子。在泰姬酒店的金龙中餐厅等位时,他们万万没想到最终等来的却是恐怖袭击。

迈克环顾了一下四周，走进了酒吧。酒吧是开放式的，有晃晃悠悠的铝制桌子和真皮沙发。没有地方可以躲藏；这一点显而易见。"我们必须出去。"他说，同时抓起一张桌子想打碎窗户，结果桌子被弹了回来。2003年印度门发生炸弹爆炸后，这里的窗户都安上了钢化玻璃。

一名女招待从吧台后面冒出来。早前她为他们上过冰镇的翠鸟啤酒，此时她用手势示意他们别动，自己站在门边往外看，轻声地简要反馈外面的情况。"一个拿着机枪的男人正在到处扫射，"她说，"我能看到一具尸体。"女招待想到了一个办法。她跑到酒吧后面，示意他们跟上。他们躲在一根粗壮的混凝土柱子后面，那里藏着一段旋转楼梯。楼梯通向一层，他们来到了芥末餐厅。"我带你们去厨房，"女招待说，"没有人会找到我们。"

在他们离开后不久，闭路电视监控录像显示，身穿红衣的枪手看向海港酒吧里面。发现里面空无一人后，他沿着大理石过道继续前进，在马萨拉卡夫餐厅外停了下来。这里的门被锁上了，餐厅里一片黑暗。但他还是打碎了玻璃，朝里面开了几枪。餐厅里挤满了人，食客们躲在桌子下面，茫然失措，泪流满面，听着子弹射进他们上方的长椅。"艾莉西亚号"的主人安德烈亚斯·李佛拉斯也在其中，一脸的若无其事。他的游艇总管雷梅什在他旁边，安慰着惊慌的游艇水疗中心的菲律宾姑娘。突，突，突。轰。枪弹和手榴弹炸响，他们周围所有的玻璃都碎裂了。房间里闪着金属推车上溅出的火花，子弹在餐厅里面飞旋。短暂的停顿时，雷梅什坐了起来。他瞥见一个穿着红色T恤的男人，"拿着枪跑过玻璃门"。他催促他的老板躲进厨房，但安德烈亚斯大发雷霆。"我还没吃饭呢。"

他一边发牢骚一边站了起来，所有人都挤进一间小库房，紧挨着站在一起。一个女人低声说自己 2 年前曾在喀布尔被扣为人质。"这种事怎么会在我身上发生两次呢？"她难以置信地说道。"振作一点。"安德烈亚斯厉声说，紧张的气氛令他变得冷酷无情。然后，他走回餐厅的开火区去拿他留在桌上的两部手机中的一部。他正在建造全球最大的 395 英尺长的游艇，枪战阻挡不了他。

堵在班德拉向南的车流中，卡拉姆比尔·康心急如焚。此时已是晚上 10 点 15 分，他不知道还要多久才能回到泰姬酒店。他的手机响个不停。他的家人仍在 6 楼，酒店的首席执行官被困在塔楼二层，总厨欧贝罗伊已经关闭了所有的餐厅和酒吧，把客人封在里面。泰姬集团的安保主管还在家里。酒店主人拉坦·塔塔正在赶过来的路上。作为酒店的公众形象，卡拉姆比尔必须赶回去。

妮缇打通了他的电话。他们要逃出酒店吗？留在原地，他劝道，因为枪击发生在楼下。"酒店超级大，你们离得又远。"他确信安全部队会在枪手有机会上去之前制伏他们。"留在房间里是最安全的。"酒店像迷宫般错综复杂，而这些罪犯并不知道怎么走。卡拉姆比尔听起来信心十足，妮缇很相信他。

接下来，他打电话给他的安保主管库迪亚迪了解事态进展。各种数字令人脊背生寒。当值的员工超过 500 人，而记录显示有 1200 名住店客人和用餐客人被困在里面。"警方还没有回应。"库迪亚迪发消息说。当务之急是组织库迪亚迪手下的"黑西装"。他们必须挺身而出，从大堂开始带人悄悄撤离。"让总机房的姑娘们回到她们的桌前给每个人打电话，"他给安保主管发消息道，"客人必须待在房间里。"库迪亚迪听起来已是方寸大乱。卡拉姆比尔安慰道："记住，你了解酒店，而他们不了解。"

日出套房

萨宾娜·塞基亚在门边缩成一团，听着枪声，回想起这天早些时候她与朋友莎维特丽的谈话，当时莎维特丽带着女儿们过来感受泰姬酒店的五星级奢华。当女孩们在起居室吃着巧克力蛋糕看电视时，萨宾娜和莎维特丽躺在巨大的床上聊天。

她们两人结识于1980年代的困苦岁月，在恒河岸边瓦拉纳西一家酒店的酒吧里。萨宾娜发现莎维特丽和她男友山塔努一样是阿萨姆人之后，两人一见如故。

下午，她们惬意地躺在手工缝制的棉布床单上，聊起最近在阿萨姆发生的夺去了七十多条生命的爆炸事件。"我一个朋友差点死了，炸弹就在他面前爆炸。"莎维特丽说。萨宾娜点了点头："阿萨姆确实是一个特别落后的地方。"然后她看了看自己。"我们现在却在孟买最豪华的地方，享受着最奢侈的生活，并为此洋洋得意。"

而现在，6小时过后，她多么希望自己当时接受了莎维特丽的邀请，今晚住在她家。

萨宾娜的电话响了。"喂，我是尼吉尔，你还好吗？"是她的弟弟，从德里打来的。他和家里其他人都在参加婚礼前的晚宴，整个晚上一有机会就去休息室看电视里的板球比赛。几分钟前比赛结束了，有人切换频道看到了孟买袭击事件的新闻。尼吉尔以为萨宾娜仍在那个帕西婚礼上。"没有，我不舒服，提早回来了，"她低声说，"我能听到枪声，但总机刚打来电话叫我留在房间。我该怎么办？"

晚上 10 点 20 分，莎米安娜咖啡馆

楼下底层，阿米特·佩谢夫站在餐厅中央不敢动弹，他刚发现一名枪手就在外面徘徊。那人看起来跟他差不多年纪，穿着一件灰色长袖 T 恤，露出里面的黑色高领，单肩背着一个笨重的蓝色板球包。阿米特看到了包上印的几个字："改变潮流。"经理知道，如果逃跑，就会引起枪手的注意，但如果留在原地，又必死无疑。他身后有 50 多名就餐客人坐在那里等着他拿主意。他压低身子匆匆向他们走去，催促他们躲到桌子下面。有些人从消防出口跑了出去，他快速清点了一下，留下来蹲在地上的还有 31 人。他想到了一个办法。莎米安娜后方的窗帘后面有两个私人沙龙。躲到那里可能会为他们争取到一点时间，但有些客人已经喝得酩酊大醉。他能把他们召集到一起吗？

"动起来，动起来。"他嘴里嘘着，引导他们进去。一转过身，他看到服务生领班雷马图拉从厨房里出来，手里托着一盘比尔亚尼饭①。阿米特疯了一样地挥舞双臂。"雷马图拉！"枪手也发现了他，射出一梭子弹，直奔老人的胸膛，雷马图拉向后跌去，托盘咔哒一声砸在地上，米饭四溅。为了更保险，枪手随即向自助餐的台子投掷了一枚手榴弹，而此时阿米特的副经理刚好出来查看外面的嘈杂声。"快跑。"阿米特大叫道。手榴弹爆炸了，水晶吊灯碎了一地，整个餐厅一片地动山摇之后是令人窒息的黑暗。好在千钧一发之际，副经理翻滚着身子躲开了。阿米特被爆炸声吓

---

① Biryani，一种以米饭为基础的菜肴，通常配以鸡肉、羊肉、牛肉等，用豆蔻、丁香、孜然、姜黄等调味，会加上柠檬、番茄和土豆等，在印度和巴基斯坦很受欢迎。——译者

呆了，躺了片刻不能动弹。他的主厨"不知疲倦的雷戈"怎么样了？他绝望地寻找出路，扫视着餐厅，目光落在了"死门"上。"死门"前面通常是现场乐队演奏的地方，但他记得它通向泳池露台旁边的花园。那里的灌木丛里隐藏着酒店的变压器室，里面有另一扇门通向外面的梅里韦瑟路：一扇通往外面街道的鲜为人知的门。风险很大，但这是唯一的机会。阿米特跑到"死门"那里，又拉又撞。他不停地踢着门，突然一下子滚进了外面的夜空。他出来了。好几秒钟，他就躺在那里，望着天上的星星。"阿米特，救救你自己。逃命吧。"但他能这样做吗？他想起了在浦那的父母，两位乐善好施的全科医生，经常不计回报地帮助别人。他不能就这样一走了之。阿米特爬了起来，回到室内。"进灌木丛去。"他悄声说，一个个数着，让31名用餐客人从莎米安娜出来，躲进灌木丛，又嘘着让那些傻笑着咕哝不已的醉汉安静下来。

  阿米特盯着泳池露台，发现枪手正闲庭信步地向池畔的十一宫咖啡吧走去，他之前服务过的加拿大老夫妇仍坐在餐桌旁。"究竟是怎么回事？"他简直不敢相信自己的眼睛。他们是泰山压顶面不改色，还是听天由命，或是精神错乱了？阿米特想大声呼叫："离开那里。"但这会暴露他的位置。毕竟那边只有两个人。

  枪手还没看到老夫妇，他俩也没看到他。但等他走过最后一根柱子后，他们就会出现在他的视野内。阿米特希望老夫妇站起来，但他们还在头碰头地继续密谈。现在枪手走到柱子那里了。一个大踏步，他绕了过去。见到这两人后，他站直身子，举起突击步枪，向老头的背部开了一枪。伤者迷茫地站了起来，枪手又朝他头上开了第二枪。他把枪管转向老太太，她刚惊恐地举起双手，胸部就中了一枪。看到两名客人倒地死去，阿米特感到自己的胃里一片翻江倒海。

泳池上方，大门紧锁的水晶厅内，婚礼宾客们沉默地坐着，饮料没人碰，烛光在闪烁，听着下面沉重的枪声，背景音乐还在播放。酒店闻起来像正在燃烧的河边焚尸场（ghat），记者比沙姆想，不知道新婚夫妇阿米特和瓦莎·塔达尼去了哪里。"泰姬酒店里怎么会发生这样的事？"他低声问道，希望这只是毒贩间的火并，"他们互相残杀，然后就结束了。"但此刻所有人都一片茫然。他们也看不到任何东西，因为水晶厅没有窗户，只能通过两端服务门的两个窗户孔向外看。

突然，一颗呼啸的子弹刺穿了一面隔墙，打碎了吧台上方一块巨大的玻璃板。"天哪，"比沙姆倒吸了一口凉气，向旁边的金融家朋友惊呼道，此时他们都躲在桌子底下，"他们是怎么进入酒店的？说是酒店里面有个黑帮帮派？"突，突，突，更多的子弹穿过墙壁。"他们确实在里面。"有人从桌子下面叫道。比沙姆不屑一顾。"这太蠢了。"他说。他给记者俱乐部的一个朋友发消息："希伊，你查下新闻，听到了枪声。宴会厅里有子弹进来。"此时，更多的子弹射进水晶厅，把垂下的窗帘都打成了布条。有个女人在呼唤丈夫的名字。"闭嘴！"有人低声斥道。

比沙姆又给他的朋友发消息："我在泰姬酒店，参加婚礼。他们说是黑帮火并。"开枪的是谁？穆斯林暴徒，印度教狂热分子，还是贩毒团伙。"该死的基地组织？"希伊回复道。CST 和都市影院外也有枪击。"多重袭击。"比沙姆悄声对身旁的人说。

砰，砰，水晶厅的大门传来撞击声。是其他客人想进来吗？要打开门去帮他们吗？砰，砰，门晃了晃。是枪托在砸门把手。比沙姆紧盯着门，他能听到踢门声和咕哝声。一名枪手正试图进来。门嘎嘎作响，但没有倒下。他听到服务通道里啪嗒啪嗒的脚步声，还有几句外国话。乌尔都语？普什图语？这些是阿富汗人吗？这座城市曾经生活在对黑手党头目、阿富汗教父卡里姆·拉拉的恐惧中，虽然如今生活安逸的孟买人只会把塔利班和恐怖主义联系在一起。

他们身后的服务通道里传来跑动的脚步声。这些人在绕圈，想方设法进入水晶厅。突然一张脸从其中一个窗户孔上一闪而过。有客人想用手机抓拍一张照片，她的闪光灯一开，就有一道耀眼的白光从墙上折射回来。"你这是要把我们都害死。"有人低声说。那张脸再次出现，贴在窗玻璃上，盯着里面黑暗的大厅。

2008年11月26日，星期三，晚上9点45分，
孟买的马拉巴山

孟买刑事分局局长、联合片区的警察局长拉克什·马力亚正在尼平海路附近的住处洗澡。他难得早下班，因为儿子今天晚上要离家，他才得到这样的特许。但他有些心神不宁。他是一位出色的警察，是孟买最负盛名的警官之一，卓越的才干与他的传奇名声相得益彰。马力亚感觉有些事正在脱离他的掌控。几个月来，有关孟买可能会遭受恐怖袭击的情报一直在增多，但警局里似乎没有人过于担心。两天后还有总理的一次重要访问，这意味着额外的安保压力。

对于马力亚——一位宝莱坞制片人的儿子来说，这是一个熟悉的领域，他在成长过程中，和父亲一样热爱每个精彩故事的迷人力量。1993年查出了造成257名居民死亡的连环炸弹爆炸案背后的惊天阴谋之后，他在警队中脱颖而出，平步青云，从负责

交通部门，到领导刑事分局。当时，孟买还叫孟巴，在 D 公司（D-Company）的控制之下。D 公司是一个穆斯林财团，首脑是流亡教父达乌德·易卜拉欣，在其心腹、印度教教徒乔塔（小）·拉詹的辅佐下，从迪拜发号施令。马力亚很快就发现了他们之间的关联，认定这些爆炸案是相互关联的同一宗案件，目的是挑起宗教战争。

后来形势变得愈加复杂，因为不满穆斯林达乌德的罪行，印度教教徒拉詹与他反目成仇，在城里自立门户。这伙暴徒不仅把枪口对准彼此，甚至射杀证人席上的对头，还把目标瞄准了政府当局，使得马力亚不得不采取强硬手段，以免孟买沦为阿拉伯海的那不勒斯。他组建了一支非常规队伍，逼迫通缉犯的家人供出犯人，让他们来接受审问。不止一次有人指控在秘密关押所受到严刑逼供，不让睡觉，还遭到了水刑、模拟处决、电刑的折磨。马力亚的队伍还被指控热衷于一系列警察导演的遭遇战，据称有 400 至 700 名罪犯被警察伏击后消灭，对此警方则定性为合法枪战。

D 公司元气大伤，而孟买警察重整旗鼓。作家吉特·塔依尔称他们"棕色乌鸦"，让人联想到这种聪明的鸟，它们以适应能力强而著称，能消化信息，吞食它们遇到的一切。

此时，四部电话同时响起，马力亚赶紧走出淋浴间，得知了多重袭击的消息。穿衣服时，他有种整个城市再一次被血雾笼罩之感。他打电话给一名督察："从利奥波德开始，查出发生了什么事。"马力亚又打电话给警察总部。紧急情况下，是否已进入了标准操作流程，明确了谁该去哪里？反恐负责人又在哪里？他打电话给联合片区（治安）警察局长，根据标准操作流程，该局长应该在暴行发生时要去负责警方控制中心。得知他还在位于马拉巴山的家中后,马力亚提出去接他。

"别担心,"他一边跟妻子说着,一边把头发向后梳,"我们会全力以赴,把他们打跑。"

在尼平海路东南方向 3.5 英里处,孟买的新哥特式警察总部一片忙乱。刚过晚上 10 点,马力亚和他的同事就到了,冲上木制主楼梯,穿过一条挂着各前任警察局长照片的走廊。在这个有着庞大的伊斯兰选区的城市,现任局长哈桑·加福尔却是第二个坐上警局负责人位子的穆斯林,此时他不见踪影。两位联合片区的警察局长进入了一层的控制中心,文职人员和神情焦急的警官们正在里面走来走去,电话响个不停。

已经有三十多支警队、巡逻队、机动队和突击部队部署在了泰姬酒店、贾特拉帕蒂·希瓦吉终点站、哈巴德大楼和三叉戟-欧贝罗伊酒店,但装备最好的警察——快速反应部队,驻扎在北面 7 英里处,此刻正堵在路上。"本邦的后备警察部队在哪里?"马力亚问道。他们极度依赖这支 1.6 万人的强大分队,但最近几天加福尔局长派了多支队伍去马哈拉施特拉邦的其他地方平息骚乱。所以,今晚可用的警力严重不足。马力亚抬起沉重的眼皮看向天花板,勉力克制着自己的情绪。"反恐负责人呢?"他问。"长官,他还在路上。"

马力亚的手机响了。是"国王",加福尔局长的呼叫代号。"你在哪里?"上司咆哮道。"局长,我在总部拿武器,"马力亚揶揄道,"我们马上就去泰姬酒店。"这是标准操作流程规定的。"不,你留在控制中心。"加福尔命令道。马力亚问局长是否确定要这样做,提醒他紧急条例规定治安警察局长应负责危机管理指挥部。加福尔与治安警察局长一直不对付,这是个公开的秘密,现在看来这似乎妨害了关键的行动。"联合片区治安警察局长前往泰姬酒店。马力亚掌管警察指挥部。"

手握优势的马力亚就这样被禁足了。他愤怒地盯着围满了无线电操作员的三排马蹄形桌子。桌子两边,话务员在接听一连串公众打来的"100"报警电话。前面的电视屏幕里正在直播,马力亚看到激动的记者们站在不同的遇袭目标前,播报着真真假假的新闻和推测。他已经准备好上阵厮杀,现在却被困在碉堡里。他在指挥台坐下,一堆文件嘭一声落在桌上,他的心也随之沉了下去。

利奥波德的第一个电话是21点48分打进来的,说有外国人伤亡。21点54分,报告泰姬酒店遇袭,2分钟后是欧贝罗伊酒店。CST被袭的消息是21点59分进来的,22点02分则是克拉巴的犹太人中心哈巴德大楼遭袭的消息。几分钟前,一辆出租车在泰姬酒店北面3英里的马兹冈爆炸,造成司机和1名乘客死亡,19名路人受伤。

马力亚把重点放在了袭击的性质上,搜寻着利奥波德的目击者的笔录。目击者描述了两名年轻男子,穿着运动衫和作战裤,胡子剃得干干净净,背着大背包。泰姬酒店和CST的目击者也是同样的说法,据信那里已有近60人身亡。2名袭击者在高峰时段刚过时进入了车站,从背包中拿出AK-47。6英尺高的那个扔了一枚手榴弹,而另一个不到5英尺高的,开枪一通乱扫。马力亚问,印度的精锐部队是如何应对的?闭路电视监控抓拍到几个警察逃之夭夭,而另一名警察只能扔过去一把塑料椅子,因为他那把30年前生产的拉栓式步枪卡住了。此时此刻,车站的苦力们正用行李车把一具具尸体拖走,车站大厅里留下了一条条纵横交错的血路。

关于第二次爆炸的消息开始传来，这次是一辆出租车在城市西北面维帕勒的西部高速公路上爆炸，爆炸的冲击力直接让一名乘客身首分离，头颅飞进了金天鹅城俱乐部的地下室。现在已不再是昔日那种潜入—进攻—消失的犯罪手法了，马力亚喃喃道。敌人用上了自杀式做法，警察却把自己困在繁文缛节里，邦和中央似乎不知变通。"他们在学习，在改变。我们却停滞不前，争吵不休，互相使坏。"马力亚不知道，这支保护着一座1300万人口的城市的4万人警队（远低于联合国建议的最低标准）是否有足够的能力应对这场危机。

他研究着打印出来的最新电话报警记录，发现孟买的前线防御已是一片混乱，警察队伍在没有局长批准的情况下被仓促派出。武装部队去接伤员，而常规巡警则被派去形势最恶劣的热点地区。到目前为止，有个时间点是清晰的：22点27分，一名片警来电报告说在巴德瓦园区有异常的海上登陆。马力亚派出一组人走访那里的居民，并搜寻被丢弃的黄色橡皮艇。

水路。有多少枪手已从水路进来？关于人数有各种胡乱猜测，但事实上，据马力亚所知，可能从巴基斯坦过来了一支军队。就在这时，他的电话响了。是他的刑事分局的一名督察打来的："长官，他们现在朝你们这边来了。"袭击了CST的自杀式袭击者似乎正往警察总部而来。他们是想搞掉警方的通信线路，让整个城市抓瞎吗？马力亚焦虑了。他叫来一支武装突击机动部队在正门外就位，并转向他的手下道："他们冲着我们来了。"他要死守到最后一刻。他必须激励他们去勇敢战斗。他召集所有人过来："就看你们的了。"他派人持械去周边加强警戒，阻断楼梯，然后他回到办公桌前，怒火愈炽。22点40分，他在控制中心的日志中写道："我已经和邦首席部长谈过了。我们需要国家安全卫队或军队来帮助我们渡过危机。"到了该邦政府做决定的时候了,但邦政府仍犹豫不决。马力亚感觉像是回到了1993年。就像是一个国家对孟买发动了战争,在马力亚看来,巴基斯坦显然就是这个国家。但这个伊斯兰共和国会冒这样的险吗?该国外交部长目前就在德里,下榻在泰姬酒店,来印度参加期待已久的两国会谈。今天早上所有的报纸都在报道这事。

马力亚的妻子打来电话。儿子要出发了,坐5个小时的公共汽车去东部的艾哈迈德讷格尔。"他该去吗?"她问。"让他去吧,"马力亚告诉她,"如果整个城市完了——老天保佑不会——我们都完了,那么家里至少还有人是安全的。"

警察总部以南2英里处的泰姬酒店内,阿米特·佩谢夫躲在泳池旁边的灌木丛中,不知道自己能让31名客人安静多久。有几人在忍耐,在祈祷。有些则惊恐不已,坐立不安,哭泣不止。他最担心那群醉酒的印度国会议员,他们颐指气使,大声地接打电话,还出言威胁别人。只要有一个人做出不恰当的举动,就会把杀手招来。他试过去开变压器室的门,希望能通过它离开酒店到外面街上,但发现门从里面锁上了。他要设法找到有钥匙的人才行。透过灌木丛,透过水泥墙上被打穿的洞,他可以看到梅里韦瑟路的灯光。一片诡异的安静。"警察到底在哪里啊?"

一对印度夫妇在悄悄抽泣。阿米特扭过身子问他们:"先生,太太,需要什么帮助?"焦急的丈夫解释说:"我们6岁的儿子不见了。"他们在莎米安娜吃饭的时候,他们的儿子在袭击开始前不久去上厕所,现在不知下落。阿米特的心沉了下去。卫生间在海港酒吧对面,意味着这个男孩要么被困,要么已经死了。女人挣扎着站起来。"我要去找他。"她说。阿米特把她拉了回来。"你不能出去。这里有 31 条人命。"她想打他耳光,却被他扣住了手。她开始大喊儿子的名字。"好吧,"阿米特含怒低声道,"我会找到他的。"

他屏住呼吸,走出灌木丛,来到泳池露台上,直接进入了一个枪手的来路。枪手身穿黑衣,留着锅盖头,不是阿米特在莎米安娜遇到的那个。看到酒店员工,他似乎同样吃了一惊,步枪瞬时往下滑了一下。就在那电光石火的一刹那,阿米特向莎米安娜飞奔而去,但枪手回过神来朝他开了三枪。阿米特的脚正好在地砖上绊了一下,倒在草地上,子弹啪啪啪地从他身边擦过。他躺在那里,枪手再次瞄准。玻璃四溅。

他睁开眼睛,看到一波子弹从枪里喷射出来,枪因为后坐力而偏移了,子弹撞向玻璃窗和门。阿米特试图站起来。但枪手从包里掏出一样东西,掷了过来,阿米特听到那东西在他身后砰地落下。他一个翻滚,看到一枚亚光绿的手榴弹躺在草地上,就像树上掉下的一个椰子。他捂住耳朵盯着它,等它爆炸。但什么也没发生。

接下来的 45 分钟里,阿米特一动不动,想着自己也许已经死了。他看看那枚安静地躺在一条水管边的手榴弹,又抬眼向天空望去,盯着没有月亮、只有漫天星光的夜空出神。"我为我父母和我所有的家人祈祷。"他低语道,想着生命中那些错失的机会——前女友们,还有那些鲁莽轻率之举。"我这辈子也算圆满了。"当他终于清醒过来时,发现枪手已经走了。他挣扎着爬起来,悄悄溜进满目疮痍的莎米安娜,觉得自己真是天底下最幸运的人。莎米安娜里面,他第一眼看到的就是雷马图拉,躺在那里,已经身亡。服务生的皮肤摸上去像冰冷的压缩肉干。

胆汁涌向喉咙,但阿米特强忍着艰难前进,在呼啸的枪声中走向海港酒吧的卫生间。两把步枪在走廊乱扫,手榴弹到处乱投。卫生间还在前方,在开放式大堂的另一边。他无法继续前进了。他身后还有 31 条人命要倚仗他。阿米特觉得自己很失败,转回身子,想办法回灌木丛,排练着该如何对那对夫妇交代。这次他是从柱子和桌椅后面爬回去的,最终到了安静的泳池边。他溜回灌木丛时,注意到一位客人,是一名英国男子,手上的伤口正在汩汩流血。他的眉毛上凝结着汗珠,皮肤正失去血色。他需要急救。阿米特必须找到那个有变压器室钥匙的人。

他先找到那对急得发疯的父母:"先生,太太,我已经尽力了。但我做不到。你们之前说信靠神,现在只能祈祷他们不会杀死一个无辜的孩子。"

晚上 9 点 10 分,1 区副局长维什沃斯·帕蒂尔溜出了总理安全会议,一心想着两小时后在会议定好的结束时间前回来。他匆匆忙忙从三叉戟-欧贝罗伊酒店回到他那狭小的警察公寓,他与妻子和两个年幼的孩子居住在这里,就在布拉伯恩板球场对面,距克拉巴西北方向只有几分钟车程。晚上 9 点 25 分,他正吃着妻子从附近外卖店买回的扁豆汤和米饭,手机响了。

是他的上司、南部片区副警察局长。"维什沃斯,利奥波德发生枪击。"三天前,帕蒂尔曾来这家咖啡馆进行后续调查,因为他发现 7 月的一份情报通报将这里列为虔诚军的潜在袭击目标。他已经叫咖啡馆老板雇用更多保安,并立案 90 多起,都跟聚集在咖啡馆外的非法路边小贩有关。他把这些小贩驱走,这样万一有爆炸发生,至少可以减少一些伤亡。"神给过我一些信号。"帕蒂尔对自己说道,然后拿起了他的格洛克手枪和未开封的装有 40 发子弹的盒子。当他下楼时,警察总长(邦最高级警务人员)打来电话。"维什沃斯，去泰姬酒店。"他下令道，推翻了前一个电话里的任务。警察总长的一个亲戚和马哈拉施特拉邦的副首席部长都被困在酒店了。

在他的塔塔英迪格车向南面 1 英里的阿波罗码头驶去时，帕蒂尔填好了两个弹匣。6 个月前，他已经申请配备了格洛克手枪。现在他的弹夹里有 17 发子弹，口袋里还有一个装着几发零散子弹的备用弹夹。他很欣慰，因为按他的级别，随身武器通常是 6 发子弹的左轮手枪或 10 发子弹的普通手枪。他手下警员的防身武器更差。2003 年的爆炸案后，孟买警方组建了专门的快速反应部队（QRT），由军队训练突击战术。虽然他们本应配备 AK-47 和 9 毫米手枪，但帕蒂尔听说三年来没有购置过一发 AK 步枪的子弹，而且 QRT 自 2007 年 9 月以来也没有进行任何射击训练。下一级的城市防御部队则被乐观地命名为突击机动部队，每队 5 人左右，所配武器是生锈的卡宾枪和自动装填步枪，但通常没有弹药。大家都知道，每打出去一发子弹，他们都要说明原因。每次交火后，他经常会看到他们跪在地上四处寻找弹壳。极少数人被发给了防弹衣，却发现防弹衣并没有"覆盖重要的器官"，一份机密报告指出防弹板设计"有缺陷"。很早以前，他就曾提醒他的上级："孟买的战斗准备是不足的。"今天早些时候在欧贝罗伊酒店会议上，他也提出了同样的看法。

当车子驶近泰姬酒店亮闪闪的外墙时，他回想起自己还是个学生时，曾开车经过这里，担心自己永远不会成为里面那个世界的一分子。如今他已不再在意这个。他抬头看到窗户上映出的客人的剪影，有的在挥手，有的在打电话。他当机立断，叫司机开向一条小巷，打电话给泰姬酒店的安保主管苏尼尔·库迪亚迪，希望酒店增强的防护措施能足够稳固。

在梅里韦瑟路下车后，帕蒂尔惊讶地发现考勤室的入口仍然门户大开。他顿时担心起来，于是走向泳池露台，想知道泰姬酒店还缩减了什么安保措施，因为守卫这个入口就是他早前提交给酒店的一长串措施之一。他走进来时，阿米特·佩谢夫和一群客人仍然蹲在几英尺远的地方。他们还没来得及喊出声来，他就已经匆匆走到了泳池的远侧。"向所有人示警。"帕蒂尔低声对他21岁的无线电操作员说，操作员依令报告给了控制中心的拉克什·马力亚。帕蒂尔看见库迪亚迪从宫殿大堂出来，就招手叫他过来。他一走近就开口道："恐怖分子……正在杀人。"他的"黑西装"们已经部署在酒店各处，但他们手无寸铁，十分恐慌。"枪手是怎么进来的？"帕蒂尔厉声问道。"塔楼大堂和诺斯科特入口，长官。"他们上一次见面还是在10月份的安全会议上。

库迪亚迪解释说，两周前塔楼大堂外面的武装警察哨兵被解散了。"他们当值时要求酒店送好吃好喝的给他们，把酒店惹毛了。"而诺斯科特边门一直没有安排守卫，尽管保证过会有。帕蒂尔一去休假，许多原本商定好的安全措施就被拿掉了，因为酒店认为不能一直处于戒备状态。帕蒂尔非常恼火，问道："枪手现在在哪里？"在宫殿较高楼层的某个地方，库迪亚迪说。"看来他们很清楚自己要去哪里，长官。"

"带我去。"帕蒂尔说，于是库迪亚迪把他领到了南翼的尽头，通过货梯上到一楼。他们小心翼翼地打开一扇门往下看。一切似乎都很平静。帕蒂尔俯下身子，拔出手枪，听到了抽泣声。他蹑手蹑脚地沿着翼楼前进，向左转向中央大楼梯，看到两名受伤的女子在舞厅外的地板上抽搐，她们的手被子弹打烂了。惊悚中，他示意库迪亚迪的两名"黑西装"把她们拖回来，他的无线电操作员则呼叫医疗救助。帕蒂尔和库迪亚迪折回来，顺着服务楼梯上到了 2 楼。他们探出头去,这里看起来也是空无一人。

在大楼梯附近,他们绕过一根柱子,发现几个手持突击步枪的人正在登上三楼。帕蒂尔数了下,有三个,也可能是四个。瞄准了开几枪说不定就能结束这一切,他思忖着,判断他们之间的距离大约有 30 英尺。他用格洛克手枪瞄准,射出几发子弹。枪手们躲开了,然后转过身来向他们猛烈开火,子弹嵌进了大理石。他的武器打不过。这些人可不是业余的。

几米开外的 253 房内,阿米特和瓦莎·塔达尼穿着礼服坐在床上,抱着彼此,听着连发的枪声。他们本应在水晶厅大宴宾客,此时讨论的却是建个防御堡垒还是逃跑。几分钟前,阿米特打开了门,叫嚣着要"跟他们较量一下",洋娃娃般的新婚妻子瓦莎把他拖了回来。"有一股很浓的气味。"他告诉她。她知道那是火药味,哭了起来。她一直挂念着可能在楼下水晶厅和大堂里的朋友家人,包括她的哥哥。他们是受伤了还是被困了甚至更糟?阿米特的母亲在哪里?她本该在半小时前把婚礼珠宝拿上来的,却一直没接电话。

她的新婚丈夫可能看起来笨拙迟钝,特别是拖着庞大的身躯缓慢走动的样子;其实,阿米特绝不是外表看起来那样。朋友们都知道他有条不紊,聪明机智。他还很冷静。他站起来,关掉灯,把他们的两只手机都调成静音。瓦莎走进浴室,开始悄悄给亲戚和朋友打电话,而他则从猫眼观察外面,想着办法。"听着,不用这么紧张,只是一件小事,"他喃喃道,"一旦结束,我们的婚礼就可以继续了。"他的手机振动起来。是他的兄弟打来的,叫他们离开。"来不及了。"他回答说。阿米特回到猫眼那里又马上退了回来:"我想我刚刚看到一个枪手走过去。"他冲到窗前,往下看警察是否已经赶到。唯一进入他眼帘的是一艘灯火通明的游艇，在外面海里。"早知道应该租一艘船。"他说。

外面的"艾莉西亚号"上，闪闪发光的白色线条装饰着猩红色的艾美斯顿公司横幅，游艇经纪人尼克和儿子一直在迎接客人，晚上9点48分，各人的手机开始此起彼伏地响起来。一个客人打开手机扬声器，大家挤在一起，听着里面传出来的爆裂声和枪声。"是我的司机，停在泰姬酒店外面。"他们能听到司机在说："先生，有枪战，我可以移动汽车吗？"在英国，司机就会直接跑了而不是打电话，尼克想。德里的社交名流拉坦·卡普尔走了过来。"听我说，这在孟买再正常不过了，"他说，"这是一个容易激动的城市。"

尼克放下心来，走到甲板下面，跟工作人员说晚餐可以上了。客人们又喝了一杯香槟，这时一阵爆炸声在水面回响，在游艇周围激起一阵激荡的涟漪。"我们这是最佳座位。"有人开玩笑道。服务生们在一张巨大的柚木餐桌上进行最后的餐前准备，餐桌上摆放着生丝餐巾、银制餐具和波希米亚水晶器皿。尼克担忧着安德烈亚斯的安全，他知道安德烈亚斯喜欢冒险，就叫船长打电话给他："告诉他，我们派补给船去接他。"这时，又一场爆炸响彻了整个城市，他感到自己的胸腔也跟着震动起来。

客人们没有被吓住，坐下来就餐、接听电话、发短信。"泰姬酒店里打起来了。"有个人悄声说，"这难道还不严重？"尼克问道，同时凝望着海岸线。他喜欢这个有活力的城市，但这个城市对安全的不上心让他很生气。"别担心，"卡普尔说，"有这么多香槟和法国美食，游艇上的每个人都能感受到安全和奢华。您是主人。这是一个重要的派对。"船长走了过来，眉头紧皱："李佛拉斯先生说他很好，叫您好好享用晚餐。他晚一点会回来的。"

尼克把卡普尔拉到一边。"我们也许会侥幸逃脱。"卡普尔弱弱地说，这时有人打来电话问他周五的派对是否照常举行。"是，当然会。事情很快就会过去，等你来了，我们就一起跳舞，脸贴着脸。"尼克走进了主沙龙厅，想看一下天空新闻频道。当船员给他调电视频道时，他看到了伦敦来的短信："这是一次恐怖袭击。"另一条是："他们是从水路进城的。"他心道：天哪，我们就是现成的靶子。

晚上10点50分，1区副局长下楼回到了塔楼大堂，他的无线电操作员正在线上报告："1区长官在泰姬酒店。他需要增援。"在大楼梯上交火之后，他们跟丢了枪手，帕蒂尔需要增援来仔细搜寻这个巨大而陌生的酒店。他抓住了两名年轻警员，他们正不知所措地站在一辆邦后备警察部队的面包车旁。"有多少子弹？"他喊道。他们每人有10发。"不够。"他摇头自语。

雨点般的子弹撕裂了门廊的顶篷。他从枪口的闪光中判定枪手是从3楼的客房开枪的。帕蒂尔看到了刚从兰茨恩德酒店赶回来的酒店总经理卡拉姆比尔·康。他们两人早前在泰姬酒店的安全协商会议上见过。帕蒂尔很想当街训斥他一通，但现在不是时候。卡拉姆比尔看上去面色灰白。"我的妻子和儿子就在6楼。"他说着走过来，眼睛发红，原本整洁的西装乱糟糟的。帕蒂尔还能说什么？"先生，我们需要酒店的平面图。"卡拉姆比尔表示会想办法。他试着去问被困在办公室的首席执行官，并打电话给总厨欧贝罗伊。通话间隙，他不停地看向6楼的南角，他的家人还在那里等他。他回复帕蒂尔说："有酒店蓝图的那个人找不到了。我们还在继续找。"副局长怒不可遏："只有定位枪手的位置，我们才能想办法疏散里面的人,所以我们必须知道路线。"卡拉姆比尔表示会去询问酒店老板拉坦·塔塔。

卡拉姆比尔手里拿着一瓶水,想着他的家人本来根本不应该在这里。几个月前,他们就决定换到私人公寓住,妮缇对搬出酒店兴奋不已,囤了一大堆室内装修杂志。他们本应在月初搬家,但公寓的承建商还没有完工。卡拉姆比尔咒骂着这次拖延,但仍试图驱赶自己最糟糕的想法。他对自己说:"你是酒店的公众形象。你是塔塔家族的代表。"每个人都在看他,他的表现应当燃起大家的希望。

大堂台阶上,帕蒂尔看到了警校同学拉吉瓦德汗。这正是他此时最需要的顽强坚定的人,无需任何劝说,拉吉瓦德汗就进入了遇袭酒店。他潜进大堂,那里此刻已是一片寂静,四处躺着尸体,他做了一个简略的评估。"随机伤口,多处头部中枪,大量弹药。"他确信自己之前的直觉是正确的:巴基斯坦的人肉炸弹。他指出了方案的第一阶段:趁枪手还在其他地方,先疏散底层,在莎米安娜旁边建个临时指挥所,关闭并守卫所有出口以防枪手逃跑,同时封锁电梯。他征用了一把配发的左轮手枪和9发子弹。"准备好了就给我打电话。"他对帕蒂尔喊道,然后双手紧握武器,消失在过道尽头。

横跨宫殿和塔楼的一楼厨房里,总厨赫曼特·欧贝罗伊已经想出了一个方案。在他的各家餐厅被推到第一线后,住客和食客就分散在了各处,其中许多人是被领到或者自己找到酒店服务区这个平行世界的。美国对冲基金管理人迈克·波拉克及其妻子安嘉丽和同行朋友把自己锁在宫殿一楼的芥末餐厅的厨师库房里,安德烈亚斯·李佛拉斯则在底层马萨拉卡夫餐厅的备餐间,把一个底很大的铜锅（handi）翻过来装扁豆、菠菜和白干酪吃，讲着笑话给每个人打气。

总厨欧贝罗伊意识到，他那藏在幕后的厨房班子说不定可以利用酒店迷宫般的货梯、楼梯和通道，将客人转移到一个四通八达的安全之地。他打电话给正在酒店外徘徊的卡拉姆比尔·康，询问他的意见。他认为，酒店那个非请勿入的钱伯斯俱乐部是一个理想场所。它由一组房间、一个酒吧和一个图书馆组成，占据了一楼水晶厅和厨房之间的一大片空间，可以俯瞰印度门。它没有标记在酒店的小册子上，只有最常来的客人才有可能注意到它，也许他们只是在前往搜客时瞥了一眼塔楼电梯按钮旁那个不起眼的牌子，尽管这地方也只能由工作人员或用俱乐部钥匙进入。卡拉姆比尔同意了。钱伯斯是个隐秘的避难所。他建议总厨欧贝罗伊立刻开始行动，从距离钱伯斯最近的人开始，即水晶厅里参加婚宴的宾客。

晚上 10 点 30 分刚过不久，厨师和服务生们带着一队客人沿着服务走廊进入俱乐部的门厅，记者比沙姆立即认出了这个地方。他来过一次，参加拉ল·塔塔举办的媒体宴会。他壮起胆子问工作人员是否可以打开吧台。因为平常撰写与美食美酒有关的内容，他觉得自己也是个美食家。"看，你有最好的酒，把它拿出来。"他调侃道。但钱伯斯的经理礼貌地拒绝了。比沙姆给朋友发消息哀叹："身边就有全国最好的单一麦芽威士忌，却一滴也喝不到。"

另一群客人也被带了进来，包括雷梅什和水疗女孩陪着的怒气冲冲的安德烈亚斯·李佛拉斯。他们看到其中一个小房间里有一群人正在开商务会议。"看，每个人都是该干什么就干什么，好像什么都没发生。"雷梅什对老板低语道。考虑到许多客人饿着肚子，厨房还端出了一盘盘薄荷酸辣酱三明治。安德烈亚斯叫雷梅

围攻

什多拿一些。"把它们藏起来,免得食物被吃完了。"他说着重重躺到一张大躺椅上,接听他在伦敦的办公室和家人以及"艾莉西亚号"上打来的电话。"一切都很好,"他让尼克放心,"我们会耐心等待军队到来。"他又打电话给儿子迪昂:"一切都会过去的,别担心。"

电视被人打开后,气氛变得沉重起来,电视声音很响,事实与阴谋论夹杂在一起:60多名恐怖分子在孟买街头游荡,警方不堪重负,已有数百人死亡。CST大厅血流成河的画面让所有人都安静了下来。比沙姆走到吓坏了的母亲身边,拿走了她的手机。这时候,一条对此憨然不知的信息足以让她整个人崩溃。

更多的客人来了,包括迈克和安嘉丽·波拉克。安嘉丽已经情绪失控,平日里冷静的金融家看起来也焦躁不安。几分钟前,一名枪手试图进入他们在芥末餐厅的藏身之处,在上锁的服务门外面走来走去。一位厨师故作镇定地告诉枪手说里面空无一人,把枪手引开了,自己也侥幸捡回一条命。现在,安嘉丽满脑子想的只有他们的两个幼子,他们和她父母一起在城里的另一处。"我们差点就死了。"她哭着说。

当钱伯斯挤满了人时,比沙姆和母亲换到了走廊尽头一个小一点的VIP套房——薰衣草室,突然,一阵爆炸让地板颤了起来。他们已经被发现了吗?电灯和电视被切断了。坐在黑暗中,比沙姆给朋友发消息:"听到了爆炸声。怎么回事?"朋友回复说,宫殿的顶层着火了。比沙姆慌了:"严重吗?军队进酒店了吗?"他转向母亲,她正在祈祷。"多棒的婚礼。"现在有250人锁在钱伯斯里面,而酒店里只有6名警察。

外面的泳池露台上,阿米特·佩谢夫越来越焦虑。已是晚上

11点30分，他打了几十个电话，但好像没人知道变压器室的钥匙在哪里。失血的英国客人越来越虚弱，衬衫已被鲜血浸透。

阿米特的手机嗡嗡作响。是他曾经的室友赫曼特·塔利姆，金龙中餐厅的实习主厨。"阿米特，怎么样？"他镇定地问道，提醒他的朋友，"听着，我们现在全都在钱伯斯。我们需要知道你的确切位置。"阿米特解释了自己的困境。他的朋友建议打电话给总厨欧贝罗伊。阿米特第三次给欧贝罗伊打了电话："总厨，我这里有个英国人快要死了，喝醉酒的议员在发酒疯，还有一个男孩失踪了。"欧贝罗伊试图让他冷静下来，说会联系维修人员把钥匙拿过去。接着，阿米特的眼角余光注意到其中一个议员正东倒西歪地走到露天处一座狮子雕像旁想要爬上去。"我得挂了。"他烦躁地说。

30分钟后，他听到了沉闷空洞的敲门声。有人在变压器室门的另一边。客人们焦急地推来搡去，然后门猛地打开，每个人都向前涌去。阿米特注意到有个男人从变压器室顶部跳了下来，是一位欧洲客人，戴着红色领结，穿着晚宴礼服。他肯定一直躲在上面，一言不发。"詹姆斯·邦德！"阿米特喃喃自语，惊讶地目送着那人飞奔离去。现在，他必须把受伤的英国客人送到医院。他把这个男人架在自己的肩上，跌跌撞撞地走进了梅里韦瑟路。

塔楼顶层的搜客里面，鲍勃·尼科尔斯和他的南非突击队员们正处于戒备状态。餐厅里有50多人，包括泰姬酒店首席执行官的妻子，她给大家传回了来自丈夫的最新消息，她丈夫被困在他们下面18楼的办公室。"他说我们在最安全的地方。"她宽慰大家。鲍勃也一直收到孟买出生的商业伙伴发给他的最新消息，这人在南非约翰内斯堡的电视上注意着事态的发展，鲍勃的妻子梅兰妮就坐在其旁边。"宫殿周围到处都在开火,但塔楼看起来没有被波及。"第一条消息说,"全城都受到袭击。留在原地别动。"

餐厅的另一边,美国海军陆战队上校拉维和他的兄弟翻遍了钱包,取出美元和驾照。他们必须抹去所有暴露美国人身份或把拉维与美国军方联系起来的痕迹。他把一些必需品,比如星条旗信用卡,塞进了袜子里。他想过给圣地亚哥家里的女朋友打电话,但最终决定还是算了。他妹妹打来电话时,他只告诉她自己离事发现场还很远。她又能做什么呢?从现在开始,他也会与他的印度亲属保持距离,担心自己一旦被抓会连累他们。

来自圣地亚哥的拉维和他的兄弟打算,如果他们被枪手拎出来,就伪装成西班牙口音。"真心希望不至于到那个地步。"他喃喃地说。但有些东西是拉维无法改变的,特别是在美国海军陆战队这么多年给一个人带来的影响。现在他的脖子和头一样宽,头发剃成了与众不同的寸头。他所有的行为举止,特别是斜肩和没有赘肉的身躯,无不提示着他出自军队。

拉维踱到了南非人那一桌。他估摸着这群下巴方正、头发剃短的男人跟他是同一类人。"听着,"他对鲍勃说,没有透露自己的任何信息,"我只想力所能及地帮忙。对这种情况,我是有些经验的。"他没有主动提供更多信息,南非人也没有问。鲍勃给他分配了任务,陪同一名前突击队员进行侦察。他们需要找到一个比四面都是玻璃窗的搜客更安全的地方。一旦炸弹在电梯间爆炸,每个人都会被飞溅的玻璃切成碎片。拉维穿过厨房,发现了一个占据顶层后部空间的会议室,即会合厅。他拉开门后,吃惊地发现里面静悄悄地坐着百十个韩国人。他试图询问情况,解释说大家需要同心协力,但他们只会说一点点英语。他们都吓傻了,不能弃之不顾。拉维赶回鲍勃身边,带去了这个坏消息。韩国代表团说他们这里其实有150多人。

拉维觉得现在留在搜客已毫无意义。"我们换个地方吧。"会合厅要易守得多。把每个人都带入会合厅后,鲍勃从会议讲台上拿起一个麦克风,开始对人群讲话。在场的每个人都对这场危机有不同的解读。本市人看待它的方式是鲍勃无法想象的。他们经历过社会骚乱和连环炸弹爆炸,看着煤矿大王成为穆斯林教父并建立各式各样的犯罪团伙去勒索这座城市,把像马力亚这样的警队枪手送上战场。只有在孟买,黑社会内部的不平等才会成为一个紧迫的政治问题,而印度教沙文主义者为了削弱穆斯林教父的力量,培植了自己的犯罪集团头目——一个印度教黑帮老大,此人发迹于磨坊工人的贫民窟,在那里壮大势力。在这座七岛之城,如果你要找人去割喉,那么最好所有不同宗教信仰的犯罪分子都有公平竞争的机会。

鲍勃是一个沉稳可靠的人,这位海军陆战队上校心想。他外表普通,实际上并没有前线战斗经验,但有一种奇特的感染力。"不要大声打电话,"他说,"不要告诉外面的人我们在哪里。贴着地板。不要四处走动。不要坐在吊灯下。不要和媒体说话。"他把一张纸传下去,要求每个人写下名字和地址。他没有告诉他们这其实是"遇难者名单"。

现在他们要建造防御堡垒。鲍勃的一名突击队员爬上电梯上方的吊顶,不管谁进来,他都会跳下来落在那人身上。拉维用椅子卡住电梯门,让电梯不能运行,然后用铁丝锁住餐厅入口。在里面,他们则堆起障碍物堵住两个向外开的消防出口,把桌子和部分讲台垒起来,两侧放置椅子,用来狠揍任何闯进来的枪手。拉维还悄悄召集服务生坐在这些出口旁,充当"报信者"。就他而言,这事不太可能很快结束。他们齐心协力准备好迎接漫长的等待。

他们都听到了酒店里传来的隆隆爆炸声。拉维知道手榴弹远不会有如此大的动静。"我能看到烟雾。"鲍勃说,第一次流露出担忧,他向下细看时,宫殿的六层在塔楼下方清晰可见。他能看到火焰从屋顶上蹿出来。如果大火把塔楼变成了炼狱,我们该如何逃?他心里涌起了忧虑。

在宫殿的顶层,正对着塔楼的另一端,萨宾娜·塞基亚也听到了爆炸声。她惊慌失措地打电话给朋友安布林·汗:"我该怎么办?"安布林安抚她说,"别急,我正在过来的路上。快打电话给值班经理。"

"我打电话给卡拉姆比尔·康。"萨宾娜与她商量。安布林说不要,她在新闻上看到他的家人也被困在酒店。"他肯定很忙。还是打电话给值班经理。"

几分钟后,萨宾娜又打来电话:"安布林,我害怕极了。门外有叫喊声和脚步声。"

"偷偷看一下,不要被他们发现。"

"是几个拿枪的人。"她的声音在颤抖。

"几个?"安布林叫她注意细节。

"3个。很年轻,还背着背包。"

安布林惊恐万分:"你必须躲起来。"

几分钟后,萨宾娜打电话给在德里的弟弟尼吉尔:"有个男人在敲门,说'客房服务'。我要开门吗?""不要!"她挂了电话,随即再次打去:"他又敲门了,这次说是'保安'。""不要开门!"

10分钟后,她又打了过去。"我在卧室,烟正涌进来。怎么办?"

"在门周围放湿毛巾。"尼吉尔建议道。

萨宾娜开始喋喋不休:"我要和山塔努说话。我要和孩子们说话。"还有她的姐姐们。还有她的母亲。"我要和她们说话!"他们都在德里参加侄女的婚前派对,关注着电视上泰姬酒店的情况,离她有三个多小时的飞行距离。

她再次给安布林打电话。"有人在外面用旁遮普语说话。他在用金属做的什么东西敲门。"传来几下沉闷的砰砰声。"安布林!"

距离被袭酒店一英里的地方,在卡夫广场、克拉巴和纳里曼角的几条狭窄小巷中,警察与袭击哈巴德大楼和三叉戟-欧贝罗伊的枪手对峙着,从乱成一团的呼救电话中,一个西方情报机构提取出了一个手机号码。

他们先把长途电话与本地电话分开,通过关键词过滤,留下一堆可疑号码。再用语言搜索工具来处理这一堆数据,在里面寻找乌尔都语和旁遮普语的使用者,进一步缩小了范围。接下来用不为外界所知的隐秘设备来识别关键短语,最终将名单缩至一种可能,它指向归属印度本土巴蒂电信的一个 SIM 卡号:+91 9910 719 424。

传递给印度的国内和海外情报部门——调查分析部和情报局(IB)的消息是,来电者可能是这次恐怖行动的参与者,甚至是头目。情报局联系了邦情报局局长,后者又联系了此刻身在警察总部控制中心的刑事分局局长拉克什·马力亚以及反恐小组(ATS)总部。那边的技术部门里,一位善于在数字世界中寻宝的资深监听者将分离出这部手机的唯一标识符,并申请监听许可。

马力亚打电话给他刑事分局的二把手、有张哈巴狗脸的副局长德文·巴蒂。"找出来电者。"他对巴蒂说。如果这部电话能帮

围攻

他们找出正在指挥恐怖袭击的人，他们就可以斩断孟买发生的袭击。巴蒂本来在机场执行一个跟黑帮有关的任务，奉命回到孟买南部。他在警察总部与反恐小组的副警长会合，两人登记领用了便携式测向设备，以搜寻和定位电话信号。他们俩各自坐车出发，开着笔记本电脑，等待那个电话号码打进或打出。

为了获取精确的位置，他们需要在至少三个电话塔之间进行三角定位。然后，这个号码可以在一个地图网格内被分离出来，随之范围缩小到一幢楼，接下来就轮到人力发挥作用：一扇扇门、一个个房间地搜寻。巴蒂做过这事，他知道这需要耐力和毅力。把克拉巴和纳里曼角在地图上划成栅格后，他感到很满意，戴上耳机，膝上放着笔记本电脑，等待着。他知道，他们的时间只有通话的持续时间，无论多么短暂，都要去锁定并在地图上找到位置。

晚上11点30分，+91 9910 719 424开机了。"愿主赐你平安。"

第四章　山羊、刀和火柴盒

2008年5月，巴基斯坦

　　一队虔诚军的受训战士在一辆车身都是手绘图案的巴士上颠簸着，巴士砰砰啪啪地响着，摇摇晃晃地驶进了巴控克什米尔树木繁茂的山区。圣战士训练员"公牛"卡哈法和该组织的军事指挥官扎基叔叔从海量的新兵中挑中了他们，打算从这群人中选出"孟巴行动"最终的十人小队。

　　到达穆扎法拉巴德山上碗形平原的"圣战士之家"后，这些人被搜了身，看看是否带着香烟、鸦片和烟草，然后被拍照、录指纹。任何人都不得在没有教官陪同的情况下离开，以防拖累组织，尽管没有人知道他们会被分到哪里。行程350英里，被车颠得快散架的学员们又焦虑又疲惫，他们被带到帆布搭的营房，16人住一个帐篷，每个人被分配了一个数字来代替真名。

　　他们每周只允许打一次电话，电话还是被监听的。"公牛"卡哈法和他手下的教官们规定了睡眠、饮食、洗漱和祷告的时间。不鼓励他们谈论家里的生活。不过不管怎样，所有人还是会聊起。

　　阿杰马尔·卡萨布就在这32人当中，他并不知道自己以后会去孟买。

阿杰马尔 1987 年 9 月出生在法里德果德的一个贫困村庄，那里是旁遮普省贫困落后的远东边缘地区，旁边就是公路。阿杰马尔的邻居们在这个遍布神庙和废墟的地方勉强维生，这些废墟可以追溯到印度河流域文明，却早已被遗忘。这里历来就是一个征兵地，而英国人以及几百年前交战的王公贵人在这里征收了许多税款。但因为印巴分治，印度教和锡克教居民逃去了印度，穆斯林难民占据了他们的家园，把自己关在砖砌的院子里，忍受巴基斯坦这个新生国家的到来。与旁遮普的任何一个大城市相比，这里在地理上离印度更近，村民们从小听着痛失亲人和家园的故事，长大后鄙视他们赫然出现的邻居。清真寺是他们唯一的公共集会点。

扎基叔叔来自奥卡拉，离法里德果德最近的一座城市，只有 20 英里，他离开家乡，和旁遮普省成千上万人一样，参加了 1980 年代秘密进行的阿富汗战争。之后，他与拉合尔工程大学的讲师哈菲兹·赛义德走到了一起，后者总是声情并茂地讲述他是如何在印巴分治的大屠杀期间痛失了 36 位亲人。1990 年，战士扎基和讲师（亦为宗教领袖）哈菲兹·赛义德成立了虔诚军，以宣扬一种理念，即流离失所的人及其后代可以通过一块一块地摧毁印度来为自己复仇。他们利用弥漫在每个家庭中的愤怒、贫困和错位感来壮大势力。

在法里德果德，阿杰马尔和 4 个兄弟姐妹住在一扇青绿色的锡门后面。主街是一个污水坑，有一排汽油泵和机械维修店，为过路人提供服务。他们家曾是牧羊人，后来又卖过肉，这也是他们姓氏的来源，可以粗略地译为"屠夫"。但卡萨布一家的日子很不好过,阿杰马尔的父亲在150英里外拉合尔的建筑工地工作,每周挣400卢比(约合2.5英镑)。家里没有厕所,没有电。他们从公共水龙头打水,把垃圾扔到墙外,在同一个房间吃饭、头碰脚地挤在一起睡觉,仅有一盏煤油灯用来照明。

阿杰马尔的母亲努尔·埃来西管着家,丈夫偶尔回来,她就怀上了,但其他时间都在家里闭门不出。由于父亲长期不在家,二儿子阿杰马尔很叛逆,他的名字在阿拉伯语中意为"英俊的那个"。他又矮又壮,留着长发,嚼着烟草,在法里德果德的公共汽车站一带玩耍。但这个地区正在改变,主要是虔诚军的成功振奋了人们的精神。虔诚军在印控克什米尔地区公开对抗全球最大的安全机构之一,支持1989年在那里爆发的叛乱活动,因而声名大噪。

荒芜落后的奥卡拉因为贡献了如此多的士兵参加圣战,被赞誉为"有福的城市"。虔诚军向每个人传送如下的信息:周五祷告后会分发免费读物,虔诚军出钱请的医生会为大家体检,会为每位殉道者举办盛大的庆典(tamasha)。虔诚军志愿者会在社区抛撒糖果,给死者家属送上补偿金,然后大声朗读死者的遗嘱,就像战斗表彰大会一样。在克什米尔为圣战而死是生活在苦难地区的人可以奋斗得来的最高荣誉,相对于另一种庸碌一生的选择,殉道能给原本一无所有的家庭带来敬意和尊严。来访的虔诚军指挥官像流行偶像一样受到夹道欢迎。殉道者的海报被钉在奥卡拉的出入口,如同其他城市里的宝莱坞电影海报一样。杂货店的募捐箱里塞得满满当当。村里每面墙上都满是涂鸦:"支持圣战。去打圣战。"其他涂鸦则证实了新世界秩序:"既不是板球明星,也不是电影明星,而是伊斯兰的圣战士。"

像阿杰马尔这样的青少年读着由虔诚军媒体部门印制的激动

人心的青少年读物，它们大量使用被杀战士的话来招募新兵，其中一本甚至还画了幅连环画，孩子们给它起了个绰号叫"殉道者乔"。这个组织知道自己在做什么。"孩子们就像干净的黑板，"虔诚军一位地方主管表示，"无论你写什么，都会在他们身上留下永远的印记。"

阿杰马尔的转折点出现在 1999 年，那一年巴基斯坦和印度在克什米尔高地的卡吉尔开战，他的父亲阿米尔患上了肺结核，从拉合尔回了家。从此，阿米尔开始在法里德果德尘土飞扬的广场周围推着一辆手推车卖油炸小吃，每周只能挣大约 250 卢比（约合 1.5 英镑），比当建筑工人时的工钱少了一半左右。他与儿子吵架，希望儿子能把失去的那一半赚回来，最终将 13 岁的孩子送到拉合尔当工人。阿杰马尔凌晨 4 点起床，在公共厕所里洗漱，变得痛苦而疲惫，他的雄心不再，恐惧和孤独在晚上刺痛了他的心。他想念母亲，怨恨残忍的父亲。

在建筑业辛苦工作了 6 年之后，阿杰马尔遇到了一个神气十足的年轻人，在"迎宾帐篷餐饮"工作，这家餐饮企业位于通向伊斯兰堡的城市杰赫勒姆。他正在招聘厨师，提供热饭热菜、保险和不错的收入。饥肠辘辘的阿杰马尔搬到了杰赫勒姆，并交了个新朋友穆扎法尔，这个名字意为"胜利"。穆扎法尔的生存之道别有一套。白天卷印度烙饼（roti），晚上带着阿杰马尔在街头游荡，唆使这个体型较小的少年从浴室的窗户钻进去，潜入别人家里和办公室偷东西。

口袋里有钱了，阿杰马尔和穆扎法尔就去电影院看电影，他们看了好几次《怒焰骄阳》（*Sholay*），一部惊心动魄的宝莱坞惊悚片，讲述的是一位资深警察招募了两个小偷（其中一个由阿米达普·巴强饰演）去抓一个坏人。2007 年 11 月，他们前往巴基斯坦的军队驻扎地拉瓦尔品第购买枪支，希望能成为完全合格的小流氓。

这个城市充满了狂欢节般的气氛。选举即将到来，贝娜齐尔·布托流亡近10年后回到了城里，大街小巷都是节日用的带装饰的帷幕帐篷和游乐设施，为开斋节做准备。在帐篷间闲逛时，阿杰马尔和穆扎法尔遇到了一个老人，他给他们买了茶，劝说他们去当地的虔诚军招募办公室。他们在那里受到了热烈欢迎，就像迎接久违的亲人一样，还端来了一盘盘米饭和羊肉。"他们问我们叫什么，叫我们第二天带着衣服和生活用品来。"办公室里的一个男人在一张便条上写下了 Daura-e-Sufa（21天宗教课程），叫他们去拉合尔郊外穆里德盖的某个地方，他们欣然同意了。阿杰马尔几乎大字不识，但那简单几笔就让他们在不知情的情况下，加入了为期两周的虔诚军皈依课程。

不到24小时，阿杰马尔和穆扎法尔就到达了虔诚军的全球总部穆里德盖，一个叫做纯净中心（Markaz-e-Taiba）的地方，在拉合尔郊外，有30分钟车程。经过一连串的检查站后，他们被搜了身，手机也被拿走了。

总部里面已有30名新兵，刚结束横跨旁遮普省的长途旅行，个个都是又紧张又疲惫，锡制行李箱里塞满了随身物品。纯净中心占地辽阔，像一所昂贵的私立大学。这里有宽阔的道路和鲜花成荫的小路、运动场、花园、教室，靠近后门的地方还有一个巨大的混凝土游泳池。最宏伟的建筑是可容纳5000人的阿布-哈来拉清真寺，外面的练兵场还挂着一排电风扇，为观众提供清凉。这里甚至还有一所女子学校，这让乡下男孩们很惊讶，因为他们的姐妹在结婚前从不离开家门一步。

第二天，他们凌晨4点就被叫醒了，沉浸式宗教课程从祈祷开始。与那些不进行宗教灌输而是直接派雇佣军去跟任何被宣布为穆斯林敌人的人作战的组织不同，虔诚军按自己的想象重塑新兵，在严格的宗教、政治和意识形态准则下管理运作。"我们是从逊尼派转为圣训派的，他们教我们圣训派教徒的做法。"阿杰马尔回忆道。

刚开始的时候，他纠结过。"从祈祷（namaz）到午餐再到晚餐，一切都无比精确，"他说，"训练官们非常严格。"他更喜欢下午打板球的时候，阿杰马尔从小就靠这项运动发泄对印度的仇恨和愤怒。在穆里德盖球场上那些尘土飞扬的比赛中，巴基斯坦总是赢家。

一周后，他们被引见给了"公牛"卡哈法，扎基叔叔的二把手，从一开始，男孩们就对他的战斗力深感敬畏。晚祷后，卡哈法将他们聚集到主清真寺听人讲牺牲和胜利的故事，放映自杀式袭击者成功袭击克什米尔的印度军事设施的片子。卡哈法和手下的训练官不断给他们区分 fidayeen 和自杀式任务，后者是他们想都不能想的。"自杀是因为未能实现既定目标而绝望地杀死自己。"阿杰马尔被如此告知。与之相比，fidayeen 则是"为实现一个高尚的目标而献上生命"。他们为胜利而战，就算死了也是胜利。

最后，扎基叔叔出现了，被一辆丰田皮卡载着驶进营地，还有满满一车的武装警卫。他戴着标志性的阿富汗帕库尔帽，披着生羊毛披肩。拉赫维对苏联人作战的日子已经过去多年，现在他突出的肚子和额头上祈祷留下的肿块（zabiba）表明如今他更多时间是待在清真寺。拉赫维欢迎了新成员，并向他们介绍了以艾尔-卡马为首的一众教官。艾尔-卡马出自旁遮普省南部的巴哈瓦尔布尔，真名是马扎·伊克巴尔，之前一直管着虔诚军在克什米尔的行动。从现在开始，男孩们会逐渐斩断与原生家庭的联系，像卡哈法和艾尔-卡马这样的教官将成为他们父亲般的人物。

艾尔-卡马带来了一个消息。他透露说他要组建一支特殊队伍进行一次秘密行动："我们准备袭击印度的几个大城市。我们要从印度内部发动一场战争，把印度从里到外掏空。"

新兵们激动万分，又害怕不已。不久，在武装摩托车警卫的保卫下，该组织的埃米尔哈菲兹·赛义德乘坐的轿车车队到了。学员们聆听着他的教诲。埃米尔扯着自己的红胡子，然后把手像祈祷时那样放在胸前，讲了一段关于责任和勇敢的沉闷冗长的颂词。

他的讲话以一个阿杰马尔铭记了终生的承诺收尾。"如果你们死于圣战，"埃米尔一边说，一边审视着新兵们，"你们的脸会像月亮一样熠熠生辉。你们的身体会散发芳香，灵魂会升到天堂。"扎基叔叔走上前来，再次鼓动他们说："你们是穆斯林。印度人没有人性。他们让你们深陷贫困，自己却遥遥领先。"他告诉他们做好准备。"你们的时代到了。"就这样，新兵们从无足轻重的人突然变成了"举足轻重的人"。

到了 2008 年 2 月，这群男孩已经缩减到 24 人，包括阿杰马尔和穆扎法尔。他们坐了 8 个小时的车到达西北部的曼塞赫拉，来到了当时巴基斯坦西北边境省白雪皑皑的山上。隐藏在这里的是虔诚军另一个训练地，就在巴基斯坦军事学院和阿伯塔巴德的北边，阿伯塔巴德就是 4 年后奥萨马·本·拉登伏诛之地。他们从曼塞赫拉公共汽车站出发，带着靴子和毯子徒步上山，沿着路线到达巴塔尔，一个由石头和木头建成的村庄。

如果穆里德盖是学业培训，那么巴塔尔就是高强度的体能训练。挂在树上的扬声器大声播放着励志歌曲，在 21 天的普通战斗训练（Daura-e-Aama）期间，新兵们摸到了他们的第一把AK-47。他们还要应对一个让人冻到麻木的障碍课程，在一个个结冰的坑中爬行，教官们留意到，虽然阿杰马尔身高有所欠缺（不到5英尺3英寸），但他用顽强的毅力弥补了这个不足。

完成普通训练后，男孩们奉命休息了一阵。他们接下来面临的是为期两个半月的特殊战斗训练（Daura-e-Khas），在巴控克什米尔的"圣战士之家"进行。每培养一名战士，就要花费虔诚军1000英镑，因此该组织必须对候选人名单慎之又慎。所有训练结束后，艾尔-卡马才会确定参加那个秘密任务的最终人选。

穆扎法尔的家人过来把他接回家去了。没有人从法里德果德来接阿杰马尔回家，尽管他也想家了。他打电话给母亲，电话却中断了。他被迫留了下来，指导新招募的人，直到获准参加特殊训练的名单上的名字日渐增多。名单上有阿杰马尔的名字，却没了穆扎法尔的。

2008年5月。这些穷苦的被家人抛弃的男孩，经过虔诚军的培养，感觉自己像特种部队一样，他们在穆扎法拉巴德的切拉班迪山上支起高高的帐篷，穆扎法拉巴德就是虔诚军负责境外行动的副主管萨吉德·米尔建起了自己的"冰盒"的地方。阿杰马尔被另一名新兵哈菲兹·阿尔沙德所吸引。肌肉发达的阿尔沙德有6英尺高，来自旁遮普省南部的木尔坦。他被家人送进了一所伊斯兰神学院，因为家里在甘蔗地里干活的孩子已经够多了。阿尔沙德只有一个技能，刚好诠释了他的名字：他是一个哈菲兹[①]，只会死记硬背地学习古兰经。但他到了十几岁的时候，对巴基斯

---

① hafiz，这个词的本意是能背诵全本《古兰经》的伊斯兰教徒。——译者

坦及其周边还一无所知。他成了一名铁路工人,直到有一天,他收到一张传单,说埃米尔哈菲兹·赛义德要搞一个公众集会。

下一个加入的是肖艾布,新兵中年龄最小的。他出生在旁遮普省东北角锡亚尔科特县的巴拉平德村,村子在1965年和1971年的印巴战争中遭受过炮击,他可以从家里看到印巴争夺的克什米尔。他父亲是个留着长胡子的平民传道者,以拥护圣训派事业而出名。肖艾布比阿杰马尔辍学还要早,十几岁就报名参加了穆里德盖的训练,希望"让印度流血"。

第一晚结束时,他们这群人有了第四名成员纳赛尔·艾哈迈德,自称是"来自费萨拉巴德的小瘦子"。他来自旁遮普省第二大城市,比其他人自信些。纳赛尔住在该市著名的穆巴里克圣训派清真寺附近的小巷里,这是一座拥护虔诚军的清真寺,位于市中心的东北面。清真寺周围的商店公开放着虔诚军慈善部门的筹款箱,工作人员都是当地名人。纳赛尔深受虔诚军吸引,从小就为它工作,帮忙从偏远村庄招募穷人家的男孩。尽管他身材瘦弱,声音尖细,但性格勇敢,无所畏惧。

阿杰马尔、哈菲兹、肖艾布和纳赛尔埋头苦练。当艰苦的课程接近尾声时,他们奉命在练兵场集合。一个高大瘦削、胡子剃得很干净的军官在等他们。他在这群胡子拉碴、穿着睡衣的人当中显得格格不入,但埃米尔哈菲兹·赛义德和扎基叔叔都拥抱了他,然后艾尔-卡马介绍道:"这是萨希比少将,我们只听他的。"

没有人畏缩。人人皆知虔诚军中有很多巴基斯坦军官。一名声称已在2005年离职的上校公开管理着该组织的信息部门。他们中有一些是心怀不满的士兵,认为军队不再把解放克什米尔作为目标。其他人则认为军队是在用绥靖政策来安抚伊斯兰教的敌人。这些在虔诚军工作的军人大都自称已退役。是否真的退役,也只

围攻　117

有他们自己知道。虔诚军像一个缠绕在一起的毛线团，为深层的国家阴谋打掩护。

萨希比少将咔嚓一声立正行了个军礼，并动身去视察军营，然后像来时一样谨慎地离开了。之后，训练变得更加艰难。新兵们爬上了营地上方的茂密森林，到达了最偏远的基地：马斯卡-乌马库拉和阿克萨（以伊斯兰第三大圣地耶路撒冷的清真寺命名）。他们在实弹演习中投掷手榴弹。他们开枪射击，直到手臂酸麻。他们负重在冰冷的夜晚爬行，还要被"公牛"卡哈法和艾尔-卡马伏击，朝他们头上和双脚间开枪。

最后，接近7月底的时候，他们被两两结成"伙伴"，接受双人突击行动的训练。他们学会了用手势交流。在废弃的大楼里，他们学习如何进入及扫荡，在门口交替穿插前进。他们看着艾尔-卡马把床垫扶起来抵住门，保护门不受爆炸冲击。他们扮演劫持者和被劫人质，并学习如何审问俘虏。决定一切的最后考验来了：在树林里待三天，没有食物，没有水，没有地图，还要被教官追捕。10名新兵逃走了。但当虚弱且快要冻僵的阿杰马尔、哈菲兹、肖艾布和纳赛尔最终出来时，他们受到了艾尔-卡马的嘉奖。

他们得到了一只山羊、一把刀和一个火柴盒，被告知要自己准备毕业餐。

2008年8月中旬。大卫·海德利此时已确信虔诚军及三军情报局的伊克巴尔少校在和他保持着一定的距离，他们已开始用带有纽约市代码的手机号码与他联系，哪怕他在巴基斯坦。少校完全避免与他见面，解释说三军情报局已经开始使用互联网电话，在世界各地租用电话线和号码，以摆脱敌方间谍机构的追踪。

海德利的私生活也给他增添了不少压力。2号妻子（法伊扎）

正在威胁他和他的 1 号妻子（沙琪亚），但他无法让自己彻底摆脱她。他需要换个环境。他把沙琪亚和如今的 4 个孩子带到了一个热门的山中避暑地，位于伊斯兰堡以北 3 小时车程的穆里，于 8 月 19 日返回，那一天也是佩尔韦兹·穆沙拉夫将军最终被迫下台的日子，大权交给了文职领导人阿西夫·阿里·扎尔达里（贝娜齐尔·布托的鳏夫）及总理优素福·拉扎·吉拉尼。海德利的弟弟丹亚尔是总理的新闻官。

虔诚军那边的萨吉德·米尔有一则消息要告诉他。海德利兴高采烈地出发前往"冰盒"。到达那里后，米尔的行为举止都表明"孟巴行动"已近在眼前。但米尔没有透露任何消息，而是利用他的匿名身份让他去完成一系列琐碎的任务。海德利被派到山下，带着一份购物清单：10 个中国产背包，袭击者一人一个。他选择了带有英文标识的，上面写着"改变潮流"——看起来很适合作为海路攻击行动的口号。他还被派去印度边境测试虔诚军的"老鼠"购买的印度 SIM 卡。5 部一模一样的诺基亚 1200 手机已买好，银黑色的，每个两人组 1 部。

海德利似乎知道自己在被人利用。他担心虔诚军和三军情报局会对他越来越冷淡，也因为这个原因忧虑家人的安全。9 月 8 日，他把沙琪亚和孩子们送去与他学生时代的好友拉纳医生在芝加哥的一大家子住在一起。他还起草了一份遗嘱。遗嘱的执行人就是拉纳，海德利曾借用他的移民生意的名头在孟买给自己打掩护。海德利写了封电子邮件给他，抬头是"亲爱的医生"。首先，他想尽办法解决自己和法伊扎之间吵闹不休、分分合合的婚姻，这是个棘手的问题。万一他死了，希望她会被鼓动离开巴基斯坦前往加拿大，这样就不会影响到所有人。"每个月通过帕夏给她寄 350 美元"，这就是她对于他的所有价值。"通过帕夏和她沟通，不要把你的号码给她,哪怕是你打电话给她。当她确实拿到签证时,给她 6000 美元、机票和指示。"

接下来是沙琪亚。她会被送回拉合尔和她的家人在一起,他叫拉纳想办法让他的儿子们进入巴基斯坦最负盛名的私立学校艾奇森学院,其校友包括从板球运动员转为政治家的伊姆兰·汗。海德利随后列出了他最近从母亲赛里尔那里继承的资产,这些都将由沙琪亚和孩子们继承。遗嘱里没有提到他的父亲萨利姆·吉拉尼,他已经与桀骜不驯的儿子断绝了关系。"就这些了,我的老朋友。"

听说了遗嘱内容后,法伊扎勃然大怒。她写信给海德利的美国律师约翰·泰斯,争取她作为海德利"合法妻子"的权利。之后,她明目张胆地闯入虔诚军在拉合尔的卡迪西亚清真寺。"我不得不从上午 11 点等到晚上 7 点,"她写道,掩饰着她这样一个不请自来的女人进入虔诚军的领地有多害怕,"他们把我从头到脚搜查了一遍。我问他们:'你们到底在干什么?'我说,'我只想问一个跟我丈夫有关的问题,我要知道是怎么回事。'"清真寺方面支支吾吾,于是她开始大喊她丈夫的名字,直到埃米尔哈菲兹·赛义德出现。她抱怨海德利经常殴打她,还提到了与间谍行动及圣战有关的枕边谈话。本以为已经控制住了海德利这个问题的哈菲兹·赛义德很是惊骇,不过他答应会和法伊扎的丈夫谈谈。

海德利通过短信发现了这事。他感到羞辱,觉得家丑外扬。他换了个电子邮件地址(impervious2pain@yahoo.com),并请了一名律师与法伊扎正式分居。收到律师函后,法伊扎去了海德利的家。"一周前你还爱着我,想着我,"她对他怒吼道,"怎么回事?"海德利命令保镖把她赶出去。他们在门口争吵时,她挨了拳头,又被踢了几下,随后她泪流满面地跑到五星级明珠大陆酒店后面的赛马场警察局,向里面的女性部门报案说被人殴打了。

没过几个小时,大卫·海德利就被捕了。他受到拘留,并因企图杀妻而被审问。最终在8天之后,一名高级军官赶到,打开牢房的门,按照可能来自总理办公室的"某位大人物"的命令,把海德利带了出去。将海德利送上出租车时,他弯下腰,悄声说:"为了我们所有人的安全,不要引起公众的注意。"海德利回到和沙琪亚的家,结果被叫到了卡迪西亚清真寺,埃米尔哈菲兹·赛义德在那里等他。"让她闭嘴或者干掉她,"他说,指的是法伊扎,"然后,回家祈祷,请求宽恕。"

穆扎法拉巴德

在"圣战士之家"训练营上方的高山上,支好的帐篷在高山营地稀薄的空气中围成一圈。阿杰马尔·卡萨布和他的同伴们躺在里面,经过7个月的祷告、奔跑和射击,他们都瘦了。他们热血沸腾,互相谈论着"猎鹰精神",准备去猛扑猎物。他们对教官"公牛"卡哈法和艾尔-卡马比对父亲还熟悉,现在他们被告知回去与家人告别。阿杰马尔拿到了1300卢比(约合10英镑)用作旅途开销,还有一项指令:让他母亲牢记,把儿子奉献给更崇高的事业会带来怎样的荣耀(izzat)。回到法里德果德后,母亲见到他很高兴,为他做比尔亚尼饭,就像他当了新郎而她要送他去成亲一样。他回来的消息也传开了,邻居们也来表示敬意,大家注意到阿杰马尔看上去沉默孤僻。他说他想待在家里,在离家前往公共汽车站时,他的眼泪涌了出来。7天后回到"圣战士之家"时,他发现他们的队伍人数再次变少了。

人数不断缩减，留下来的这些被告知要给自己取个作战化名（kunyah），以此象征他们已经重生到了一个新的纯洁的家庭。阿杰马尔想不出什么独特的名字。最后他选择了最直接的阿布·穆贾希德①，而哈菲兹·阿尔沙德成了阿卜杜尔·拉赫曼·"巴达"，肖艾布成了阿布·苏赫伯。"小瘦子"纳赛尔·艾哈迈德成了阿布·乌默尔。他们都在提前写好的遗嘱上签了字，遗嘱宣称他们的胸膛如何闪耀着纯洁的光芒，以及他们是多么希望在战场上平息怒火。接下来他们用观看影片来庆祝，围着艾尔-卡马坐成一圈，观看自杀式袭击者对印控克什米尔的袭击。当他们当中有人问起他们是否也会穿越印巴控制线时，艾尔-卡马回答得很隐晦。

他是训练自杀式袭击者走上殉道之路的老手，这个他经常自夸的任务要求他把那些未来的突击队员当作孩童来对待，向他们灌输一种孩子对大人的崇敬感。通过这种方法，当他们不得不考虑接受他们自己的死亡或杀死他人时，就会完全听命，而这种命令是一个能自由思考的成年人会选择避开的。他特别擅长揣摩人心，花了很多时间分析每个新兵的性格，这样时机一到，他就可以把最强的和最弱的搭配到一起。

到了第二天早上，这群人又变少了。艾尔-卡马透露说已经分派了一个小组，正在前往印控克什米尔的途中。最初的 32 名学员，现在只剩下 15 名，他们在 8 月回到了拉合尔郊外温暖的穆里德盖营区。在营地尽头那个没有活水的虔诚军游泳池里，他们练了好几个小时的踩水，并寻回了被扔进黏滞水中的物品。

又有两名新兵逃跑了，人数再次减少。毕竟不是每个人都想

---

① 穆贾希德（Mujahid）意为"圣战"者。——译者

殉道。艾尔-卡马告诉扎基,他需要"孟巴行动"的确切日期。拖得越久,男孩们就越焦虑不安。

阿杰马尔向其他人坦承自己很害怕,说要是和母亲待在家里就好了。阿卜杜尔·拉赫曼·"乔塔"比其他人更痛苦。他原名穆罕默德·阿尔塔夫,来自一个贫苦村庄的砖窑,那里穷到只有一个号码:511,距离旁遮普的"棉花之城"维哈里30英里。乔塔违反规定给家里打了十几次电话,有人听到他叫家里人付钱给虔诚军来赎他。

这个组织不能再失去新兵了。阿布·肖艾布奉命去开导绝望的乔塔。虽然年仅18岁的他是队伍里最小的一个,但有着不羁的黑色鬈发、浓密的眉毛和粗短下巴的肖艾布,已经出落成一名韧性十足的战士。一次上完殉道课后,艾尔-卡马问起是否有人害怕。肖艾布举起了手。"今生唯一值得期待的就是死亡,所以又有什么好害怕的呢。"他这样告诉全班同学。

艾尔-卡马把他们集合到一起,等他们安静下来,叫他们闭上眼睛。"一位兄弟为圣战的最大付出就是自己的生命,"他告诉他们,"而他得到的奖赏就是永生。"

2008年9月,卡拉奇

这个月初,忐忑不安的阿杰马尔·卡萨布和另外12人被送上了开往卡拉奇的火车,不知道他们会被安排到哪里。这群人包括阿杰马尔的同伴乌默尔、阿卜杜尔·拉赫曼和肖艾布,他们被安置在一个代号为"阿奇贾巴德"的地方。"阿奇贾巴德"是卡拉奇市中心一个高档社区的名字,虔诚军用它来误导刺探者,因为他们真正的"阿奇贾巴德"实际上在优素福-哥特的一个秘密大院里，位于巴基斯坦活跃的海滨大都市卡拉奇的最北部。如果说隐在人群中最安全，那么在这个住着2100万合法居民的不夜城里，任何东西都可以隐藏。

阿奇贾巴德看起来就像一座普通的家庭住宅。但花式铁门和常年紧闭的窗帘后面是宿舍和一间教室，放满了航海培训手册，都是三军情报局的双面特工"蜜蜂"搞来的。墙上钉着一幅印度海岸线的地图。还有一个小型图书馆供他们休息娱乐，里面有圣战杂志和小册子，包括虔诚军的启蒙读物《我们为什么要发动圣战？》（Why are We Waging Jihad?）。但在体能训练营待过之后，男孩们发现自己很难安静下来闲坐着。神圣的斋月也开始了，这队人正在禁食，这让每个人都变得更加暴躁易怒。不用上培训课时，他们大多睡觉、消磨时光到日落——可以吃饭的时候。

穆里德盖的一名教官阿布·哈姆扎加入了他们。虽然他只是组织里一个无足轻重的小兵，却是参加"孟巴行动"的完美人选。他的真名是赛德·扎比丁·安萨里，28岁，出生在印度，在马哈拉施特拉邦中部的内陆乡村长大。他熟悉孟买，会说流利的马拉地语、印地语和乌尔都语，十几岁时去了巴基斯坦，居住在旁遮普省南部。2002年看了发生在古吉拉特邦的反穆斯林暴动的骇人电视画面后，他变得激进起来，加入了虔诚军。2006年他被派回印度，去囤积武器储备，并协助完成一系列爆炸事件。但他的间谍技能很差，不到一年就身份暴露，导致许多圣战士同伴被杀或入狱，虔诚军别无选择，只能让他溜出敌营，通过孟加拉国回到巴基斯坦。这次行动花销巨大，使得该组织的执政委员会很想把他赶走。

但现在，通过改名哈姆扎，他得到了第二次机会，任务简单到哪怕他这个容易翻车的印度圣战者也不会搞砸。哈姆扎开始教阿杰马尔和这队人实用的马拉地语和印地语，这样他们就可以和出租车司机交谈并问路。印度对男孩们来说是一个可怕又陌生的概念，所以哈姆扎还同时解释了印度教的种姓制度，如何吃饭和祈祷。哈姆扎辅导他们学习印度文化，而"阿奇贾巴德"的大门外，虔诚军的采购行动也在紧锣密鼓地进行。

自 2008 年 4 月以来，虔诚军已经为"孟巴行动"攒了 216.8 万卢比（约合 1.4 万英镑）的作战专款。这个组织早已习惯被三军情报局庇护，以至于管钱的人都懒得使用化名，直接将资金存在他自己在卡拉奇德瑞区联合银行的账户中。

此人为虔诚军教官租用了安全屋，其中 10 人将协助"孟巴行动"的进行。他给了虔诚军的一名中尉和注册船只的舵手 18 万卢比（约合 1175 英镑），去卡拉奇的 ARZ 水上运动品商店购买舷外发动机。他买了 16 件救生衣、1 个空气泵、几艘充气小艇和 1 艘船——"侯赛尼号"，这是一艘合法的运输船，有巴基斯坦海关签发的口岸清关证书（PCC）BFD-5846。他又买了一艘小一点的船——"福兹号"作为后备，支付了 8 万卢比（约合 522 英镑）的现金，还租了一艘船——"阿塔号"。接下来，他雇了 14 名水手，签下了虔诚军的一名拥趸当船长，其代号为哈基姆-萨博。哈基姆是可靠的，因为上一年刚帮他们走私过。

舵手的父亲，人称"哈吉"①，也被安排去侦察并寻找出发点，最后选定了一个面积 48 英亩的地方，有 5 间茅草屋和一间三居室的砖房，在哥特阿里纳瓦兹沙村，位于这个大城市的东南边缘之

---

① 意为"朝觐者"，是去麦加朝圣过的伊斯兰教徒获得的荣誉称号。——译者

外。这里距离一个通向阿拉伯海的小海湾只有不到1英里,是学习航海和操作船只进出的基础技能的理想场所。在这里,新兵们可以做好准备应对祸福难料的开阔水域,不至于溺水或看不到。海岸警卫队报告说现在有非季节性的涌浪,巨大的海浪冲击着海岸。报纸上到处都是讣告。

抵达卡拉奇两天后,阿杰马尔一行人来到了这里。他们很高兴能在户外活动,愉快地练习着给小艇放气和充气,把船只弄翻和扶正,把泡过水的武器拆卸、晒干和上油。他们打开铁板大箱,四边塞着粉红色塑料泡沫,里面是雷管、黏性罐装粉状 RDX 炸药、手榴弹和弹药筒。首次炸弹组装课程立刻就开始了,然后他们又第一次冒险进入开阔水域。这对于从小生长在干旱灌木丛的内陆男孩们来说,想必是可怕的经历。

离岸一小时后,他们瞥见了"侯赛尼"号。船长哈基姆-萨博迎接他们登船,带他们熟悉航海图,讲解航海的基础知识。接下来的两天,他们学习如何使用船上的 GPS 系统,并完善他们的伪装——出海捕鱼,练习抛网、收网,晚上在火盆上烤制捕获的鱼,所有人都迫切地想知道启航的时间和目的地。

3天后,艾尔-卡马出现了。第一阶段就此结束。他宣布将带领队伍回到干燥凉爽的山区。他们花了24个小时才到达"圣战士之家",迎接他们的埃米尔哈菲兹·赛义德和扎基叔叔带来了令人不安的消息。已经共同生活和训练了好几个月的这群人将被打散,其中6人已被分派去克什米尔执行一个突如其来的任务。他们都焦急地等着自己的名字被叫到。阿杰马尔·卡萨布不在名单上。他们对他有什么打算?虔诚军就像一条永不停歇的传送带,不给自我怀疑任何播种的时间。

同伴们离开后，扎基引荐了三个新人。"他们也是 fidayeen，和你们一样。"他解释说，明白整合新面孔有多困难。阿杰马尔发现新来的两个男孩法哈杜拉和贾维德也来自奥卡拉县底下的村庄，和他一样。吃饭的时候，24 岁的法哈杜拉透露自己是"公牛"卡哈法的侄子。他的左手少了两根手指，男孩们认为这是战争所致，在这段心神不宁的日子里，莫名给他们带来了一种慰藉。其实这只是先天缺陷，但法哈杜拉的叔叔"公牛"卡哈法叫他不要告诉任何人，免得别人觉得他不祥。

贾维德来自奥卡拉北部的古盖拉村，是 7 人中年纪最小的，童年在一所伊斯兰学校（madrassa）度过。16 岁时，他告诉父母他想加入虔诚军。他父亲是一名粮食商贩，对此勃然大怒，想让他娶邻居家 14 岁的女孩。贾维德离家出走，逃去了虔诚军在奥卡拉的县总部。从那里他被偷运到穆里德盖营地，改头换面，摆脱原生家庭，加入了另一个家庭，作战名字叫阿布·阿里。

第三名新人叫伊斯梅尔·汗，来自西北边境省的同名城镇，是这群人中唯一的非旁遮普人，一直独来独往。然后斋戒的第 13 天，也就是 9 月 13 日，埃米尔哈菲兹·赛义德与少将一起回来了。

"圣战的时刻已经来临。"埃米尔庄严地宣布，用他惯常的姿势，双手放在胸前。据阿杰马尔事后回忆，埃米尔话音落下后四下一片沉默，所有人仿佛都倒吸了一口气。"你们要去攻击印度大陆。"一直以为自己要去印控克什米尔的阿杰马尔惊呆了。他还没消化掉这个信息，扎基叔叔就上前说话了。"强大的孟巴造就了印度的金融影响力。你们将从海路进攻。"阿杰马尔环顾四周，发现其他人也同样震惊。虔诚军的行动极少会突然跑到印度的主要城市。在他身后，少将咧嘴大笑。他在扎基的耳边低语了几句，然后虔诚军的指挥官继续问道:"你们都准备好了吗?"房间里鸦雀无声。扎基又出言鼓动:"萨希比少将想看看你们准备得怎么样了。"

他把这些抖抖索索的男孩带到外面,给他们分发了 AK-47 步枪和子弹。"装满子弹,摧毁目标。想打多久就打多久。"扎基下令道。这 10 人松开枪膛,把子弹射进目标,一直打到泪流满面。

接下来,他们被带到了营地里一个他们从未见过的地方,进了一间房间,里面摆满了电视和世界各国首都的地图。这里正是虔诚军的数据中心,他们还被引荐给了该组织的媒体主管阿布·扎拉·沙。过去的几个月里,他一直在组装一个便携式通信网络,设计者是一群年轻人,是虔诚军在迪拜、卡拉奇和海湾国家招募的失业的 IT 毕业生,代号为"猫头鹰"。

"猫头鹰"们设想出了一种隐形斗篷,尝试用互联网电话来远程控制登陆孟买的枪手,同时掩盖虔诚军的参与。扎拉的手下从新泽西州的一家公司 Callphonex 租用了互联网电话线路和电话号码。这项合法的服务在移民客户中很受欢迎,因为他们需要使用类似 Skype 的 VoIP 系统[①]给数千英里外的亲朋好友打价钱便宜的电话。身在孟买的枪手将使用当地的预付费印度 SIM 卡拨打租来的奥地利国际号码,通过 Callphonex 公司把电话转到巴基斯坦。这样,印度的调查人员就很难搞清楚,因为在美国这个中继之外的一切都是隐形的。

与 Callphonex 的交易是在网上进行的,扎拉伪装成在印度的经销商,通过电汇把钱付给了对方,可能在某个点上会引发怀疑,毕竟这笔钱来自伊斯兰堡。但等到被发现时,行动早已开始。"扎

---

① Voice over Internet Protocol,即基于 IP 的语音传输。它是一种语音通话技术,是一种数字电话系统,经由互联网协议(IP)来传输语音,进行多媒体通信。——译者

拉·沙精通电脑。"阿杰马尔回忆道,当时他很茫然,担心这些设备过于复杂,他们所有人都不会用。扎拉向他保证,他唯一需要做的就是按两次诺基亚上的绿色呼叫按钮,以便跟巴基斯坦的虔诚军联络员联系。

"猫头鹰"们还有一个简单的想法。扎拉向阿杰马尔示范了如何使用谷歌地图,对一个他们谁都不曾踏足的城市进行缩放,通过一条条街道穿越整个城市。一旦他们的个人任务被分配完毕,谷歌地球(Google Earth)就将成为他们的向导、同伴和旅行社。

被带回外面后,"公牛"卡哈法和艾尔-卡马按照经典的自杀式袭击者队形,将他们10人两两一分,变成五组。卡哈法和艾尔-卡马剖析过他们的心理,用心区分过他们的类型,好让他们能互补。第一组是阿杰马尔·卡萨布和伊斯梅尔,伊斯梅尔是个强硬的领导者,能够带领易受影响、可能会叛变或逃跑的阿杰马尔。第二组是乌马尔和阿卡沙,他们同样相互平衡。第三组是肖艾布和乌默尔。第四组是阿卜杜尔·拉赫曼·"巴达"和阿里。第五组是阿卜杜尔·拉赫曼·"乔塔"和卡哈法的侄子法哈杜拉。

袭击定在2008年9月27日,斋戒的第27天,这让他们只剩两个星期的时间了。"你们要劫持一艘印度船到达孟巴。"男孩们不知所措,阿杰马尔不知道这些目标该如何实现,他又会在其中扮演什么样的角色。阿拉伯海让他们所有人都胆战心惊,在海上劫持更是一个可怕的想法。起锚,独自航行在波涛汹涌的海浪中,在异国海岸登陆,夜里冲进一个陌生城市,所有这些事都把他压得喘不过气来。更糟糕的是,拟定的袭击日期正好是他21岁生日那天。

最后,扎基说出了袭击的目标,都是他们从未听说过的:贾特拉帕蒂·希瓦吉终点站、马拉巴山、利奥波德咖啡馆、三叉戟-

欧贝罗伊酒店、哈巴德大楼和泰姬酒店。有两个组将主攻最后那个至关重要的目标。

他们的任务是将尽可能多的美国人、英国人和以色列人弄死弄伤，"因为这些人残酷地压迫穆斯林"。要他们记住的是"任何穆斯林都不能在袭击中屈服"。为了最大程度地制造混乱，每个袭击者还会带上一枚 RDX 炸弹并放置在人多拥挤的地方，以此制造假象，让人以为在城里作乱的自杀式袭击者远不止 10 人。袭击将从晚上 7 点 30 分，一天中最繁忙的时间开始。艾尔-卡马说，尽管任务看起来令人生畏，但基本要点其实很简单。他挨个召来每个小组，悄声简要介绍他们分到的目标。

阿杰马尔和伊斯梅尔要去 CST 射杀通勤者，然后前往马拉巴山，在那里专挑富人杀。肖艾布和乌默尔要在利奥波德咖啡馆用突击步枪和手榴弹杀死游客，然后与阿卜杜尔·拉赫曼·"巴达"和阿里一起突袭泰姬酒店，放火并扣押人质。

乌马尔（真名叫纳西尔）和阿卡沙将围攻哈巴德大楼，俘虏犹太人，照命令处决他们。法哈杜拉和阿卜杜尔·拉赫曼·"乔塔"将攻占三叉戟-欧贝罗伊酒店，杀死客人和员工，然后劫持人质。

每个小组都被安排观看了各自袭击目标的视频，这些视频是大卫·海德利几个月前拍摄的。他们研究的复杂地图也是海德利帮忙绘成的，上面覆盖着 GPS 航点，显示了如何从海上、坐出租车和步行到达目标地点。将进入泰姬酒店的小组还观看了扎拉在谷歌地图上找到的 3D 动画，这还是酒店为了营销花钱制作的。3D 动画使他们能够在宫殿的南翼和北翼周围活动，绕塔楼一圈，快速通过各出入口，沿着梅里韦瑟路前往利奥波德咖啡馆。

卡哈法发言了，说为了混入其中，每个 fidayeen 都会拿到一张带有印度名字的假身份证,伪装成海得拉巴的阿鲁诺达亚学位学院的学生。他们必须记住自己的新身份证号。"没有人会怀疑你们。哪怕警察也会被误导。"

至关重要的是,教官们——"公牛"卡哈法、艾尔-卡马和哈姆扎以及扎拉·沙——会一直与他们一起。虔诚军正在准备设一个控制室,配有电话、电脑、电视屏幕以及孟买的详细地图,好让教官们随时给出建议、劝诱和引导。控制室将位于马里尔镇,卡拉奇的一个高规格军营所在地,是该市最豪华的住宅区之一,靠近国际机场。此地由安全部门全天候巡逻——如果你为政府效力,这里就是最安全的地方。

斋戒的第 15 天,"公牛"卡哈法和印度圣战分子哈姆扎带领团队登上了"圣战士之家"上方的山丘,让他们发泄一下精力。他们奉命奔跑、射击、翻滚、猛冲,弹药多到用不完。"想做什么都可以。"他们花了一下午的时间学习如何准备午餐盒炸弹:将白色黏性 RDX 炸药塞进分层铺着粉红色塑料泡沫的午餐盒中,接上雷管和计时器,艾尔-卡马吹嘘说塔利班和基地组织用这种雷管与计时器在阿富汗及巴基斯坦发动了 2800 次袭击。自杀式袭击者们用射击练习结束了这一晚。"尽管开火,直到最后一刻。"飞扬的枪靶碎屑里,传出艾尔-卡马的吼叫。

斋戒的第 16 天,理发师来了。他用一把锋利的剃刀剃去了他们的圣训派胡子和乱发,然后他们去拍了学生证照片。

斋戒的第 17 天,队伍返回了卡拉奇和"阿奇贾巴德"安全屋。不知道谁落下了一本乌尔都语杂志 *Tayabat*。阿杰马尔注意到一则简短的新闻：6 名 fidayeen 在印控克什米尔殉道。他认出了这些名字，胃开始翻腾。正是那几个离开去执行任务的同伴。他被这个消息惊呆了，竭力压抑着一种感觉——他们注定也会死。他把杂志藏了起来，没有给队伍里的其他人看。他一人知道已经够糟糕了，为什么还要让他们也受这种惊吓？

斋戒的第 19 天，卡哈法分发了 10 个计时器，讲解了如何预先设置，并叫每组成员都在上面标上名字，就像叫学童把外套贴上标签然后再挂到衣帽间一样。"这些都是为几场大爆炸准备的。"他简略地说。他们被带回小海湾，驾船去"侯赛尼号"上与哈基姆-萨博见面，在水上变得更自信了一点。船长向他们展示了如何驾驶一艘黄色充气快艇登陆孟买，教他们如何通过"卸下阀门"把船只弄沉，并解释了何为经线和纬线。晚上，他们努力掌握他们的假身份：姓名，地址，大学。他们躺在甲板上，凝望着星星。

斋戒的第 26 天，每个队员都拿到了一个鼓鼓囊囊的背包，里面有足够的弹药来完成一场恐怖袭击，有足够供他们支撑超过 24 个小时的食物和水。包里有一把卡拉什尼科夫步枪、8 个弹匣（240 发子弹）、8 枚手榴弹、1 把刺刀、1 把手枪、3 个手枪弹匣、1 个水瓶、1 公斤装的葡萄干和杏仁、耳机、3 个 9 伏电池、1 个电池充电器和 1 个装有 8 公斤 RDX 的午餐盒炸药。他们还拿到了路上的补给袋，里面有毯子、大米、面粉、油、泡菜、奶粉、火柴、洗涤剂、纸巾、几瓶激浪①、牙膏、牙刷、剃须刀和毛巾。每人分到了一套新的西式服装，被告知要剪掉标牌。所有人还拿到

---

① 百事公司的一款饮料。——译者

了根据印度时间调快了 30 分钟的手表。阿布·哈姆扎为每个两人小组分发了 10800 印度卢比（约合 130 英镑）的紧急备用金、一部 GPS 手机以及一部设定好的银黑色诺基亚 1200。最后，这些人按实战配置将他们的 AK-47 弹匣绑在一起，以便快速更换。"睡个好觉。"哈姆扎低声说着熄了灯。

9 月 27 日，他们驾驶两艘小艇出发了。水流在他们周围旋转，狂风呼啸而来，船被吹得撞上岩石沉没了，这些缺乏经验的水手穿着救生衣踩了好几个小时的水，生怕就这样死了。最终获救时，他们已是晕头转向，满心恐惧。

过了几晚，买了一艘船，他们又尝试了一次。这次，一场突如其来的暴风雨把他们打败了。他们冲不过去。数百加仑的柴油生生浪费了，哈基姆-萨博控制不住"侯赛尼号"，转向时离一艘印度拖网渔船太近，渔船以为他们是海盗，向他们开火。这群晕船的旁遮普人只能仓皇撤退。他们回到陆地，作战包和新衣服都被冲走了，这队沮丧的人被带回了"阿奇贾巴德"。他们坐在那里干等着，无所事事，直到 10 月 1 日开斋节到来。教官们想办法让他们重拾信心，举办了一场丰盛的宴会，用一整只山羊做了比尔亚尼饭。之后，其中两名成员演示了如何在行驶的出租车座位底下放置炸弹而不让毫无防备的司机看到——其他人则边看边吃甜甜的杰拉比①。

接下来什么安排都没有。他们枯坐了整整六个星期。阿杰马尔数着日子，变得绝望起来。他们全都吃吃睡睡，沮丧和恐惧越积越多——房子里的气氛变得疑神疑鬼。终于，在 11 月 21 日，

---

① jalabi，一种将面糊在热油中翻炸，然后浸泡在糖浆中的甜食小吃。——译者

全队被叫醒并塞进了一辆封着窗户的吉普车，驶向小海湾边上的基地。他们下车时发现任务的策划者——扎基叔叔、哈姆扎、扎拉、卡哈法和艾尔-卡马——正站成一排等候着他们。重新分发了作战包、现金、手机、卫星电话和 GPS 装置后，扎基叔叔向所有人发表了讲话。天气很好，一个无月之夜即将到来。这是他们稍纵即逝的机会。伊斯梅尔兄弟被任命为总队长，乌默尔将带领袭击泰姬酒店的两个小组。最后，扎基告诉他们，他要去麦加朝觐，在那里祈祷行动取得成功。

"埃米尔哈菲兹和我们所有人都为这次任务倾注了大量心血，你们的训练必须展现出成果。我们已经把你们打造成有能力有技巧的战士。尽你的职责，别让自己蒙羞。"扎基打量着那十张眉头紧蹙的脸。他庄严地向上伸出双手，像一个真正的圣训派教徒那样祈祷。

"愿安拉照应你们，保护你们。"

11 月 22 日清晨 5 点，队员们被叫醒做祈祷。早上 6 点，他们带着背包出发，徒步走到了小海湾。伊斯梅尔拿到了一个卫星电话。早上 7 点，一艘小艇驶来，他们爬了上去。水流轻轻地引着他们驶向大海，90 分钟后，他们登上了一艘更大的船，航行了好几个小时。

当天晚上 9 点，他们瞥见了"侯赛尼号"那熟悉的轮廓。哈基姆-萨博正在船上等他们，在让船员将背包和人都拖到甲板上后，他和另外三人驾船返回卡拉奇。10 名袭击者和 7 名船员向东南方向穿过阿拉伯海，一路上，燃油味和鱼腥味让他们反胃不已。

第二天早上，即 11 月 23 日，他们进入了印度水域。从现在开始，如果他们遇到印度海军巡逻队，连他们那些伪造的身份也救不了他们。古吉拉特邦的监狱里已经挤满了非法偷渡进来的巴基斯坦水手,其中一些可能是渔民,他们被法庭关入了肮脏的监狱,只能在里面逐渐腐烂,无人幸免。

最后,他们发现了一艘印度拖网渔船,木制船头高昂,就像维京军舰一样。驾驶室外用黑色、蓝色和黄色的字母写着它的名字——MV①"库伯号"。第一个考验来了。当渔船靠近时,一名虔诚军拿出一条断掉的风扇皮带在空中挥舞,看上去像是他们的船引擎失灵了一样。两艘船靠到一起后,自杀式袭击者们跳上了印度船只,制伏了船员,将毫无戒心的渔民赶到了"侯赛尼号"上,只在MV"库伯号"上留下了印度船长阿马昌德·索兰奇。将装备转移到新船上后,他们把索兰奇拖入机舱绑了起来。

"侯赛尼号"的船员屠杀了剩下的印度渔民,把他们的尸体扔到一边,然后掉头返回卡拉奇。

MV"库伯号"上终于只剩自杀式袭击者自己了。所有人都坐在甲板上,神情严肃,巨浪第一次高高掀起,拍打着甲板。伊斯梅尔兄弟知道该怎么做。他打开卫星电话,听着静电的嗞嗞声。"愿主赐你平安?"他试探道,声音因为紧张而沙哑。他们都在等待,都在害怕。他们被抛弃了吗?

这时电话里传来一个声音:"也愿你平安。"

他们欢呼起来。这是印度圣战者阿布·哈姆扎那熟悉的声音,从马里尔镇的卡拉奇控制室传来的。他们没有被抛弃,哪怕他们在海上颠簸、偏航。接下来的32个小时他们继续航行,心情更乐观了,他们朝南-东南方向航行了309海里,强迫索兰奇检查了航线,让控制室了解他们的最新情况。全队人轮流站岗、做饭和睡

---

① MV是缩写,意为内燃机船。——译者

觉，在一本横格作业本上写下他们的值班时间。

11月26日下午4点，看见印度海岸线时，他们的信心消退了。据阿杰马尔回忆，很快"我们就看见了孟巴的高楼大厦"。目瞪口呆的他们站在甲板上，呆呆望着林立的高楼。到了下午6点，他们可以看到，在他们面前，是从未离开过巴基斯坦的人需要的、从近乎稳定和非完全宗教化的社会汇集起来的财富的体现：一片由棕榈树、高楼和别墅构成的火树银花之景，以及霓虹灯闪烁、流光溢彩的酒店和办公楼。

"烧了它。我的兄弟们，烧了这一切。"艾尔-卡马曾这样说过，就在小艇离开卡拉奇小海湾的时候。他就不担心他们到达后可能会犹豫动摇，宁愿潜逃，然后消失在发达的商业城市孟买吗？"我们该怎么处理这个印度船长？"阿杰马尔问道，这话把每个人从遐想中拉了回来，他可不想自己做决定。

伊斯梅尔打电话给卡拉奇控制室的阿布·哈姆扎。"想怎么做就怎么做吧。"印度圣战者说，还催促他们赶紧决定。阿杰马尔看着伊斯梅尔。"杀了他？"他低声说着，浑身颤抖。伊斯梅尔点了点头。肖艾布和乌默尔抓住索兰奇的腿，阿杰马尔隐藏住内心排山倒海的恐惧，阖上他的眼睛，捏住他的脸，抓住他的头发，割断了他的喉咙。

他们跨过了一道门槛。所有人手上都沾了血。

甲板上方，黄色充气艇已经准备好了。他们祈祷后，换上新衣服，把充气艇放进海里。伊斯梅尔给每人分发了身份证，以及海德利在孟买的西德希维纳雅克寺买的印度教红线，那是一座奶油色的多层象头神寺，很受宝莱坞明星的欢迎。

他们抹去了为数不多的能表明他们的祖国是巴基斯坦的标志，这个有意的剥离过程把他们变成了默默无闻的殉道者，他们的意志力和自我形象就这样被削弱了,直到被送去赴死还心怀感激。他们看着彼此,头发用杏仁油梳得溜光,阿杰马尔回忆起那一瞬间他突然无法区分他们谁是谁。他想,他们可能是 10 亿人中的任何一个。他们都是无名小卒。

在雅马哈发动机的轰鸣声中,伊斯梅尔兄弟高举着一个 GPS,像船的艏饰像一样,领着他们前往巴德瓦园区那些漆黑的小屋和被大卫·海德利标记为完美登陆点的渔民聚居地。

"不要令我们所有人蒙羞。"伊斯梅尔喊道,然后关掉了发动机,船在渔船之间掠过,被水流轻推向岸边。

阿杰马尔可以听到前方低沉的话音,闻到炸鱼和葫芦巴[①]的香味,这让他们的胃咕咕作响。他们让自己的眼睛去习惯这番暮色,让自己的耳朵去适应各种外国的口音。一台电视开得很大声,播放的是印度对英格兰的板球比赛。前面的棚屋里,一群人聚在一起喝酒,不时打打闹闹,他们的剪影交织着,摇来晃去。

跳上岸时,阿杰马尔回想起扎基叔叔在离别时的祝福:"愿安拉使你心之所愿都成真。"他冲上码头进入城市,心怦怦直跳,眼里含着泪水。

一个小时后,大卫·海德利收到了一条短信。把 1 号妻子(沙琪亚)安置在芝加哥后,他和 2 号妻子(法伊扎)重归于好,住在拉合尔一间租来的公寓里。"打开电视。"短信来自萨吉德·米尔。第二条短信也很快响起,来自 1 号妻子。沙琪亚也在看电视,她祝贺她的丈夫"毕业"了。

[①] Fenugreek,一种植物的种子,南亚食物中用于调味,咖喱粉中会用到。——译者

第五章　羔羊和小鸡

2008年11月26日，星期三，晚上11点30分，泰姬酒店

一大批来自次大陆各地的摄制组在泰姬酒店周围徘徊，记者、主持人和制片人聚集在酒店边上的巷子里，工具包满得要溢出来了，电缆都缠在一起。"本周三晚上，这个不夜城遭到前所未有的多重恐怖袭击，这座大都市从南到北的多个地区都被恐怖分子控制。"CNN-IBN记者吼道，像达希尔·哈米特①那样。每个人都在喊叫，这样才能被听见，他们用泛光灯照亮了夜空，侵入彼此的视线。

塔楼最高处的会合厅里，美国海军陆战队上校拉维·达尼达卡沮丧地俯视着下面的场景。为什么没有人封锁外围？看起来一切都失控了。唯一遍寻不见的偏偏是最重要的：救援车辆那闪烁的灯光在哪里？鲍勃·尼科尔斯是孟买的常客，与安全机构打过很多次交道，他担心的是，等应对措施终于到来时，可能力量不够、为时已晚。"我们只能靠自己了。"他提醒大家道。

下面宫殿的三层，威尔和凯莉相拥而坐，听着外面有没有突击队员咔哒咔哒跑过来救他们的声音。"就是这样的，对吧？"威

尔问道。

  1.5英里之外,警察局长加福尔坐在三叉戟-欧贝罗伊酒店外面的指挥车里,遵照规章制度,他要在现场一个安全之处指挥。但这个弥漫着恐慌的城市里,被围困的民众及客人仍没有看到他和他的前线部队。专业的快速反应部队终于到达市中心后,却被派去媒体那里维持秩序,又因为人数远少于对方而踌躇不前,无精打采,士气低落。一小群一小群的警察和士兵仿佛无头苍蝇一般在酒店周围乱转,就像公园里失去方向的脚踏船,他们遵循加福尔的指示,不要与酒店里面的枪手较量,原地待命直到印度精锐反恐部队——国家安全卫队抵达。拉克什·马力亚希望能立即请他们出动。"让对应的政府机构来处理。"局长争辩道,整个应急响应网络就这样瘫痪了。

  孟买没有人知道,国家安全卫队仍被困在德里附近的军营里,那里到孟买要飞3个小时,而且只有在马哈拉施特拉邦政府出面求助时才能调动。但邦政府官员仍然没有准备好承认他们无力应对。距离更近的是印度海军陆战队特种部队(MARCOS,相当于英国的特种舟艇部队或美国海军的海豹突击队),他们有一些队员驻扎在克拉巴沿途,近到可以直接跑到泰姬酒店。但他们也需要马哈拉施特拉邦正式致电西部海军司令部。而在该特种部队内部,军官们已持保留意见,他们在高层的秘密讨论中明确表示这支部队"不是对付此次危机的正确人选"。这些海军接受的是反海盗行动训练,他们很乐意施展高空投下低空开伞技术(Halo)降落到波涛汹涌的大海,绑着30公斤重的装备,每人背着一把十字弩,悄无声息地撂倒船只甲板上的哨兵。但五星级酒店对他们来说是

---

① Dashiell Hammett,美国侦探小说家。——译者

全然陌生的领域。

枪手们进入泰姬酒店已经两个多小时了，而到目前为止，只有6名警察跟着他们进去了，领头的是1区副局长维什沃斯·帕蒂尔。

酒店内，帕蒂尔、拉吉瓦德汗（SB2的老大）和他们的小队仍然对酒店的复杂布局没有头绪，而枪手们似乎对酒店要熟悉得多，并以此为优势，在567间客房之间和他们捉迷藏。"黑西装"们刚刚想出了一个主意来增加胜算，建议用宫殿二层的酒店闭路监控室来综观全景。

帕蒂尔征求拉吉瓦德汗的意见，后者在刚过去的半个小时里已经封锁了酒店出口，关闭了电梯，并疏散了数百名躲藏在底层商店和餐厅的客人。他已经准备好追捕枪手，不过帕蒂尔问他的时候，他提醒说需要一个向导带他们去。帮助疏散了塔楼大堂的"黑西装"普鲁·佩特沃自告奋勇站了出来。

佩特沃和警察一行小心翼翼地穿过宫殿大堂，几乎立刻就被一阵震耳欲聋的爆炸声掀翻。枪手就在中央大楼梯的顶部，他们在向下投掷手榴弹。几个翻身滚到安全地带后，佩特沃提议走另一条路线，便领着狼狈的队伍去往一个消防出口。拉吉瓦德汗咒骂连连。佩特沃手无寸铁，只有手机。没有一个人有防弹衣或头盔。警员和督察的队伍只有大约50发子弹，两个副局长只有随身武器，这些实际上并没什么用，除非要近身搏斗。而他们面对的敌人装备齐全，拥有整套武器。

"你用9毫米大威力手枪能杀死的唯一一个人就是你自己。"拉吉瓦德汗对着老同学帕蒂尔低声道，回忆起了昔日训练拔出手枪时的一个说法。他们沿着南翼二层奔跑，路过了泰姬酒店的数据中心。

数据中心内,弗洛伦斯·马尔蒂斯情绪激动。福斯廷终于在晚上10点打通了她的电话,并尽量语气和缓地把事情告诉了她。"不要害怕,"他说,"不过枪手在楼里面。你应该躲起来。"福斯廷努力稳定女儿的情绪:"数据中心不在酒店地图上。外人不会知道它在哪里。我会来救你的。听到了吗?"

但弗洛伦斯还是很害怕。她觉得自己像一瓶摇晃过的可乐,快要炸了。她疯了似的环顾四周:三面墙边上的桌子、六把椅子、少量终端和一台打印机、几台古老的立式风扇。有一个小小的文具室,他们用来挂外套,还有一个服务器室,她进去了,然后电话响了。"喂?"是她的母亲普丽西拉。"你在哪里?"她问。"妈妈,我被困在办公室里了。"弗洛伦斯感到泪如泉涌,想象着自己蜷在沙发上,靠在母亲怀里。但现在她需要的是灵感乍现,而不是安慰。

弗洛伦斯苦思冥想如何让自己平静下来,她选择去回想星期天的福斯廷,只有这一天他们全家人才会聚齐。他正在蒸咸味米糕(idli),后面的灶上炖着羊肉。之后,他们会去圣劳伦斯做弥撒,在那里他们总是坐在同一条长凳上。她想象着自己和父亲一起走进去迎接会众。

她关上灯,锁上门,坐在黑暗中,祈祷父亲过来。突然所有的电话都响了起来。是枪手在追捕人质吗?她离开服务器室进入储藏间,躲在外套后面。但这里又太幽闭压抑了。

有东西碎裂的声音传来。她捂住了耳朵。附近好像有人在破门,是她的想象还是真的?枪声在下面响起,可能就在泳池旁边。碎裂声停止后,她能听到说话声,说着一种陌生的语言。之后是尖叫声、枪声和脚步声。

"亲爱的主啊,"她祈祷着,"请救救我。我们一如既往地向您

围攻　　141

祷告。"

数据中心上方一层，中央大楼梯的左侧，在 316 房内，威尔和凯莉也听到了绝望的哭声和随之而来的枪声，感觉像是子弹穿过了墙壁。威尔趴在地上寻找他的手机，终于从床边的一堆衣服里找了出来。他颤抖着双手拨了父亲的号码。此时英格兰正值傍晚，奈杰尔·派克正在家中。威尔的母亲 5 年前死于癌症，威尔和他的兄弟姐妹们就待在父亲身边，一家人变得更亲密了。

"爸，我们遇到麻烦了，"威尔悄声说，"酒店遭到袭击，可能是恐怖分子。我们需要帮助。"奈杰尔几乎听不清儿子的声音，但抓住了要点。"坐好，手机不要关机。"他用尽量冷静的声音说道。父亲应该帮助孩子解决问题，但这个问题让他手足无措。"我来打几个电话看看。"他放下电话，点燃了一支烟。威尔和凯莉在将近 4500 英里之外，该怎么帮他们呢？

泰姬酒店里，有人敲了附近的一扇门。威尔和凯莉一动不动地躺在黑暗中，血液涌向头顶。"开门？还是不开门？"脚步声沿着走廊移动，他们能听到另一扇门被敲响。凯莉躺在地毯上，捂住耳朵，心跳得如此剧烈，她确信威尔都能听到。威尔起身偷偷走到门口，通过猫眼往外看。"打电话给前台看看，"凯莉悄声说，"他们知道该怎么做。"结果电话转到了酒店的自动应答系统。"该死。"他们俩突然意识到，前台没有人。"留个言，"凯莉提议，还想抓住救命稻草，"告诉他们我们被困住了。"亲爱的酒店，我们是被关在 4 楼的囚犯。听起来很荒谬，而且威尔怎么也搞不清楚电话里的菜单选项。他不知道是因为自己的脑袋仍是一片混乱，还是恐惧导致他无法正常思考。

"我们得做点什么。"他说着,开始在房间里四处乱翻,寻找藏身之处。凯莉也来跟他一起找,寻找天花板上的通风口或者墙上的洞,两个人都在想电影里是怎么做的。他们都错过了什么诀窍?听起来很愚蠢,但马盖先①会怎么做?他一直很喜欢这个足智多谋的特工,小时候非常痴迷他的剧,震惊于马盖先是如何运用科学知识和瑞士军刀来脱困的。"躲到清洁柜里面怎么样?"他建议道,想起从大楼梯冲回来时发现的一扇没有标记的门。"太容易被发现了。"凯莉说,排除了这个选项。至少在房间里,他们还可以尝试打开窗户——如果真的到了最后关头的话。

威尔满头大汗,每一个吱吱声和远处的脚步声都让他的脑袋嗡嗡作响。有什么东西在天花板上刮来挠去。他们凝神听着。头顶上方传来扭打的声音,脚重重地踩着地板,家具在刮擦,拔高的嗓门。他们是不是听到枪声了?

上面4楼,印度商人拉吉夫·萨拉斯瓦蒂以为警察来了,把门打开了一条缝。当看见是一名枪手后,萨拉斯瓦蒂想关上门,结果歹徒射出一梭子弹,打中了萨拉斯瓦蒂的手和身体。他大叫一声,用肩膀顶住门,又用尽全身力气关上门,最后倒在地板上身亡。

两位副局长帕蒂尔和拉吉瓦德汗已经到达了宫殿二层的闭路电视监控室,但这个系统让他们手忙脚乱:显示器上的6个分屏,每隔几秒钟就在不同楼层的不同摄像机之间切换,没有一个是清楚的标记。"真是一团糟。"帕蒂尔咒骂道。"黑西装"佩特沃接过手来,熟练地来回滚动,而帕蒂尔的无线电操作员则向刑事分局

---

① 美剧《百战天龙》里的男主角,机智勇敢的现代英雄。——译者

局长拉克什·马力亚发了消息:"请转告分区长官,我们已经封锁了几个点,正在里面行动。"没有回应。帕蒂尔抓过对讲机:"派人增援。带上武器、头盔和防弹衣。"控制中心把这一信息传给了全网:"1区长官在泰姬酒店。"

回看当晚的闭路电视监控录像时,佩特沃发现了一些东西。帕蒂尔和拉吉瓦德汗挨在一起观看两名枪手的镜头,一个身着红色,另一个穿着橄榄黄色,21点44分进入塔楼大堂。他们在前台两边分别站好后,掏出了步枪。客人们开始四散逃开,许多人倒下了,一名枪手还投掷了手榴弹,屏幕上一闪,发出了爆裂声。佩特沃搜索并调出了更多的镜头:还是这两人,他们走向诺斯科特入口,AK-47已上膛,红衣服的那个已经把棒球帽帽檐从后面转到前面,准备开火。

拉吉瓦德汗把他的快速评估一口气讲了出来。两名作战枪手意味着他们是成对行动,那就说明至少有4人,也可能是6人或8人。如果有一队人在外面转悠,其他人负责拦阻警方,那么毫无疑问,他们会驻守在中央大楼梯顶部,控制制高点,切断通往更高楼层的主要出入口。其中一人看起来很脆弱,如果我给他一巴掌,他就会啪地断掉,拉吉瓦德汗心想。但他还是仔细研究着这人是如何拿着AK-47的。单手射击半自动武器拿起来是出了名的困难——除非你是宝莱坞动作片主角。而这名枪手把武器的带子紧紧缠绕在前臂上,将木制枪托拉进肘弯,然后向下拉到二头肌,这是特种部队训练出来的方式。

"黑西装"又在录像里找到了他们。21点55分的宫殿大堂:继红衣和黄衣枪手之后,又来了第三个,是个一身黑的枪手,然后是第四个,穿灰色长袖T恤的,他们会合了。穿黑衣和灰衣的两人正是在利奥波德扫射的枪手,他们通过诺斯科特入口闯入了泰姬酒店，把十一宫的服务生阿迪尔·伊拉尼吓得魂飞魄散。佩特沃继续拖动进度条，发现全部 4 名枪手都从大楼梯爬到了一楼。其中一人转过身来对着福斯廷·马尔蒂斯的海洋吧一通扫射，其他人则继续前往水晶厅，新婚夫妇阿米特和瓦莎·塔达尼本应在这里隆重登场。

一组镜头闪现出来，是帕蒂尔在楼梯上与枪手交火。副局长一脸苦相。如果他有一把步枪的话，他早已在那里结束这一切。佩特沃继续拖动进度条，直到 22 点 27 分，摄像机再次捕捉到了黄衣枪手。这时他在宫殿的 5 楼，按响了 551 房的门铃。他们看着不知情的客人应门并被枪杀，然后杀手平静地跨过尸体进入房间。"黑西装"打电话给安保主管库迪亚迪核对客人名单，发现此人是毛里求斯国家银行首席执行官柴特拉尔·冈尼斯。得安排人去通知他的家属。13 分钟后，黄衣枪手出来了，红衣枪手紧随其后，开始敲隔壁房间的门。他们抓住了另一名客人，把他拖进了 551 房。

警方不能踌躇不前。如果不拦下枪手，他们就会继续射杀一个又一个客人，将这次袭击变成一场旷日持久的绑架危机，而且也许是近代历史上最惨烈的一次。

接下来的画面显示，全部 4 名枪手在 22 点 48 分进入 551 房。录像带快进后，佩特沃转向其他人。"我百分百确定只有 4 名恐怖分子，他们都在那个房间里，"他催促道，"我们要立刻采取行动。"帕蒂尔犹豫了。加福尔局长说过所有人都要等待国家安全卫队或印度海军陆战队特种部队的到来。他们未经授权就进行追捕已属胆大妄为。

帕蒂尔打开无线电。如果要突袭 551 房，他们需要后援。控制中心同意了，但派出的队伍被泰姬酒店内部的布局难住了："3

号突击队呼叫南区控制中心：我们需要1区长官的位置。"帕蒂尔的无线电操作员努力帮助他们："1区长官在泰姬酒店的二层。"迷宫般的酒店让所有人一头雾水。"3号突击队呼叫控制中心：是新泰姬酒店还是旧泰姬酒店？"

整整10分钟的时间里，出现了一连串混乱的信息，然后3号突击队消失了。帕蒂尔变得越来越丧气，于是控制中心派出了第二组后援，6号突击队："如果有防弹衣，请向二层的1区长官报告。"

楼上的闭路电视监控室里，摄像头显示4名枪手仍在551房内。但每过去一分钟，警方都在白白浪费这个机会。火冒三丈的帕蒂尔抓起对讲机："泰姬酒店里面有三四名恐怖分子……我们现在需要增援。"控制中心确认已经分派了两支队伍和武器："我们有3号和6号突击队，有武器和防弹衣。"但没有任何人到来。是胆小懦弱还是出了差错？"还是没有增援。"帕蒂尔再次对着无线电说。然后，6号突击队出现在通信网络上，交代说他们还是没找到路："新泰姬酒店还是旧泰姬酒店？"

佩特沃把所有人都叫了过来。"完了。"他指着屏幕说。4名枪手刚刚离开551房，消失在摄像头里。接下来的40分钟，警察们搜遍了各个摄像头。23点23分，佩特沃再次找到了他们。"在宫殿六层。"他喊道。枪手们在敲门，这是消防通道前的最后一个房间，在南翼的泳池尽头方向，632房。"谁在那个房间？"帕蒂尔问道。他回忆起卡拉姆比尔·康曾告诉他，自己的妻子和孩子被困在六层。"给总经理打电话。"副局长对无线电操作员下令道。尽管他们大不相同，帕蒂尔还是对卡拉姆比尔充满了同情。

酒店总经理正站在外面的印度门旁边，把这里变成了酒店员工的临时控制点，跟他在一起的还有泰姬酒店集团的安保主管和惊魂未定的酒店老板拉坦·塔塔。当帕蒂尔告诉他这个消息时，他没什么反应，而是平静地描述了他的套房在六层的确切位置：在面向大海的南角，632房外走廊的另一头。挂断电话后，他焦躁不安。他之前告诉妮缇原地等待安全部队的到来，满心相信他们一定会来。但如今枪手到了那里，却仍然没有救援队的影子。卡拉姆比尔的世界正在崩塌，近20年来他的世界观都来自私营部门积极解决问题的那股热情，尤其是务实的塔塔集团。他忽视了旧印度及其衰弱无力、拖拖拉拉的公共部门，偏偏此刻他妻子和两个年幼儿子的生命都掌握在公共部门的手中。

泰姬酒店集团的安保主管要求与佩特沃通话。如果警察现在采取行动，他们可以将枪手困在六层。"叫副局长（帕蒂尔）组建两队人马：一队从北面出发，另一队从南面出发，"他指示道，"我们的人会护送这两队人上去。"哪怕酒店内的警察火力不够，不足以杀死恐怖分子，但也可以在那个房间里制伏他们。

帕蒂尔同意了。在五层跟丢了枪手之后，他绝不会让他们再次逃脱。但他仍然需要后援，而且还要征得许可。帕蒂尔回到无线电上，催促6号突击队想办法进来："恐怖分子在旧楼六层的631房①。我在监控室附近，有三四名警察和我在一起。请一定要盯住整个六层。必须盯紧两侧的电梯，控制住楼梯，这样他们就插翅难飞了。"

最后，加福尔局长打电话过来，帕蒂尔向他汇报了这一既成事实："局长，632房有三个恐怖分子，大堂里有两个。一共有五个②恐怖分子。我这里有几个人，我需要即刻增援。"

加福尔局长说："明白。"但在这场多重袭击和爆炸的混乱中，

---

①② 原文如此。——译者

他并没有听进帕蒂尔的话,或者说他选择不听帕蒂尔的话,因为挂断电话后,他没有发出任何新的命令。帕蒂尔觉得难以置信,又有拉吉瓦德汗在旁怂恿,他就用无线电联系了控制中心。增援必须即刻过来,他说,"我正在看监控。大堂是安全的"。5分钟后,他再次用无线电说:"恐怖分子依然在630或632房。把我说的告诉突击[队]。"绝望中,他也通过警官的私人网络告诉了拉克什·马力亚:"恐怖分子在631房①。我这边有三四个人。副局长拉吉瓦德汗也在这里。"能给他们开绿灯吗?马力亚一筹莫展,但仍然鼓励他们:"干得好(帕蒂尔)。我给你派突击队过来。军队也会来。他们会包围酒店。"

帕蒂尔和拉吉瓦德汗等候着。但还是没有人出现。5分钟后,一名枪手从632房出来,走到监控摄像头前,想用椅子砸碎它。通过破碎的镜头,帕蒂尔努力辨认出另外两名枪手正把地毯和亚麻布堆在走廊上,他们点起了火,烟雾弥漫在整个六层。酒店在燃烧,摄像头前闪着火光,被烟雾笼罩。监控室里的人几乎什么都看不到了。

632房内,一阵尖锐的双击敲门声将K.R.拉马姆尔西从睡梦中惊醒。被朋友称为拉姆的这位来自泰米尔纳德的银行高管坐了起来,感觉口干舌燥。他走到窗前,外面一片漆黑,渐渐消失的月亮在晚上11点15分左右不见了。下面没有任何东西在移动。半小时前,这位69岁的老人睡着了,等待坏消息过去。

退休前的拉姆有着辉煌的事业,他将平庸的银行打造成了闻名全球的成功案例。他昨天飞来孟买,作为非执行董事参加一家

---

① 原文如此。——译者

金融公司的董事会会议。他家里还有事,还想与印度储备银行的一个老同事叙叙旧。早些时候,他在马萨拉卡夫餐厅吃饭,并按着老习惯,在印度门周围漫步,看着轻便马车载着蜜月小夫妻环游海湾。上楼回房的路上,他被酒店五层匆忙走动的人影所干扰,然后泰姬酒店接线员建议他回到房间,因为酒店正在经历某种危机。

那家董事会的一名女性工作人员在晚上10点30分左右打来电话:"先生,您现在安全吗?"生平第一次,他开始怀疑自己的处境是否安全。挂断电话时,他听到了枪声。他躺到床上,心神不宁地小睡了一下。而现在,有人在敲他的门。

一个响亮的声音用英语喊道:"客房服务。"有那么一瞬间,拉姆想向他要点水。他骂了自己一句,闭上了眼睛。他必须让房间看起来空无一人,免得枪手在门外徘徊。但他不擅长招摇撞骗。他是个谦逊的人,是一位银行家,目标是使人记住一家银行,而不是记住一个人。"我一生都在努力隐藏自己。"他告诉同事们,解释说他鄙视炫耀性消费,泰姬酒店也许是他唯一的额外犒劳。"银行业是鸦片:别人的钱,让你沉醉。"他如此警告别人,"我从来不会被债务诱惑或被信贷的承诺所愚弄。"他不喜欢那些彰显身份地位的标志,可以乘坐出租车的时候从不让专车去机场接他。"我们不想凌驾于任何人之上,也不想被人认为我们会这样。"他这样告诉他的一个团队,颂扬着谦虚的美德。

15分钟后,又响起了敲门声。"需要擦皮鞋吗?"那个声音叫道。拉姆现在明白了,有人正盯着他的房间。他脱口而出一句"我不想要"(Nahi chahiye)。我为什么要回答?他暗骂自己。一颗子弹破门而入。他跑进浴室,蹲在地板上。更多的枪声响起,两个枪手闯了进来,立即发现他在浴室。他太弱了,他们长叹了一口气。浴室门被向内撞开,他吓得趴在了洗手池下面。

两名年轻男子用一把 AK-47 抵在他的下巴下面,他们离得如此之近,他都可以闻到他们身上的汗味。他感到头晕目眩。他们只有二十四五岁,比他的儿子还小。个头较高的那个戴着一顶印着什么字的红色帽子,身穿红色 T 恤,看起来像个健身教练,身材健壮,肌肉发达。另一个矮一些,瘦一些。拉姆不知道为什么,但他的眼泪涌上了眼眶。"请不要杀我。"他说。这两人没有说话。当他努力与他们眼神交流时,他们示意他:"把衬衫脱掉。"

拉姆吓得呆住了,于是他们用枪托砸他的头,然后又砸上他的锁骨。他呆呆地盯着他们,身上痛极了。"我有高血压。"他大喊道,又觉得即使他这样说,也只会让自己的处境变得更糟。"脱掉。"其中一人吼道,同时扯着拉姆的罩衫(kurta),把他拖进了卧室,用塑料袋把他的双手绑在一起。他们拉下他的裤子,扯掉他的婆罗门教圣线,用来绑住他的腿。他现在赤身裸体,被五花大绑。倍感屈辱的他闭上了自己的眼睛。大个子走过来,把枪砸在银行家的后背上。拉姆感觉自己的骨头要断了。他们想要什么?他们就不能干脆要点什么吗?他的身体在呐喊,他的心跳在加速。他想,他们会在我的卧室里把我打死,就让我这样毫无意义、充满痛苦地结束生命吗?他心里想着,大叫出声,咳嗽着、喘息着,但只换来枪托更凶狠的殴打。他试着乞求他们饶他一命。高个子踢了他一脚,在他耳边厉声说:"闭嘴(Choop raho)。"

拉姆听到有什么东西落在了床上,一条拉链被拉开,然后是金属叮当声和咔哒声。手机响了,一名枪手接了电话,说起了乌尔都语。拉姆听明白了大意,他们正在和一个叫瓦西兄弟的人通话。"我们这里有一只羔羊。"一个枪手洋洋得意道。拉姆尽量让自己平静下来。"振作起来,拉姆。"他勉励自己,回忆起了最亲爱的母亲的脸，她一直为他祈祷。他想知道，她的祷告现在能帮助我吗？如果真的大限将至，他想要"没有痛苦地快速死去"。但门开了，刺鼻的烟雾中，又有两名枪手走了进来。

晚上11点45分，克拉巴

距这里10分钟车程的地方，刑事分局副局长德文·巴蒂在一辆没有标识的警车里半阖着眼等待，膝上放着笔记本电脑。长着一副窄肩、举止讲究的巴蒂有点难以捉摸。他经常看似心不在焉地听着，但实际上他在回忆一张张面孔并在脑海中构建一条时间线。在权势即公理的警队里，巴蒂是一个敏锐的挖掘者，一个极客，当他对一个案子了然于胸时会滔滔不绝。而且他还雄心勃勃。此刻，他仍在追踪＋91 9910 719 424这个电话号码，情报机构确信恐怖分子或其联络员正在使用着。

几个街区外的另一辆车上，反恐小组的二把手也在等待＋91 9910 719 424的铃声响起。他们希望对手机进行三角定位，找到敌方指挥袭击的控制室的所在，或者至少找到一个枪手。但最后一个电话太短了，没人能锁定具体位置，所以他们继续等待着。

接近午夜的时候，＋91 9910 719 424再次响起。反恐小组从克拉巴大堤的丽晶酒店出发，沿着克拉巴堤市场前进，刑事分局的人马则从卡夫广场的总统酒店开始，前往苏博姆酒店。电话信号断断续续。左转进入沃德豪斯路后，队伍驶向蓝鸟酒店和塞勒斯特酒店，在这里他们跟丢了手机信号。巴蒂的手下下了车，走进酒店，要求查看住客的登记簿，审问当值经理，调查服务生，盘问门卫，快速了解客人们的大致情况：来自巴基斯坦、中亚、孟加拉国、海湾国家的客人名单。

几分钟后，巴蒂驾车经过加油站向北驶去，绕过被围困的哈巴德大楼，接下来左转绕过坡路前往古董酒店。+91 9910 719 424 再次响起。反恐小组副警长在斯特兰德路附近的沙伯纳姆酒店，在他北面的两个街区之外。如果枪手的控制室在这里，是有道理的，因为袭击正是以这里为中心逐步铺开。警队再次进入大堂询问柜台职员。但信号断了，巴蒂把车停了下来。

当电话第三次上线时，巴蒂的测向仪指向了新马丁酒店和法利亚斯酒店，接下来又指向了更时尚的爱斯科特酒店。最后，所有的车辆收到消息："锁定。"找到了。这个号码被三座天线塔捕获，在克拉巴的一个网格上被分离出来，位置靠近泰姬酒店和邦警察总部。但他们距离找到猎物还有漫漫长路要走。网格覆盖了 1000 平方米的密集公寓和 40 家酒店，意味着有数百个房间要搜查。打电话的人已经近在眼前，但还要花上一整夜的时间才能找到他，除非有更多的线索。除了一个个房间查过来，反恐小组还需要窃听电话，希望偷听到的对话能给他们一些提示。

在北面 5 英里的孟买南部工业区纳格帕达，远离高速公路的枣椰树花园中有一座殖民时代的别墅，反恐小组的技术团队正在里面等待，周围是一堆 USB 线。他们的上司、反恐小组负责人赫曼特·卡卡拉早些时候打来电话，要求他们窃听 +91 9910 719 424，使用印度设计的拦截包——Shogi GSM 监控系统，它可以通过警察的座机来转移电话，这样他们就可以在办公桌上进行录音和解析。

但是有一个问题。电话公司巴蒂电信要求他们出具反恐小组负责人和邦政府的书面授权。而最后一次有人看见卡卡拉还是半小时前在电视上，摄像机拍到他正在穿戴防弹背心和头盔，准备进入贾特拉帕蒂·希瓦吉终点站。能够签署授权书的邦政府官员则被困在了泰姬酒店。反恐小组技术团队只能耐心等待。

晚上 11 点 50 分,朗巴文巷

身为联合片区警察局长同时也是反恐小组负责人的赫曼特·卡卡拉,有着鹰钩鼻和英国作家吉卜林那样的小胡子,此时已步行离开贾特拉帕蒂·希瓦吉终点站,把他的司机留在了车站。听说两名枪手在车站杀害了数十名通勤者后又跑向了孟买的卡玛医院,他孤身追了过去,唯恐医院里的 370 名病人遭殃。他到了朗巴文巷,这是一条可以直穿的小路,背靠医院。卡卡拉的无线电显示枪手已经杀死了这里的三个居民并翻墙进了医院,开枪打死了两名工作人员。

卡卡拉喘了口气,要求支援。控制中心调来了东部片区副局长阿肖克·卡姆特。卡姆特是一位神枪手和武器专家,面对枪林弹雨也能面不改色,本已出发去泰姬酒店协助帕蒂尔。控制中心又继续寻找人手,让铁腕督察维杰·萨拉斯加去支援他,他是拉克什·马力亚负责的刑事分局的高级警官。萨拉斯加是个硬汉,1983 年加入警队。爱他还是恨他,取决于你是电影 *nakabandi* 中的哪一派。据说他惩治了至少 65 名犯罪分子,其中许多不为人知,当上警察的第一年就拿下了一个歹徒。今年年初,他被派去对一名 17 岁的穆斯林男孩的枪击案进行司法调查,警方称这个男孩是重犯,尽管没能找到此人的犯罪前科。

当警察们在卡玛医院的后门会合时,一名流血的警员从大楼里出来了。"恐怖分子在 6 楼的露台上。"他结结巴巴道,并解释说他的上司带了6名警察上去，如今2人已遇难，而上司仍被困在里面，受了重伤。警方必须守住前门，以防枪手逃跑，卡卡拉和其他人则监视后门。反恐小组负责人呼叫控制中心。尽管无线电通信显示该区域有60名本邦后备警察，还有一个快速反应部队和一个突击队，但没有任何人被派出。愤怒之下，他放弃了等待。他们要靠自己去解决前门的问题。卡卡拉、卡姆特和萨拉斯加督察以及3名警员跳上了一辆警用吉普车，沿着朗巴文巷行驶。而此时枪手已从医院前方溜走，射杀了一名路过并盘问他们的督察，绕到了医院的后面。

萨拉斯加督察开车，卡姆特坐在他旁边，卡卡拉坐在中间一排。最后排是一名警队司机和三名警员，包括萨拉斯加的副手、刑事分局的便衣警察阿伦·贾达夫。11层楼上面，居民们开始拨打控制中心的100电话，报警说枪手和警察的吉普车马上就要迎面撞上了。

混乱中，控制中心没有人将这一信息转发给卡卡拉，他们毫不知情，继续驾车前行。车子向左急转时，神枪手卡姆特瞥见了带武器的男人，立刻向灌木丛开火。警员贾达夫看到"一个高个子（lamboo）和一个矮个子（butka）"拿着突击步枪走了出来，淡定地对着吉普车猛射，仿佛只是一次训练。子弹打穿了吉普车的门板，车子剧烈摇晃，发出尖锐刺耳的声音。

一名警员受伤了但还有气，伏在贾达夫身上。贾达夫右肘和左肩中弹，卡宾枪脱手。另一名警员被打中胸部和颈部，倒在了他俩身上。枪声停了，贾达夫紧张地听着，他无法动弹，正汨汨流血。他的上司、英勇无敌的萨拉斯加，像被戳穿的轮胎一样发出刺耳的声音。卡姆特和卡卡拉那边则是恐怖的沉默。他们全都牺牲了吗？警员惊疑不定，恐惧万分，眼里涌出了泪水。

一辆警车闪着灯驶近。"感谢诸神。"贾达夫心道。但警车居然疾驶而过,虽然也通过无线电报告了驾驶员目睹的情况:一辆警用吉普车被枪击,"三人躺在车道上"。贾达夫在车里的无线电上听到了这句话。难道还有比警官倒下更重要的事吗?贾达夫想不通。目击者们拨打100报警,说枪手正继续前行,朝警局特别分局办公室走去,向卡姆特停着的车和司机开枪,之后又折回去检查被他们伏击的警用吉普。但没有人被派去查探此事。

吉普车内,仍然意识清醒的警员贾达夫听到了车门被打开和尸体被拖出的声音。车子的悬架摇晃着。他们是否也会把后排已死的和垂死的警员拉出来,然后发现最底下的他还活着?枪手们没有这样做,其中一个爬上车,加速引擎,另一个则坐进了前排乘客座位。乘客称司机为伊斯梅尔兄弟,司机称乘客为阿杰马尔兄弟。贾达夫看到乘客"很瘦小,大约5英尺3英寸",身材像骆驼骑手,肤色白皙。他正是阿杰马尔·卡萨布,来自法里德果德的男孩。

伊斯梅尔踩下油门,车子左右甩着上路了。贾达夫紧紧抓住同事的警服,努力用他们的身体把自己盖住,受伤的警察呻吟着。突然,其中一人的手机响了,阿杰马尔把他的AK-47放在座椅靠背上,看都不看一眼就射出一梭子弹。贾达夫感觉到子弹击中了他的同事,受伤的人不再呻吟,无声无息。现在只剩下贾达夫一人了。

吉普车向右转弯,从朗巴文巷向都市枢纽(Metro Junction)疾驰。瞥见警察后,伊斯梅尔将车辆掉头,驶向贾特拉帕蒂·希瓦吉终点站,驶入了正在疏散的车站受伤人群中。伊斯梅尔又掉了个头,吉普车驶回都市枢纽,向着聚集在那里的记者和警察举枪乱射。因失血而渐渐虚弱的贾达夫,只能祈祷自己不会在交火中被子弹击中。

"我们去哪里？"伊斯梅尔对他的搭档喊道，想知道方位。阿杰马尔承认自己把装有地图的包丢在了医院。车辆向南行驶时，伊斯梅尔让轮子嘭地撞到了什么，警员贾达夫感觉车子一个急转。"爆了一个轮胎。"他对自己说，努力保持清醒，强忍疼痛。在曼特拉拉亚政府大楼附近的某处，磨擦的噪音让他意识到他们现在在用轮毂开车。最后，吉普车急转撞上了迈索尔邦立银行前的混凝土道路分隔栏。伊斯梅尔和阿杰马尔拦下了一辆途经的斯柯达，拉出司机和两名乘客，然后开车离去。

只剩贾达夫一人了。他从一堆尸体下面爬出来，拿起无线电："两名恐怖分子从朗巴文巷（劫持了）一辆警用阔里斯（Qualis）车。"接着他再次接通无线电："萨拉斯加督察、反恐小组长官和南（原文如此）区长官遭到枪击。"他们三人依然躺在朗巴文巷，尽管卡姆特的司机（在上司遇袭后自己也遭枪击）三次打电话求救，他最后一次呼救是在 0 点 37 分。

但那时，所有的目光都聚集在泰姬酒店。一场地动山摇的爆炸撕裂了酒店的宫殿翼楼，窗户格格作响，墙壁摇摇晃晃，门被炸飞了，大团玻璃碴和石膏向里面的每个人倾泻而去。

卡拉姆比尔·康在酒店外面，脱了外套只穿着衬衫，帮忙用行李推车搬运死伤的客人，这时他感觉到一股厚重的气浪穿过了他的身体。他猛地看向六层，冲击波还没消退，他的电话就响了起来，都是惊慌失措的员工从酒店各处打来的电话。"从楼梯井到屋顶，一路都有火墙，"酒店的公关总监喊道，他与一小群 VIP 客人一起被困在海洋吧内。"我们该怎么办？逃走还是找东西把火挡住？""挡住。"卡拉姆比尔喊道，但是他的思绪飘到了别的地方。

他学生时代的老友普尼特·瓦萨扬从法国打来电话："一切都

好吗？"坚忍的卡拉姆比尔温和地回复着，让普尼特放心地挂了机，然后塔塔高层帕塔·查特吉也打来电话，查特吉曾是他的上司和旅行伙伴，与他一起飞遍了次大陆。"什么都不用。为我的家人祈祷就够了。"总经理坚定地说。他感觉妮缇和儿子们的时间不多了。

片刻之后，帕蒂尔从酒店楼上打电话叫卡拉姆比尔上来，卡拉姆比尔却婉拒了。副局长怒不可遏，他并不知道外面的警察建议酒店经理不要进入酒店，太过危险了。卡拉姆比尔也因责任感而不堪重负。他所能想到的就是如何把员工拢在一起，成为一家瘫痪的酒店有目共睹、有所作为的领头人。勇敢的救援行动本可以缓解他对被困家人的忧心，但这可能会让泰姬酒店无人掌舵，这是在拿数百名客人和员工的生命冒险。"对我来说，待在这里很重要。"他对一位同事说。

又有电话打来了，他太过心神不宁，以至于说了几句话后才意识到那是妮缇。她紧紧拥住身子两侧的儿子，为了不吓到他们，尽量让自己语气平静。"是什么爆炸？"她问。烟雾正涌入他们的套房，电力短路了。房间里的自动喷水灭火装置也已启动，水浇了他们一身。"可能是一枚小炸弹爆炸了。"他答道，努力让自己保持冷静。他回想起帕蒂尔告诉他们的话，枪手正在6楼游荡。于是他提醒妮缇不要冲出门去。

"我们该怎么办？"妮缇抽泣道。"你们待在房间里是最安全的。"卡拉姆比尔柔声细语地说，建议她和乌代用湿毛巾阻挡烟雾。他们应想办法在门口建起屏障阻挡烟雾和火焰，然后转移到套房里最安全的地方：浴室。那接下来呢？接下来安全部队很快就会抓住枪手，他向她如此保证，但其实他已不再相信。

2008 年 11 月 27 日，星期四，零点 40 分，海滨大道

这座城市里的日常配乐是拥堵带来的喧嚣，原本从阿波罗码头到安德里（和机场）的 13 英里疾驰路程，变成了水泄不通的两小时蠕行。然而，在这个凉爽、干燥、雨季过后的夜晚，警察和军队封锁了所有的主干道，使这个城市出现了半个世纪以来从未有过的沉寂。

泰姬酒店后面的后湾（Back Bay），一辆孤零零的银色斯柯达在卤素灯的炽热光芒中加速行驶在空荡荡的海滨大道上，驶过同样被围困的三叉戟-欧贝罗伊，沿着女王的项链——缀满灯光的步道——向北前进。"斯柯达汽车，斯柯达汽车 MH-02 JP 1276，银色，被恐怖分子劫持。"一名警察用无线电发出警报，警报传到了焦伯蒂海滩的理想咖啡馆对面的路障处，这是通向马拉巴山的最后一个主路口。当汽车出现时，警察的武器已上膛等待，车子抖动着在他们面前停下了。一名副督察走上前，面对着耀眼的车头灯吹响了哨子。司机打开雨刮器，向挡风玻璃喷水，不让警察看清他们。

"关灯，举起双手，下车。"汽车引擎加速轰鸣，车子向他猛冲过来。眼看就要撞到了，又突然一个急转弯，卡在了道路分隔栏上。两名警察跑到阿杰马尔那一侧，与此同时有人开枪击碎了后窗。伊斯梅尔叫阿杰马尔举起双手，然后掏出一把手枪，对着走来的警察开了枪。警察开枪反击，然后阿杰马尔惊恐地发现伊斯梅尔倒下了，颈部中弹。

阿杰马尔战战兢兢地打开了车门。他似乎绊了一下，却突然从两腿之间掏出一把突击步枪。一名警察抓住了枪管，跟他拉扯

起来。阿杰马尔扣动扳机，向警察的腹部持续射击。警察踉跄着后退，但仍死死抓住步枪，即使他已生命垂危，他的双手仍跟还在开火的 AK 步枪焊在一起。

一群激愤的警察围上来对着身上血迹斑斑的阿杰马尔又踢又打，又拉又拽，还扇耳光，旁观者也纷纷加入，直到有人喊道："停下，停下，我们要留活口。"他是被推上救护车的，躺在金属地板上，双手被手帕绑在一起，伊斯梅尔的尸体在他旁边晃动着。阿杰马尔的全新网球鞋也被丢在了路上。

关于三位传奇警官在朗巴文巷中弹的报警电话还在不断打来，但唯一到达现场的人只有卡卡拉的无线电操作员，他在 0 点 47 分就用无线电报告了这一惨剧："卡卡拉长官、东区长官（卡姆特）和萨拉斯加督察受伤。我们正把他们送往医院。"

在警方的控制中心，这个不幸的消息瞬间就被其他消息淹没了。两名枪手在焦伯蒂中枪。"尸体在哪里？"马力亚打电话给焦伯蒂的副局长问道。"一个死了，但另一个还活着。"对方透露说。马力亚惊呆了。这是一个惊人的成果，说明战局正在扭转？他叫来他的指挥车，准备去审问被抓的枪手。但他还没有出门，加福尔局长就打来电话，叫他留在原地。事发地是焦伯蒂辖区，应由焦伯蒂的副局长负责。马力亚暴怒了。城市在燃烧，泰姬酒店被围困，警察需要从被俘的枪手那里挖出信息。而焦伯蒂的这个副局长，花了 25 年时间才一点点升到这个位置，老实说，步子比他慢多了。但顶着巨大压力的加福尔始终不肯妥协。必须由焦伯蒂来。

马力亚强忍怒火，私下派出他在刑事分局的心腹督察去盯住这个副局长，免得他办砸了差事。在这个关键时刻，他需要 5 个问题的答案：有多少恐怖分子，谁派他们来的，他们是如何进来的，他们的目的是什么，以及他们的控制室在哪里？"打开犯人的嘴，检查有没有氰化物。"他在手下身后喊道。

0点56分，加福尔重新上线。卡姆特和卡卡拉在哪里？马力亚哽咽了。"……局长，阿肖克（卡姆特）在特别分局附近，局长。他在掩护特别分局办公室，局长。"但卡姆特并不在那里。他在朗巴文巷，遭到了致命的枪击，午夜过后不久就有许多目击者和警察巡逻队打来电话报告这一惨剧。

那反恐小组负责人赫曼特·卡卡拉呢？"局长……局长，他……他……他……赫曼特……局长，他在贾特拉帕蒂·希瓦吉终点站。我会找出具体位置，叫他马上和你联系，局长。"控制中心的日志显示，反恐小组负责人在超过一个半小时前，即23点24分，呼叫说他打算离开贾特拉帕蒂·希瓦吉终点站前往卡玛医院。

局长继续追问，想要更确定的消息："我只想知道卡卡拉和卡姆特先生是否受伤，或者他们是否安全？"平日里临危不乱的马力亚回答说："局长，我们正试着查明，局长。局长，至于报告……说东部片区（卡姆特）车上有人开火，没有人受伤。我一打通电话，就会告诉您。"他没有提及三位遭枪击的警官所乘坐的弹痕累累的阔里斯车。"你会派人……？"局长问道。"已经派了，局长……已经派了，局长。刑事分局副局长和局里的三组人已经过去了，局长。"马力亚说着，结束了通话。

9分钟前，卡卡拉的无线电操作员已给控制中心打过电话，确认中枪的警官正被转往GT医院，之后他们被宣布全部身亡。

凌晨 1 点，奈尔医院

奈尔医院夹在孟买中央火车站和（以幸运和繁荣女神的名字命名的）马哈拉克西米赛马场之间，在泰姬酒店以北 4 英里处。当阿杰马尔·卡萨布被担架抬进来时，焦伯蒂的副局长塔纳吉·加奇已经等在那里，嚼着一大块包叶槟榔，警察腰带系在大腹便便的肚子上。

临时病区的一间私人病房里，阿杰马尔被脱光衣服，清理干净，放在一张铺了绿色塑料布的金属床上，他光着身子，一条粗糙的羊毛毯扔在他的肚子上。他躺在那里输液，右臂和左手都缠着绷带，两只手都被火药熏得黑黑的。

加奇打开摄像机，对准浑身哆嗦的囚犯。阿杰马尔仰面躺着，闭着眼睛，痛哭流涕："我犯了很大的错。"他已是惊恐万分。加奇俯下身，嚼着槟榔。"谁下的命令？"带着乡下男孩的单纯，阿杰马尔张开干裂的嘴唇回答道："叔叔的命令。虔诚军里的那个。"没有施压，阿杰马尔就已经供出了一个绝密情况——此次袭击背后的主谋。

但加奇没有注意到这个关键信息。他磕磕巴巴地翻来覆去念叨着 chacha（叔叔）和 lashkar（虔诚军）这两个词。"lashkar 什么？他来自哪个村庄？"他问道，把这个恐怖组织的名字和一个意为"乡村保卫委员会"的词混淆了起来。阿杰马尔也被他搞糊涂了。很快，他俩的对话就变得牛头不对马嘴。"我不知道他来自哪个村庄，"阿杰马尔说，"但他有个办公室。"他指的是扎基在穆扎法拉巴德山上"圣战士之家"的总部——又一个被加奇听到却忽略的事实。

"谁劝你去那里的?"加奇问道,男孩畏缩了一下。"我父亲对我说:'我们很穷。你也要像其他人一样去赚钱。'"

"你的亲生父亲?"加奇觉得自己找到了证据:全家都是共犯。

"是亲生……父亲。"男孩轻声回答,思绪似乎又回到了驱使他逃出法里德果德的那些谩骂和殴打。"他说我们会像其他人一样赚钱。"

镜头之外,房间里挤满了警察,急切地交头接耳,这十几个人都是听到消息后赶来奈尔医院的。与此同时,加奇回到了问询的起点。"好吧,你叫什么名字?"

这很简单:"阿杰马尔"。

"你多大了?"

"21。"

"你的村子(gaon)在哪里?"

"法里德果德,在奥卡拉县的德帕尔普尔行政区[1]。"房间里的一些人开始打电话。这是第一个证据,证明袭击来自巴基斯坦,一个让虔诚军费尽心思掩盖的事实——使用互联网电话,剪掉所有衣服的标牌,剃掉枪手的头发,给他们穿上西式服装,手腕上系着印度教寺庙里的祈福手绳,裤子口袋里放着印度学生证。

但加奇埋头记录着嫌疑人一大家子的资料。阿杰马尔舅舅家的方位——警察需要知道。关于他大嫂的问题——姓名和住址?为什么她和丈夫因为家庭开支吵架后要回家——还有去他们家路上经过的那家银行叫什么?他满脑子都是阿杰马尔·卡萨布一家人的家庭琐事大戏。医院外面,正在燃烧的泰姬酒店、三叉戟-欧

---

[1] Tehsil,即印度和巴基斯坦行政区划里的"乡"。——译者

贝罗伊酒店和哈巴德大楼里，对客人和员工的屠杀仍在持续，加奇却苦苦纠结于外国的道路名称、村庄位置和旁遮普人的父系姓氏。

重复一遍。再说一遍。多说点。就连犯人也越来越沮丧，被迫描述了远房亲戚们的大致形象，他们都是目不识丁的农民和学童，都已经好多年没有出现在他脑海中了。

他想毫无保留地交代一切。"听着，我父亲告诉我，我们很穷，然后他把我介绍给了虔诚军的人。"他稍微歪曲了一点事实，让讨厌的父亲变成始作俑者，其实当时是他和朋友为拉瓦尔品第的狂欢节所迷，不由自主被拉进了虔诚军。不知是因为这张政府给的床和他在法里德果德家中的简易床之间的遥远距离，还是想到了他专横的父亲和笑声尖脆但他再也见不到的母亲，阿杰马尔哭了起来。

加奇缓慢继续："你父亲和Lashkar有关系吗？"

"没有，没有，没有，"阿杰马尔抽着鼻子，纠正道，"他们一直告诉大家这是圣战。一项非常光荣和冒险的工作。你可以赚到很多钱，不再穷苦。"

加奇突然找对了方向。"你的训练是什么时候开始的？"在他周围，警官们都集体松了一口气。后面一台电视正在报道卡卡拉、萨拉斯加和卡姆特的殉职，但所有的目光都集中在这名犯人身上。"那时候在下雪，"阿杰马尔说，"我在巴塔尔村训练。"从他嘴里又泄露出一条重要的情报：曼塞赫拉训练营。他这是希望救自己一命，还是因为他受的训练只教了他如何赴死？

"我们的头头总是告诉我们，你们会去天堂。我说：'我不喜欢这样……我也不想留在这里。'"他的眼睛睁大了。他曾希望有人能出现在营地，把他带走。但没有人出现，他最终变成了自杀式袭击小组的一员。"他们告诉我们,'开火,别停手,一直到死。'"他说。

加奇突然明白了:"你是来这里参加圣战的?"

"什么圣战,长官?"阿杰马尔哭着问道。在穆扎法拉巴德的山区里唱的那几句副歌在医院病房里似乎毫无意义。

"你杀害了和你一样的人。"

"是的,真主不会原谅我的,"阿杰马尔垂头丧气地回答,"他们答应会给我的家人一大笔钱。"

"谁会给?"

"叔叔会给。"阿杰马尔说。

"叔叔是谁?"对于这个问题,阿杰马尔老老实实地答道:"他叫扎基叔叔。他留着长胡子,大约 40 到 45 岁。"男孩盯着加奇。"他是个圣战者,跟俄国人打过仗。"警察们拿起电话。反恐小组或情报部门应该能找出这个扎基叔叔是谁。在一个没有全面 DNA 数据库或身份证的次大陆(更别提复杂的姓氏有多种拼写,激进分子还会把他们的原名换成假名),有长长的名单记录着已知的别名。

阿杰马尔背诵了叔叔的话:"我们是穆斯林。他们使你陷入贫困,还领先于你。没有人性。"他仰面看向天花板,想起了所有那些和他一起训练的来自穷乡僻壤的男孩。"他们嘲笑我们的贫穷。这些地方到处都是穷人,还有谁会去那里呢?"

"他们给你钱了吗?"

"没有。他们可能给了我父亲 30 万卢比(约合 2300 英镑)。"廉价的儿子。

加奇总结道:"所以说你父亲利用了你。"

"是的,长官。"阿杰马尔答道,嘴唇颤抖,被阴郁笼罩。

一阵沉默。

"伊斯梅尔是干什么的？"

为什么要藏着掖着？阿杰马尔彻底放弃了。"伊斯梅尔是带头的。"房间里的其他地方，手机再次亮起，把警方已经击毙犯罪团伙头目的消息传了出去。

他又主动供出了两个名字。阿里和阿卜杜尔·拉赫曼·"巴达"，25岁，穿着红衬衫，戴着红帽子，上面写着"耶稣"。

"耶稣？"加奇问道，"你是说基督？"

"是的。"

"可你们不都是穆斯林吗？"

"是的，但你知道，我们必须看起来像他们。"他对加奇解释道。

红衬衫。电话打了出去，泰姬酒店闭路监控室里的拉吉瓦德汗接了。红衬衫，即阿卜杜尔·拉赫曼·"巴达"，是泰姬酒店的袭击者之一。

犯人还在滔滔不绝地说着。"有乌默尔、阿卡沙、法哈杜拉，另一个阿卜杜尔·拉赫曼，这个是'乔塔'。然后还有肖艾布和乌马尔。"一个月前，他们的队伍转移到了卡拉奇的一个安全屋，在那里他们被两两分组，组成"伙伴"，并观看了孟买的袭击目标的录像。每对伙伴都有一部手机，预先设置了呼出号码。所以除了阿杰马尔和伊斯梅尔之外，城里还有8个袭击者。

现在，电话监听是重中之重。

没有时间来哀悼反恐小组的负责人卡卡拉。他的二把手帕拉姆比尔·辛格接替了他的职责，代表反恐小组批准了电话监听申请，此时，情报机构已经向技术部门提供了另外两个需要监听的手机号码。凌晨1点过后不久，三个号码中的第一个，+91 9910 719 424，响了。反恐小组技术部门的负责人尼夫鲁蒂·卡德姆督察，坐在纳格帕达的办公室里监听。

"喂。"来电者被称为"瓦西兄弟"。卡德姆记了下来。瓦西听起来像是个化名，他们会去查验的。

瓦西："伙计，媒体正在播报你的房间号……"

卡德姆现在明白了，瓦西不是枪手，而是他们的联络员。他正在控制、诱导枪手，给他们提建议，并在电视上观看袭击事件。身处孟买的杀手在被人遥控。卡德姆从谈话中寻找有关控制室位置的线索——还有枪手，他们一定在某个酒店房间内，要么是三叉戟-欧贝罗伊酒店，要么是泰姬酒店。

反恐小组需要用速记来记录电话内容。T代表恐怖分子，C代表控制室或瓦西。

T："是的，这里有摄像头。"枪手已经发现了闭路监控摄像头。

C："一看到摄像头，就朝它们开枪。记住这个。这些东西会暴露你们。你们在哪里？有多少人？大家现在怎么样？"

这是他们第一次交流最新的进展吗？督察卡德姆思忖道。

瓦西提出一个建议。

C："你们为什么不放火呢？"

T："我们刚开始点火。"

C："那我们等会儿就会看到火焰升起来。"

每个行动都会得到控制室的回应。在这个被数字化强化的恐怖主义和反恐主义的世界中，反恐小组警官在办公桌前监听着杀手的对话，而杀手的联络员则在某个未知地点指点他们，在滚动的卫星新闻频道上看着他们行动的证据。

瓦西的肯定使枪手们很高兴。

C:"是的,媒体说警方在泰姬酒店有个大行动。你们当中的一个人要盯着楼梯。要有条不紊地,在任何有入口的地方选一个隐蔽位置埋伏好。"

反恐小组明白了。这名枪手就在泰姬酒店里面。督察卡德姆给他的代理上司发了短信。

瓦西还有更多建议。

C:"去取酒,把房间里的枕头拿来,把所有布的东西都找来,整理好,然后点火,有条不紊地。把两三层楼都点了。然后你们就坐下来等着。"

瓦西还重申了纪律的必要性。

C:"每次电话来了,你一定要接听,我的朋友。"

T:"好的。"

瓦西解释了事情会怎么发展。

C:"无论媒体报道什么,我们都会告诉你们。这样你们就可以根据情况来行动。"

T:"好的。"

但瓦西还是不满足。

C:"我的兄弟,你还是没扔手榴弹。把手榴弹扔向海边,那里站着很多人。"像其他人一样,他正在看泰姬酒店外人群的镜头。

T解释说:"我一次次地派了两个人去,叫他们把手榴弹扔到海边。他们说:'好的,这就去扔。'但他们总是没扔就回来了。"

这一幕有一种超现实的家庭感,就像一个父亲在和一个注意力不集中的孩子说话。枪手们像厌烦了干活的孩子一样争吵不休。

枪手对坐在旁边的某人低声说:"兄弟,他们说去放火。去

围攻

放吧。"

电话断了。

几分钟后,凌晨 1 点 15 分,瓦西再次打来电话,卡德姆督察继续监听。

C:"你们到底放火了没有?"瓦西在电视上仍然看不到任何着火的迹象。

T:"我们正在准备放火。我们在收集布料。"听起来像是个幼稚的借口。

C:"我的朋友,快把火点着吧。我想问你一件事,你们是怎么处理汽艇的?"

督察卡德姆停住了笔。汽艇?原来他们是这样来到孟买的。后来这个证据也与渔民聚居地目击者的陈述对上了。

T:"我们把它留在那里了。"

C:"你们没有打开锁让水进去吗?"

T:"没有。我们太匆忙了,犯了个错误。我们下了船就跑了。"

还不知道阿杰马尔·卡萨布已被警方抓获的瓦西担心这艘汽艇可能会暴露他们这场阴谋的源头。

T:"海浪扑了过来。我们看到了一艘船。大家都吓坏了,大叫:'海军,海军。'然后我们就逃走了。伊斯梅尔兄弟的卫星电话也忘在那里了。"

一阵沉默。

卡德姆记下了"伊斯梅尔",阿杰马尔死去伙伴的名字,并打电话给自己的上司。他们必须立刻找到这艘汽艇和卫星电话。

每隔 10 分钟,电话就会响起。瓦西是泰姬酒店那伙人的后盾。

1点25分，又一个电话打进来。

C："火到底放了没有？"从他说话的语气来看，他还没有原谅汽艇和卫星电话的大纰漏。

T："那两个人去了，还没有回来。"

C："你们有没有收集窗帘和枕头？"瓦西听起来很不满，好像在尽力忍耐。

T："我们把能拿到的都拿到了。还找到了一瓶酒。我们这里还有人质。"

卡德姆给他的上司发了消息。正如帕蒂尔和拉吉瓦德汗警告过的那样，枪手劫持了人质。卡德姆把这条重要消息传了出去，还加上了一条：泰姬酒店的枪手中有一组把一部手机丢在了底层。酒店内的警察应该去找找。

瓦西想知道更多关于放火的信息。

C："谁去放火了？"

T："阿里和乌默尔去了。"

督察卡德姆在"阿里"和"乌默尔"下面划了线。又多了两个名字，都和阿杰马尔供出的名字对上了。卡德姆特别标出，阿里一定是穿黄衣的恐怖分子，跟着冲向前门的人群进入塔楼大堂的两人之一。乌默尔是那个黑衣枪手，是袭击利奥波德的人之一。

C："你们有几个人质？"

T："只有一个，我们和他坐在一起。"

卡德姆从帕蒂尔那里知道人质正是632房的银行家K.R.拉马姆尔西。他们要拿他干什么？

但瓦西换了个话题，总结了一下电视新闻报道，包括谣言和阴谋论，似乎很难相信事情会进展得如此顺利。

C:"新闻说全孟买都十分恐慌。260 多人受伤，一些警察也被杀了。有 50 名 fidayeen 进来了。十三四个地方正在发生枪击。因着安拉的恩典，我们要的气氛正在营造起来。"恐惧已经在整个城市及其周边蔓延。

对自杀式袭击者人数一无所知的卡德姆发短信给他的上司："城里真的有 50 名枪手吗？"

C："媒体也在说某个部长被困在酒店里了。在房间里放火，这样就可以把这个部长烧死，让他丢了性命。"事实证明，电视报道对这次袭击来说至关重要。

T："这里有 5000 个房间。不知道他在哪里。"枪手听起来闷闷不乐。

瓦西有个切实可行的解决方案。

C："这不是问题。如果凭着安拉的恩典，你们把整座酒店都烧了，那么他无论如何都会被烧死的。"

卡德姆督察听到了枪声。瓦西也听到了。

C："什么声音？他们在开枪吗？"

T："是的。楼下已经开始动手了。"乌默尔和阿里在对着什么开枪，或者是有人在向他们开枪。卡德姆想知道是不是拉吉瓦德汗在从 2 楼的闭路监控室开枪。他总是这么骁勇善战。

C："好吧，我的朋友，你们盯住楼梯了吗？"瓦西思考着战术。

T："不，没有。我们就在这里坐着。"

反恐小组不明白，警察现在明明可以攻入 632 房，为什么加福尔局长却不让他们行动。

632 房内，拉姆倒在地上，鼻子紧贴着地毯，回想起一位老妇人在金奈的罗摩克里希那传道会①里告诉他的话——接受是最好的舍弃。当时他无法理解。但现在，恐惧与痛苦交织之时，他终于领会了这句话的含义。"无论神为你预备了什么，都要接受，而不是抗拒。接受它就是接受神。"

他听到外面走廊里传来一阵骚乱，还有破门的声音。有人欢呼雀跃，大声报告他们是如何想办法闯进了走廊那头的639房。很快，拉姆看到两个穿着泰姬酒店工作服的身影拖着沉重的脚步进入房间。两人都被勒令脸朝下躺在床上。"名字。"一个枪手喊道。"阿迪尔·伊拉尼。"其中一名囚犯回答。正是十一宫的服务生，他从底层的大屠杀中逃生，在639房躲了3个小时。

"你是穆斯林吗？"一个枪手问阿迪尔。他点点头，枪手突然暴怒。"你不是穆斯林，你是圣战的污点。你是个穆斯林叛徒。"阿迪尔实际上是帕西人，被枪手用枪痛殴的时候，他闭上眼睛开始祈祷。枪手停了一下。"你是做什么工作的？"阿迪尔实话实说："我只是个服务生。"他们打他的腿和背。"来吧，准备好为安拉牺牲你的生命。"他脑海中浮现出了儿子和女儿的脸，还有妻子和母亲的。

枪手转向其他囚犯。"那你呢？"他们打着第二个人的耳光。"斯沃普尼尔·谢伊瓦尔，"一个声音嚅嗫道，"我是个管家，先生。"

在反恐小组总部，电话再次响起，卡德姆督察在电话里听到了一个新的声音，自称阿卜杜尔·拉赫曼·"巴达"。卡德姆督察知道这正是穿着红T恤、利用人群作为掩护混入塔楼大堂的枪手。

---

① 近代印度教改革社团之一。1897年由罗摩克里希那的弟子辨喜在加尔各答创立。——译者

"因着安拉的恩典，我们带来了两个（人质）。"

瓦西没有停顿："问出他们是从哪里来的。"

阿卜杜尔·拉赫曼对人质大喊道："你们是哪里来的?"然后他对控制室里的瓦西说："不知道这个混蛋在说什么。他说什么帕雷尔。帕雷尔是什么？"

是孟买的一个地区。

阿卜杜尔·拉赫曼告诉瓦西："这个混蛋住在孟巴。他们俩都是。"他转身对着另一人喊道："你也是从这里来的?"又跟电话里的人回话道："老头不说话。"他指的是赤身裸体躺在地板上的银行家拉姆。

在反恐小组办公室里，他们可以听到殴打的声音。其中一名枪手正在对人质拳打脚踢，声音听起来像是在晾晒垫子。阿卜杜尔·拉赫曼试图叫他停手："乌默尔，听我说。听我说，就一会儿。"乌默尔，那个穿着黑衣、留着锅盖头的恐怖分子，那个扫射了利奥波德的枪手，正在殴打拉姆和其他人，怎么都不肯停。人质们都在呻吟和抽泣。

阿卜杜尔·拉赫曼对乌默尔咆哮道："该死的母驴白痴，听我说。过来，听我说。嘿，你这家伙，你听我说。你怎么不听我说。"乌默尔暴跳如雷，对人质拳打脚踢。控制室里的瓦西试图干预："乌默尔？"乌默尔在电话里简单说了几句："喂，喂，喂？"他气喘吁吁。瓦西说："愿真主赐你平安。"

但红雾并没有散去。乌默尔把电话交回阿卜杜尔·拉赫曼的手里："他说囚犯们都来自马哈拉施特拉。"阿卜杜尔·拉赫曼又开始对乌默尔怒吼，而瓦西想的是把这伙人拢好。他们争来吵去，他必须把其中几个弄出房间，免得他们杀了人质或彼此。他想了个主意："马上放火。"乌默尔必须去。

乌默尔不肯听从命令。"过来。"阿卜杜尔·拉赫曼对乌默尔喊道。"我们的人不肯听。"他向瓦西抱怨，而瓦西已经受够了。"让乌默尔来和我说话。"他咆哮道。瓦西命令他们另给乌默尔一部手机，这样瓦西就可以直接给他打电话。他们拿走了阿迪尔的手机，阿卜杜尔·拉赫曼冲着乌默尔吼道："拿好这部手机。"

阿卜杜尔·拉赫曼试图在伊拉尼的手机里设置瓦西的电话号码，但他笨手笨脚怎么也弄不好："你的号码是什么？告诉我。"当瓦西报出一个号码时，卡德姆督察也把它记下了。他不知所措，这是个奥地利号码。他给上司发了消息。这意味着什么？难道他们偶然发现了一个欧洲人支持的恐怖团伙？

乌默尔终于回来继续通话，而瓦西已经失去了冷静。他把电话交给了控制室里的另一个人，他需要缓一缓。一个新的声音响起，试图说服乌默尔。

督察卡德姆为这个声音起了个代号：2号联络员。

2号联络员："喂，乌默尔？"

乌默尔："是的，是乌默尔。"他听起来很乖戾，并不准备顺从。他就像一只刚撕咬过羊的狗，第一次尝到了温热的鲜血的滋味。

2号联络员说了一个电话号码。"好吧，这是谁的号码？"乌默尔磨磨蹭蹭地问道。2号联络员耐心地回答："是我的号码。兄弟，给我打电话。电话就在我手上。"联络员的语气好像在劝说一个想从高处跳下来的人。

乌默尔又失控了，开始大吼大叫。他听起来就像一个人想爬上沙丘，但又反复滑下去。控制住了情绪的瓦西拿起电话，对穿红衬衫的阿卜杜尔·拉赫曼说："兄弟，我们想和乌默尔谈谈。告诉他没什么可担心的。"瓦西决定采用另一种策略。他说，有个好消息。另一队人杀死了反恐小组负责人。那泰姬酒店的这队人取得了什么成就？

一片安静。

乌默尔接过了电话。"喂？"他说，"我在。"他听起来还不是很稳定，但他的好奇心被激起来了。"谁被杀了？"

瓦西说："整个孟巴的反恐小组负责人被杀了。"

乌默尔高喊道："全靠安拉的恩典！"

瓦西继续鼓动："很多人受伤了，很多人被杀了。这里那里，到处都在开火，到处都有人死亡。一切都在燃烧。这个时候，你的目标才是最重要的。媒体报道最多的就是泰姬酒店。卡哈法兄弟想跟你打招呼。""公牛"卡哈法是虔诚军教官，他的侄子法哈杜拉也在袭击队伍中，目前躲在三叉戟-欧贝罗伊酒店。督察卡德姆写下了"卡哈法/2号联络员"。

卡哈法展示出他在这方面的所有经验，说话平和，声音轻柔。"兄弟，"他说，"安拉会接受你的服侍。很多人的伤口已经愈合。不要忘记你学过的祷告，无论坐在哪里，都要祷告三次。三次，要充满信心，别不冷不热。"

"好的。"在驯狮师的安抚下，乌默尔平静了下来。"你面对着大海？"卡哈法问道。他在马里尔镇的控制室里把玩着谷歌地球，将其与电视图像相匹配，发现了一些东西。"路口有一栋楼，那里有两个地方站着警察。去吧，向他们开火。还有，代我向其他兄弟问好。要坚强。你已经震撼了全世界。天国，靠着安拉的恩典，比这好上千百倍。"

632房内，银行家拉姆听到了走廊里的说话声："你抓到了谁？"随即一个回答传来："我是村里来的，请放过我吧。"这是另一名人质，苏尼尔·贾达夫，泰姬酒店的行李员。他被扔到地上，大喊着："我不是个有钱人，先生。"然后拉姆听到第四个男人在恳求，说自己叫拉朱·贝格尔，是客房服务人员。绑匪把床单撕成布条，绑住了两人的双手和脚踝。

"我的房间现在挤满了人。"拉姆心道。新来的囚犯们咳嗽着，呜咽着。

凌晨1点47分，电话再一次响起。督察卡德姆记下了时间。"公牛"卡哈法报出自己的名字后，红衣枪手阿卜杜尔·拉赫曼跟他打了招呼。后者似乎已重新掌控全局，带来了一个好消息："圣战士带回两只羔羊。全靠安拉的恩典。"

督察卡德姆发短信给他的上司："5名人质。"警察什么时候才会来救他们？

卡哈法想到一个主意："让其中一个[人质]打电话回家。"接着他欢呼起来。"圆顶着火了！"电视上终于出现了大火燃烧的画面。

酒店房间里，另一部电话响起。阿卜杜尔·拉赫曼向卡哈法报告说："一个混蛋有个电话打进来。我要去接吗？"他找到了手机。是服务生的妻子安妮·伊拉尼一直在反复拨打阿迪尔的电话，结果接电话的是劫持了她丈夫的绑匪。"阿迪尔和我们在一起，"阿卜杜尔·拉赫曼厉声说，"不，他不好。他大错特错。"卡哈法在另一条线上指示阿卜杜尔·拉赫曼："告诉他老婆，如果你想救他，那就叫警察停止行动。"阿卜杜尔·拉赫曼告诉她后，又补充道："否则我们就把所有人都杀了。"

又有人走进了房间。"和阿里说话。"阿卜杜尔·拉赫曼告诉联络员，把电话递了过去。

督察卡德姆记下了这个名字。阿里是阿杰马尔·卡萨布当初放弃的化名。他就是那个黄衣枪手。阿里一直在与乌默尔搜寻人质。

卡哈法向他打招呼，阿里回答说："全凭安拉的恩典，我们用腿踢开了门，点着了火。我们找到了5只小鸡。在家里都比不上现在这样能自由自在地到处晃悠。"甚至连枪手也诧异于没有遇到任何反击。"我们在3层、4层、5层游荡，等着他们来。但没有一个人上来。快叫那些王八蛋上来，来个人跟我们说说话，太没劲了。"

督察卡德姆给他的上司发短信。警察们还在等什么？

阿里受伤了。当他在宫殿大堂附近枪杀搜救犬及其训练师时，被一颗流弹击中了腿部，伤口现在正在大量出血。卡哈法把电话递回给瓦西。"你的腿怎么样，我勇敢的兄弟？"瓦西沉稳温和地说，用柔声细语抚慰着阿里。阿里抱怨说："伤口在流血，很痛。"瓦西建议："你去加热一些灰末，涂抹在伤口上。"

然后，卡哈法重谈正事：那个赤身裸体的老头是谁？他们目前只知道他来自班加罗尔。卡哈法尔下令道："问问老头他是谁。"

可以听到乌默尔对着拉姆大吼："名字、住址、宗教和种姓？"乌默尔拿起电话说："他说他有高血压。"乌默尔又对拉姆叫道："你是干什么的？"房间里，脸朝下的拉姆快速思忖着。绑匪是绝不会放过一个印度教银行家的，那他应该说什么呢？他唯一能想到的是，他还教过商科学生。乌默尔大声嚷道："他说他是教书的。"

卡哈法知道老师不可能住得起泰姬酒店，并告诉了乌默尔。后者质问拉姆说："老师的工资是2万卢比（约合250英镑），住这里，你要付一大笔钱（数十万）。你是走私的吗？我来跟你算算账。"乌默尔又火冒三丈。拉姆感觉到一把枪砸在他的肩膀、脑袋和胳膊上。"我要死了。"他心想。

卡哈法能听到一个声音在狂叫:"住手,他会死的。"然后是乌默尔的声音:"准备好了吗?你在哪里教书?哪所大学?你教过多少叛徒?杀害穆斯林,烧毁街坊。我要收拾你。"卡哈法又听到了尖叫声。这一次他没有阻止乌默尔。乌默尔咆哮道:"你父亲的名字?"

乌默尔回来对着电话说,人也冷静了下来:"K.R.拉马姆尔西。"

卡哈法停顿了一下。督察卡德姆能听到类似咔哒咔哒敲键盘的声音。卡哈法说:"等下,等下。K.拉马姆尔西博士?K.R.?设计师,教授?"

咔哒咔哒的声音继续着。

卡哈法正用谷歌搜索这个名字,还通过图像搜索起来。

"好,听着,他戴眼镜吗?"是的。"他是秃顶吗?"乌默尔对拉姆吼道:"把头抬起来。"然后回答说:"对,对,秃顶了。他的脸像狗一样。"卡哈法在网上找到了拉姆的简历,一个顶级人质。他很满意。

现在他提醒团队必须考虑换个地方,因为火势越来越猛了。"快点下去,"卡哈法说,"把[银行家]带下去。你亲手把他杀了。"那另外4个呢?"把他们聚到一起,然后开枪。"乌默尔建议道。他转向阿迪尔,笑了起来。"哈哈,服务生!你现在等待的只有一件事,那就是你的死亡。"

卡德姆督察听到一个古怪的像是吸吮棒棒糖的声音。他意识到这是卡哈法在笑。

拉姆试图逃避到自己的记忆中,他脑海中浮现出了建于7世纪的卡帕利锡瓦拉尔寺,坐落于金奈的麦拉坡。在那里,他曾每

围攻 177

天向许愿树的女神祈祷，他回顾着一步步通向中央神祠的路。但令人不安的噪音不断将他拉回 632 房：冰箱门被打开，有人在咀嚼巧克力棒；易拉罐被啪的一声拉开，然后咕噜咕噜喝光；还有并排躺在床上休息的 4 名枪手沉重而缓慢的呼吸。

第六章　火海通道

2008年11月27日，星期四，凌晨1点50分，马拉巴山

莎维特丽·乔赫利在马拉巴山的家中，看着电视里报道的泰姬酒店遇袭事件，回忆起2001年看到双子塔倒塌的电视镜头后那混乱迷失的几个小时。现在她自己的城市也陷入了火海，最负盛名的地标正被烧毁，她最好的朋友还滞留在里面。她必须做点什么。世界各地的广播公司都希望她能来指引方向，从正在撕裂这座城市的漫天谣言中找出一条路。但她无法理性思考。

酒店的低楼层仍然灯火通明，能看到客人们的身影在凝视着外面，而顶层却一片黑暗，除了这里或那里的一簇簇火焰。滚滚烟柱从屋顶倾泻下来。莎维特丽研究着这些画面，试图找到萨宾娜的房间。她在酒店面向大海那一侧的外立面上往上数到第六层，回想着下午躺在萨宾娜的床上的时候。"她在哪里？"莎维特丽对坐在她身旁的丈夫说。

她回忆起1990年代初，她在一家叫"禅"的中餐馆与三位女友共进午餐，餐馆位于德里市中心的康诺特广场，一个帝国时代的圆形广场，有很多餐厅、书店和冰淇淋店。萨宾娜到了，穿着

暗沉的灰黑色衣服。她们一桌人一边吃着印度十宝奶酪，一边对各自不在场的伴侣刨根究底。萨宾娜调侃着自己与山塔努·塞基亚的分分合合。塞基亚彼时是《经济时报》备受重视（和喜爱）的后起之秀，结过一次婚，这使得他在清教徒式的德里成了危险人物；更别说还有关于他前妻自杀的谣言。

吃蜜汁苹果甜点时，萨宾娜透露山塔努只是跟她玩玩而已。"甩了他，"女朋友们劝她，"他想鱼与熊掌兼得。"当天晚些时候，一个朋友打来电话说萨宾娜结婚了。"搞什么？我们下午4点才吃完午饭，那时她还没有结婚。"莎维特丽从一起吃午餐的朋友那里问到了后面5小时里发生的事。

莎维特丽开车把萨宾娜送到卡迪商店时，山塔努已经等在那里了。为了把她追回来，他向她求婚。想到午餐时好姐妹们的鼓励，她将了他一军："当然可以。但我们要马上结婚。"他们坐上山塔努的车疾驰而去，却被赶出了法院，因为法院不接受这种心血来潮。他们最终被带到一个不太有原则的祭司那里，愿意在没有公开仪式的情况下为他们证婚。之后，萨宾娜准备给父母打电话，想着怎么说出"我有消息要告诉你们"时，她的目光往下，突然意识到自己依旧穿着黑色的衣服。

往事浮现，莎维特丽微微一笑，眼睛仍然盯着电视。怎么是记者们在酒店周围跑来跑去，救援队呢？她又气又急，打电话到办公室，与编辑们达成了一个协议。她会为ABC电台报道，但不会为电视台报道。她的脸会泄露她的情绪。

位于纳格帕达的反恐小组总部，Shogi电话拦截系统运行良好，实时收集了自杀式袭击者与联络员之间的对话。有3部手机正在使用。一部是泰姬酒店4名枪手的，一部是三叉戟-欧贝罗伊酒店 2 名枪手的，那里有数十人在底层一家叫蒂芬的餐厅内及周边遇害，最后一部是哈巴德大楼里 2 名枪手，那里有一位美国拉比和妻子、2 岁的儿子及另外几人被扣为人质。反恐小组技术部门定时向反恐小组代理负责人、情报机构、邦政府官员和警察指挥部发送重点内容，包括拉克什·马力亚，他在克劳福德市场附近的警方控制中心里。

恐怖分子的身份及其控制室的位置仍是一个谜。每个人也在绞尽脑汁地破解这些硬数据。身处孟买的枪手似乎在拨打奥地利的电话号码，又在接听美国的电话号码：+1 201 253 1824。美国情报界的粗略评估显示，反恐小组发现的并非美国或欧洲的恐怖团伙，而是他们以前从未遇到过的：互联网电话网络。身处印度的枪手拨打一个远程中继，然后电话被转接到他们的联络员，反之亦然。这些联络员的控制室可能在地球的任意之处，甚至可能就在克拉巴的反恐小组眼皮子底下。刑事分局兢兢业业的二把手德文·巴蒂只能继续坐在车后座上，膝上放着笔记本电脑，等待着下一个电话响起。

泰姬酒店内的手机很快又响了起来，德文·巴蒂的手下用测向仪追踪着信号，敲着克拉巴众多酒店的一扇又一扇房门，而督察卡德姆和反恐小组在继续监听。

"愿真主赐你平安。"反恐小组现在已熟悉了这个声音。是联络员瓦西，打电话给带着 5 名人质藏在泰姬酒店 632 房的 4 名枪手，想要了解最新的情况。从电视画面中，瓦西可以看到火焰正从屋顶窜下，他的人需要转移到楼下去。

"也赐你平安，我们找到了一个房间，在 [5 楼]。"说话的是枪手阿里，穿黄衣服的那个。他一直在搜寻一个可以让他们躲过熊熊大火的房间。

瓦西询问他们是否已经转移了人质。还没有，阿里回答说，乌默尔在下面做准备。

瓦西催促他们赶紧行动："在楼上的房间放火，然后下来。"一如既往，阿里很是顺从："真主保佑。"他们需要保持这样的劲头，看好人质。瓦西告诉他："我的朋友，你知道该怎么做吗？把人质带下去，确保安全。警察肯定正在过来。不能让警察靠近。"他们必须保持警惕，因为当局必定很快就会发动突袭。

反恐小组给警局的控制中心发了警报。必须联系上帕蒂尔和拉吉瓦德汗。泰姬酒店的枪手们正准备下楼，在商量如何对付警察："枪手们跃跃欲试，求战心切。"

阿里准备去检查下楼的路线："好，现在我们要走了。真主保佑，从那里过来，我们就给他们来个出其不意。真主保佑。"阿里独自一人下楼时，瓦西提醒他想想他受过的训练："手榴弹。记得，准备好扔手榴弹。"但是5楼的富丽堂皇让阿里分了心。"听我说，"他对瓦西说，"入口的门太棒了。大大的玻璃门。"

瓦西忧虑起来。玻璃会给他们带来麻烦。他们会被外面的人一眼看到，而且如果玻璃碎了，他们也会被切成碎块。但阿里没有在听，他的语气充满惊叹："房间很坚固。找不到比这更好的房间了。它很大，棒极了。有许多镜子，而且非常安全，有两个厨房，有一个卫生间，有一个储藏室。到处都是镜子。"他们会把他们的人质藏在这里，然后去追杀警察。

反恐小组发消息给警局控制中心。情报机构也发消息给拉吉瓦德汗。他们必须马上撤离闭路监控室。

瓦西还是满心忧虑，想知道有没有必需品："那里有水吗？"阿里对黑衣恐怖分子乌默尔喊道："这里有水吗？"他回答说有。

瓦西说："身边备好一桶水。备好毛巾和水，因为毛巾会救你们的命。如果他们投掷催泪弹，水和毛巾会救你们一命。"

阿里信心十足，回去接人质："好，今晚看我们的，真主保佑。"联络员瓦西还有一条建议。"你把每个人都绑起来，再带他们下去。绑紧，确保一个也别遗漏。"这一次，阿里比他先想到了："我已经把他们都绑好了，绑得非常结实，他们连头都抬不起来，感谢安拉。"瓦西像学校老师一样重申命令："在楼上点火。"设置好炸弹，然后把人质带下去。

反恐小组再次发信息：有炸弹，袭击可能马上发生。他们为还在闭路电视监控室里的人担忧不已。

阿里说："为我们祈祷吧。"他确实有个小问题，腿上的枪伤。"因为我的腿，我不能随心所欲。走路的时候太疼了。"瓦西安慰他说："别担心，安拉会帮助你的。"但阿里担心自己会成为累赘："这本来是我一个人的活，但现在每个人都得上。我的腿拖累了我。向安拉祈祷，让我的腿恢复正常。"

凌晨 2 点 30 分，632 房

楼上 632 房内，一张脸紧贴着拉姆的耳朵尖叫："站起来，胖子。"银行家被绑得实在太紧了，他痛苦不堪，手腕和脚踝都在流血。"快点，老头子，动起来。"红衣枪手喊道，不耐烦地踢他的肋骨，好像他是流浪狗，之后注意力转向了别处，被一个同伴叫到了外面走廊。

拉姆有了片刻喘息的机会，他的全身都在疼。他躺在那里，尽力放空自己的头脑，嘴里不自觉地哼起了一首曲子。这是卡纳蒂克女歌手马杜赖·苏布拉克什米唱的哈努曼①赞美诗，他小时候听过无数次："你手里拿着一道闪电和一面胜利的旗帜，还把圣线缠在肩膀上。"

"啊啊啊。"拉姆被一名枪手拉回了现实，枪手提着缠绕在他脚踝上的圣线把他拖了起来。他发出尖叫，一个枪托顶进了他的腰背处。"有没有在听我们说话？"成为人质的荒谬让拉姆愤怒不已，被俘让他动弹不得，无能为力，又因动弹不得而深感挫败。他们这样殴打他，打到他无力承受痛苦，竟然还指望他给出清楚连贯的回答。他泪流满面，想知道这些年轻人的生活中究竟发生了什么，把他们变成了这样的暴徒。

在拉姆的家乡库塔拉姆村，穆斯林一直是当地的治疗师，可以进入每家每户，谨慎地守护着每个家庭最隐秘的故事。拉姆一辈子都没有经历过教条主义和宗教组织的政治活动，也一直远离宗派主义。现在他挣扎着抬起头来。阿里，那个黄衣枪手，抵着门让门开着，而阿卜杜尔·拉赫曼，那个红衣枪手，则在房间里点着了火。他们在干什么，烧毁自己的藏匿之处？突然，气流涌出，随后是震耳欲聋的轰隆声，巨大的声浪将一切东西抛向空中。就连枪手们也一脸惊诧，紧紧靠着颤动的墙壁。他们都干了什么？枪手们面面相觑。他们引爆了第二枚炸弹，就在 6 楼，它的爆炸威力远超所有人的预期。他们开始喊叫："起来，起来，快起来。"这座古老的建筑还能承受多少这样的事？拉姆不知道。他只知道自己已是山穷水尽。

仍然赤身裸体的他被推着往前走，跟在其他人之后。5 名伤痕累累、茫然无措的人质拖着脚步走出房间，进入烟雾弥漫的走

---

① 印度神话中的神猴。——译者

廊,这一幕被一台只剩一半功能的闭路电视摄像头拍了下来。黑衣枪手乌默尔,站在门外守卫。池畔服务生阿迪尔走在前面,赤裸的拉姆拖拉地走在最后面。"你,胖子,我们要杀了你,"红衣枪手尖叫着,抓住拉姆的肩膀道,"如果你再停下一次,我就亲手开枪打死你。"阿迪尔假装气喘吁吁,放慢脚步,在拉姆身边停下。"他们真的会杀了你,"他用英语低声说,"拜托了,尽量跟上我们。"他们的周围,一切都在燃烧:熊熊烈火吞噬了壁纸和家具。天花板的木梁噼噼啪啪地裂开,呛人的烟灰在他们的头上飞旋。很快,一切都会被烧成灰烬,除了大楼的钢架。

他们被带着通过一个服务门,走下混凝土楼梯;楼梯间感觉像药膏一样清凉。然后他们被推回5楼,进入一个有滑动玻璃门的豪华套房。拉姆可以看到衣服和财物散落在四处,某位客人已经惊慌失措地逃跑了,他希望他们已经成功逃脱。5名人质被要求伏在地上,拉姆听到了金属的咔嗒声。他转过头,迷惑了片刻。枪手们似乎也正在这个房间周围放置手榴弹。当大火烧到这里时,一切都会灰飞烟灭。

往下三层,弗洛伦斯·马尔蒂斯在文具储藏室里,应急灯熄灭了。她感觉到大楼在颤动,"嗖嗖声和沉闷的隆隆声",整个酒店似乎都在摇摆起伏。之后,数据中心陷入了黑暗。

空调机组吸进了什么,逐渐停止了运转,寂静吞没了整个房间。还有什么东西正通过空调系统进来,她能感觉到它的气流。弗洛伦斯把脸贴近其中一个空调装置,结果马上后退干呕。烟雾吹进了数据中心,弥漫在房间里。

她挣扎着站起来。这时她的工作手机嗡嗡作响。"我们是安全部队,女士,你在哪里?"她快要获救了吗?"我在。我不知道。"

她结结巴巴地说,被烟呛到了。"我在……"弗洛伦斯开始咳嗽。烟雾进了她的肺,她说不出话来了。

"慢慢说。你在哪里?"

"我在……"烟雾刺痛了她的眼睛,她的大脑也开始昏昏沉沉。她意识不清,还要努力不让自己晕倒,这时她已经感觉到胆汁在胃里向上翻腾,手指像被针扎了一样刺痛。电话断了,然后又响了起来,这次是一个不同的声音,像温暖的毯子一样包住了她。"弗洛伦斯,弗洛伦斯。"是福斯廷。"爸爸!"她低声说。"弗洛伦斯,我来救你。"他正说着考勤室的什么事时,她听到一声哔哔声,低头一看,手机已经关机了。她得找到她的个人手机和充电器。

她在房间里四处寻找,又惊恐地回来了。数据中心的大门已经不见了。她坐了下来,浑身颤抖。门被爆炸掀翻了,现在没有东西挡在她和枪手之间。她必须快点想个办法。环顾四周,她发现了一张桌子,就钻了下去,那里勉强容得下她。她扭着身子直到靠墙坐平,膝盖顶着下巴。她伸出手去抓了一把椅子,把它滚过来,在桌子下塞好,工作站看起来就像空无一人。

拐角处,闭路电视监控室也陷入了黑暗,爆炸将帕蒂尔的队伍掀翻在地板上。拉吉瓦德汗给一名正徘徊在泰姬酒店外围的调查分析部资深探员发消息:"炸弹在6楼爆炸。人质在移动。"

然后,自动喷水灭火器开了,温水倾泻在每个人身上,室温飙升了10摄氏度。闭路电视监控系统嘶嘶作响,苟延残喘,即将让他们失去唯一的优势。门外可以听到像瀑布一样的轰隆声,使得木制门框嘎嘎作响。摇摇晃晃的帕蒂尔站起身来,擦了擦脸。此时已是凌晨2点45分。

酒店外面，卡拉姆比尔·康站在那里，悬着一颗心。他给闭路电视监控室的酒店保安发短信，希望能有好消息。上一次有他妻子的音讯是凌晨 2 点刚过的时候，当时她给总机发了消息，试图联系到他。现在她的电话响着，却无人接听。而卡拉姆比尔不断接到滞留在酒店内部的员工的电话："大楼着火了，屋顶着火了，圆顶着火了。"他该叫他们留在原处，还是碰运气逃走试试？这么多条生命正命悬一线，他无法对此负责，但又必须对此负责。酒店保安回复了一个坏消息。他们将不得不撤出闭路电视监控室，因为感觉它正在烈焰中融化。卡拉姆比尔走出人群，一次又一次地尝试联系妻子。

在闭路电视监控室内，"黑西装"普鲁·佩特沃和其他几名泰姬酒店员工想出了一个计划。他们知道沿着走廊有一部货梯，很容易过去，可以把他们带到底层的诺斯科特出口附近。但帕蒂尔不同意。他有其他想法。他想前往中央大楼梯，这是逃离大火最直接的路线。拉吉瓦德汗一言不发，还在想着爆炸的事。当爆炸的冲击波穿过他们时，他本能地张开了嘴巴，正如一名有经验的步兵在子弹从头顶飞过时所做的那样，通过感受空气的引力来确定狙击手的方向。他估计刚才爆炸的极有可能是 8 到 10 公斤的 RDX。基于他在加德奇罗利时积累的经验，他知道至少需要那么多的军用级炸药才能让人有这种感觉，就像是把泰姬酒店这样规模的建筑物从地基上震起。

使用 RDX 很能说明问题。它是白色发烟硝酸和六胺的混合物，在极端高温下也很稳定，并且很难被意外点燃。所有这些都使它非常适合军队——其效力也是如此，是商用 TNT 的 1.5 倍。同样，这也使之成为恐怖分子的一个不错选择，因为他们周围到处都是屠杀和炼狱。他认为，枪手两两结对的队形，人质的劫持，

围攻　187

武器的选择，RDX 的使用，无不说明他们训练有素，斗志高昂，并且有某个国家在背后支持。这种恐怖分子很难对付。

拉吉瓦德汗朝帕蒂尔转过去，帕蒂尔还在继续与佩特沃争论逃生路线。帕蒂尔在战术意识上有所欠缺，但他用胆识弥补了这个。拉吉瓦德汗正这样想着，他的手机再次振动起来，是邦情报局局长。"现在就出去，"他发消息说，"他们在谈论一转移好人质，就炸毁闭路电视监控室。"闭路电视监控室和枪手所在的 5 楼，中间只隔了 3 层楼和走廊上 50 码长的步行距离。这给了他们大约三四分钟的时间不和枪手迎面撞上。

"每个人都马上出去。"拉吉瓦德汗大叫道，猛地推开闭路电视监控室的门。他们十几个人跌跌撞撞地走了出来，进入一条正在燃烧的通道，火焰燎着了他们的头发和皮肤。帕蒂尔让大家排成一个长矛状队形，他们需要弯腰快速通过。"我们要去大楼梯那儿。"帕蒂尔不顾佩特沃的警告咬定道。拉吉瓦德汗会在中庭开枪掩护他们。他们有一把半自动枪——克拉巴警察局一名督察的司登冲锋枪，但没有足够的子弹来持续开火。

他们缓慢前行，大火的温度太高，以至于自动喷水灭火器喷出的水都变成了蒸汽。一股股烟尘升起，撞到蒸汽，变成湿烫的薄片落下来。帕蒂尔走在最前面，拉吉瓦德汗在他身后，后面跟着帕蒂尔的无线电操作员。再后面是克拉巴警察局的资深督察迪帕克·多尔，最后方是 3 名邦后备警察部队（SRPF）警员。当他们转过拐角面向大楼梯时，枪声响了起来：突，突，突。两把 AK-47 在他们上方往下射击，子弹在大理石上迸出火花，射进踢脚线。拉吉瓦德汗瞥见楼梯上有两具尸体，此时更多的子弹打来，把队伍打散了。帕蒂尔向前推进，紧随其后的是他的警校同学拉吉瓦德汗，正对着中庭连续射击。接下来是多尔督察和无线电操作员。然后多尔惊恐地看到一个巨大的火球滚上前,击中了帕蒂尔和拉吉瓦德汗,将他们打翻在地。他盯着这火,顾不上脸被灼痛。火球爆炸了,留下一缕烟尘。警官们都不见了。他简直不敢相信。只剩他们了。只剩他了。没有人能在火球中幸存下来。

  督察惊恐万分,环顾四周。现在他是级别最高的警官了,他需要想出一个计划。但"黑西装"普鲁·佩特沃并没有等着。他看到楼梯平台上有一个沉重的古董木箱,就飞奔过去,躲了进去。"看不见,就伤不着。"他对自己说。多尔震惊地四下张望,发现帕蒂尔手下年轻的无线电操作员中枪了。

  多尔跪下来,爬了过去。男人的肠子从他肚子上一个拳头大小的洞里溢了出来。多尔用手按住伤口,尽量不让里面的东西往外流,止住血,从外套上撕下一条布来填这个敞开的洞。他用一只胳膊紧紧夹住这个 21 岁年轻人的腰,手指勾进皮带,把他靠着墙支撑起来。一枚手榴弹在附近爆炸。多尔的耳朵嗡嗡作响,被强光照得头晕目眩。然后,他看到一名邦后备警察部队的警员倒地,被飞溅的弹片切得血肉横飞。多尔条件反射地转身躺下开火,直到子弹打完。第二名邦后备警察部队的警员倒下了,躺在地上抽搐,看起来情况危急。多尔想办法过去,发现警员胸部中弹,像被钩破的气球一样在慢慢泄气。多尔把他拖到腿上,警员咬着牙,血液和空气从身上好几个洞眼往外流。"没希望了,"多尔低声对自己说,"他的血要流光了。"

  枪声再次响起。"我们只能丢下他。"多尔说,转向其他人,他们都在他身后战战兢兢,流着血。"去闭路电视监控室!"他从那名受了致命伤的警员身上翻下来,站起身,按原路跑回去,拖着帕蒂尔的无线电操作员。子弹在中庭砰砰飞过。但闭路电视监控室现在是一个冒着烟、没有门的洞穴。

上面5楼，枪手在整个交火过程中一直与他们的联络员瓦西通话。反恐小组技术部门的督察卡德姆在全程监听，惊恐万状。

阿里气喘吁吁，有些分心，因为机枪在扫射。瓦西问他怎么了。"发生了一些事，"阿里按他一贯的刻板风格回答说，"所以开了下枪。"他放下电话，让它还在通话中，而瓦西叫嚷着想要更多的信息："什么？发生了什么事？"电话里一阵杂乱的脚步声，然后线路里传来另一个声音，反恐小组听出是毒打人质的那个乌默尔。"喂，喂，"瓦西喊道，"发生了什么事？"

每个在听的人都能听到子弹的砰砰声，以及手榴弹的轰隆声。瓦西想知道谁在朝谁开枪。"喂？"他对着电话喊道，"传来的是什么声音？"乌默尔一边开枪，一边对着电话喊道："枪，他们来了。我想有人上来了。"瓦西想知道细节："发生了什么事，乌默尔？"但枪手已经放下电话，沿着走廊跑去与警察交战了。而在下面，多尔督察抓着另一把武器，正躺着向上开枪。瓦西问不到想要的信息，听起来很懊恼。

反恐小组和瓦西听到了脚步声以及更多的枪声，是乌默尔沿着走廊跑回电话那里。枪手们计划着把他们自己和人质隔在新据点，即5楼的豪华套房："好，现在我们关好门？"不，这恐怕是最糟糕的策略，瓦西劝道。他发出警告："确保你们4人不在同一个房间，明白了吗？一定要记住。"瓦西告诉他们要持续开枪维持火力网："当你们觉得有人靠近并威胁到我们了，就把他们撵走。"乌默尔明白了。"真主保佑，我们会把他们撵走。"他喊道。

电话里传来另一个声音。反恐小组将其标记为"公牛"卡哈法。如果说有谁深谙近距离作战机制，那就是他了。"愿真主赐你平安,"他冷静地说,"你们在哪层楼?"

乌默尔一边开枪一边回答:"我们在顶楼的下一层……"他话没说完就停了下来。"等一下,他们对肖艾布开枪……我们就说到这里吧。"他挂断了电话。

卡哈法又打了过来,平静地说:"不要挂电话,我们正听着。"现在所能听到的只是持续交火的隆隆声。乌默尔简短地回答了一句:"等一下。"他刚喊出口,手机就哐当一声摔在地上。卡哈法像赛场边的教练一样大声喊道:"记住,变换位置。变换位置。"沉默。"好的。"乌默尔最终回答道。"肖艾布对那些人开枪了。"他有些气喘地说,但很乐观。卡哈法为他们鼓劲:"变换位置;不要坐在一起;扔手榴弹。"乌默尔再次扔下电话,卡哈法和反恐小组听着鞋子的咚咚声沿着走廊远去。

枪声噼啪作响,手榴弹轰隆不休。"喂?"乌默尔回来了。卡哈法问道:"他们是从楼上还是楼下来的?"他们还占据着制高点吗?警察被压制住了吗?乌默尔上气不接下气地说:"我们不知道。"他听起来不再冷静。卡哈法给出了一个办法,四名枪手应该分成两队。"各带几个俘虏。"他命令道。

但乌默尔心不在焉。"等一下,我等会跟你说,"他喊道,"要喝水。"卡哈法妥协了:"行,我会继续听着;你去忙。"然后,他跟旁边的瓦西低语,他们都在马里尔镇的虔诚军控制室里。警察所在的位置遭到了袭击。"肖艾布对他们开枪,所以他们跑了。"他们必须充分利用这个优势。卡哈法对着电话喊道:"分成两队;分开人质。"

但他所能听到的只有乌默尔在咕哝和尖叫。希望他没有崩溃。"乌默尔,乌默尔,祷告,兄弟,安静一点。乌默尔,别再乱叫。"卡哈法又换了一招:"乌默尔,乌默尔,扔手榴弹。"没有反应。

"乌默尔，乌默尔，开火，我的朋友，开火。"他们被打败了？他对着电话喊叫，用上了通常有效的一招。"有2万卢比等着你，"他说，"只要你干掉他们。"

但乌默尔消失了，尽管电话并没有中断。反恐小组和卡哈法可以听到新的声音在说话：男人们在用英语和马拉地语低声交谈。"打开它，伙计，"一个声音说，"快点解开。"反恐小组想知道还有谁在那里。"先松开他的手。"纳格帕达的反恐小组猜测一定是那些人质在试图逃跑。乌默尔在哪里？又有一个新的声音响起："就这样。现在打开窗户。"警察从3楼成功地上去了？"砸碎玻璃。"

卡哈法对身旁的瓦西悄声说："我想是别的什么人在说话。"4名枪手怎么了？"军队在说话，手机摔了；有人正在破门。"卡哈法说，语气里带着困惑。"乌默尔？"他喊道。没人回答。电话里是连绵不绝的窗户爆开的声音。

"他们已经殉道了，"卡哈法低声说。"赞美归于安拉。"

下面2楼，中央大楼梯的平台上，"黑西装"佩特沃还在大木箱里，几乎要窒息了。他等着，数着，直到枪声中断了一会儿。然后他掀开沉重的盖子，跳出来，逃向一个食品储藏室。在那里他看到一根消防水管，于是打开水管在自己周身喷了一圈，形成了一个湿漉漉的缓冲区。

走廊远处，在闭路电视监控室附近，多尔督察可以闻到自己的衣服和皮肤灼烧的味道。他注意到一排灭火器，但子弹和手榴弹不断向他的位置飞来。飞溅的弹片嵌入了肌肤，让他的手和胳膊刺痛不已。队伍里的每个人都被割伤和烧伤，有三个人已经倒下。督察曾在联合国对塞浦路斯的一次任务中接受过加强版的灭火训练。他回忆起那位教官曾是一名巴基斯坦军官。"现在我要灭火,把自己从巴基斯坦人手中救出来。"他告诉自己,跑去拿灭火器,拔掉保险栓,向他周围的人喷去。他胳膊上的皮肤起了水泡,脸像是被剥了皮,用手梳一下头,头发就脱落了。他的眼睛盯着下一个灭火器。"我们走。"他喊道,鼓舞其他人继续前进。

他一边灭火,一边奔跑,火苗在他们四周舔舐。他跑到一扇门那里,踢开进去,身后的人也跟着他陷入一片清凉的黑暗。"这是神的恩典,"他对自己说,"我们差一点点就死了。"他推开另一扇门,隐约可见一名消防员在前面,示意他们快跑。狂喜之下,他意识到他们已经到达了出口。多尔督察贪婪地呼吸着新鲜空气,跪倒在地。一名护理人员跑了过来,陪同的是克拉巴警局里他熟识的一名警察。"名字和警衔?"警察问道。"多尔。督察,"他喃喃地说,疑惑这人怎么把他当成陌生人对待。这个傻瓜是怎么回事?他的指尖摸上自己的脸,发现一个个巨大的水泡。原来大火已经把他烧得面目全非。他示意警察靠近。"我有非常糟糕的消息,"他说,声音干裂嘶哑。"我们折损了很多人。殉职的人当中有帕蒂尔长官和拉吉瓦德汗长官。"

5楼的520房,5名人质手脚被绑,躺在黑暗中,烟雾从枪手离开时打开的门里涌进来。银行家拉姆拼命扭动身体,挣扎着去解开流血的脚踝和手腕上的束缚。他身旁的阿迪尔·伊拉尼低声说:"先生,他们走了。我们得离开这里。"在这个昏暗的、烟雾呛人的房间里,他们两人几乎看不到对方。床的远端,另外三人呜咽道:"我们要被烧死了。"

拉姆翻过身。他用尽全力,挣扎着站起来,把一只手挣脱了出来。"找点东西给我们松绑。"阿迪尔催促道,拉姆一瘸一拐地走到梳妆台前,手指探寻着中间的抽屉。拉开抽屉,他摸索着里面,摸过祈祷书、一个装着书写纸的文件夹和一个细长的装着棉球的信封。没有剪刀。他叹了口气。在梳妆台上面摸来摸去的时候,他的指尖掠过某种金属样的东西。一把钝的水果刀。总比没有好。他抓住了它,并努力去看清绑住阿迪尔的绳索。

在反恐小组总部,还有卡拉奇马里尔镇的虔诚军控制室,听电话的人仍在试图破译乌默尔落在地板上的手机里传出来的声音。可以听到一个男人在挣扎:"不,这不是割。不能用刀这样割。"卡拉奇的"公牛"卡哈法疑惑自己之前判定枪手已经殉道是否过于仓促。"乌默尔?"他满怀希望地喊道。

拉姆放下刀,走回到抽屉那里,发现一个针线包,里面有小剪刀。他在房间里跌跌撞撞地走来走去,给每个人松绑,直到全部五人都坐在一起揉搓他们的手腕和脚踝,在有毒的烟雾中喘息。敞开的玻璃门外,火焰像滚烫的熔岩一样流动。他们仍然被困在这里。管家斯沃普尼尔伸出手滑动玻璃门把它们关上,用湿毛巾堵住缝隙。他们的肺被烧伤了。怎样才能逃出去?阿迪尔先开口了:"我知道我们在哪里。窗户,是唯一的出路。"

年轻的服务生将一个沉重的垃圾桶向玻璃扔去,砸碎了一个窗格,整个窗框也在玻璃爆裂后坍塌了。随着烟雾冲出去,新鲜空气也涌了进来,他们贪婪地呼吸着。拉姆心中第一次升起了希望,看着服务生爬出去,在窗台上大声叫唤。天空中除了几颗星星闪耀着,一片漆黑,酒店的瓦片屋顶上,墨色的阴影斑斑驳驳。

反恐小组和卡拉奇的控制室都听到了阿迪尔的叫喊:"救命,救命。"

卡哈法喃喃道:"乌默尔?"没人回答,只有刚才的声音在大喊:"救命,救命。"

阿迪尔招手叫其他人质过来,指向下面。他们位于南翼的顶楼内角,面向泳池。下方是下面一层楼倾斜的三角墙屋顶,再往下三层,是横跨水晶厅顶部的混凝土露台。"我们可以往下爬到那里。"阿迪尔说。拉姆面露惧色。"来吧,先生。"阿迪尔催促道。他瞟见下面有什么东西在往下移动。他听到脚步声,还看到一个身影匆匆跑过露台。是枪手吗?他研究了一下这个身影,确定是普鲁·佩特沃。"黑西装"从闭路电视监控室逃出来后,又逃脱了二楼的大火围困,安然无恙。阿迪尔大着胆子,挥手叫喊,试图引起佩特沃的注意。"救命,救命。"然后他发现佩特沃并非孤身一人。5名客房服务人员和他在一起,他们也在向上挥手。阿迪尔低头一看,发现他们是在向别人示意。

反恐小组和卡拉奇的控制室里的人听到一个声音在向房间里的其他人介绍外面的情况:"他们在说什么?是酒店的人。"阿迪尔探出身子,发现一个女客人就在他的下方,挂在排水管上。他能听到她的抽泣声。她浑身僵硬,簌簌发抖。佩特沃喊道:"拜托,女士,继续往下。不要害怕。"下面的每个人都看着她缓缓挪下来。然后她又停住了,摇着头。

小心翼翼地走到三角墙屋顶上,阿迪尔终于看到了全景。一名男客人躺在下面的露台上,双腿以一种不自然的角度张开。像很多人一样,因在遇袭酒店6个小时却看不到任何救援迹象后,这人决定冒一次险。但他摔了下来,砸在了混凝土上。他看起来似乎已经死了。佩特沃与其他人带着毯子和羽绒被跑了过来。"跳下来。"他们对那个女人喊道。阿迪尔从上面看着她松开排水管,从空中翻滚下来,掉进床上用品的褶皱堆里,随即被抬下露台。她活下来了。

佩特沃折回来,终于发现阿迪尔坐在三角墙上。他示意:"等一下",然后跑进去,带着一卷消防水管回来了。他打手势让阿迪尔把它拉上去。阿迪尔对着他叫喊,反恐小组和卡拉奇的控制室都听到了他的声音:"等下,伙计,我告诉你,你不能从那里过来。"

佩特沃还带了别的东西,是一根用床单做成的绳子,他把它绑在沉重水管的一端,又把另一端卷起来,然后用力向上扔去。一次,两次。阿迪尔把腿挤进三角墙的框架里,终于抓住了那根临时拼凑的绳索,用它把沉重的消防水管拖了上来。

反恐小组和卡拉奇的控制室听到房间里有人发出了声音。是管家试图把自己编好的绳子绑在佩特沃的绳子上。"这个窗帘比那个窗帘厚。把枕头拿去。"他们把绳子和水管连接到三角墙屋顶上,现在他们俩必须双手交替滑下去。主动提出先行的阿迪尔离开了屋顶,扭过身子面朝大楼,让水管承受他的重量。他坠入了一个没有空气、只有天鹅绒般黑暗的世界,失去意识前脑海中最后一个念头是,还好其他人没有看到下面那个男人坠楼的场景。

反恐小组和卡拉奇的控制室听到520房的人在大喊:"绑起来,绑起来,拉朱。他吊在那里了。"阿迪尔晕过去了。拉姆对客房服务生拉朱·贝格尔大叫,佩特沃几人则拉紧水管,祈祷阿迪尔不会摔下去。但绳子还是从他手指上快速滑过,他摔了下去,以一种让人感觉不妙的声音重重砸在地上。"他死了吗?"惊恐的拉姆问道。由于三角墙屋顶的角度,他们现在看不到阿迪尔。520房中剩下的人四处摸索,寻找另一个出口。没有找到出口,但他们发现了那个遗落的手机。

反恐小组和卡拉奇的人听到了脚步声,还有说话声。拉朱·贝格尔:"我想你的手机在这里。"拉姆:"不,不,这是你的手机。"然后大家恍然大悟,这手机不属于他们中的任何人。拉姆:

"那是谁的？"一阵停顿。"嘿，可能是炸弹之类的，别碰，把它扔掉。"然后是砰的一声。

在卡拉奇，"公牛"卡哈法最终挂断了电话。

下方露台上，阿迪尔苏醒过来，凝视着佩特沃的脸："你还好吗？"他胸腔刺痛，肋骨好像断了，脚在流血。但他还活着。"你晕倒了，伙计。"他听到佩特沃说着，给了他一个大大的拥抱。后方，他可以看到客房男服务生们在抬起另外那名坠楼客人的身体，是39岁的德国电视制片人拉尔夫·伯凯，后来因伤势过重去世。他的妻子克劳迪娅在慕尼黑家中，错过了他的最后一通电话，他在电话里说他要想办法爬出酒店。她要到好几个小时后才得知他的死讯。

阿迪尔用尽全身力量站了起来，一瘸一拐地走到520房人质的视野中，他捂住肋骨部位，向他们挥手。"下来，你们一定要试试。"他喊道。坐在屋顶边缘的管家斯沃普尼尔笨拙地调整了身体重心，犹豫了一下，然后开始用绳子绕着双腿下降，没有发出半点声音。接下来是客房服务生拉朱·贝格尔。最后剩下拉姆和行李员苏尼尔·贾达夫了。他们面面相觑。谁是下一个？摆在他们面前的任务难得像特种部队的障碍训练。苏尼尔示意自己宁可冒险一试也不愿留下来，然后他缓缓挪到窗台上，扭过身体，滑了下去。

拉姆孤身一人，听着身后噼里啪啦的大火，脑袋乱得像在洗牌一样。他坐在窗台上，双腿悬空。他锁骨疼痛，背部和臀部伤痕累累。他渴望活下去，但他的身体已经承受了太多。他可以看到每个人都在向他招手。"来吧，拉姆。请试一下。"但他也看到了他们抬走德国客人的身体。他做不到。他眼里蓄满了泪水，感觉自己又虚弱又年迈。拉姆爬回烟雾笼罩的房间,倒在床边。他闻到了蜂蜡和檀木的芳香气味,听到了配膳室里响起的铃声,温暖的双脚踩在凉爽坑洼、一千年来已被朝圣人群踩得光滑的石板上。他回到了麦拉坡的卡帕利锡瓦拉尔寺,许下一个愿望,就像他一生中无数次那样,恳求女神给他自由。他吟唱着。"何去何从?"

他睁开眼睛,看到地板上摊着一些睡衣,想起自己还裸着身体。穿上衣服后,他下定了决心。他从地板上捡起湿毛巾,缠在脸上和肩膀上,推开玻璃门,踉踉跄跄地冲入烈焰。他要活下去。

第七章　长夜漫漫

2008 年 11 月 27 日，凌晨 3 点

　　泰姬酒店以北 1 英里处，莎米安娜咖啡馆的经理阿米特·佩谢夫在孟买医院的走廊里踱来踱去，原本整齐分开的头发凌乱不堪，黑色西装上沾满尘土，白色工作衬衫飘动着。他的样子看上去就像被龙卷风吸进去又吐出来一样。医院那一条条无窗的走廊笼罩在刺眼的霓虹灯下，很难知道此时这位伤者的昏暗世界究竟是白天还是黑夜。一股腐烂的血腥味渗透进所有的东西，悲伤的哭声在楼梯间里回荡。

　　刚过去的 5 个小时，阿米特好几次与死神擦肩。他眼睁睁地看着一名服务生被枪杀。他在枪林弹雨中把 31 名就餐客人聚到一起，又目睹两位客人被处决。他自告奋勇去寻找一个失踪的孩子，还与一名枪手正面遭遇，枪手向他开枪，随后又投掷了一枚手榴弹。他所热爱的城市遭遇的这一切，让他的脑海里充满了恐惧。

　　从泰姬酒店逃出来后，阿米特护送一名受伤的英国客人来到医院，在血迹斑斑和受伤的人群中奔波、逆行，一路上得知了其他几起多重袭击。英国客人被收治住院时，一名女子从英国拨打

他的手机，透露自己的妹妹（即该男子的妻子）失踪了，她最后一次被人看到时正逃向泰姬酒店大堂的那烂陀书店。"请帮我们找到她，"男人的妻姐恳求道。阿米特记下了这个心急如焚的女人的号码，承诺会尽力而为，然后他给总厨赫曼特·欧贝罗伊发短信，希望被召回酒店。但上司坚持要他留在医院。"医院里也有你可以做的事。"

阿米特在病房外心神不宁地游荡着，想找根烟抽，直到午夜，他注意到一个蓬头垢面的欧洲女人坐在地上，穿着血迹斑斑的沙尔瓦卡米兹。他走过去时，她吓得直往后缩。但他温和地哄着她，知道了她的经历。她说自己叫莱恩·克里斯汀·沃德贝克，是挪威游客，在利奥波德遇袭。"我的男朋友受了重伤；他流了很多血。我看到了非常多的尸体。"阿米特听着，觉得难以置信。这还是他第一次听到咖啡馆遇袭的细节。

他们走到医院门口抽烟时，阿米特发现了一个水槽。"洗把脸吧。"他提议道。"好的，我的天使。"莱恩说，想到这个孩子气的餐厅经理差遣她这个年纪大他一倍的人，第一次露出了微笑。她把头发、脖子、脸和衣服上那层干涸的暗红色血迹擦掉后，他能感受到她的情绪有所缓和。他把自己的外套递给她，让她擦干自己。

莱恩恢复了一些精神，敞开心扉，跟阿米特说起了阿恩，说一颗子弹是如何从眉毛到颚骨切过他的脸，还切断了他三根手指的指尖，现在一位外科医生正努力把它们接上。她描述了她惨遭不幸的朋友米图，在咖啡馆的地上因失血过多而身亡。她泪如雨下地解释自己不得不把米图留在那里，拖着男友在城里四处寻找医院。

就在阿米特和莱恩去外面抽烟的时候，枪声响了起来。阿米特不敢相信，跑回里面，这时有人尖叫道："**卧倒！**"但是莱恩到哪去了？她逃进了一条狭窄的小巷，被困住了。当阿米特再次找到她时，她正对着墙歇斯底里地嚎叫。他急忙把她带回里面。"快进电梯。"他催促道，按下了 6 楼的按钮。上楼后，她瘫倒在地上，嚎啕大哭。阿米特让她平静下来后，留下她紧抓住男友被鲜血浸透的衣服，听着电梯的叮当运行声，吓得不敢动弹，害怕枪手上来。"祝你好运，莱恩，"他轻声说，"我得走了。"

下楼后，阿米特回到了受伤的英国客人身边，并从医院搬运工那里得知刚才的枪声来自朗巴文巷，三位高级警官在那里遇到伏击并罹难：赫曼特·卡卡拉、阿肖克·卡姆特和萨拉斯加督察。阿米特想，如果这样的人都会死，我们其他人还有什么希望呢？他害怕极了，迫切想回到泰姬酒店的同事身边。他给他的主厨鲍里斯·雷戈发短信："情况怎么样？"雷戈正忙着在钱伯斯帮忙。他又试着联系金龙的主厨赫曼特·塔利姆："你还好吗？"塔利姆也正忙着。每个人看来都在全力以赴保护客人的安全。他们都叫他"先等着"。

酒店内，安保主管苏尼尔·库迪亚迪向卡拉姆比尔·康和总厨欧贝罗伊发了一条短信，他们正在研究下一批撤离名单。仍然有五批人被困。第一批在十二宫烧烤餐厅和右舷酒吧，还有天刚黑时逃离大堂的食客和客人。

第二批在宫殿一层的功能厅，即门户厅和王子厅，后者是有权有势的印度斯坦联合利华董事会的就餐地点。酒店 23 岁的宴会副经理玛利卡·贾格德在王子厅陪伴着 37 名被困的客人和 28 名工作人员，她排除了从中央大楼梯逃生的可能性。但服务生们已经开始用窗帘和桌布制作绳索，这样一旦大火烧过来，他们可以从面向大海的窗户逃出去。

第三批是 150 名就餐客人和韩国参会代表团，他们把自己关在塔楼的顶层。而人数最多的一批在酒店一层的钱伯斯：有 250 人在那里避难，包括大亨、商界领袖、国会议员和一名高等法院法官，以及记者比沙姆·曼苏卡尼、他的母亲及其朋友、游艇主人安德烈亚斯·李佛拉斯及其游艇总管雷梅什·切路沃斯，迈克和安嘉丽·波拉克以及他们的用餐同伴。

不同的客人分别被困在宫殿 2 到 6 楼的房间内，包括 253 房的阿米特和瓦莎·塔达尼，以及 316 房的威尔·派克和凯莉·道尔。这些人是最难保护的——卡拉姆比尔·康知道这一点，他也在忧心自己家人的安全。他们也是最容易暴露的。他们孤立无援，听着所有的声音：枪手在走廊上来回踱步，踢门，向一些房间开枪，还有放火。有些人还能分辨出那些想逃跑但中枪的人发出的痛苦的声音，包括 3 楼一位试图与妻子一起逃走的 71 岁澳大利亚商人。但他被枪杀，他的妻子受伤，痛不欲生。威尔和凯莉能听到她求救的尖叫声，听得他们脊背发凉。

现在他们已经困在房间 5 个多小时了，还在苦苦支撑着。第二枚炸弹爆炸后，停电了，他们没有了空调和灯光，也没有电源给手机充电。凌晨 3 点，长夜最深时，房间变得越来越暗，直到光线完全消失。只有车辆前灯偶尔在墙上闪过一丝痕迹，让他们与外面的世界重新建起一个转瞬即逝的联系。

威尔在窗边寻找救援的迹象。"外面空荡荡的什么都没有。"他低声对凯莉说。他所能看到的只有阿拉伯海。那天下午的大海看起来清凉诱人，但现在随着月亮的消逝，它变得阴森湿滑。深深的恐惧正在变成绝望。

他迈着沉重的步伐回到凯莉身边，尽管天气炎热，还是浑身发抖。时间在夜半以自己特殊的方式慢慢流逝，吵闹声、远处的轰鸣声和爆裂声，似乎永不停息。

突然间，威尔爬了起来。"来点金汤力？"他问道，用最后一点残留的积极性强打起精神。他还开了一个蹩脚的玩笑，说不用担心房间里迷你吧的账单会高到令人瞠目，同时用吸管和调酒棒扮了个鬼脸。"谢谢你，威尔。"她低声说，抿了一口。他们一定会挺过去的。

他努力去回想他们在一起的这幸福的几个月，但很快又再度沮丧起来。他们还是在这里，穿着人字拖，抽完了香烟，大难临头。被困一起的荒谬和恐惧，继伦敦之后留下的混乱以及对一切的茫然，都没有任何意义。

很难想象，就在24小时之前，他们还在帕洛伦海滩夏兰度假村的精致小屋里，望着竹编的天花板，期待着泰姬酒店的奢华之夜。他们喝光了杯子里的酒，现在还能做什么？他思忖着，在一场改写命运的危机时，个人空间的礼仪是什么？有没有什么社会规则要遵守——哪怕是现在？世俗层面上，他需要上厕所，但冲马桶的声音会惊动枪手。他最终还是去了，没有冲水，而是在屎堆上盖满了纸。

爆炸又开始了，震得窗户嘎吱作响。烟雾正穿过被毛巾堵住的地方，还是没有人打电话过来。不知道最新进展，没有事态预判，只有威尔和凯莉、两个空杯子和卫生间里的屎堆。他给父亲发短信。由于手机电量不足，他只能酌量进行给自己打气的交流。"现在怎么样，爸爸？"奈杰尔正在家里盯着电视，膝上放着三部手机，试图从伦敦的外交部获取信息。"坐好，他们很快会来救你们。"凯莉则打电话给她的母亲，对着电话哭泣。

爆炸声就像成群的乐队沿着走廊滚滚而来。3楼某处有玻璃

围攻　　203

碎裂，还有木头咔嚓折断。听起来就像一只靴子穿过一面隔断墙，正被扭转弯曲。至少那个走廊上的女人已经停止了哭号。凯莉拿起一把水果刀，递给威尔。刀子又小又钝。

他们转移到浴室，面对面滑入浴缸。如果说果阿的假期让他们的关系更亲密了，那么这次的幸免于难又会起什么作用呢？这是一个决定性时刻。"我们为什么在浴缸里？"她悄声说，"这事儿没有任何逻辑。"威尔笑了。"至少我们在一起。"他说。凯莉扮了个鬼脸，这话听起来就像老掉牙的台词。"好吧，哪怕最坏的情况发生了，我们也会死在一起。"他补充了一句。她闭上眼睛，尽量忍住不哭。她还没打算死。

电话响了。安静了这么长时间，它听起来像一个火警报警器。威尔连忙爬出浴缸，激动地去接电话。"喂！"是一个女人的声音，平静而令人安心。"喂？道尔先生？道尔先生？"办理入住时，这个姓氏错误曾让他嗤笑。而现在他只想知道酒店会怎么把他们救出去。"待在房间里，道尔先生，情况已经得到控制。警察来了。"她挂了电话。

威尔惊呆了。就这样？更令人不安的是，这是恐怖分子的花招吗？来电者说她是从总机打来的，但他们知道完全有可能一把枪正指着她的头。不管是谁打来的电话，那些人现在已经知道316房有人了，就要派手下过来了。凯莉试着宽慰他，但威尔还是惴惴不安。仿佛是为了证明他是对的，枪声沿着走廊响起，一枚巨大的弹壳砸进了大理石地板和他们房间隔壁的墙。凯莉和威尔溜回了浴缸里。

一声枪响之后是刺耳的尖叫。一扇门被踢开。然后又是一声枪响。他们正沿着走廊，把房间的人挨个处决。"我们要死了。"威尔低声说，惊讶地发现其实他说得很大声。他们都不想显得软弱。他一跃而起。"**到门后去！**"他们俩都挤到了浴室的门后，凯莉蹲着，威尔仍然握着水果刀。"我他妈的要拿这个干什么？"她望着他的眼睛："他会进来，然后你会把刀扎进他的脖子。"威尔怀疑地盯着她，然后伸手去拿他嗡嗡作响的手机。"威尔，"他父亲发来短信，"马上离开这幢楼。他们放火了。"

他们离开了浴室，蹑手蹑脚地走到窗边。凯莉知道他在想什么。"我们距离地面 60 英尺。"她说，心怦怦直跳。没有人会来救他们，他回道。"所有的东西都在燃烧。"他开始从床上把床单拉下来。"凯莉，来帮忙。"窗户是他们唯一的选择。他们把所有能绑的东西都绑在了一起，她又在桌子抽屉里发现了一些剪刀。"看，我们可以用这些来割带子。把窗帘也拉下来。毛巾也拿上。"

他们把长布条剪断，打结，编成一根长长的逃生绳。威尔往后退，放出这一团绳子。"还不够结实。"凯莉提醒道。"先试一下。"他回答。他们在床的两端拔河，绳子没有断，他们就把它拖到了窗边。威尔抓起大理石咖啡桌向窗户扔去，但它又弹回来，打到了他的脸。"什么鬼。"带着瘀伤，他又扔了一次。这一次，内层窗格裂开了，然后第三次，外层玻璃也爆了，凉爽的夜晚空气流入了闷热的房间。

威尔感到一阵刺痛。他低头一看，胳膊被割了个口子，血正滴到地毯上。他继续忙着自己的任务，把剩余的碎片敲掉。他探出身子，感受着风吹在脸上，凯莉则害怕地看着那个洞开的窗框。威尔抬眼望去，看到火焰正从屋顶蹿起。他又向下看去，并没有救援特遣队，只有记者们从印度门往酒店里面拍摄。"凯莉，我们必须试一试。"他准备先下去。而她哭了起来，恳求他不要下去。整件事看起来如此漫无目的，但威尔已经开始把绳子固定在桌子上。他试了试绳子，从阳台的护栏看出去。"我看不到地面。"他

围攻　　205

喊道，然后转过身来，给了她一个吻。"我爱你。"他用嘴型说，慢慢地让手编绳子承受他的重量，感受它的阻力，渐渐移向阳台边缘，然后落下。凯莉尽力帮他稳固住，心里燃起一丝微弱的希望。她仿佛可以看到他们最终离开印度，带着一个可以讲给无数人听的故事，和一段似乎已经把他们仓促的结合拧成稳固关系的经历。

绳子突然松了。凯莉一拉，它就被拽了上来。"威尔！"她拖着那根又粗又重的皱巴巴的绳子，失望得好像渔夫收起断掉的钓鱼线。"威尔！"她把脑袋从破窗伸出去，但看不到地面。她往边上看，发现隔壁房间的窗边有个女人。凯莉开始把绳子绕在自己的腰上，正当她准备越过护栏下去时，那个女人朝她挥手，比画出一个夸张的求救信号。

她用唇语说着，因为喊叫可能会把杀手引来。凯莉研究了她的嘴型，明白了一些："不要，爬，下去。"凯莉皱起眉头。邻居挥着手，用唇语继续说道："我能看到他。你的男朋友死了。"

下面一层的253房内，新郎阿米特瞥了一眼他的手表，恼怒地发现已是凌晨3点15分，而他们仍然滞留在酒店。上一次的大爆炸把他们的门从铰链上震了下来，他发现自己直瞪着走廊，嘴里嘟囔着"这是我们的9·11"，瓦莎则在他身后跑来跑去，尖叫道："关上门。"体重超过80公斤的阿米特可以借助一下自身力道，恢复神志后，他用肩膀顶住那扇破掉的门，快速挪了一组抽屉放在门前，瓦莎则拿起一盏落地灯，顶住了门把手。

这时，他听到走廊里有一部手机在响。他听出了那个铃声，诺基亚，因为他也有部一样的。出于某种原因，他开始数数……八、九、十……随后是一声巨大的爆炸声。他们必须马上离开。

假设是手机引爆了炸弹，他不知道下一个炸弹放在哪里。他们的任何临时措施都支撑不了太久。阿米特跑到窗前，可以看到楼的不远处很多人正爬出来，试图逃生。这一幕被电视台拍下，在世界各地播出，让人回想起9·11事件那挥之不去的阴霾。

又累又饿的阿米特不再确定他能想出办法逃出生天，但他并不打算跳下楼。作为一名企业家，他平时主意很多，这时必须想出一些来。他爬到破门那里，偷偷向外看，只看到一片深红色的雾霾，还看到地毯上躺着什么，看起来像是尸体。"快回来。"瓦莎含怒低声道。他转身正要回答时，两人都听到噗的一声，一发子弹从门外钻了进来，高度齐臀，差点就打中了他。

他到床的另一边和瓦莎待在一起。他们能听到脚步声和说话声，就在那扇破门之外。"我觉得他们正在挨个房间地杀死客人。"瓦莎低声说。他们四目相对。周日和所有朋友聚会，周二结婚，周四就要死了吗？为什么他们没有坚持原来的计划在果阿结婚？阿米特自责不已。

他爬向迷你吧，瓦莎在暗处看着他拿了几瓶啤酒和半瓶葡萄酒。她正要说现在不是喝得酩酊大醉的时候，他就已经注意到了她的表情，解释说不管谁从门口进来寻找柔弱的不堪一击的猎物，他都要把瓶子砸过去。"听着，我知道怎么开枪，所以如果我能从他们身上夺下武器，就可以为我们杀出一条血路，逃离这家见鬼的酒店。"虽然瓦莎结婚前就已认识阿米特多年，她觉得自己现在更了解他了，而且她相信他能做到。

说话声再次响起。他们蹲下身，听着一种听不懂的语言。"不是乌尔都语，"阿米特低语道，"你觉得是普什图语吗？"他希望这些人不是来自阿富汗-巴基斯坦边境，这会让他联想到帕坦部落雇佣兵的可怕形象。

围攻　207

他的手机振动起来。是他的兄弟，满怀关切，问他是否安好。他已经打来了大约 6 次电话，像其他很多人一样。阿米特突然失控了，低声怒斥："听着，你他妈的给我闭嘴，把电话挂了，门外有人，我们不能冒险说话。"这话听起来很刺耳，但对于身处险境时他变得敏锐的感官而言，电话的振动不亚于雪崩。

他的手机又一次振动起来。"是谁？"是《纽约时报》。"给我滚开。"他厉声说，不敢相信他们已经拿到了他的号码。"你们要干什么，来救我？我们需要一架他妈的直升机，你们有吗？"他挂掉电话。"他们认为我会说我们在哪里，你知道的，大肆宣扬我们在哪个房间。白痴。每个人都应该远离手机，"他对着空气说道，"应该封锁消息，为什么没有封锁消息？"

咚，咚，咚。他们看向彼此，屏住呼吸。是隔壁。咚，咚，咚。有人在敲 254 房的门。阿米特爬进浴室，那里有一堵和隔壁共用的墙，并示意瓦莎跟上。他们听到破裂声和靴子踢门锁的声音，然后是门上的安全链从脆弱的门框上脱落的声音，枪手闯入了隔壁房间。

阿米特回想起傍晚早些时候见过住在那个房间的女人。他们一起乘电梯上来，寒暄过几句。现在瓦莎紧紧抓住阿米特——啪，啪，啪——小型武器的开火声和愤怒的说话声闯进了房间。他们还听到了床被刮擦、电视被砸破的声音。由于这层楼的标间是一样的，他们能想象得出枪手的一举一动。床头柜被乱扔，大理石咖啡桌被撞倒。争辩声，向窗边踱步的声音，之后又走向浴室，浴室外面有一个高大的衣柜。然后他们听到一声冲破喉咙的尖叫；一个女人被发现藏在里面。

"啊啊啊啊，"她喊道，"放开我。别碰我。"她离得如此之近，近到他们都能听到她的呼吸声。咻，咻。子弹穿过他们共用的石膏墙，就在他们头顶上方。他示意瓦莎平躺下来。那个女人叫嚷着被拖到走廊里。"救命，"她哭喊道，"有没有人救命！"瓦莎把头埋在胳膊里，试图屏蔽这个声音。阿米特喃喃低语，枪手进来时，他要把他们撕成两半。但他一动也不动。

一分钟后，听上去似乎是那个喊叫的女人被绑回了房间。突，突，突，几声枪响，然后是那种陌生语言的吼叫声。再之后，是靴子离开的声音。听着隔壁可怕的死寂，阿米特握着瓦莎的手说："他们不是只向她开了几枪，他们冲着她打光了整整一个弹匣的子弹。"

那个女人还没死。"救命，有人吗？请救救我。"她听起来很虚弱，好像还在与死神抗争。他们该怎么办？如果他们出去，他们也会挨枪。阿米特和瓦莎四目相对，留在原地，尽量不去听那越来越微弱的呜咽声。

凌晨3点30分

他们正下方的一层，副局长维什沃斯·帕蒂尔瘫倒在水晶厅的暗影里，回想着自己从伏击和大火中逃脱的过程。他腹中空空，口干舌燥，满身烟尘和擦伤，浑然不知酒店外面的警察正在哀悼他以及拉吉瓦德汗的死亡。

火球炸开的时候，他们猛地卧倒，逃过一劫，躲进水晶厅后，帕蒂尔此刻正在那里紧张地再三检查他的格洛克手枪。在他旁边，拉吉瓦德汗将桌布剪成条绑住脚踝，他翻滚躲避火球时，脚踝划破并扭伤了。他知道自己骨折了，但尽量不去想这个。这几个小时，手榴弹和AK-47的子弹在他们周围爆开。他们被燎伤了，还浑身湿透，听着炼狱般的尖叫，却无能为力。现在，只剩黑暗和大火的嘶哑低吼。

"你究竟要看多少次弹匣才明白我们只有 5 发子弹了？"拉吉瓦德汗怒气冲冲地说。他知道不该对帕蒂尔嗤之以鼻，但他很愤怒，很疲惫，很痛苦。他们躺在这里，用警方不堪一击的武器对抗一个弹药充足、训练有素的私人恐怖组织。拉吉瓦德汗觉得自己完全有权和他的对手一样全副武装，而且他想确定后援已在路上，这样才能安心。但此时此刻他什么都不能相信。他们俩都明白他们孤立无援，困住他们的是烈焰火海和仍在外面某处的荷枪实弹的枪手。拉吉瓦德汗最后看到多尔督察和闭路电视监控室的其他人时，他们正在撤退，周围都是烈焰，子弹像雨点般落下。"多尔为什么会往后退？你就永远不会往后退。难道他不知道？"

拉吉瓦德汗观察着他身处的这个新环境，看见婚礼留下的残羹冷炙。他们俩都需要食物，他啃着一个被人吃了一半的苹果，帕蒂尔则在客人剩下的宴会菜肴中走来走去，拿起了别人喝了一半的可乐。

这个豪华沙龙看起来真是破破烂烂啊，帕蒂尔心想，随手拿起一片蛋糕。来这里的人可能一天就能赚到他几个月才攒下的钱。远处另一头，一大片粉红色的花海被踩得七零八落，他从未见过这样的场景。一盘盘精心制作的沙拉撒在地板上，被压成糊糊。还有一个碎掉的海绵蛋糕，看起来就像一座喷发的火山。他在门边一块被枪打穿的饰板上辨认出两个缠成心形的名字："阿米特和瓦莎·塔达尼"。他们活着逃出去了吗？"来，我们走吧，"他说着，从湿漉漉的地毯上站起身，"进攻是最好的防守。"拉吉瓦德汗摇了摇头。他也想追捕枪手，但他们的胜算太小了。他受伤了，这个地方就是个迷宫，他们的武器比不过敌人，而且他也已经筋疲力尽。

他满心不情愿地踉跄着站起身，然后他们徐徐地移到昏暗的走廊。在一片幽暗中，他们把背靠在光滑凉爽的大理石墙上，悄然移向中央大楼梯。"你先走，"拉吉瓦德汗低语道，"我来掩护。"帕蒂尔小心地慢慢前移，然后举起拳头："停下。"他举起两根手指指着："武装歹徒。正前方。"拉吉瓦德汗看到两个黑影拿着武器窜下来。"我想我能把他们干掉，"帕蒂尔悄声说，"如果我能一枪爆头的话。"拉吉瓦德汗把帕蒂尔拉近自己。"我相信你能做到。但后面掩护他们的人呢？"他指向上面正熊熊燃烧的圆顶。"我们就假设你开了几枪。超过50英尺后，手枪的精准度会大大降低。你大概只能把他们打伤。"相比之下，AK的弯弹匣装有30发子弹，而扁平的俄罗斯式弹匣可以装满100发子弹。"如果他们把弹匣绑在一起，数量还会翻倍。你明白了吗？"帕蒂尔蔫了。他们所能指望的最好结果，就是撤退并活着出去。

他们缓缓地挪向一条服务走廊，拉吉瓦德汗瞥见了另一个身影，停了下来。他透过烟雾看去，等着烟雾消散，然后看到了一个西方女人的侧影。她穿着熏黑烧焦的衣服，正蹑手蹑脚地走向楼梯，试图逃跑。她带来了另外一个问题。没有穿警察制服的他，在她看来可能像个恐怖分子，而任何尖叫都会惊动真正的枪手。他还在权衡时，她感觉到了他的存在并转过身来，盯着他的眼睛。拉吉瓦德汗别无选择，只能双掌举高示意她"冷静"，用嘴型说："自己人。"她瞪大了眼睛，像一头受惊的鹿一样迅速逃走了，留下拉吉瓦德汗暗自庆幸她至少是无声无息溜走的。

他一瘸一拐，吃力地走进服务走廊。前方的帕蒂尔祈祷里面没有枪手守着。当他们到达外厨房时，靴子粘在了干涸的血液上。爬下服务楼梯后，他们发现有一条通往大堂的通道。在里面呆了三个小时后,帕蒂尔终于可以闻到他热爱的城市那熟悉的气味。

他向前跑去,举起双手:"警察,警察。"一小队警察匆匆前来时,他大声喊道:"1区副局长来了。"他们看起来很迷惑,随后欢呼起来,冲过来迎接死里逃生的他。"你是鬼吧。"其中一人拍了拍帕蒂尔说。帕蒂尔指着拉吉瓦德汗:"这人受伤了需要治疗。"有人叫了一辆救护车,这时联合片区治安警察局长以及刑事分局二把手德文·巴蒂也冲了过来,整个人兴高采烈。与测向仪一起经历了令人挫败的4小时之后,巴蒂被派去负责泰姬酒店大堂的警察指挥所。

联合片区警察局长在袭击刚开始时就受命指挥泰姬酒店的行动,而他实战经验丰富的同事马力亚却被迫留在控制中心。警察局长向他们询问里面的情况。无论他们知道什么,对情报部门和调查分析部都是至关重要的,对特种部队也是如此——如果他们能来的话。

拉吉瓦德汗一脸震惊。他原以为酒店大堂应当遍布快速反应部队的队员,配备着AK-47和9毫米手枪,穿着防弹背心,戴着轻便头盔,结果只有少数几名警察在四处走动。没有救援行动正在进行中?联合片区警察局长耸了耸肩。"警察局长加福尔命令快速反应部队去封锁周边了。"对于这个性格内敛、喜怒不形于色的瘦削男人来说,这已经算是疾言厉色了。

"突击机动部队在哪里?"拉吉瓦德汗问道。原来许多人都无法报到,因为他们古老的自动装弹步枪没有子弹了。谁又能怪他们?联合片区警察局长只能费力继续。现在还不是事后检讨的时候,尽管有很多事他无法理解,城里到处充斥着失误和误判,还有传言说经验丰富的警官们都没有露面,从枪战一开始,他们不知何故都没有出现在他们原本应该出现的地方。现在一切都取决于国家安全卫队。他们才是处理这次危机的正确人选，但他们仍然没有到来，甚至连一个明确的部署时间表都没有。

联合片区警察局长跟自己打了个赌：当一切都结束后，不会有任何有用的调查。这里不像英国或美国，有一个强大的调查委员会向每个机构施压。在这里，当权派会阻挠此类调查。没有人会傻傻出头，然后那个旧的、低效的腐败政权将继续当道。

现在，联合片区警察局长需要详细的情况说明：战略、恐怖分子人数和武器装备。他叫来了一名海军突击队员，印度海军陆战队特种部队成员之一。他们有两支队伍刚到达酒店。拉吉瓦德汗非常疑惑，帕蒂尔也是一脸难以置信。他们竭尽全力坚守阵地这么长时间，好让特种部队集结力量。而如今，国家安全卫队仍然不见踪影，印度海军陆战队特种部队的兵力为 1000 人，但楼里只有不到 20 人。来的这些人甚至都没有穿凯夫拉防弹背心、戴头盔。而且并非因为离得太远，这些人都是从克拉巴过来的，就在南面不到 1 英里的地方。

帕蒂尔准备跟着印度海军陆战队特种部队进去。他们需要一个向导，而他是个理所当然的人选，因为他们不知道里面有什么或在什么方位。拉吉瓦德汗也答应处理好腿伤后就会回来。帕蒂尔的电话嗡嗡作响，是局长加福尔："你不要上去。重复。不要上去。"加福尔担心会发生误伤友军的情况。"特种部队自己上去。副局长留下，并确保泰姬酒店在控制之中。"帕蒂尔被派去监督外围的警戒线。

他简直不敢相信，垂头丧气地走到外面，被灯光、摄制组和闹哄哄的声音搞得头昏脑涨，而特种部队队员们则穿过烟雾进入黑暗之中，希望重新启用闭路电视监控室。依然没有酒店蓝图可用，所以他们对前进方向一无所知。不知怎的，他们顺顺利利地到达了一层的楼梯平台,还爬上了二层。他们小跑着经过那扇破碎的、没有标记的门,门后就是无人知晓其存在的泰姬酒店数据中心。

弗洛伦斯·马尔蒂斯蹲在她自制的堡垒里,挤在桌子下面,安慰着自己,想着这里如此之黑,烟雾如此之浓,没有人能透过破门看清里面。"天亮后再另想办法。"她告诉自己,此时周围更沉寂了,她开始哼唱她最喜欢的电影歌曲。"你当然会知道。你让我为你痴狂。"

她的父亲福斯廷答应会来找她,她对此坚信不疑。他是一头警犬,从来没有让她失望过。她回忆起在可怕的毕业考试期间当她因为太害怕而吃不下东西时,他是如何骑着摩托车带着米饭和鸡肉出现的。她的手机响了,把她带回了现在。

"喂,是哪位?"她试探地问道。一个男人的声音回答说:"你好,弗洛伦斯,我叫罗山。"

罗山?她不认识什么罗山。她推测肯定是泰姬酒店的某个技术人员从世界其他地方打来的,因为数据中心处理的是全球所有泰姬酒店的数据。难道他不知道酒店被围困了吗?"罗山,现在不是说话的时候。"她悄声说。

"听着,别放下电话。"他听起来很坚定,她想。"告诉我,你是不是被困在数据中心了?没人能搞清楚你在哪。福斯廷说你失踪了。我以前也在数据中心工作过,我对这里非常熟悉。"他通过一个认识福斯廷的朋友听说弗洛伦斯被困,想尽自己的一切努力帮助这对父女。

弗洛伦斯振作起来。"啊,感谢神。谢谢你,罗山。我还好,但求求你帮我离开这里。门不见了,而且我快要窒息了。"她并不十分清楚他是谁,但她喜欢他说话的语气。"听我说,罗山,如果他们杀了我……我的意思是,他们想杀了我。"她口干舌燥,空荡荡的肚子咕咕直叫。她脑子里想着完整的句子,但嘴里只能说出半句。

"保持冷静,弗洛伦斯,"罗山说,"我会一直在线,直到有人找到你。弗洛伦斯,你还在吗?"她抱着手机,歌曲重现在脑海,开始对着罗山唱歌:"Hey Shona, Hey Shona(哦亲爱的,哦亲爱的)。"

酒店外面,电视摄像机无意中拍到了卡拉姆比尔·康。他胡子拉碴,心急如焚,与拉坦·塔塔站在一起,酒店是拉坦·塔塔的祖父建造的。作为酒店所属的塔塔集团的董事长,袭击刚发生时塔塔原本在家,别人建议他留在家里先等警察搞清楚来龙去脉。但他还是径直过来了,等了大半夜,几乎没睡,难以相信家族瑰宝如今已被烈焰笼罩。"我无法相信酒店正被烧毁,"塔塔对身旁所有能听到的人说,"这怎么可能。"卡拉姆比尔·康也盯着这场熊熊大火,双眼通红。他伸长脖子的那一刹那,摄像机对准了他,所有人都看到了他的担忧。这个高大的男人看起来脆弱得就像稻草做的。

大火的中心看上去正是他家套房所在的位置。电视报道说大火已经吞噬了顶层,烧毁了沿途的一切。电视台主播说,枪手把客人们从房间拖出去,将他们囚禁在泰姬酒店的其他地方,甚至在闭路电视监控摄像头下面公然打人,当着所有人的面嘲笑警方的无能。

早些时候,妮缇根据丈夫的建议,把自己和儿子们锁在了套房的浴室里,用湿毛巾堵住了所有的缝隙。乌代蜷缩在她身边,她抱着萨马，抚摸着他的头发。很难相信就在几个小时前萨马还在和巴林的祖父通电话。"萨马，我很快就要来孟买了。你愿意让我和你一起住在你的卧室吗？"当然愿意，萨马高兴地回答说。

泰姬酒店的一位高管走过来，拥住了总经理宽阔的肩膀。"我们所能做的就是，希望并祈祷妮缇和男孩们被劫持了，不在套房里面。"他手指了一下，只有6楼的南侧在燃烧。如果他们想办法去了另一侧，还真有可能幸存下来。

卡拉姆比尔花了点时间走到海边，那里吹来一阵柔和的带着咸味的微风。他一边眺望着地平线，一边打电话给3000英里之外在巴林的父母，他们正在那里看望他的妹妹阿穆里特。"我觉得他们没能逃出来。"他告诉父亲，声音嘶哑。如果妮缇还活着，她会想办法和他联系。她已经一个小时杳无音讯了。"做一个勇敢的锡克人。"父亲告诉他。"你是少将的儿子。"他继续说道，并回忆起他的儿子曾是一个11磅重的胖小子，在一个接一个的军队大院里听着他父亲打仗的故事长大。婴儿时期的卡拉姆比尔最爱的莫过于坐着军队的指挥车四处转悠，而且他父亲也曾希望他成为一名士兵。现在他能告诉儿子什么呢？他把电话递给卡拉姆比尔的母亲。"我救不了他们。"他对母亲说。"那就去救其他人，"她温柔地回答，"你是个勇敢的孩子。"他们两人都因为失去家人而心情无比沉重。

最终，卡拉姆比尔再次开口了。"我会在这里坚守到最后。"他发誓道。他回想起早上一家人和平时一样匆匆忙忙的早餐，那是他们最后一次在一起的时光。这家他为之付出如此之多的酒店，现在却永远夺去了他家人的生命。

他挂断了电话，回去面对正受着煎熬的酒店，燃烧的火焰倒映在他的瞳仁里。他在围观的人群中看到的都是难以置信和惊惧害怕的面孔。卡拉姆比尔·康必须找到坚持下去的力量。

马拉巴山的公寓里，莎维特丽·乔赫利也在研究泰姬酒店令人毛骨悚然的画面。好几个小时没有萨宾娜的音讯了，她必须做点什么。她打电话给山塔努："我看见萨宾娜的房间着火了，她逃不出去的。你知道的，对吧？"山塔努仍在德里，飞机要黎明才能起飞。"拜托了，"她说，"接受事实。打电话给她，跟她告别。"

酒店楼上的会合厅里，搜客的食客和韩国参会代表们正焦急地看着下方远处燃烧的宫殿，这时泰姬酒店的安保主管苏尼尔·库迪亚迪发来了一条信息。"特种部队已进入宫殿翼楼。是时候离开了。"东边的地平线上，黎明的第一丝曙光正把天空变成米灰色。

私人安保主管鲍勃·尼科尔斯把他那些做过突击队员的手下和美国海军陆战队上校拉维·达尼达卡召集到一起。保卫会合厅这事很简单明了：把它武装成一个堡垒，卡住电梯，封闭消防出口。但带着一大群焦躁不安的食客下20多层楼，仅有的武器是厨具，前路必然危机四伏。

"在海军陆战队，我们喜欢说'不要拿刀去参加枪战'。"拉维这话基本是对自己说的。早些时候，当他们经过厨房时，他没有像其他人那样去寻找武器，担心菜刀反而会带来虚幻的希望。大多数食客都胆战心惊如坐针毡，有些已经崩溃了。还有他的亲属，他有责任在保持安全距离的同时保护他们。韩国贸易代表团说着磕磕巴巴的英语，完全不理解次大陆的运作方式，已经紧张到精神恍惚。

拉维还是没有告诉任何人他是美国海军陆战队成员，这可是枪手们求之不得的理想人质。对似乎有点好战的尼科尔斯团队，他也暗地里心存疑虑。这也可能是飞行员的偏见；飞行的时候，他的视线穿过鹞式战斗机的驾驶舱，在几分之一秒内从几千英尺高的地方计算着几率。而突击队员则是另一种不同类型的战士，嗅着他准备去征服的任何东西，在交战规则允许的范围内尽可能地向猎物逼近。

有件事是他们一致同意的：拉维和鲍勃的团队能想明白为什么印度的西部海军司令部不愿意派遣印度海军陆战队特种部队。这些突击队员没有城市作战的经验。泰姬酒店对他们来说就像异国他乡一样陌生。现在他们进去了，最好能在这个黑灯瞎火、烟雾重重的迷宫中找到恐怖分子。"错误的队伍正在面对那些已经潜入并控制酒店好几个小时的恐怖分子。"拉维说。鲍勃表示同意："他们不自相残杀就已经很幸运了。"

身处酒店最高处的他们，是时候做出决定了。库迪亚迪告诉他们，特种部队没有登上塔楼的计划，充其量也就是在宫殿翼楼充当诱饵，鲍勃的团队可以利用这个机会溜走。拉维觉得这个主意不错，他一直相信他们最大的希望就是"不必硬碰硬"。鲍勃把这个信息转达给他的手下。"协调好，缓慢撤离。"他告诉队员们，并提醒他们有 150 名平民需要谨慎应对。"警察呢？"有人问。他们不能来帮忙吗？鲍勃摇了摇头，打开扩音器。"如果要离开这里，我们必须依靠自己。"他宣布。房间里鸦雀无声。在没有武力支援的情况下走出去，对平民来说是一个惊悚的提议。

"我们附近没有救援部队，"鲍勃强调说，转达了库迪亚迪的警告，"如果着火的楼层达到了一定数量，所有的电力都会被切断，我们就会被困在火线的上面。"拉维觉得一旦火势蔓延到塔楼，他们逃出生天的机会"大约为 0"。食客们同意撤离，于是鲍勃用工作人员的无线电跟库迪亚迪说："如果可以的话，你就上来。"

他们将护送平民下去，每次10人，每次间隔1分钟，先送女人和孩子。"我们所有人都会下去的。"鲍勃向他们保证。拉维看着自己18岁起就没见过的堂兄弟和叔伯们，他们怎么偏偏在这个晚上来到这里？这个几率是算不出来的。鼓起勇气挖掘他的过去是彼此关系的一次飞跃。在美国的战争间歇抽出时间来印度是一件难事。他们最后一刻才决定来搜客，而家里其他人则临时选择去欧贝罗伊酒店大堂的蒂芬餐厅。过去的一小时里，他已经听到了无数可怕的故事，关于枪手如何把欧贝罗伊酒店的大堂夷为平地。

鲍勃对每个人说："我们不知道枪手在哪里，所以必须保持安静。"既然鲍勃能从有线新闻中获取信息，他们应当假定恐怖分子也是如此，所以不要打电话。"脱掉鞋子。"每个人都应该准备好无声无息地慢跑或飞奔。"所有人把零钱从口袋里拿出来。"

私下里，拉维认真听了楼下枪战的声音，并根据听到的弄出了一份清单：武器里混有AK-47、可能是7.65毫米或9毫米枪的小型武器、手榴弹，以及最令人担忧的某种烈性炸药。说明这次孟买突袭，是一种混合体。在拉维看来，它结合了伊斯兰恐怖组织那种无情屠杀平民的无差别恐怖袭击、美索不达米亚的基地组织受费卢杰血战刺激而进行反扑的那类屠杀，加上类似美国海军陆战队这样的两栖突击队员的技能。"我们所要做的就是避开敌人。"拉维重申道。

他感觉有人拍了下他的肩膀。是一个衣着考究的男人，担心他年迈的母亲无法从消防出口逃下去。"不用管我，请把我留下。"84岁的拉玛·帕雷克恳求道。拉维摇了摇头。"我们不会把任何人留下。"他建议使用椅子。"我们会轮流把你背下去的。"

防御堡垒被一件件拆除：家具，软垫和会合厅舞台的部分东西。当拉维取下最后一张倒置的桌子时，他听到外面的楼梯井有动静。"该死。"他压低声音道，转向鲍勃，鲍勃拿着一把切肉刀站在那里。他们觉得可能是其中一名枪手。拉维小心翼翼地打开门，看到两名疲惫不堪、汗流浃背、穿着黑西装的安保人员，身上配着无线电。"苏尼尔！"鲍勃喊道，冲上前去迎接安保主管库迪亚迪。他们进来时，带来了烟火和火药的气味。惊恐万状的客人纷纷后退。

一扇扇门被推开，前锋队员长驱直入，在每个楼梯平台上侦察窗户孔。这些窗户孔能查看每条走廊，同时也是潜在的射击区。前方队伍将尽力提供持续的风险评估，通过护送食客的人反馈回来，其中第一支分遣队将被派遣从楼梯井下去。突击队员们轻手轻脚地爬下来，消防通道的墙壁摸起来黏黏的，因为白天的潮湿已被寒冷干燥的夜晚空气所取代。他们离平台不到1英尺了，随即看到了前方灯光昏暗的整条走廊。他们沿着下一段楼梯继续艰难地往下爬。没有任何动静。塔楼就像一艘幽灵船，因为酒店管理层已经联系了大部分客人，警告他们在听到有人叫他们的名字前不要出来。

"如果有什么在动，"鲍勃说，"就假定是敌非友。"

第一名侦察兵回来了，大汗淋漓，但很开心。"没什么异常情况。"鲍勃数出了第一批10名食客，拉维确保自己的家人也在其中。当他们往下爬时，一股苦涩的气味填满了他们的鼻孔。很快，一个灵活的纵队蜿蜒而下，而几乎立刻就有人的手机响了起来。鲍勃转过身来示意他们噤声，看到韩国人正背着他们的鞋子和会议礼品袋下来。到底该怎样才能让这个队伍安分守己呢？

一阵哒哒哒的枪声在下面回荡，这队人立刻挤成一团。是先遭队撞见什么人了吗?"枪声在走廊里,离我们很远。"鲍勃安抚道,轻声把这条信息传递给后面众人。"请继续走。"队伍末尾的拉维不得不扔掉椅子。他无法让椅子绕过消防楼梯的尖角,只能像背煤袋一样把拉玛·帕雷克背在肩上。她紧紧地抓着他,一言不发。她是个坚韧的人,他一边想一边下行。

感觉似乎过了好几个小时,鲍勃才到达个位数的楼层,然后是5楼,散发着地毯燃烧的气味。他们每走一步,都离枪手更近一步。在这里,随着现代塔楼与原始宫殿翼楼的顶部会合,消防楼梯戛然而止。"我们现在该往哪边走呢?"他原以为消防出口会盘绕着塔楼通向底层,但前方的侦察兵报告说,要穿过一条开放的走廊才能到达出口。这支由惊慌失措的平民组成的队伍将不得不硬着头皮走过一个没有被排除过危险的楼层:一个完美的狙击手陷阱。

他们在楼梯井让众人做好准备。"我们得走了。"鲍勃敦促他周围的人保持安静,想知道前方还会有什么其他障碍。比如,他们该如何向印度安全部队表明他们的存在,以免被友军误袭?库迪亚迪一直在与警方保持联系,但消息传出去了吗?鲍勃忐忑不安。"我们只能举起双手闯出去,然后狂奔。"

每个人都顺利地走过了50米长的走廊,接下来还没爬几段楼梯,就迎面遇到一扇消防门。就这样?好像太快了。为避免人群拥堵,他们只能去开门。但是接下来,该往哪个方向跑?鲍勃踌躇着。拉维穿到队伍前面,最后猛然一推,推开了出口的门,结果看到两名警员坐在人行道上,抽着烟,步枪枪口朝上。当他们惊讶地抬起头时,鲍勃难以置信地一脸怪相。他们逃出来了,在塔楼的后面,正对着孟买游艇俱乐部。

"快跑。"他喊道,放了第一批客人出去。一,二,三,四,他们冲进了夜幕。"不要停。跑到印度门那里。"最后，他们都出来了。有人担心后面可能有追兵，就把消防门关上了，还关得特别严实，把一块木头塞进了门把手。这样没人能很快从里面出来。

拉维跑的时候，身上还背着拉玛·帕雷克，他震惊地看到人群在酒店门前自由走动，正好在 AK-47 的射程之内。警察躺在路上，还有的蹲在路障后面，士兵们则四处闲逛，好像主要的行动已经结束了。指挥官和警戒线又在哪里？经历了安静的塔楼和井然有序的下楼逃生，这样混乱无序的场景让他大受冲击。一个摄制组匆匆跑过来，想找人采访。

拉维留心听着第一批人跑走时扬起尘土的噼啪声，战场直觉驱使他逆着人流而行，直到最终感觉已经跑得足够远了，才把拉玛放下来。他不知道自己是否摔断了她的肋骨，但她热情地向他道谢。"拉维。"他听到有人叫他的名字："拉维。拉维。"是另外一些亲戚，在酒店外面已经等了好几个小时。他们朝他伸出手，拥抱他，推着他上车，并证实了一个不幸的消息：两个堂兄弟和一个叔叔已在三叉戟-欧贝罗伊的蒂芬餐厅遇害。

拉维还没来得及消化这个消息，就瞥见一大群记者簇拥着鲍勃，挥舞着他们的本子和相机。他还有最后一件事要做。"鲍勃。"他喊道，向其挥手。他们难以置信地对视，觉得五味杂陈，既有胜利撤离的欣喜若狂，又有惶恐不安——外围仍然可能险象环生，已经重新进入酒店的苏尼尔·库迪亚迪也是安危难测。"听着，之前在楼上我没法告诉你，"拉维说，"我是美国海军陆战队的飞行员。"他伸出手。"我在伊拉克执行过飞行任务。只想让你知道，我得保护我的家人和我自己，只有这一个原因……"鲍勃示意他不用说了。他什么都不需要说。拉维感觉到自己被拉进了车里，车上有人大声喊出目的地：泰坦塔，在布里奇-坎迪。他可以看到鲍勃在向他挥手。

鲍勃笑了。整个晚上,他一直在试图弄清楚拉维究竟是哪种军人。"飞行员。"他自言自语道,带着他的突击队员们前往布拉伯恩体育场——原定举行板球联赛的地方。现在他们已离开酒店,无处可去。他们将会在空荡荡的看台上,在一片沉寂中,思量这个夜晚。

第八章　死神的阴影

2008 年 11 月 27 日，星期四，凌晨 3 点 40 分

　　酒店外爆发出一阵欢呼，是塔楼的人成功撤离的消息传到了泰姬酒店员工这里。在这之前，周围的种种无不提醒着他们，他们是如何失去了对酒店的掌控。虽然塔塔集团的应急管理点已经从印度门转移到了卡夫广场区总统酒店边上更安全的地方，但卡拉姆比尔·康仍留在外面，看着这一切，闻着这一切，听着这一切。搜客的客人撤离的故事是一针强心剂，并且正当他在阿波罗码头心烦意乱地来回徘徊时，又收到了几则振奋人心的消息。
　　消防队员刚进入贝斯特-马格——沿着宫殿南翼的一条绿树成荫的小巷，并在靠向城市那一端的 6 楼救出了一些客人。还是有人幸存了下来。也有关于美食评论家萨宾娜·塞基亚的消息，她的房间离妮缇、乌代和萨马被困之处只有几英尺远，都在朝向大海的这一面。有报道称她正在发短信或打电话，说明她还活着。
　　她的朋友安布林·汗躲在酒店北面毕打路附近一个朋友的公寓里时，收到了几条短信。起初她盯着这些信息，不敢相信。她检查了号码和发件人的 ID，以为是自己的幻觉，但它们确实来自

萨宾娜的手机。"不可思议!"安布林仔细看着电视里泰姬酒店火光冲天的画面,又重新读了一条短信。"你曾告诉我你做了一个梦,"她的朋友写道,"我是城里最炙手可热的女孩。我们在海边,我躺在一张轻便床上。我的一边是山塔努,而你就在另一边。"

安布林有时觉得自己是萨宾娜婚姻中的隐形伴侣,是个中间人,把心不在焉的母亲的信息传递给她的孩子们。"山塔努要求大家挨个来看我们。"漫长的停顿后,又有短信来了。"我的肚子很疼,手机是唯一的亮光,但我还在想这个梦。在梦里,你在床上翻过身来面对我,然后你说:'你要死了。'"

安布林倒抽了一口气。这真的发生了吗?

酒店大堂里,苏尼尔·库迪亚迪带着他的"黑西装"们重整旗鼓。传来了一个令人恼火的消息,国家安全卫队的精锐部队此时才刚离开德里,这意味着他们还需要好几个小时才能到达酒店。受搜客的客人胜利撤离的鼓舞,"黑西装"们决定再次孤身赴险,去尝试第二次疏散,这次有特种部队的支援。库迪亚迪发消息给总厨欧贝罗伊。"如果可以,请下来到大堂。这里是安全的。枪手们在楼上。"

在容错率极低的餐饮业,刀和餐盘之间的距离是通过一个半弯的拇指来测量的。欧贝罗伊作为其中的王者,乘坐货梯到底层时,注意到他平时干净齐整的白色厨师服上沾了血迹。他揉搓着,努力抑制心里不断涌上来的惊惶之感,不知道自己自前一天晚上9点之后第一次踏出厨房会看到什么。

他深吸一口气,关上了电梯门,从一扇隐蔽的服务门出来,这扇门关着的时候,看上去就是一块大理石板。确认走廊安全后,他轻手轻脚来到了昏暗的大堂。一股木头烧焦的气味扑面而来,同时他在海港酒吧的入口旁发现了血迹。到达莎米安娜旁的警察指挥所时，卡拉姆比尔·康和库迪亚迪已经等在那里。握手的时候，卡拉姆比尔轻声透露自己的家人可能已经离世了。欧贝罗伊无比惊骇。总经理在他们频繁的电话和短信交流中对此只字未提，所以他还以为妮缇和男孩们是安全的。他能想象出卡拉姆比尔的痛苦，但现在不是纠缠于此的时候。他们必须权衡出一个方案。他们与联合片区警察局长及一名特种部队指挥官一起，筛选着不同的选择。

特种部队想把清理并封锁塔楼的工作留给国家安全卫队。这是一项复杂的行动，他们没有接受过这方面的训练，而且装备不当，人手不足。那么他们该集中精力做什么事呢？十二宫烧烤餐厅和底层右舷酒吧的客人已把他们自己锁在里面并堵住了门，暂时足够安全。情况更紧急的是那些与宴会经理玛利卡·贾格德一起被困在一楼功能厅的人，但她报告说他们的走廊上仍然有手榴弹爆炸声响起。一个 23 岁的年轻人是如何制住这些资深高管的？"用酒，"她干巴巴地回答，"我有很棒的单一麦芽威士忌，可以给他们打气。"

那就只剩钱伯斯了。这个酒店的私人俱乐部不为人所知，但通过服务走廊很容易到达，明显是撤离的优选，特别是被困客人中不乏政治家和各行各业有权有势的大佬。"好，"卡拉姆比尔说，"我们去疏散钱伯斯的人。"准备协助他们的联合片区警察局长打电话给警方控制中心，要求支援。仍然守在三叉戟酒店外面车里的加福尔局长断然拒绝了。"你们已经有特种部队了。在国家安全卫队到达之前先待命。"这样就只有库迪亚迪的"黑西装"们去单打独斗了——配备着无线电，一小支海军陆战队突击队提供支援。

总厨欧贝罗伊穿过海港酒吧边上的隐形大理石门回来，用一条餐巾把门关上——坏掉的锁是长长的故障报修单上无人在意的物品之一。他乘坐原先的那部货梯踏入了他的领地,这里仍然散发着令人舒心的碱水和蜜饯果脯的味道。他担心无法通过主大堂带走这么多人,因为枪手仍然在面向大海的宫殿走廊上游荡。他和他的员工将带领钱伯斯里的人穿过酒店的后台区域,从梅里韦瑟路上的考勤室离开。现在他需要的是厨房班子里有人自告奋勇。

梅里韦瑟路上,海洋吧的服务生领班福斯廷·马尔蒂斯正想方设法回酒店。听闻有一批人成功撤离了塔楼,他抓住一名《印度斯坦时报》记者问:"谁出去了?在哪里?"记者说:"到目前为止从塔楼逃出来的大概有150人。"但是没人从宫殿逃出来。福斯廷面容惨淡,冲向了酒店的员工入口。"他们也在想别的办法。"记者在他身后喊道。但他没听到。

他试图进入时被一个"黑西装"拦住了。"你走错路了。"对方说,轻轻地把他身子转过去。这已是他们第四次把他挡住,每次他都诉说着这个绝望的故事:"我女儿在里面的2楼。""黑西装"要求他耐心等待:"拜托,先生。我们会找到每一个人的。"但福斯廷不愿等待。"等你们找到,她都已经死了,"他喊道,"她的房间里全是烟。门也没了。"他泪流满面,意志坚定。

一小队警察在快到凌晨4点时出现了,福斯廷尾随其后,等他们走到玻璃安全岗亭时,他沿着一人宽的楼梯飞奔而下。他做到了。现在他打算利用自己对地窖、更衣室和库房的熟悉,走到1楼厨房。从那里,他可以乘货梯前往数据中心。那里附近的某个地方,他的女儿在等他。

凌晨 4 点,钱伯斯

钱伯斯的图书馆内,纽约金融家迈克·波拉克情绪激动。他、安嘉丽和他们的用餐同伴在黑暗中呆的时间越长,他就变得越悲观绝望。波拉克钦佩泰姬酒店的员工努力带着他们走到如今这一步,尤其是总厨欧贝罗伊手下的二号人物维杰·巴尼亚,那个永远积极乐观,留着一头蓬松乱发的快乐家伙,帮助他们逃出了芥末餐厅。但对迈克来说,钱伯斯显然只给了他们一个暂时喘息的机会。他热爱孟买这座城市,经常过来。但哪怕如此,他也觉得安全部队必须立刻行动起来。

他周围所有的手机屏幕都在黑暗中发出亮光。一些谈话让他觉得牙齿发酸,其中就有一名印度国会议员,他看上去正在接受电视直播采访。"我们在酒店一层一个特殊的地方,叫做钱伯斯。我们这里有 200 多号重要人物:商界领袖和外国人。"

波拉克对安嘉丽低语道:"你能相信吗?这个该死的白痴议员正把我们的确切位置泄露给 CNN 之类的。"在美国的朋友开始给他发消息说,印度国会议员的采访已经被播出来了。围攻已变成更加险象环生的致命追杀。他恐惧到了极点,以一贯的冲动打电话给安嘉丽的表弟——他们两个儿子的法定监护人。"看起来糟透了。如果我们逃不出来,请照顾好孩子们。"

安嘉丽将巴尼亚主厨拉到一边。照顾你是我的工作。有什么计划吗?"别担心,"他拉着她的手安慰道,"我豁出性命也会保护好你的。"

如果他人即地狱,那么记者比沙姆·曼苏卡尼此时也在地狱的深渊中。他身处的薰衣草室就在迈克和安嘉丽所在的图书馆外的走廊尽头，他正在旁观一场剑拔弩张的冲突：有客人斥责一名服务生没有为他的手机提供正确的充电器。真是个混蛋，比沙姆想，然后认出这个大发脾气的男人是甘詹·纳朗，是他和新郎阿米特·塔达尼的老同学。甚至早在上学时，甘詹就已经是个恶霸了。在私密的钱伯斯里，当人群到达的嘈杂声平息下来后，比沙姆开始有了紧张之感。他已经在泰姬酒店呆了将近6个小时，被迫听了一些私密或愚蠢的话，偷听到有些客人痛斥他们的上层关系。还听到一个男人企图叫印度空军开一架直升机过来，然后按他的意思悬停在钱伯斯露台的上空。

比沙姆不停地告诉自己，唯一意想不到的好处就是他避开了又一场盛大繁琐的印度婚礼。只有塔达尼才能说服他来参加婚礼，是这位儿时朋友的请求，迫使他违背了自己不参加高档豪华婚礼的誓言，因为大部分这种婚礼都已经变成了庆典、盛宴和派对的结合体。他用自己的黑莓手机尝试联系阿米特。已经好几个小时没有他和瓦莎的消息了。比沙姆又试着联系记者俱乐部的朋友："他们真的在挨个房间开枪杀人？"另一个给《印度时报》写稿的朋友回短信时，带来了一个好点的消息："消防队正在灭火。"也许阿米特和瓦莎终究安全了。

他的思路被一则轰动的传闻打断了：搜客里的人已经安全撤离，没有人员伤亡。他感到了一丝希望，又开始给朋友发短信。"凌晨4:10：等待撤离。"

钱伯斯的图书馆内，靠近迈克一行人坐的地方，游艇主人安德烈亚斯·李佛拉斯注意到一连串的活动，摇了摇头。过去的几个小时，他一直呆在躺椅上，与外面"艾莉西亚号"上的尼克·艾美斯顿保持定时联系，宽慰他一切都尽在掌控。"雷梅什，"他郑重地对身旁坐在地上的忠实助手说道，"我们就留在这里。傻子才逃跑。"他笑了。"这些人甚至都管不住自己。"

并不是说安德烈亚斯是个冷酷无情的人。雷梅什逢人就说，没有比他更好的老板了。但陌生人觉得他的直来直去惹人生厌。他一直知道自己想要什么，也会干涉别人的优柔寡断。这些天来，如果你不能一开始就直奔主题，安德烈亚斯就会打断你，开始自己的高谈阔论。这源于他白手起家努力创造财富的精神，一步一个脚印，餐饮业叠加上游艇租赁业务带来的巨额财富。要说真有什么的话，那就是安德烈亚斯太有活力了，不会被别人错误的判断和无用的选择所拖累。

他现在的想法是武装护送。"我们等有枪的人过来。"他告诉雷梅什，接听着他4个焦虑的子女从伦敦打来的电话。"L先生，他们想要劫走外国人，"雷梅什在他的通话间隙警告他说，"你就告诉他们你是叙利亚人。"凭借他的塞浦路斯肤色，安德烈亚斯也许可以脱身。但他的心思在别处，他有一个主意，把这里的事传出去，迫使英国政府对印度人施压，促成快速救援行动。说不定连英国空军特种部队（SAS）都会出动。根据他的判断，打响这场特殊战斗的最好方法就是打电话给BBC。

伦敦刚进入午夜，他对伦敦的新闻编辑室说明他的困境后没几分钟，记者马特·弗雷就与他连线，在BBC 24小时滚动新闻频道进行了现场采访。"我来泰姬酒店吃咖喱，这里有最好的餐厅。"安德烈亚斯解释说，此时BBC播放着遇难游客在行李推车上被送出泰姬酒店的镜头，其中就有在泳池边被枪杀的那对加拿大夫妇。

被围困的酒店现在是全球头条新闻，弗雷很高兴能采访到里面的目击者。"然后发生了什么事？"他提示道。安德烈亚斯继续说："我们一坐到桌子旁，就听到外面走廊有机枪在开火。我们（钻到）桌子底下。（服务生）关掉了所有的灯。机枪继续扫射。

然后他们带我们（出去）进入厨房，从那里到地下室，又上来进入沙龙。这里有两三家沙龙，肯定有 1000 多人。"这个他随便捏造的大数目足以引起外界重视，一次典型的精湛表演。

弗雷试图搞清楚事实："安德烈亚斯，你在哪里？"受访人停顿了一下，烦躁地说："我就在这家酒店的沙龙里。我们被关在这里，没有人告诉我们任何事，大家都很害怕。最后一枚炸弹是在 45 分钟前爆炸的。每次炸弹一爆炸，酒店都会摇晃起来。我们面面相觑，每个人都跳起来，就像惊弓之鸟一样。"新闻简报即将结束，弗雷插话说："我们先说到这里。安德烈亚斯，祝你好运。"BBC 结束了通话。他做得是否已足够让英国政府别无选择？

片刻之后，他们听到钱伯斯门厅传来一阵喧闹、喊叫和争吵声。李佛拉斯闭上眼睛，坐回到躺椅上。无论发生什么事，他都不会参与其中。比沙姆给一个朋友发短信说："大厅里有人。"撤离即将开始。他要抓住机会，叫母亲和她的朋友也打起精神做好准备。

泰姬酒店的一名安保人员在他们中间走来走去，发出指令。"关掉手机。把零钱从口袋里掏出来。"撤离马上要开始了。"我们会把所有人都带出去。请做好准备。"比沙姆和母亲沿着一条幽暗的走廊向厨房出口走去。"有序地排好队。"按兵不动了这么久，他现在感到又急切又力竭。他听到前方有高亢的嗓门和人群的推搡拥挤。"你们看到那些外国人在插队吗？"有人喊道，一群欧洲人正强行往前挤。比沙姆再次看到了学校的恶霸甘詹，正和家人一起。

"每个人都稳住。你们都会出去的。"酒店的"黑西装"催促着，试图保持撤离行动的通畅与和睦。但这里的气氛比塔楼那边阴沉得多，塔楼里的食客们在撤离时推选出了领导人和侦察兵来

围攻　　231

护送他们。"每个人都会成功逃离，只要你们排成一队。关掉手机。保持绝对安静。"这里的客人比搜客多了100个，并且都在用不同的方式讲述自己的撤离：有的打电话，有的发短信，有的发推特。

在前面，透过敞开的门，比沙姆可以大致辨认出总厨赫曼特·欧贝罗伊，正高举双手示意大家安静。他身旁是曾让每个人精神振奋的主厨巴尼亚。他们前面站着身穿白制服的分厨房主厨——系着灰色领巾，都是每个厨房里最资深、最成功的厨师——以及他们的副主厨们。在场的还有身着蓝色、灰色和棕色制服的学徒或洗碗工，以及负责收拾炊具油污的年轻帮厨们。

总厨赫曼特·欧贝罗伊召集了他的厨房班子，解释说几分钟后他们将开始护送客人穿过厨房，从他的办公小屋旁走下楼梯，然后从考勤室的员工出口出去。他需要志愿者在被疏散的客人周围排成一道人墙以防不测。

尼廷·米诺查，金龙餐厅的高级副主厨，挺身而出。他留着修剪整齐的士兵小胡子，上衣口袋里常年插着一双筷子。他今晚的表现足以证明他处事冷静：关闭餐厅，藏匿食客，之后带领他们撤离到芥末餐厅，最后离开枪击范围进入钱伯斯。主厨巴尼亚开玩笑说今晚米诺查将成为一名"白衣战士"，而他的副主厨赫曼特·塔利姆也报名了，会从旁协助。性格活泼的塔利姆是阿米特·佩谢夫的朋友兼前室友，2002年以来一直在泰姬酒店工作，但他还是那么青春洋溢，在厨房被大伙称为"小鸡"。常年炒菜使得他的小臂变得特别发达，与酒店里的人掰手腕时从无败绩。

欧贝罗伊拍了拍塔利姆的肩膀，此时托马斯·瓦吉斯——叙利亚基督徒，芥末餐厅的服务生领班，举起手来。夜班高手瓦吉斯是厨房里的风云人物，因为他曾在工会里为泰姬酒店员工出头，而且几乎可以在自己的餐厅里独当一面：11个铁板烧座位，9个寿司位和20张独立的桌子。

欧贝罗伊还叫上了鲍里斯·雷戈，莎米安娜机智灵敏的副主厨。阿米特·佩谢夫手下这个"不知疲倦的雷戈"，晚上早些时候在咖啡馆遭枪手袭击时，穿过厨房逃到了一楼的服务区。过去的3个小时里，他一直在钱伯斯协助集合客人。现在他挺身而出，与他一起的还有凯扎德·卡姆丁，一位6英尺4英寸高的帕西人，在宴会厅工作，大伙叫他凯兹兄弟；还有扎欣·马廷，一位身姿矫健、脾气火暴的拉贾斯坦人，在十二宫烧烤餐厅工作。

厨师们组成一道保护墙后，前30名客人被叫到了黑漆漆的厨房，印度政客们挤到了最前面。每个人都被要求保持冷静。"另一头有大巴等着你们。"主厨巴尼亚催促道。反恐小组也出现了，但只护送国会议员。"他们会把你们带去总统酒店，酒店总经理已经等在那里。"每个人都点了点头，但队伍几乎立刻就骚乱起来。一个传菜员跑了过来，喊叫声从钱伯斯里面传出。昏暗的走廊里有人在扭打，阻挡了客人们前行，还可以听到愤怒的叫骂飘过来。欧贝罗伊站了出来："我进去看看。"行政总厨会把事情理顺的。"让每个人都保持冷静。大伙儿都跟上，朝前走，别停步。"他回头对巴尼亚、米诺查、塔利姆、瓦吉斯、卡姆丁和马廷喊道。

突，突，突。背对着芥末餐厅的走廊和货梯，主厨米诺查站在欧贝罗伊的办公小屋旁与凯扎德·卡姆丁和赫曼特·塔利姆交握双手，敦促客人们快点走，这时他听到类似泥瓦匠敲掉瓷砖的声音。"怎么了？"他恼怒地看向右边的主厨巴尼亚，巴尼亚也是一脸疑惑，突然有红色的玫瑰在他的白制服上绽放，然后他膝盖一软，瘫倒在地板上。一股细密的血腥味填满了米诺查的鼻孔，

围攻　233

他也倒了下去,这才意识到枪手刚刚找到了进入厨房的路径,对着他们的后背开枪了。

突,突,突。大部队四分五裂,人形通道分崩离析,员工和客人们都在四散逃命。

应急灯闪烁着转暗时,米诺查看到他周围的地板变成了一个暗红色的溜冰场。他本能地爬离了开火的地方,视线里掠过脚踝和鞋子,是那些还没倒下的客人和员工在逃跑,像海鸥一样尖叫。"去考勤室。"他催促自己,觉得自己看到一群人撤退到了钱伯斯,而其他人则朝下面一片漆黑的地窖冲去。

米诺查的左边,托马斯·瓦吉斯像稻草人一样张开双臂奔跑着。他在做什么?米诺查意识到他并非像其他人一样在逃跑,而是在带领慌不择路的人远离枪手。瓦吉斯有意跑进了火线内,试图缩小枪手的射击角度,随后他跟跄着摔倒了。正当他倒向地面时,米诺查看到一位酒店机械设备间的工程师突然不知从哪里冒了出来,冲上去接替了瓦吉斯的位置。身为泰姬酒店的隐形军团之一,拉詹·卡姆博在关键的几秒钟挡住了枪手的路,随即后背中了一枪。

米诺查试着闭上眼睛。再睁开眼时,却没有任何改变。他朝欧贝罗伊的小屋看了一眼,只见行政总厨已从钱伯斯出来,踮起脚尖站在那里,一脸惊骇地看着厨师们的百褶帽跌落下来消失无踪,仿佛海豹掉进了冰洞。米诺查感觉自己渐渐失去了知觉,被卷进了厨师们满是血污的白色制服的汪洋。他不知道这样一个简单的方案到底出了什么事。

欧贝罗伊藏身在厨师食堂,里面写着厨房祷文的瓷砖上沾上了斑斑点点的鲜血:"主啊,保佑我的小小厨房,/以及进到这里的人;/愿他们发现这里尽是欢乐、祥和与喜悦/没有其他。"站在祷文旁边，总厨欧贝罗伊百思不得其解。他们到底怎么知道我们都在这里的？一想到枪手们已经找到了路，通过底层只用餐巾临时系上的隐秘大理石门进来，他就无比惊惧。呼啸的子弹击中了不锈钢橱柜和盥洗台，把他从沉思中拉回了现实。

欧贝罗伊小心翼翼地走出门口，发现了巴尼亚，这个自1986年以来一直陪着他的好友，浑身是血地俯伏在他右边几米处。他没办法过去，不由感到无比难受。就这样结束了？他曾无意中听到巴尼亚向安嘉丽·波拉克和其他人保证，自己宁死也不会让他们被伤到，他祈祷巴尼亚只是受了脑震荡。凡事总有解决办法。在泰姬酒店，你会认识到，服务部门之间虽然时常略有罅隙，就像地壳板块常有不稳、过热和冲撞一样，但问题总会很快得到解决，各自归位。

就在这时，一名枪手与欧贝罗伊四目相对，随之就是一通猛烈的凌空抽射。茫然无措的恐慌席卷了行政总厨的全身，在四处寻找出路时，他瞥见两名副经理正在下地窖，还有第三个人影在拼命向他招手。是他的食品和酒水经理。"**快跑**。"他指着楼梯。一群员工和客人把茫然的欧贝罗伊拉过去，他们全都下到了一个没有灯光的地方，满是小隔间、储物柜和储藏室。他试图脱身离开。"我要去找巴尼亚。"他叫道。有人拦住他："先生，请不要回去，太迟了。"

上面，主厨米诺查已经恢复了知觉。躺在血泊中的他知道自己必须站起来，否则必死无疑。但尽管他给四肢发送了指令，却什么动静都没有。他低头一看，一只手无力地垂着，前臂的骨头碎了。他冷静地看着，判断手臂基本上是断了，无法复原。他所能想到的就是他再也无法工作了，就这样被随机的子弹赶出了自己的本行。"我完了。"他喃喃地说，眼里蓄满了泪水。

围 攻　　235

突，突，突。枪手又回来了。米诺查用没有受伤的胳膊和腿，推着自己在不锈钢工作台之间横向穿梭，脚在厚厚的血污中划过。前方，他可以看到主厨巴尼亚躺在地上，双眼凝视着上方，鬓发上沾满了血。躺在他旁边，双腿弯曲成奇怪的角度的是扎欣·马廷，十二宫一位技艺高超的年轻主厨，每个人都对他梦幻般的卡鲁阿慕斯①赞叹不已。此刻他正抽搐着，干裂的嘴唇吹出唾液泡泡。马廷刚刚在入学考试中取得了优异成绩，有望被任何一所最好的研究生院录取。就在昨天，他们所有人还在祝他前程似锦——但现在他的人生已没有了希望。

米诺查瞥见一个身影飞奔而过，身材矮壮，留着浓密的小胡子。是海洋吧的服务生领班福斯廷·马尔蒂斯吗？他在做什么？马尔蒂斯冲进肉库躲了起来，拉开沉重的门，把粗麻布窗帘拉到一边。要跟上去吗？米诺查不知道。但有什么东西把马尔蒂斯拉走了，向后方的考勤室奔去，然后又奔向出口，在那里他遇到了从反方向跑来的客人。他们曾试图从塔楼的消防门出去，他们都在歇斯底里地尖叫，但门被卡住了。"有人从外面堵住了出口，我们都被困住了。"

人群一分为二，一群跟着总厨欧贝罗伊一行人进入黑暗的地窖，另一群带着米诺查前往考勤室。在前方，他可以看到浑身是血的主厨赫曼特·塔利姆在被苏尼尔·库迪亚迪往外拖。"叫救护车。"安保主管大叫着，轻轻地将塔利姆放在了人行道上。"坚持住，你会没事的，别离开我。"腹部中弹的塔利姆虚弱地回答道："好的，先生。"

下面地窖里，十几个人挤在一间黑暗潮湿的储藏室里。总厨

---

① Kahlúa，一种源于墨西哥的利口酒，可直接饮用，可调制鸡尾酒，可用来做提拉米苏，此处是加入慕斯蛋糕中。——译者

欧贝罗伊尽量让人群平静下来，同时注意到这群人中有一些孩子被枪声和靴子沉重的踩踏声吓坏了。"我不想死。我们不想死。"两名年轻的厨房搬运工泣不成声，无法控制自己的情绪，此时脚步声已经越来越近。有人把搬运工们拉近自己，把他们的脸埋了下去。欧贝罗伊挣脱出一只手，把他的黑莓手机举到脸上，眼睛适应着屏幕的亮光，一堆消息已经下载好了。

托马斯·瓦吉斯："我受伤了，先生。在电梯附近流血。"欧贝罗伊感到又沮丧又恐惧，责任感驱使他将瓦吉斯的文字转发给了总统酒店的泰姬酒店管理点。主厨塔利姆的一条短信跳了出来："失血严重，但想办法逃出来了。您还好吗，先生？"有多少人死了？欧贝罗伊想知道。这些主厨中有许多人已经和他相处了15年，甚至更久。他想到了食堂墙上的照片，照片上的那些快乐时光里他们全都满脸带笑。有几条短信提到看见了凯扎德·卡姆丁，他高大出色的宴会厅分厨房主厨，说他一动不动地躺在小屋旁。你们不能杀死卡姆丁！没有关于主厨维杰·巴尼亚的消息，据他所知，应该还躺在地砖上。也许还活着。对巴尼亚的妻子或卡姆丁的家人，他应该说些什么？他不能就这么当他们已经遭遇不测了。

尼廷·米诺查发来短信："受伤了。但正在出去。您还好吗，总厨？"感谢众神，米诺查没这么容易死掉。欧贝罗伊打字回复道："太好了，快出去！！"还有一条信息来自果阿，是主厨雷戈的父亲，他真不想去读。"我的儿子在哪里？"乌尔巴诺·雷戈问。该怎样回答才合适呢？最后，在联系了卡拉姆比尔·康并详细解释了发生的灾难后，行政总厨打开了家人的信息。他们都很绝望。第一条："爸爸快出去！"之后："电视新闻快报说：行政总厨欧贝罗伊死了！"他给每个人发了同样的一条信息："还活着！请先不

围攻　237

要打电话或回信息。"

欧贝罗伊关掉了手机,并要求每个人都这样做。陪伴他们的只有黑暗和寂静。外面的脚步声越来越近了。

隔壁房间里,甘詹·纳朗在摆弄他的手机。纳朗是比沙姆和新郎阿米特的老同学,今晚和家人来泰姬酒店的金龙餐厅庆祝自己的32岁生日。他们都逃过了第一波攻击,并被带进了钱伯斯。但现在,经历了人群溃逃和枪击之后,他们走散了。甘詹躲在库房里,旁边是他的父亲和一名泰姬酒店员工。他为妹妹、妻子和她的父母祈祷,希望他们已经成功逃脱。"我们在酒窖里,"他发短信说,"你们在哪里?"他身旁的泰姬员工能听到脚步声传来。"我们不能有一丝亮光,先生。"甘詹没有理他。他的妻子来了一条短信,他兴奋地挥了挥拳头:她和她父母成功逃出去了。那他的母亲和妹妹贾娜在哪里?他再次给他们发消息,按下发送键,手机屏幕闪亮着。然后他转向那位员工,第一次理会这人,充满怒气道:"如果你只做一件该死的事,"他说着戳了戳手指,"记住不要再这样……"

他话还没说完,门就被踢倒了,一发发实弹迸射进来,打碎了几百个酒瓶,里面的酒汩汩流到了地上。碎玻璃像喷泉一样喷向那位员工,他强忍着眼泪,不住祈祷,看到甘詹和其父亲倒在地上死了。

贾娜·纳朗躲在附近的一个库房中,正在诵经。作为一名佛教徒,她相信开悟不是死后才有,而是给活人的礼物,它的秘密就像代码一样藏在她内心深处的某个地方。"我必须相信。"她告诉自己,想象着莲花的景象来屏蔽外面可怕的响动。"我必须活下去……我的工作还没有完成。"她把自己推向内心深处,想象自己被香味和花朵环绕。"我还有一个使命要完成。"贾娜将自己封闭在自己制造的深沉静默中,专注于乔达摩佛①的话:"我们必须去除杀戮的意愿。"她不应该害怕枪手,也不应该怨恨他们。

咔哒一声,门开了。一发、两发、三发和四发子弹穿过了她的双手和背部,把她打得身子转了个方向,打碎了她的骨盆,火辣辣的热流传遍了她的全身。"我不能死。我的工作还没有完成!"她不停念着,这时,另一名死去的客人倒在了她身上。

她意识到有人把尸体翻过来补枪。她不得不往内心更深处走去,几乎到了死亡的边缘。她吟诵着,放松自己痉挛的肌肉,眼睛紧闭着,抹去所有外在的生命迹象,感觉好像已经在皮肤上盖了一层裹尸布,所以从外面只能看到她被打穿的似乎毫无生气的身体。

从枪口射出的子弹以超音速行进,压缩它们前面的空气并形成一个弓形的平滑圆弧,激发出一个锥形声波,有些人听到后会觉得是鞭子的噼啪声,甚至是掌声。芥末餐厅的一名服务生刚走到走廊的一个交会处,正在犹豫是下到地窖还是去考勤室时,他听到了超音速的噼啪声,脚步不由得停了下来。"不要下去。"他自言自语道,随即冲向了员工出口。

他的电话响了。他用手掌包住电话,生怕泄露自己的位置,然后一边跑一边把它按到耳朵上。"我在流血。"来电者说。他用了几秒才意识到这是他的上司托马斯·瓦吉斯。"我的腿中了枪,正躺在厨房的电梯旁边。请来救救我。"

惊慌失措的服务生止住了脚步。他该回去吗?他一动不动地站着,听着电话里的动静。他只能听到电话的另一端有人在走来

---

① 释迦牟尼佛的别称。——译者

走去,赤脚踩着湿漉漉的厨房地板,脚步声在迅速逼近。"先生?"他低声问道。服务生知道,他能听到的,就是他的上司正在看到的。一声金属的咔哒声,然后是突,突,突的枪声。

服务生狂奔到考勤室,瘫倒在外面。他打电话给他的朋友阿米特·佩谢夫,莎米安娜的经理,对着电话哭道:"瓦吉斯先生完了。他们处决了他。"

凌晨 4 点 45 分,梅里韦瑟路

当尼廷·米诺查把自己拖到外面时,乌鸦们正哇哇叫着,赞美黎明。扫街人已经在工作了,哪怕在这样的一天,在发生了孟买有史以来最严重的大屠杀之后。他们把落叶扫成堆,用水冲刷马路,把灰尘压下去。茫然又痛苦的米诺查坐在人行道上,看着他们,在清晨寒冷的空气中瑟瑟发抖,而陌生人们带着迷茫的表情走来走去。

今晚这座城市流了那么多血,以至于多一个受伤的人也不会引起什么注意,他觉得自己像是隐形了一样。米诺查踉踉跄跄地站起来,因他刚刚目睹的一切而满腔怒火。他绕来绕去寻找警察,决心提供证据,给出目击证词,将凶手绳之以法。他愿意出力作证,哪怕他粉碎的前臂让他很痛苦。

一路上,他发现排水沟里有一条泰姬酒店的餐巾。他把餐巾绑在胳膊上,用牙齿打了个结,把它变成止血带。这种不适米诺查还能受得住。他高举着胳膊走着,试图止血,一直走到最近的警察局。砰,砰。他敲着门。"门怎么会锁着?"他难以置信地自言自语,最后只能颓丧地倒在人行道上。整个晚上,他们都在等待救援，可警察又在哪里呢？在家里的床上干着他们的情妇？一辆路过的摩托车停了下来，车上的两名男子目瞪口呆地看着他。"嘿，伙计，你看起糟透了，"骑手说，"你必须去医院。"

米诺查的白色厨师制服已经变成了猩红色，胳膊血肉模糊。"帮我打个电话。"他恳求道，用头指向裤兜里的手机。他想让人知道他在血腥的修罗场中幸存了下来。骑手找到手机，重拨了最后一个号码，联系到了米诺查的叔叔卡莫尔。"我还活着，正要去医院。"米诺查用嘶哑的声音说。卡莫尔只来得及告诉他新闻里报道的惨剧——总厨欧贝罗伊以及他的很多厨房同事都被认定已经在枪战中丧生。摩托车手抽走了米诺查的手机，又把他夹在他俩中间，以确保他不会摔下车。"我们得走了，哥们儿。"其中一人说，害怕他的血会流光。

清晨5点，钱伯斯

钱伯斯里面，在客人们撤退回来之后，工作人员手忙脚乱地赶紧把门关上。4名杀红了眼的枪手仍流连在外，像野狗一样围着俱乐部打转，猛敲着每个入口和送菜窗口，摇晃着锁，砸碎玻璃窗格，千方百计想要入内。主厨拉古·迪奥拉平时与大个儿凯扎德一起在钱伯斯厨房工作，是主厨米诺查最好的朋友之一，他自告奋勇留在外面，作为缓冲，并转移杀手的注意力。他不准备躲藏。他等在那里的时候，枪声像电锯一样加速，有几个人从门口冲了进来。看到他们瘫倒在地板上，他意识到这些人不是枪手，而是客人。他已经打算背水一战，但没有时间把这些人都弄进锁好的俱乐部。相反，他们得和他一起留在这个危险区域。"我们都会活下来的。"他向他们保证，同时适应着新的现实，但他不再像之前那么确定了。"我们必须保持安静。勇敢一点。"但迪奥拉主厨其实很害怕。

在钱伯斯锁住的门后面，比沙姆和他的母亲正上气不接下气。他们离开时排在第四组，当时正走近走廊尽头的厨房，而枪手从另一头闯了进来。现在他躺在薰衣草室的地毯上，紧紧抱住自己，试图控制颤抖的双手和抽搐的双腿。这时一个西方男人出现在门口，扶着一具虚弱无力的身体。

是迈克·波拉克用肩膀架着豁出性命保护客人的工程师拉詹·卡姆博。"他中枪了。"美国金融家低声说着，轻轻地把那人放在沙发上，然后又出去了。迈克知道安嘉丽就在走廊那头的图书馆里，与他们的晚餐同伴希夫和蕾什玛·达希特一起，但他不打算过去和她一起。他已经艰难地认清了一件事：这是一场战争。如果概率是一个或多个事件发生的可能性，除以可能的结果的数量，那么为什么要将他们的孩子成为孤儿的可能性翻倍呢？从一开始，他就不喜欢把这么多客人聚集到像钱伯斯这样的地方，把它变成一个潜在的人质仓，他也很清楚自己的白皮肤和口音会使自己成为枪手的主要目标。没有跟安嘉丽商量，他断定，不和他一起，她反而有更大的生存机会。

"这从来都不是个好主意，"他自言自语道，并开始寻找新的藏身处，"事实证明这已经变成了一个该死的糟糕的主意。"迈克发现了俱乐部的卫生间，就俯身躲进了一个漆黑的小隔间，听着枪声再次在厨房响起。他把头挤进马桶和马桶刷架之间，结果目光对上了一双巨大的红褐色的眼睛，心差点跳了出来。客人还是猎人？"乔。"一个低沉的声音自我介绍道。"迈克。"他回道，同时松了一口气。注意到迈克的口音，乔表示自己"也算是个美国人"。尼日利亚出生，持有绿卡。如释重负的波拉克回到了自己的世界。还有很多事要做。

躺在卫生间的地板上，他给安嘉丽发短信，解释他决定独自一人面对。希望她和朋友已经找到了一个安全的藏身之处。接下来他给华盛顿特区一位有政府关系的同事发了消息。太多时间已被浪费，所以他请朋友帮他牵线联系上美国联邦调查局。10分钟不到，他就忙活起来，与探员们互通最新情况，交换建议。迈克准备好了。他躺回黑暗中，在乔旁边，听着令人揪心的一声声枪响，听起来好像就在门的另一边。随着肾上腺素流过他的血管，他注意到声音以奇怪的方式传来。但这种冲击正在为他的神经元突触创造奇迹，感觉它们好像正在用一种前所未有的方式激励着他。多年来第一次，他不再害怕失败和尴尬，他的骄傲和期望也消失了。没有什么可失去的。现在没有理由不去追随他的内心。

他专注地听着枪手的声音，可以在脑海中想见他们。他们不再对着房间扫射，而是单发子弹射击，仿佛在选择特定目标。迈克可以想见枪机复位，扳机被扣动。"我完全控制了我的自主神经功能，"他自言自语道，惊讶于自己听力的敏锐和嗅觉的增强。"我可以马上重新适应不同的东西。"一幅画面浮现在他的脑海中：亚历山大大帝骑行在军队的最前面。你必须先感受，才能理解。他还发现自己在做一件不可思议的事。"我虽然行过死荫的幽谷，也不怕遭害，因为你与我同在"。往日里不怎么相信上帝存在的他竟然从诗篇的语句中找到了安慰。

安嘉丽·波拉克坐在图书馆的地板上，接受着她所认为的残酷现实：迈克死了。她最后一次看到他是在走廊上等待撤离的时候。枪击的混乱中，她跟他走散了。她正想着他不可能逃过那场枪战时，她的手机嗡嗡作响。她用双手紧紧包住手机，想要掩盖振动,结果发现是迈克的信息。她被欣慰和愤怒淹没,开始抽泣。生死关头他们却分道扬镳,但现在不是琢磨他独自做决定这些细枝末节的时候。厨房里又响起了枪声,她畏缩了一下,确定是钱伯斯里面有人中枪了。迈克也在其中吗?她不知道他藏在哪里。"我已经与自己和解了。"她告诉自己,开始祈祷,从来没有这样恳切过。大多数时候,她为迈克和孩子们祈祷。"如果一定要有人死,请让我死吧。"她恳求道。

渐渐地,她的注意力被躲在她周围的其他人的动静吸引了,这些人不断窃窃私语和咳嗽。他们就不能保持安静吗?她四处张望,想知道谁会不经意暴露他们的行踪,随后目光定格在一个古铜色皮肤的白发男人身上,他颓废地瘫在躺椅上,摆弄着他的手机,手机像猫的眼睛一样闪闪发光。那次失败的撤离期间,他甚至都懒得起来。而且他一刻不停地发着短信。这人正是安德烈亚斯·李佛拉斯。周围所有的客人都被他的行为吓坏了,示意他不要发出声音。"安静点。"一位老太太劝道。他继续在他的黑莓手机上点点点,一门心思要再次联系上BBC。"我们为什么还在这里,雷梅什?"他对助手低语。雷梅什没有回答,他刚弯腰躲闪,就看到两个影子掠过图书馆大门,一个黑色,一个红色。突,突,突,子弹射穿了门。"先生,请别说了。"雷梅什低声道,并轻触了他老板的膝盖。突,突,又一波子弹射出,钻进了图书馆。"哦,天哪。"安德烈亚斯喃喃道。

雷梅什呻吟着,感到肩膀上绽开一股灼烧的热流。他用指尖摸索,感觉到鲜血越积越多。他中了两枪。他的身体微微往地上瘫去,抓着他老板的脚,低声说:"别担心,先生,我们会挺过去的。"然后,他猝然瘫倒在地上,紧咬着牙关。怎么会这样?至少L先生终于明白了他的意思,安静了下来。雷梅什躺在那里,浑身僵硬,就这样似乎过了很久很久。

走廊过去的薰衣草室里,每一次枪声都让比沙姆不由得往回缩,感觉每一枪都跟他擦身而过。他躺在地毯上,母亲坐在他旁边的椅子上,他不去想外面的声音,满脑子都是老同学甘詹·纳朗冲下酒窖的一幕,随后地狱般的可怖声音从下面传来。没有人能在那样的情况下逃过一劫。比沙姆对自己早前骂了甘詹感到不适,觉得自己的理智在崩溃。

凌晨 5 点 10 分,泰姬酒店厨房

一连串的子弹打在附近的金属表面上又弹开。主厨拉古背靠着一个炉灶,两侧各蹲着一名印度客人,他瞬时明白一个或好几个杀手已经想办法进来了。没过几秒,一名枪手已经站在了他们面前,穿着一身黑,但拉古没什么反应,已经想好了他的行动方案。他注视着面前那张脸。不是成年男子的脸,只是个孩子。"躺下。"年轻的枪手命令道,此时印度客人们已经开始求饶。拉古低声让他们停下来,他知道求饶只会雪上加霜。他们必须避免引火上身。客人们不懂极端主义心理学,但出身孟买的他,觉得自己在这方面像是拥有博士学位。

"脸朝下,"枪手吼道,随即又改变了主意,"背朝下。翻过身来看着我。"拉古静静地躺下,客人们也翻过身仰面躺好,主动交出钱、钱包和手表。拉古真希望他们不要这样。突,突,突,枪声在狭小的厨房跳跃着,拉古闭上了眼睛。子弹扫过,一颗又一颗:他感到鲜血溅上了他的脸。是他的血还是他们的血?"拉古死了。"他对自己说,在枪手逼近时强迫自己保持不动。在他身旁,那两名客人在痛苦地挣扎着。

苏尼尔·库迪亚迪不知怎的又回来了,他从拐角处跑来,及时收住了脚,看到黑衣恐怖分子坐在三具尸体之间,像一只饥饿的乌鸦,枪就放在一条血淋淋的腿上。他转过身看到库迪亚迪,咆哮道:"Idhar ao(过来)。"安保主管立即向反方向狂奔,背后追来一串子弹。

比沙姆屏住呼吸,堵住耳朵。他正祈祷着枪手快点离开,突然注意到薰衣草室的门现在半开着。"见鬼,怎么会打开的?"他们必须把门关上,但他因恐惧而四肢瘫软,怎么也爬不起来。他转向旁边的一个人,抽抽搭搭地说:"门……我们需要关上门。"如果枪手进来,他们就会首先没命。"你去关。"那人一脸厌恶地怒吼道。

比沙姆注视着身边的二十多个避难者。有些人今晚竭尽全力地给每个人带来安全感,集体行动,在关灯、关电话、关空调之前确保每个人都有水喝,把这个私密的餐厅变成一个不引人注意的死角。他自责不已,他需要多做点什么。当一位老太太拄着拐杖,一个人从厨房慢慢挪过来时,他感到自己眼里泛起了泪水。随后他终于挣扎着站了起来,在别人的帮助下,把一张沉重的桌子和椅子拖到了不堪一击的门口。

他母亲的朋友、孟买医院的麻醉师蒂鲁·曼格希卡医生没有时间反躬自问。她把双手伸入了负伤的工程师拉詹·卡姆博的腹部深处。一颗子弹从他的背部射入,在前方炸开,留下了一个5倍大的撕裂伤。"你确实中枪了。"她说,鼓励卡姆博坚持住。"是的,女士。"他呜咽道,同时把拳头塞进嘴里,努力抑制住哭泣。蒂鲁医生让他别动,担心他的肠子会滑出来。她把一些布塞进去,用桌布裹住他的身体,把腹部固定好。她摸着他的脉搏,至少出血已经得到了控制。"我们会对付过去的。"她说，这时一枚手榴弹爆炸了，把薰衣草室的墙震得直颤。比沙姆打开手机，发了一条短信，尽量转移自己的注意力："撤离失败了。通道中有枪击。不知突击队员还在不在那里。有人肚子中弹。妈妈和我在一起。关着灯。在等待。"

朋友回复说："突击队员和海军在那里。应该只是时间问题。别担心。"

他又给德里的一个朋友发了一条信息："可能就这样了。"5分钟后又一条："那又怎样:)"

朋友稍后惊慌地回复道："打不通你的电话。火还在烧。人们从楼上往下跳。你在里面吗？"

他在吗？比沙姆在脑海中快进了一下他面临的所有不幸之事，恐怖的场景像西洋镜一样在他面前掠过。

清晨5点15分，数据中心

在2楼，钱伯斯的遭袭听起来像是公牛在狂奔。弗洛伦斯·马尔蒂斯藏在桌子下面听着，想象着楼下的大屠杀。把椅子拉起来，电话在下巴底下架着，早些时候打电话过来的好心人罗山仍然在线，不停叫着她的名字。他得防止她陷入昏迷，此时另一团烟雾已经涌进了房间。

一串应急灯时亮时暗，现出破碎的门。她能透过一扇小小的窗户看到天已破晓，知道自己很快就会完全暴露。她聚精会神地听着罗山的声音："弗洛伦斯，我还在这里陪你。别忘了还有我。"

她能听到木头咔嚓断裂声，然后是靴子的咯吱作响。有人潜入了房间，逐渐逼近。"他在搜寻。"她对自己说，同时屏住了呼吸，后背紧紧靠着墙，这时一名枪手走了进来。她瞥见了他的靴子，看着它们朝她走来。现在她能看到枪管了。"罗——山，"她无声地对着手机说，"枪手在……有人在……在房间里。"

这人穿着黑色的裤子。她能闻到他的汗和火药的味道。他在桌子上搜索，臀部离她的脸只有几英寸，之后他转过身，穿过破损的侧门匆匆离开了。弗洛伦斯的心怦怦直跳，意识飘进了另一个世界，那里的一切看起来都像手里的面团一样可以随意伸展。另一部手机在不远处响起。是她的父亲吗？"爸爸？"他发生什么事了？他之前就说他已在路上，但已经好几个小时过去了。

清晨 5 点 16 分，厨房

1 楼寒冷刺骨的肉库里面，福斯廷·马尔蒂斯正躲在几名泰姬酒店员工旁边，这时他的手机响起了短促的铃声。

哦，天哪，他想，用颤抖的手把它掏出来，骇然地看着亮闪闪的新手机，这是家人送给他的礼物。他不知道该怎么把它关掉。

铃声最终停了下来，福斯廷盯着其他人，向他们道歉，想知道墙壁是否厚到让声音透不出去。同事们看着福斯廷战战兢兢地拉开粗麻布窗帘，从玻璃窗孔向外偷偷看去，望向黑漆漆的厨房远处。结霜的玻璃反射出他自己的脸，他擦了擦玻璃，才意识到外面有人在朝里看。

突，突，突。

第九章 安拉不要你

2008年11月27日，星期四，清晨5点

阿米特·佩谢夫仍被困在孟买医院。一小时前他设法查实到他带到医院的负伤英国客人的失踪妻子还活着，但还滞留在泰姬酒店。现在，他在医院的白色塔楼周围徘徊，里面的走廊已经挤满了死伤者。他迫切地想要回到被围困的朋友和同事那里，于是又给上司赫曼特·欧贝罗伊发了信息。

行政总厨的态度坚决："留在医院。"他没有透露原因，也只字未提自己被困在黑暗的地窖里，以及厨房班子所遭遇的大屠杀。信息的简洁加深了阿米特的不祥预感，这种预感始于他一小时前接到电话得知了托马斯·瓦吉斯被近距离射杀的噩耗。

他走到外面抽烟，第一次意识到天已经破晓。他正想着新的一天会带来怎样的希望，一辆救护车在警笛的尖叫声中停了下来，车门甚至在车还没停稳时就打开了。他信步走去，盯着担架上那个不省人事、鲜血淋漓的身影，大吃一惊。"天哪。"是赫曼特·塔利姆，金龙餐厅的主厨，和他同住在阿巴斯大厦的好伙伴。他们最后一次对话是几个小时前，当时塔利姆还在钱伯斯。一名护

工喊道:"肝、肾、大腿。"阿米特紧紧盯着主厨。他这是已经死了吗?他在其耳边低声呼唤:"赫曼特。"

阿米特有了个主意。"医生,我们需要帮助。这个人快要死了。"他找到一个护工说,"你们要带他去哪里?"阿米特拿出一支笔又找到一些纸,记下了正被收治的朋友的病房号。这就是他将要为每一个出现在医院的人所做的事。在一家拥有 800 张病床但一片混乱的医院里,最努力疏通的人才会优先得到治疗。

他在台阶旁等着,查看每辆到达的救护车。他的徒弟小雷戈在哪里?小雷戈答应过会给他做他最喜欢的披萨。宴会厅的帕西大个儿凯扎德·卡姆丁在哪里?在钱伯斯和宴会厅的炉灶后面,他被称为 bawa,这是对帕西人的昵称。作为周末的曲棍球球手,卡姆丁今晚一定会坚守阵地,阿米特对此毫不怀疑。他重读了手机里的短信,查看最后一次收到卡姆丁和其他同事的消息是什么时候,这时第三辆救护车停了下来。阿米特悬着一颗心跑了过去。他盯着那具尸体,但不是他认识的人。欧贝罗伊慷慨可爱的二把手维杰·巴尼亚主厨在哪里?还有十二宫的后起之秀、主厨扎欣·马廷?

当黎明将丝滑的光芒洒在城市上空时,阿米特找到了自己的目标。厨房之神赫曼特·欧贝罗伊需要他在这里拯救他的同事们。一辆摩托车载着三个人驶过来,他发现中间那个是半昏迷的尼廷·米诺查,大腿托着血肉模糊的前臂,脸像孟买木壳船的帆布船帆一样煞白。

"水。"米诺查哑着嗓子说,被扶下车后瘫了下来。"还有谁?"阿米特急切地问道。米诺查只是摇了摇头,随后阿米特在日志本中标记了他的住院。

米诺查苏醒过来时,正独自躺在一张床上。一样东西吸引了他的目光：胸前口袋上的一个黑点。他掏出口袋里的金龙餐厅筷子，看到它们已被劈成两截。一阵狂喜席卷了米诺查的全身：原来一颗射向他心脏的子弹从筷子上掠过。他的胸口上多出一块拳头大小的瘀伤，一碰就痛。

清晨 5 点 30 分，警方控制中心

在克劳福德市场附近的警方控制中心，有关厨房班子惨遭屠杀的消息正传过来，刑事分局局长拉克什·马力亚简直无法相信。"我们从来没有像现在这样坐着干等，"他愤怒地说，"对方占据了战略优势，向我们发动攻击，而我们甚至没有重整队伍。"好几个小时以来，他一直在向任何愿意倾听的人重复同样的看法，步步紧逼的恐怖袭击画面已经打击了警察的士气。

控制中心就像一个紧绷的、令人窒息的库房，每个人从袭击一开始就被困在发光的屏幕前。筋疲力尽的电话接线员们抬头片刻听他说话，然后又继续埋头工作。

马力亚有一种压抑窒息感，很沮丧，这种情绪，他在这样一个极其讲究关系手腕的部门中体会过很多次。在他成功破获 1993 年及 2003 年的连环爆炸案之前就有过。但他永远不会公开承认这些疑虑。没有人会鼓励自我批评，邦政府机构最后宁可炮制出一个甘油导致爆炸事件的版本来掩盖真相。

尽管如此，马力亚还是对加福尔决定按兵不动并将所有希望寄托在国家安全卫队身上感到恼火，他还是奋战在指挥线上。为什么偏偏是他被束缚在控制中心，做着别人也可以做——甚至可能还做得更好的工作？作为联合片区刑事警察局长，他本应在外面与敌人战斗，街上也好，泰姬酒店大堂也好，而不是被困在这里，不接地气，枯燥乏味，与全城的警力保持联系。警察局长仍然待在停靠在三叉戟-欧贝罗伊附近的车里。

7个小时过去了，没人取得什么进展。马力亚需要改变现状，于是打电话给被他派往奈尔医院去盯着被俘枪手阿杰马尔·卡萨布受审一事的刑事分局督察。"把他带到克劳福德市场。"他命令道。督察不知所措。从副局长加奇对犯人的第一次审讯中，警方不是已经得到所需的信息了吗？他还转达了医生的警告，说犯人的病情尚未稳定，可能会不许其出院。

但马力亚就是想插手。他大发雷霆。"狗屁。"他喊道。"我有三个很好的理由来审问犯人：卡姆特、卡卡拉和萨拉斯加，"他愤慨地说，"把他带到这里来，哪怕你必须用他妈的枪抵着医生的头。"刑事分局会进行刑事调查，如果有人质疑，他会争辩说只有让刑事分局局长来审讯才是对的。挂断电话前，马力亚最后警告道："不要动他一根寒毛，确保途中有足够支援。我们不能再搞砸了。"

奈尔医院里，医生们火冒三丈。阿杰马尔·卡萨布的病历上标着："罔顾医生建议强行出院。"督察打电话劝告马力亚，但这位刑事分局老大毫无悔意。"现在不是适用该死的《日内瓦公约》的时候。"他吼道。

半小时后，晕头转向的犯人来到了警察总部大院，马力亚下楼时下令："把卡萨布带到 AEC。"这是他的第一招，在反勒索部门（Anti-Extortion Cell），即萨拉斯加的地盘审问囚犯。将马力亚唯一的犯人带到一座仍在遭受袭击的动荡城市的刑事分局这种险招，正在变成一种复仇行动。"现在我们来看看他的感受。"马力亚说着跑下楼梯出现在院子里，他眨着眼睛，7个小时以来他第一次吸入寒冷的空气，清晨的微光刺痛了他的眼睛。

一小群身材魁梧、穿着制服的警察在反勒索部门外跺脚，围着一个穿着借来的塑料凉鞋的矮小身影。马力亚向他的手下点了点头。"我的内心里有个声音告诉我该直接掐死这个家伙，就在这里，就在现在。"他咬牙切齿地说，看着那个浑身颤抖的囚犯，"但我的理智告诉我，他是了结这个案子的唯一线索。"阿杰马尔被俘之后，马力亚身边所有的人都在提议采用孟买过去的惯例：一人去背整个锅。先让他跑，再一枪崩了他。还有些人想吊死他，然后伪装成自杀。

面色阴郁的他们全都走进了萨拉斯加的地盘，呆呆地注视着殉职督察的文件和个人物品：嫌疑人的大头照、"通缉"令、竹制警棍和防弹背心。阿杰马尔被摁到了一把塑料椅子上，左手腕上戴着手铐。如果一个房间就能让人感觉到胁迫，那就是萨拉斯加这间了。马力亚矗立在犯人的上方，两侧是身穿制服的警察，他开始用阿杰马尔的母语旁遮普语说话。这也是马力亚父亲的母语，他在1950年代移民到了孟巴。

马力亚问阿杰马尔是否知道自己身处何地。他穿着肮脏的带有米黄色和白色的T恤，一只手腕和胳膊包着绷带，看起来楚楚可怜。他真的是马力亚见过的最其貌不扬的大屠杀刽子手。他脸色蜡黄，带着脏污和油腻，让警察想起了扎韦里集市的甜品摊上在深口油煎锅前忙活的孩子。

好的审讯者需要一个开场白，马力亚已经准备好了："你想死，所以，要让你知道的是，我不会杀你。"他指了指萨拉斯加的屋内常设的钝金属指节套。"它们也不会要了你的命。"他顿了一下，给阿杰马尔一些时间去消化这句话。

"这些人，"马力亚指着整个房间说，"想要了你的命。但我不允许。你的任务失败了,因为你没有死。现在全世界都会知道你搞砸了,一塌糊涂。你告诉我的一个手下说,希望成为殉道者(shaheed)。那么,我的朋友,我有件事要告诉。安拉不要你。所有人都不要你。你悲惨的一生会一直这样继续下去。没有人在乎你。你就是一个可怜的、可悲的废物,哪怕你想死,也改变不了这个事实。"

马力亚的话直击要害,阿杰马尔哀嚎了起来。巨大的失望像沙尘暴一样兜头而下,让他回想起自己总是无法得到认可,甚至在他还只是个孩子的时候,父亲就迫不及待地想抛弃他。虽然他的兄弟们今晚仍在街头努力完成他们的使命,但他已经可以预见,他会苟活到印度人选择让他死的那一天,他毫不怀疑,会被戴上头套绞死。最后一个令人沮丧的想法浮现在他的脑海,后来被他写在了一张便条上,签上名并写了日期,交给了一名律师。现在他终于知道了,即便被处决,也没人会认领他的尸体。就在那一刻,阿杰马尔看清了一个残酷的事实:我永远也回不了家了。

马力亚有很多问题要问。"你们在城里有几个人?你们带了什么武器?计划是什么?谁在指挥你们?"阿杰马尔在医院里回答过这些问题,对着那个肥胖的、满嘴都是猩红色包叶槟榔的警察。现在他被迫又答了一遍。马力亚坐了下来,沉浸在他的口音、鼻音元音、发出嘶声的"s"和卷舌的"r"中,这是一种松散无力的表达方式,听起来像锯子在划拉树干。这是旁遮普东部的口音:那里到处是失地和贫困景象。在马力亚看来,那里的孩子生下来就是为了卖钱,活着也是浑浑噩噩没有目标。

阿杰马尔详细描述了MV"库伯号"渔船的大致位置,解释说他们当时以为印度海军舰艇正在逼近,恐慌中没来得及弄沉MV"库伯号"并把印度船长的尸体扔下船。海岸警卫队觉察到了动静。他证实他们不小心落下了一部卫星电话和一部 GPS 手机，并描述了将他们带上岸的黄色充气艇。他更为详细地解释了他是如何被虔诚军招募、训练和装备的，之后从卡拉奇出发执行任务。卡拉奇也是联络员们所在的地方，他透露说。终于，马力亚有了新发现，无比宝贵的信息。他向加福尔和情报人员发送了消息：整个袭击都是由一个位于卡拉奇的控制室来操纵的。

马力亚唯一难以接受的是，阿杰马尔声称城里只有他们 10 个人。这么少的人怎么会造成这么大的乱局？马力亚的脑海中快速闪过各种作案手法——然后定格在炸弹爆炸上。他想到了定时炸弹如何被放置在行驶的出租车上，在全城不同的地方引爆，以放大行动的影响力。发人深省的事实是，一支还不及板球队人数多的队伍，竟让整个国家陷入了生死逃亡。

马力亚问完了。那些零碎的信息将会被打磨，用于安抚任何批评者。他给还在泰姬酒店大堂的副手德文·巴蒂和联合片区治安警察局长发了消息，告诉他们酒店里只有 4 名恐怖分子，配备着 4 支突击步枪、4 支手枪和 40 公斤的 RDX，武器肯定已经耗尽了。他感觉到了局势即将扭转，此时蛋液般金灿灿的阳光终于照在了 7 座岛屿之上。

泰姬酒店内部，德文·巴蒂有一个意外收获。清晨 5 点 40 分，一名"黑西装"拿来了一部在泳池附近发现的手机。巴蒂检查了一下，发现里面只存了一个号码——有奥地利的国际拨号代码。

当巴蒂还在苦思冥想这意味着什么时，手机响了起来。

呼入的号码显示在屏幕上。也是一个国际电话，但不是奥地利的。前缀为＋1 201。巴蒂一头雾水。这是新泽西州的代码，他想。巴蒂回忆起情报局正在调查美国/奥地利与孟买枪手之间的联系。他该怎么做？他接了这个电话。

"愿真主赐你平安。"一个声音跟他打招呼，问他在哪里，在做什么。虽然他说的是乌尔都语，但巴蒂听出这口音来自旁遮普。他简直不敢相信自己的好运，确信这就是枪手的联络员。他必须想点什么回话，假装是什么人、有什么东西来延长通话时间。

"我是一个服务生，先生，抱歉，"巴蒂虚张声势地说，等着看接下来会怎样，"我和您的一个手下在一起，电话响了，所以我接了。"

"为什么不是他接电话？"一个声音狐疑地回道。

巴蒂得飞快地应对。"您的人受了伤，先生。"事实证明，这做起来很困难。"他说不了话，先生。他示意我接电话。"

来电者挂断了电话。巴蒂是否已经做足了以引起他的兴趣，还是就这样了？这个刑事分局的二号人物又好奇又紧张。他们的整个行动都是离奇荒诞的：恐怖分子从海上登陆，劫持整个城市，打电话到奥地利，又似乎被身在美国的联络员远程操纵。这与他们所能想象到的一切迥然不同。这也是个问题吗？巴蒂思忖着，我们缺乏想象力？他得把手机收好并找人分析。

巴蒂打电话给马哈拉施特拉邦一位寡言少语的特工负责人和新德里的情报局联络官。他们告诉他，美国情报界已经在提供帮助，并认为虔诚军使用的是互联网呼叫系统，这意味着所有的号码都是虚拟的或租用的线路，并不是实际位置。

巴蒂很惊讶。确实，互联网呼叫系统用起来成本低，易操作，仅比 Skype 稍微复杂一点点。虔诚军已经领先了他们太多。但是这番筹谋出现了一个大失误。一个简单的人为错误却危及并暴露了整个团队。一名本应带着秘密赴死的枪手被活捉了。

枪声将巴蒂拉回了现实。4名枪手仍然逍遥法外，在泰姬酒店内游荡，残害性命。他祈祷着国家安全卫队快点到达。

清晨5点58分，酒店5楼

警察指挥所往上五层，银行家K.R.拉马姆尔西在一个着火的房间里苏醒了过来。

他不知道自己昏迷了多久，但不知何故，周围肆虐的大火并没有吞噬他。随着自动喷水灭火器里的水倾泻而下，一切都暗了下来，蒸汽升腾，一股有毒的恶臭和上方的轰隆声提醒他天花板随时可能会倒塌。他得离开这里，忘记背部和颈部的剧痛，还得强忍着不去担忧自己不规则的心跳和急促的呼吸。

他跪在地上向外爬去，用指尖探着路。翻滚的浓烟遮蔽了一切，刺痛了他的眼睛。他偶尔平躺一下，像一条暴晒在阳光下的鱼，拼命吸气。他必须找到下去的楼梯。"休息一下。"他自言自语，爬到一个角落里大口喘气。又或者，休息就意味着即将没命？他又爬了起来，他的双腿抽筋，胳膊无力，因为大火让他体液流失、体温上升，一点一点碾磨着他。

最后，拉姆认出了5楼的商务中心。平时这里是他的第二个家。但现在他一路往里推进，竭力通过半明半暗的灯光来看清前面，双脚在破碎的玻璃上嘎吱作响。他伸手去摸，结果手上立刻沾满了鲜血。他停住了。他曾经发过电子邮件的毛绒椅子和工作站那里什么都没有了。"这是地狱。"他说着退了回来，对前面未知的东西更害怕了。他沿着另一条熏黑了的浓烟滚滚的走廊匍匐前进，终于发现了一些向下延伸的栏杆。"数着台阶。"

他气喘吁吁地告诉自己,直到他确定自己到了 3 楼,那里的烟雾开始散去。

"光。"他透过烟雾发现了一缕日光。他向着光匍匐行进,到了一间半开着门的客房。谁在那里?他想着,悄悄进入,祈祷着这不是被恐怖分子控制的又一个房间。里面没有人。拉姆靠在墙上,竖起耳朵听着。没人告诉你炼狱般的火海有多吵,他想,此时他身后的烈焰在咆哮,吞噬着所有的空气。光线正从窗户照进来。拉姆已经失去了时间概念,但此刻他意识到一定是天亮了。他的手摸到了玻璃。"我在这里。"他说,手把窗户一推,大口吸起了清风。

他爬上窗台,从那里他可以看到消防员们在泰姬酒店朝海那一面的墙上移动着梯子,将客人们从着火的房间里拉出来。将近 7 个小时以来,他心里第一次燃起了希望。抬起头,他看到一名消防员在 6 楼灭火。"我在这里。我在这里。"消防员转过身来,望向下面。他操作着他的液压梯子来查看。终于,他打了个手势,竖起拇指:"知道了!"银行家激动不已。"我来救你。"消防员喊道,转下梯子,把拉姆从窗台上托起来,包进了他哔叽外套的褶皱里,像拥抱父亲一样拥抱着老人。"谢谢你。"拉姆说,浑身战栗。之后,他忽然看见下方有什么东西。"在那里。"他指向 2 楼,可以看到一个女人在紧闭的窗户后面拼命地挥手。梯子向下移动到她身边,消防员用斧头砸碎了她的窗户。玻璃碴溅了拉姆一身,但他几乎没有留意。女人哭着爬进了篮子,他发现了她的手机。"电话,"他嘶哑着声音说,"请借我一下。"拉姆用颤抖的手拨打了家里的号码。当他听到妻子睡意蒙眬的声音时,发现自己在含混不清地嘟囔:"我得救了。我得救了。"他身心交瘁,痛哭流涕,声音哽咽。"没事了。我没事了。"他本可以悲喜交加地叫喊,但她似乎不知所措。

拉姆的儿子接过电话解释说，母亲很早就上床睡觉了，刚刚才醒来，所以对孟买发生的事情一无所知。拉姆非但没有感觉到解脱，反而崩溃了。他要怎样解释他受的苦，他的逃生历程，真实的和想象的，亲身经历的恐怖让他穿越时空回到了祖辈所在的库塔拉姆村，在幻觉中看到他那充满智慧的母亲，他的心绪飞到了麦拉坡的许愿神寺，求女神保佑他，还有他靠回忆来保护自己，让自己忘记被殴打和捆绑的煎熬。之后，他从烈火的魔爪中苏醒，心理被压垮，肉体被剥得一丝不挂，生死磨难迫使他在脑海中寻找一个凉爽、宁静、以前从不知其存在的地方，也让他差一点就没活下来。"我得离开这里。"他喃喃自语，人开始恐慌起来，这时梯子终于碰到了地面。

下来之后拉姆想做的第一件事就是去尽自己的公民义务。他颤颤巍巍走到离他最近的警察面前，自我介绍：K.R.拉马姆尔西——银行家，人质。他解释了自己被俘和逃跑的每一刻，仿佛在写一张包含详细证据的数据表。但疲惫不堪的警察没有表现出任何兴趣。"没人在意。"拉姆告诉自己。他继续走着，走进醒来的城市，满心都是愤怒、消沉、近乎崩溃。

一辆仍亮着前灯的车停了下来。步履蹒跚摇摇欲坠的拉姆穿着烧焦的破烂睡衣，肯定看起来马上就要晕倒了。需要载他一程吗？他感激地点了点头，爬了进去，经历了长时间的痛苦之后，柔软的座椅感觉是如此舒适奢侈。他坐着不动，吸气和呼气，吸着乙烯基和汽油的气味，这样生动，充满了生活气息。"请问能带我去孟买哈尔吗？"他低声说，指的是一个侄子居住的郊区。陌生人再一次给了拉姆依赖和慰藉。"印度人，"他对自己说，"依然是印度人。"

宫殿的 2 楼，阿米特和瓦莎·塔达尼仍然被困在 253 房，注视着摇摇晃晃的液压梯子像摇摆的长颈鹿脖子一样来回移动。熊熊大火在房门外的走廊上咆哮，像一列穿越隧道的火车。从窗户他们可以看到客人们获救并被带下去。有些人离得足够近，可以大声呼救，但这对新婚夫妇犹豫不决，只挥手示意，嘴巴紧闭，害怕会引来狙击手的子弹。然后阿米特把瓦莎抱起来放在窗台上，他们看起来正在优先解救女人和孩子。他拼命地挥手，指着他的妻子。地上的一名男子对着无线电说话，然后瓦莎叫阿米特去取来一条白毛巾，她拿着在头上挥舞。

一架梯子升了上来，她希望这是来接他们的。阿米特抓住瓦莎的腰，看着梯子弯下来。确实是来接他们的。篮子里有个人正指着他们的方向。现在确定无误了；一名消防员正过来搭救塔达尼夫妇。他把瓦莎抱了出来，轻如羽毛，阿米特也跟着爬了下来，拥着她，两人都头晕目眩。随着嗖嗖声和一阵抖动，他们没几分钟就降到了地面，降到了外围的漩涡中，被记者们包围：你们看到了几具尸体？亲眼看到枪手处决人质了吗？被枪手威胁是什么感觉？你们以为自己会死吗？活着的感觉如何？这些都是阿米特听到的。他现在低血糖，想把他们所有人都撕碎，又突然感觉到对瓦莎的排山倒海的爱意，同时还非常担忧仍然被困在里面的比沙姆、甘詹·纳朗和所有其他朋友。

他把瓦莎拉走，一心想远离这里，越快越好。他要回到他们的家里，毕打路的公寓中。如果警察拦住他，他就停一下。这是唯一能耽误他片刻的事。阿米特现在怒火中烧。他想详细地描述所经历的一切。他想看到枪手被绞死。他已经在脑海中完整地记录下过去 9 个小时里，他听到、观察到、看到和闻到的一切。他们俩谁都忘不了隔壁那个女人从藏身之处被拖出来杀死的声音。

但当他走近警探们时，觉得他们看上去很暴躁。"印度规则。"他对自己说，心想发生在次大陆的事总是以一团糟的方式结束。

离开他们婚宴所在地的这片残垣断壁时，阿米特瞥见了一个似曾相识的身影。作为一个以记住人脸为生的人，他努力回忆这人的名字。这个晚上发生了如此多的事，他的脑袋有点嗡嗡的。但那个身材高大、一副军人容貌的男人继续向他们走来。待他走近时，才发现他看起来像一个幽灵。脸色灰白，胡子拉碴，黑眼圈很重，他伸出一双大手。"如果有任何需要，请前往总统酒店，我们会在那里为你们服务。"那人微笑着，虽然阿米特毫不怀疑他的真诚，但他看上去内心已经结冰了。"那是谁？"瓦莎问道，注意到了陌生人那双异乎寻常的眼睛。"卡拉姆比尔·康，"阿米特喃喃道，突然瞠目结舌，"他的家人就住在……曾住在6楼。"

瓦莎抬头看去，顶层仍是火光冲天。"他们不可能逃得出来。"她抽泣着说。现在卡拉姆比尔全靠工作支撑着，阿米特心想，回忆起有人告诉过他这位泰姬酒店总经理的名字是怎么来的。他母亲去见一位锡克教圣人，他想出了"杜什特·达曼"这个名字，意为"恶魔的毁灭者"。这名字不适合孩子，她说，于是选了"卡拉姆比尔"，"一个见义勇为的人"。

阿米特打电话给他的兄弟，就是早前在晚上被他骂了的那个。他们在印度门重逢，所有的不快都烟消云散了。"很高兴你能到我们这里来。"他的兄弟打趣道。"我们总是胜券在握。"阿米特回应道，第一次露出灿烂的笑容，他标志性的简洁风格又回来了。"带我们回家吧。"他说。他们需要洗澡，需要换衣服。他得吃点东西。阿米特已是饥肠辘辘。

他们驱车离开时，泰姬酒店的前翼远处突然一阵骚动。一名路人听到呻吟声后上前查看，发现一个身影趴在地上。"是个外国人，"他喊道，"赶紧叫救护车。"一辆待命的救护车驶近，检查他的情况。这是个年轻的高加索男子，二十多岁，留着乱七八糟的胡须和蓬松邋遢的头发。

"他还活着，"其中一人听着他费力的呼吸说道，"你能说下你的名字吗？还有你的国家？"受伤的男人呻吟着，翻着白眼。他们在他的脖子上套了个支架，挪了个担架到他身下。他叫了起来，他们抬起担架滑入了救护车后面，开往孟买医院。

底层的检查室里，他的衣服被剪开，急诊室医生检查着他的伤势，护士拿着镇静剂待命。"骨盆受到撞击。"医生写道，这时病人发出了一声哀嚎。进一步检查时，医生看到他的骨盆已经裂成两半，非常严重，骨头的顶部或底部必定曾遭受极大的冲击。"这人肯定是摔倒或从高处跳下。"医生说，摸了摸病人的身体和关节。

"右肘骨头碎了。"他写道。左手骨折，此为该男子试图减缓掉落的冲击力所致。他需要 X 线摄片和 MRI 扫描。医生担心他的脊柱也断了，因为他的双腿似乎没有知觉。疼痛集中在上半身，意味着主要的伤处在背部曲线处。医生希望自己的诊断是错的，因为 T12[①] 骨折意味着瘫痪。护士正准备给他注射时，病人的眼睛猛地睁开了。他惊慌失措，试图摆动身体，却发现四肢几乎无法动弹。他开始声嘶力竭地大喊："凯莉，凯莉，凯莉。"

早晨 6 点 50 分，钱伯斯

泰姬酒店的私人俱乐部里，阳光在遮光窗帘的边缘闪耀着。

---

① 即第 12 胸椎。——译者

经历了近 7 个小时的暗无天日，早晨像是对比沙姆·曼苏卡尼的一种祝福，让他心情好转，直到他看见他们所经历的噩梦的证据：墙壁上一连串的弹孔。这位记者真希望一切都结束了。他已经厌倦了等待死亡。

混战又在某处爆发。骂骂咧咧的声音，扔了个锅或掉了个平底锅，然后枪声又响了起来。玻璃面板碎了一块。枪手们在四处游荡。他望向母亲的朋友蒂鲁医生，她仍在救助受伤的工程师拉詹·卡姆博。现在每个人都能闻到伤口感染的臭味，病人的情况正在恶化。比沙姆气愤难平，当局对这场危机的反应居然如此迟钝。为什么这么长时间过去了，还是没有救援队？他盯着蒂鲁医生还有他母亲平静的脸，脑海中浮现出一个可怕的想法，这让他重新陷入了胆战心惊的恐慌：天光大亮，他们已经失去了唯一的遮蔽之物。他让手机开机，想知道外面其他人怎么样了。"阿米特，你出去了吗？瓦莎还好吗？请回复。"没有动静。

早晨 6 点 52 分，他给朋友阿娜希塔发消息："外面（原文如此）有激烈的枪声。"她有没有在新闻中听说任何关于救援的消息？

比沙姆感觉自己越来越消沉了。外面的朋友也感觉到了，齐心协力帮助他。早晨 7 点 23 分，另一位朋友安托万发来短信："坚持住，我们都在等你。"

3 分钟后，比沙姆无力地回复道："我希望我能逃出去我希望每个人都能。"

7 点 38 分，安托万回复他："你一定会的。警察差不多已经控制了局面。"

他怎么知道？因为自动武器的开火，钱伯斯仍在震动。比沙姆看向他的母亲，她半闭着眼睛在祈祷。他不满她总是把平凡琐事硬要说成是非凡恩典的证明,她的善心让他感觉不适。他对她总是宣扬滴酒不沾的生活方式和坚定不移的素食主义感到恼火,而他想不出有什么东西比一杯红色的蒙特普查诺葡萄酒更好。他们继续待在这里,困在钱伯斯,枪手们围着他们开枪,都向他证明了没有什么终极存在。一切都是偶然的,像掷骰子一样随机。但从她的表情中,他可以看出相反的意思。她认为他们之所以活到了现在,正是由于她的信仰,比沙姆心想。

走廊另一头,图书馆的大厅里,安嘉丽·波拉克也在想日光会带来什么。她的孩子们很快就会醒来,而她不在他们身边叫他们起床。她给藏在另一处的迈克发短信,此时突,突,突的声音又停了下来。这种情况还能持续多久?他立即回复了。他很安全。这是她最希望知道的好消息。

瘫倒在房间另一边的沙发上的是安德烈亚斯的游艇总管雷梅什·切路沃斯,他一直在设法保持清醒,尽管他的衬衫和裤子都已被血浸透。他的肩膀和背部火辣辣的,中了两颗子弹。他需要采取行动,如果他还有力气的话,而且他也想让安德烈亚斯·李佛拉斯起来,但老板在长沙发上打瞌睡。一阵手机闹铃响起。"哼,哼,哼。"房间里立刻爆出一片嘘声和啧啧声,惊恐的客人催促把声音关掉。是雷梅什的手机。"我的错。"他长叹一声,环顾四周,看到的都是暴躁和怨恨的面孔。他想坐起来尖叫:"我都中枪了,但从头到尾都没有发出过什么声音。"不过小题大做不是他的风格。

娜奥米,"艾莉西亚号"的女水疗师之一,轻轻地捏了捏他的胳膊。"雷梅什。"她低声说。"先不要说话。"他缩了一下,回答道。她又扯了扯他的袖子:"雷梅什。"他一头雾水。她爬到了他身边。"L 先生。"她说。他点了点头。"L 先生死了。"雷梅什摇了摇头。"看。"他说,捏了一下安德烈亚斯的腿。但老板没有反应,而且肉体一片冰冷。雷梅什摸着老板的身体,祈祷着希望是她弄错了。最后他呆住了,看到李佛拉斯灰白的太阳穴上有一个血块。有一颗子弹从他头上穿过。他已经死了两个小时了,而雷梅什毫无察觉。

雷梅什伤心欲绝。他们已经认识快 10 年了,自从在迪拜船展上第一次见面后,对海洋的共同热爱使沉着的喀拉拉人和塞浦路斯新贵走到了一起。他已经为李佛拉斯先生工作了 4 年,开始对性情急躁的老板产生了深厚的感情。他的老板会放弃每个圣诞节和复活节,飞到马尔代夫,与他所有的员工——从甲板水手到船长,一起享用特别的午餐。此刻,在他们最需要帮助的时候,雷梅什觉得自己辜负了他。他艰难地挪动身体拿出手机,给"艾莉西亚号"的船长打电话。"L 先生死了。"他低声说,轻轻地哭了起来,又补充说他和女孩们被困住了。随后他打电话给李佛拉斯在伦敦的儿子,他熟识的迪昂。"迪昂先生。"雷梅什开了头,声音轻得几乎听不见。他现在正躺在钱伯斯的地上,这是唯一不会让他感觉疼痛的姿势:"我感到非常抱歉,但您父亲去世了。L 先生去世了。请相信我,我们尽力了。"他对自己的伤势只字未提,迪昂倒吸了一口气。"哦,天哪,"他说,"雷梅什,你还好吗?"他大为震惊。"必须把这事告诉我们的人和家里人。我马上去。"

沉浸在悲痛中的雷梅什,眼角余光注意到一小群客人溜到了外面的走廊。他们在想什么?突,突,突。留在房间里的人闻到了碎掉的镶板发出的木质香味,刚才那批人又狂奔了回来,猛扑倒地。突,突,突,枪声似乎在以新的活力从四面八方传来,子弹扫射着外面的走廊。雷梅什捂住耳朵,不知道他还能坚持多久。他看到客人们掏出手机,原本死气沉沉的图书馆又活跃起来,到处都有人在发短信。一个女人高声说道:"政府已经开始行动了。国家安全卫队来了。'黑猫'们正往泰姬酒店来。"兴奋的战栗传遍了房间。

雷梅什重新倒了下去,思绪飘向了他的家乡卡利卡特,喀拉拉邦马拉巴海岸的香料之城,他妻子和 6 岁的儿子正在那里等消息。昨晚的恐慌中,他甚至都没有给他们打电话。"早上好,"他说,这时才给他们打电话,"我不能说太久,因为我被困在泰姬酒店了。不过没什么可担心的,只是被一些碎玻璃划伤了,会处理好的。为我祷告吧。爱你们。"

外面的港口里,当太阳把甲板照得暖洋洋的时候,客人和船员们开始在"艾莉西亚号"上活动。瞬间所有人都被仍在燃烧的泰姬酒店惊呆了。夜晚已经过去,但危险还没有过去。他们第一次看到这座宏伟古老的酒店周围混乱到如此程度:火焰盘绕着翻滚着,警车周围是正在作业的消防车,迷彩色的军用卡车和卡其色吉普车在猛踩油门。大群大群的人注意到了并大声呼喊,消防员们正把客人拉到安全地带。

尼克·艾美斯顿盯着相反的方向,注视着海雾。他几乎一夜没睡:整个晚上,海军都在发射照明弹,急于照亮黑暗的海水,唯恐有更多的枪手驾船而来。每一发紫色和深红色的照明弹都照亮了"艾莉西亚号"。如果有人在岸边向他们——水里最大、最吸引眼球的东西——近距离开枪,他们该怎么办?又或者,这些人会登船吗?一艘载满了足以行驶 5000 英里的燃料的船,可以变成恐怖分子便利的逃生工具。他们花了一晚上的时间拼命盘算着藏身之处,寻找可以用作武器的东西。他们只找到了一个小小的空间,逼仄得仅容一人,里面有一台应急发电机和一把斧头。尼克不知道谁有能力把它利用起来。

现在,他盯着不远处,看着小小的渔船出现在地平线上,带着他们的收获返回,他又有了新的担忧。这些渔船昨晚在不知情的情况下离开,现在又正返回到一个不再存在的城市。他觉得这些船里面说不定也藏着枪手。一切看起来都很危险。

爱沙尼亚籍船长走了过来,把尼克拉到一边。"先生,我有个可怕的消息,"他说,"李佛拉斯先生去世了。我真的很抱歉。"尼克脸色惨白,无法接受。他们确实有段时间没有收到安德烈亚斯的消息了,但只是单纯地认为他的手机没电了。"先暂时什么都不要说,"尼克说,没有流泪,理性占了上风,"我们先把船上的人安全转移了,再着手处理安德烈亚斯的事。"

一艘汽艇停了下来,接客人回岸上。尼克的印度合伙人拉坦·卡普尔动用了一些关系,让他富有的企业家父亲打电话给维杰·马尔雅——啤酒业和航空业巨头,还拥有大量的海上资源。马尔雅聘请了一名退役海军准将做他的船队主管,该主管要求他的现役海军同事批准他们开始疏散。一些"大腕"乘坐30分钟的船穿过海湾去了阿里巴格。他们自己也整晚都在到处打电话,叫他们的司机出发去城外某个约定的会合点接他们。他们的镶钻皮带扣和漆皮鞋,他们的皮裤子和绸缎礼服,在强烈的日光下显得格格不入。"他们不想困在孟买的混乱中。"拉坦向尼克解释道。所有手握资源可以实现这一目标的客人都在谋划着如何摆脱他们正在燃烧的城市。

最终,"艾莉西亚号"安静了下来。船断电了,只有艾美斯顿一家和他们的工作人员留在了船上。尼克找到了他的儿子伍迪。"安德烈亚斯去世了。"他说,声音听起来像是在忏悔。伍迪倒吸了一口气:"怎么回事……"劲头十足的安德烈亚斯的一生曾是那么丰富多彩。"怎么可能。"伍迪看着他保守寡言的父亲。为什么他从来不表现出任何情绪?"你难道都不在乎吗?"伍迪愤怒不已。尼克突然发出一声怒吼,眼泪涌了上来,积蓄了整晚的压力全都喷薄而出。

从电视屏幕上看着泰姬酒店在大白天熊熊燃烧,心急如焚的主厨乌尔巴诺·雷戈为儿子祈祷着。黄昏时分,莎米安娜的主厨鲍里斯曾打来电话,就在他打电话去证实鲍里斯是否设法逃过了厨房大屠杀的时候。当时,乌尔巴诺欣喜若狂。他25岁的儿子6月才刚进泰姬酒店工作。

一家人在黎明时分又接到了一个电话,一个绝不会听错的声音对着手机低语:"我还是很安全。别担心我。"还是鲍里斯。年轻的厨师又逃脱了枪手的追击。"我在地窖里,"他说,"我们大概有好几百号人在这里。"

一家人聚集在迪瓦尔岛——果阿的曼多维河中的岛屿,焦急地等待着下一个最新消息。后来,弟弟凯文接到了一个电话。他凝神听着,但电话另一端并没有人。正准备放下电话时,凯文听到一串爆裂声。他紧张起来,等待着。一个声音从电话那头传来,微弱,颤抖,像个幽灵:"凯文?达达?"

只有一个人会用这个词。就是鲍里斯。凯文说不出话,把电话递给了父亲。"是的,鲍鲍,我能听到你的声音。"乌尔巴诺说道,神情扭曲。"鲍鲍,我能听到你的声音。鲍鲍。"他对着电话悲泣道。但他此刻所能听到的只有可怖的沉默。

泰姬酒店里,凯莉·道尔终于引起了别人的注意,在天空变成绯红色时,她被一名消防员带到了地面。威尔摔下去后,她通过短信联系了他的父亲,努力控制着自己的情绪。"请保持冷静。"奈杰尔恳求道,不太能完全理解她对某个可怕事故的前言不搭后语的描述。他表示会向外交部报警,并立即来孟买,逐渐接受这个噩梦,把威尔的遗体送回国。他也会带上凯莉的母亲一道来。

酒店外面,无人安慰的凯莉置身于混乱的人群中,每个人都沉浸在自己的悲剧里。她无法让别人理解她,但她会设法得到帮助。

她身无分文,也不知道威尔的遗体被带去了哪里,她一路向人求助,穿过城市,去了一家又一家医院,赤着脚,穿着为一次从没举行过的晚餐准备的衣服。急诊室看上去像战区一样,她穿梭其中,呼唤着威尔的名字,纠结着自己什么时候才会有足够的勇气开始在太平间里掀起裹尸布。

最后她来到了孟买医院,阿米特·佩谢夫仍在那里帮忙,照料着他的同事们。她四处徘徊的时候,有人指了个方向,在一个侧间里,一个身份不明的欧洲男人裹着巨大的石膏。失血性休克让他的皮肤变成了明黄色,身上露出的部分都被鲜血和污垢覆盖。电极片连着他的胸膛,一个塑料袋将液体输送到他的血液中,一个氧气瓶垂在他肩上,他的鼻子和手臂上都插着透明的管子。她盯着他的脸和发际线。"威尔。"她突然哭了,绝对是威尔没错。他的胸膛起伏着,周围的机器都哔哔作响,闪着光,监测着他的生命体征。威尔还活着。"威尔。"他似乎听不到她的声音。她欣喜若狂又困惑不已,试图抓住一名护士,弄明白他出了什么问题。他的胳膊上连着吗啡的滴注器。"威尔。"她喊道。她观察着他的脸,这时他的眼睑颤动了起来。他苏醒了,看向她,又看向周围的环境,注视着大量的导线、管子和电缆。她身旁的一台机器发出了警报,他的眼睛又很快合上了。

"他要死了。"凯莉尖叫出声。她不能再次失去他。"我的男朋友,请救救他……"一位外科医生进来自我介绍说是脊柱损伤专家萨米尔·达尔维。"请耐心等待。"他说,指了指周围的一片混乱。威尔休克了。他摔裂的骨盆需要进行紧急手术,但达尔维是唯一赶到医院的顾问,正同时指导三个手术室。凯莉点了点头,太过害怕,都不敢去问治疗的预后。这时威尔又醒了。"凯莉,"他喃喃地说,"我爱你。"她虚弱地笑了。"拜托了,"他继续说道,"把我从这鬼地方弄出去。"

第十章 "黑猫"与白旗

2008 年 11 月 27 日，星期四，上午 8 点，
孟买南部的曼特拉拉亚

纳里曼角的曼特拉拉亚，突击队员们聚集在邦行政大楼花园里的椰子树下，既急不可待又焦虑。即使在这个距离着火的泰姬酒店一英里远的地方，空气中也弥漫着烟味。10 名巴基斯坦枪手乘坐小艇上岸 12 小时后，印度终于匆忙召集了国家安全卫队，以 51 特别行动组为核心。他们接受过营救人质和突围的训练，他们的烟黑色制服与面罩，还有敏捷的身手，为他们赢得了一个绰号："黑猫"。

这里的每个人都是从各自的部队被派过来的，都挺过了被外国军事教官命名为"7/8/否"（Seven/Eight/No）的臭名昭著的 780 米长障碍训练：一连串让人累断筋骨的爬行、攀爬和跳跃，穿越场地，身负满满当当的背包和装满弹药的武器。还没顾得上喘气，就要立即消灭远处的目标，在海拔忽高忽低的长途行军中从酷热的白天跑到严寒的夜晚。再被丢到一个地下杀戮场，它可以模拟几十种南亚场景——市场、拥挤的棚屋、医院和酒店——

在频闪的闪光灯和震耳欲聋的高音喇叭中辨认并攻击敌方的目标,连射两颗子弹,确保不管谁倒下都必死无疑。

他们简直是为这次孟买行动量身定制的部队。所以,连这些人自己都想不明白,为什么花了这么长时间才把他们带到这里?他们在郁郁葱葱的花园里检查装备,夜晚的露水已经在蒸发。他们负责作战行动的副总督察戈文德·西索迪亚准将是一个矮壮的男人,灵敏的眼睛能迅速了解危机。他从前一天晚上开始也一直在问同样的问题。他在德里西南部马尼萨尔的军营里面从电视上看到了孟买突袭的初期猛攻,晚上10点刚过就非官方地预先调动了人手。他们准备在不到30分钟的时间内部署到帕拉姆简易机场的技术区,但他们赶来处理这场印度最严重的恐怖主义暴行时已经迟了半天,截至那时已造成至少156人死亡,240人重伤。准将的上司乔蒂·杜特对这次笨拙的调配火冒三丈,将其归咎于政治的无能和内讧。但此刻没有时间去纠结此事。

准将的脑袋已经蒙了,一系列令人费解的清晨简报让他对孟买的任务深感茫然。警方告诉他,枪手的数量据说"多达20人",其中最凶残的一队封锁在泰姬酒店里面,持有数量未知的AK-47,以及军用级炸药、手榴弹和随身武器,然而电视报道则具体得多,将人肉炸弹的数目定为10个。对联络员如何远程指挥枪手的事,大家都所知甚少,尽管国家安全卫队听说其他地方正在分析电话窃听到的内容。

在杜特看来,情报机构"绝对是在推诿",跳过了早在2006年就已有的警报,提供的评估又是如此泛泛,对他们毫无用处。他们是一支确定要在拜占庭式的建筑内进行近距离作战的队伍,任何微小的优势对他们来说都是制胜的关键。

他怀疑孟买当局故意让情况不明朗,掩盖入侵力量的实际规模和能力，以免遭人批评，说他们没有能力与尽管装备齐全且斗志高昂，但毕竟规模很小的一队自杀式袭击者作战。西索迪亚准将也知道他不能公开表达这些观点。作为一名口风很紧、行事低调、有着33年军龄的战士，他总是特别内敛，绝不轻易流露自己的想法。这是他的一贯作风，连妻子和儿子大多数时候都是靠着他靴子的状态推断他的所作所为。自2007年7月被选入"黑猫"后，他变得尤为谨慎。

他试图让自己不要再去想这些。准将只需要关注他的手下。他将他们分成三组，分别应对哈巴德大楼、三叉戟-欧贝罗伊酒店和泰姬酒店，告诉他们，交战对象训练有素，目的是通过建立据点和处决人质来延长恐怖袭击，并最大程度地吸引公众注意力。没有协商谈判的余地，准将警告道。"要么杀人，要么被杀。"

突击队员将子弹压入他们的黑克勒-科赫MP5冲锋枪的子弹夹，将弹匣绑在一起，收紧军用织带，拉下巴拉克拉瓦面罩。上车后，准将看着特遣队，发动机快速运转，一辆接一辆的市政公共汽车驶进了明亮的晨光。后面跟着的是战术和武器专家、爆破队和爆破犬、战地医务人员、通信小组（装配移动控制站以便通讯）以及情报官员（受命在泰姬酒店附近的人群中走动，为突击队员提供外围视野）。

上午9点15分，阿波罗码头

"血，玻璃，烧焦的木头。"当西索迪亚准将最终进入泰姬酒店时，震惊于破坏的规模。把大理石地面炸裂、水晶吊灯打得粉碎的火力，让他很是吃惊。这将是一场漫长的硬仗，他警告队员们，随即在塔楼大堂的警察旁边建了个"黑猫"指挥处，由一名特种部队上校管理，桑迪普·尤尼克里什南少校负责协助，这位强健有力的军官奉西索迪亚之命率领奔赴泰姬酒店的队伍。身为浦那郊外的精英联合军种培训学院——国防学院的毕业生，31岁的"黑猫"教官尤尼克里什南少校本可选择留在马尼萨尔，但是他自告奋勇前来。

一脸倦色的卡拉姆比尔·康将"黑猫"介绍给了印度海军陆战队特种部队指挥官和苏尼尔·库迪亚迪，泰姬酒店的安保主管，他正和一群疲惫不堪的"黑西装"坐在一起。手无寸铁的库迪亚迪团队经历了这场彻夜的危机，如他所述，目睹了厨房班子遭到的惨烈大屠杀，还有黑魆魆的地窖中正在扩大的危机。仍有数百人被困在塔楼的客房里，他提醒道，并且宫殿侧翼还有更多人下落不明，尽管消防员们已经冒着极大的生命危险将一些人解救到了安全地带。还有些人就没有那么幸运了，被卷入大火或被枪手逐一射杀，包括卡拉姆比尔的妻子和儿子，跟美食评论家萨宾娜·塞基亚一起被困在6楼。一片哀叹声响起，卡拉姆比尔举起了手："我将在这里留守到最后一刻；否则就是恐怖分子赢了。"

特种部队指挥官向西索迪亚介绍了钱伯斯的情况，他的部下在那里殊死战斗，但仍然无法解决枪手，被他们逃进厨房躲了起来。他告知众人，俱乐部内仍有数十名客人，被困11个小时后，他们都已如惊弓之鸟。

西索迪亚准将想要酒店的平面图，卡拉姆比尔递给他一张纸。这么长时间过去了，供救援人员作为参考的仍只是一张基本的图纸，也没按比例来，而且只画了头两层的一部分。"荒唐，"准将厉声说，"我们需要建筑平面图。"卡拉姆比尔摇了摇头："长官，我们整晚都在找，但找不到那个有图纸的人。"准将不肯让步：

"必须先拿到图纸。"

特种部队指挥官把准将带到一边。"这家酒店有两个世界，"他警示说，"后台和前面。"如果没有酒店工作人员的帮助，泰姬酒店就是个危险的狙击手乐园。有一次，他的手下推开一扇服务门进入，却出乎意料地从另一个侧翼出来，把后背暴露给了枪手。而且大火还留下了好几英里摇摇欲坠的走廊，随时可能会倒塌。

准将大步走向疲乏不堪的泰姬酒店安保人员，扔了一捆防弹衣给他们："跟我们来。"

上午9点30分，钱伯斯

比沙姆·曼苏卡尼听到了锵，锵，锵的声音，顿时吓得魂飞魄散。有人在敲薰衣草室用障碍物堵住的门。"开门。"一个声音用英语喊道。"别动。"有人嘘道，里面的每个人都慢慢挪开。"请开门。"一个较柔和的女声在外面恳求道。"我觉得是自己人。"俱乐部经理低声说，微微打开门，看到一群戴着头罩、挥舞着枪的男人，还有一名女员工。他喜出望外，猛地把门拉开，欢呼声响起。"黑猫"们咔哒咔嗒走进来，让所有人噤声，警告他们说枪手仍在附近。

"能走的跟上。"一名突击队员发出指令，而蒂鲁医生试图扶起半昏迷的工程师卡姆博。"他快要死了。"医生争辩道，但"黑猫"很坚决。蒂鲁医生重新把他放下时，卡姆博低声请求别人帮他联系他的妻子和两个孩子。"等你好一点，你可以亲自联系他们。"蒂鲁医生答道，语气并不坚定。她明白，如果他们早点获得自由，他的伤势是有救的。但无休止的耽误使得卡姆博随时都会有生命危险。

图书馆里,游艇总管雷梅什·切路沃斯也在越来越虚弱。当"黑猫"们快速穿过房间,检查是否有藏匿的枪手时,有人扶着他站了起来。"跟我们来。"他们喊道,衬衫被血浸湿的雷梅什虚弱地叫道:"我必须带走李佛拉斯先生的遗体。"之前,悲痛的他已经小心翼翼地把老板放在了躺椅上。"只带活人。"突击队员厉声说。雷梅什只得去褪下安德烈亚斯的手表,用麻木的手指摸索着,找到了他的钱包,解开了他的项链,拿走了他的黑莓和诺基亚手机,把它们交给了"艾莉西亚号"的水疗女孩之一。"请把它们交给船长。"他说着,含着泪拖着脚步走进大厅。

安嘉丽·波拉克已经与迈克分开5个小时了,她和用餐同伴一起走进走廊时,欣喜若狂,看着带她出去的"黑猫"都觉得"像布拉德·皮特一样英俊"。她拦住其他客人,询问他们有没有看到她"高大、算是金发碧眼的美国丈夫",最后瞥见士兵们进了俱乐部卫生间,随后带出一个熟悉的身影,身形瘦削,穿着皱巴巴的条纹衬衫。她向迈克挥了挥手,被人群推着继续前行,一直走到塔楼大堂,在那里每个人都惊得心跳漏跳了一拍。一具尸体靠墙蜷缩在那里。家具被子弹打得四分五裂,烧焦的地毯污迹斑斑。血溅得到处都是。

警察站在四周,对着对讲机说话,而一小股一小股的蒙面士兵在给枪上油。烟黏附在早晨的空气中,像村里的篝火一样。客人们走向出口时,破碎的玻璃在每个人的脚下嘎吱作响。有人拾起一个残留的空弹壳,放进口袋,但比沙姆不想要任何纪念品。他和其他人一起慢慢向前走去,呆呆地盯着透过玻璃门照射进来的阳光。

终于,他出来了,相机咔嚓咔嚓响个不停,早晨和煦的阳光照在他的脸上。一辆警车停了下来,一名警员向比沙姆年迈的母亲招手，叫双脚流血步履蹒跚的她过去，提出带她去附近的阿扎德-麦丹警察局。比沙姆迷惑不解，向她挥手告别，然后爬上一辆等候的公共汽车。他抬头凝望泰姬酒店的窗户，想知道塔达尼一家是否也逃出来了。

迈克·波拉克在酒店的台阶上追上了安嘉丽。他把她的身子转过来，掏出他的黑莓手机抓拍了一张照片：迈克咧嘴大笑，而安嘉丽还在啜泣，眼里有恐惧又有释然。

突，突，突。迈克转过身来，手机还高举着来不及放下，就看到子弹从上面的窗户喷射而下。为了头天晚上精心打扮的人被大白天的阳光晃晕了眼，不敢相信这一幕。尖叫声响起，客人们把彼此拖开。迈克托起安嘉丽，把她从一辆公共汽车敞开的门里塞进去，大喊"卧倒"，而泰姬酒店的员工则在剩下的人周围组成了一个人盾。到处都是炙热的子弹和狂乱的枪声，迈克被拉向一堵围墙，靠墙蜷身半跪了下来。他听到咔嚓一声，环顾四周，看到有个摄影师拍了一张照片。

比沙姆的脸紧贴在公共汽车肮脏的橡胶地板上，哭了起来。"整件事就像在拍一部疯狂的电影。"他说，整个人被无止境的恐惧所击垮。这时公共汽车向前猛冲，全速驶离，直到最终把枪声抛在了后面。

不到一个小时，他和母亲已经在布里奇-坎迪的家中，打开了电视新闻，寻找失踪朋友的消息，一切都好像是一场梦。洗完澡后，他拿出那年早些时候在意大利时别人送的一瓶红酒，拔出软木塞。这时候喝酒真是再适合不过了，他对自己说，享受起了酒里醇厚浓郁的果味，而他母亲拉长了脸，一脸厌恶。"酒救了我们一命！"比沙姆冲口而出，"如果晚上9点半我们没有上楼去水晶厅喝一杯，你我都已经死在那个大堂里了。"

围攻　277

酒安抚了他的情绪,他感到心里涌过一阵莫名的剧痛。但不是为了死伤者,甚至不是为了此时仍在被摧残的大酒店,或甘詹·纳朗——他现在已经知道这个昔日校园恶霸和他的家人一起在酒窖里遇害,或其他那些他仍然不知道其命运如何的人。他所感受到的是失望,也许甚至是悲伤。"我当时已经非常确信,这对我来说就是生命的终结。我一心以为自己肯定会命丧黄泉。"他回忆道。现在他已经活了下来,还需要漫长的时间才能调整过来。

迈克·波拉克最终回到了岳父母的家中,喜不自禁。"发生的这一切,"拥抱着两个儿子,他连珠炮似的对安嘉丽说,"就像《圣经》里写的一样。"《旧约》中惊心动魄的屠杀和灾难,在他看来,就像神话故事一样。但他们在泰姬酒店所遭遇的,是一次真实的、回归本质的历程。"想一想人在置身险地时能爆发出什么能力,"他雀跃不已地跟她说,"看到我们变成了什么样子吗?我们大家是怎么互相帮助的?"

迈克已经开始为日后打算了,对现有的生活意兴阑珊,不想再玩一些挑战人类极限的高风险游戏。"这些东西在生死关头都烟消云散了,"他向安嘉丽坦言,"留下的只有真正重要的东西。"他打算卖掉对冲基金,把钱和精力投入到更充实更有意义的事情上。

上午 10 点,地窖

黑暗有种味道。尝起来像纸板,闻起来像肉汁。被它包裹着的总厨欧贝罗伊听到了有脚步声逼近。他疲惫不堪,已然脱水,饥肠辘辘。环顾四周,每个人看上去都已到极限。一阵敲门声响起:"出来。"矮胖的总厨站了起来,在黑暗中战栗。"请站起来。"

他示意其他人——客人和他们的孩子,还有他的厨房班子。不管外面是什么,他们都会带着尊严去面对。

欧贝罗伊推开门时,众人被手电筒的光闪得什么都看不见了。16人,视线模糊,依次走出门,注视着眼前的蒙面持枪者。"跟我们来。"其中一人用印地语说,然后总厨欧贝罗伊恍然大悟,这些人不是自杀式袭击者,而是印度士兵。但没有人欢天喜地,他们沉默地穿梭在幽暗中,尽量不去看屠杀留下的痕迹,虽然他们莫名逃过一劫。经过那些凝固的血洼——同事们倒下的地方时,欧贝罗伊觉得自己永远也忘不了杀戮的声音。拐了几个弯之后,他们突然就在外面了,站在温暖的阳光下眨着眼,呼吸着这座喧嚣拥挤的海滨城市的气味。

他看见劫后余生、没缓过神来的同事挤在一起,就像沉船的幸存者一样。他们注视着仍在燃烧的宫殿翼楼,每个人都在想着里面那些没有成功逃脱的人。欧贝罗伊听他们讲了最新的情况,第一个消息就是最让人难以接受的。巴尼亚主厨,永远与他同一战线的好友,已确认身亡。

罹难的还有芥末餐厅的服务生领班,铁人托马斯·瓦吉斯。年轻的赫曼特·塔利姆,金龙餐厅的主厨,伤势危急。主厨"大脚"卡姆丁也已遇害。欧贝罗伊回忆起厨房班子如何调侃他的大高个的:"Kaiz bhai, tereko teri height maar gayi(凯兹兄弟,你的身高害死你了)。"十二宫主厨马廷也遇难了,欧贝罗伊原本还一直在等着他递交辞呈,因为他在入学考试中考了高分,足以被任何一所顶级商学院录取。莎米安娜的主厨鲍里斯·雷戈在哪里?失踪了。欧贝罗伊眉头紧蹙。雷戈的父亲乌尔巴诺是他的同事和朋友,也是果阿最负盛名的烹饪明星。他该对他说什么呢?还有在钱伯斯厨房里奋力对抗枪手的宴会厅主厨拉古呢?他也下落不明。金龙餐厅高级副主厨尼廷·米诺查——未来的维杰·巴尼亚,酒店才崭露头角的人才,正在医院接受治疗,医生们担心可能要截去他的一只胳膊。

欧贝罗伊需要转移注意力。他还有很多事要做。主厨开始安排人手去医院探望病人。拉坦·塔塔已经承诺会支付员工的所有医疗费用。葬礼要安排好,费用也由塔塔承担。欧贝罗伊借了一部电话,拨通了巴尼亚主厨的妻子法里达的电话,向她和她18岁的儿子传达了这个噩耗,此时周围的救护车都集结了过来,将幸存者和死者运送到这个令人心碎的城市的各家医院。

贾斯洛克医院在布里奇-坎迪的毕打路上,此时,拉吉瓦德汗·辛哈来了。与老同学维什沃斯·帕蒂尔离开泰姬酒店后,他步履蹒跚地回了家,发现8岁的儿子正准备去学校。这样的家庭生活场景让他措手不及。这一刻之前,拉吉瓦德汗一直在刀头舐血,随时准备赴死。但在这里,正常的生活仍在继续。他的儿子有满肚子的问题要问他,拉吉瓦德汗小心翼翼地不深入展开。最后他破防了,因为男孩哭了起来,跑过来拥抱他,为自己差点失去父亲而后怕。他能想象这样一个痛苦与宽慰交织的场景正在全城各处上演。"围困只是其中一方面,"他告诉他做大学讲师的妻子,"这些杀手破坏了我们的安全感。"妻子从未见过他如此激动,也知道围困结束前他不会休息,就坚持要他去拍个X光片。

两个小时后,脚踝包得严严实实的拉吉瓦德汗一瘸一拐地回到了他在朗巴文巷的办公室。在那里,他打电话给本邦的情报局负责人,后者证实一切证据都指向了巴基斯坦。拉吉瓦德汗受命与外国情报机构联络,向他们保证印度已经控制住了局面,同时查探他们是否有内幕消息表明巴基斯坦军方直接参与其中。

拉吉瓦德汗的手下面临着棘手的任务，要确认袭击中丧生的外国人的身份，以便送他们的遗体回国，同时还要应对无纸化生活带来的混乱。许多酒店客人和利奥波德的受害者失去了所有东西，所以他的手下需要确认身份后才能发放出境许可证。此外，他还要应付美国联邦调查局。办公桌上的一张便条显示，美国联邦调查局已经着手进行刑事调查。他从窗户看向那条巷子，8小时前三位高级别同事在那里被枪杀：卡姆特、卡卡拉和萨拉斯加。怎么会发生如此惨剧？不久之后他们就要在葬礼上向他们三人致敬。

在孟买医院，两天只睡了4个小时的阿米特·佩谢夫仍在忙碌。"肾脏衰竭，四五处枪伤。髋部，臀部，手上两处，大腿，腹股沟。"护工喊道，推车上拉出来的是一名从泰姬酒店酒窖救出的女子，姓名牌上写着贾娜·纳朗。阿米特往后缩了一下。"需要输血，输液，让开路。"该女子的父母和哥哥甘詹已经死亡，护工说，而枪手丢下她任其等死。阿米特盯着她满是血污的脸，被她翕动的嘴唇吸引了，她似乎在诵经。

"躯干两枪，腿上一枪。"又一辆救护车急转进来。阿米特帮忙抬担架时，一股深红色的血流从推车上涌出，浸湿了他的衬衫和裤子。"天哪，别。"他倒抽一口气，差点把伤者摔到地上。尽管父母是医生，他却从小就害怕血。当他抬头去看病人的脸时，发现是主厨拉古，他在钱伯斯的朋友，他还以为拉古已经死了。苏尼尔·库迪亚迪曾提到看见一名枪手坐在拉古的身体上，向他射空了一个弹匣。此刻阿米特盯着拉古的白制服上的深红色裂口，一股情感猛地淹没了他。"需要血和创伤敷料包。"一名护工喊道。"挺过去。"阿米特恳求道，眼泪涌了上来。拉古的眼皮动了动，睁开了眼睛，微微一笑。"嘿，老板。"他声如蚊蚋。

阿米特需要离开一下。他拿起脏兮兮的黑色外套,漫步到阳光下,向阿巴斯大厦的宿舍走去。一路上,他碰到了三叉戟-欧贝罗伊酒店的一个朋友。他们都猜到对方经历了什么,所以都默默走着,喝着一小瓶蜜蜂朗姆酒。当阿米特走过泰姬酒店的拐角处时,一名士兵从一扇门里走出来,用步枪对准了他。"停下,否则就开枪了。"他的手指在扳机上晃动。"我是泰姬酒店的员工。"阿米特用印地语喊道,感到筋疲力尽,对世界充满了仇恨。他气急败坏的语气和乱糟糟的外表很有说服力。"你到底在干什么,哥们儿?"士兵问道,放低了武器。"我之前在那里,"阿米特说,指向泰姬酒店,"现在我必须睡上一觉。"士兵敬了个礼,让他经过,进入阿巴斯大厦。

上楼后,阿米特扔掉了衣服,用水桶装满水冲澡。当水终于变得清澈后,他把自己擦干,打电话给浦那的家人,然后跪了下来。"感谢神,"他祈祷道,"救了我的命。"毕竟活下来了,以后会有时间打一局斯诺克,和女孩约会,上吉他课,去旅行,做出成绩。但首先,他得睡一觉。

上午11点,泰姬酒店塔楼

泰姬酒店内,4名恐怖分子继续四处乱窜,投掷手榴弹,扫射房间,行为疯狂到让"黑猫"们觉得这是对钱伯斯撤离行动的报复。突击队员希望把这些人控制在宫殿内,同时他们进入了塔楼,塔楼里肯定会有一次艰巨而漫长的行动。这里共有20层楼,每层通常有17个房间,内有数量不明的客人,以及140个非客房——餐厅、厨房和库房。只能找到一把电子万能钥匙,这减慢了进入的速度。

由于客人们之前已统一被电话告知要呆在房间里，库迪亚迪担心现在很难说服他们出来。"黑猫"们大多不会说英语，必须破门进入反锁的房间。尤尼克里什南少校知道，清空一个房间平均需要5分钟，还是在不与敌人交手的情况下。这意味着他们需要36个工时才能清空塔楼，这显然是不可行的，这会让他们一直工作到星期六晚上，更别说之后还有宫殿翼楼的6层迷宫及其264间客房。考虑到他们很晚才抵达孟买，而且现场人手不足（因为找到的唯一一架小型运输机只能搭载120人及装备），这个方法是不现实的。"一切都要加速。"准将提醒道。

西索迪亚和尤尼克里什南少校过了一下流程：他们会从塔楼的顶楼开始，利用居高临下的优势，少校警告手下避免在门口和窗户上留下剪影，并提醒他们被炸毁的门是最脆弱的区域。两名突击队员将站在门槛的两侧随时准备行动，使用一种被称为"扣钩"的战术动作完成进入、穿过、转身，并马上控制所在空间。

他们不能在每个房间都使用相同的流程，因为重复会让人丧命。说话也是如此。除了用预先分配好的暗语来表示枪支、手榴弹或其他武器的存在外，他们要靠手势进行交流。最后，在塔楼这样的高楼里，补给是个至关重要的问题。清剿行动能用到的资源极度匮乏，国家安全卫队受到了严格限制。炸药、手榴弹和子弹都要省着用。

中午12点，宫殿翼楼

随着塔楼行动的进行，尤尼克里什南少校来到了大堂，警察和酒店工作人员正在那里观看马哈拉施特拉邦警察局长的电视讲话，他宣布泰姬酒店内的所有人质"都已获救"。"看你怎么定义了。"尤尼克里什南少校说着摇了摇头，把注意力转向宫殿。在清剿行动开始之前，他想先来一次搜寻，让手下适应一下，营救散客，收集有关枪手下落的情报。

他会带领一支队伍进入北翼，上到仍被大火包围的6楼，第二支队伍则去南翼做同样的工作。当两支队伍出发时，少校告诉大伙说他会第一个完成任务下来，周围顿时响起一阵干巴巴的笑声。他们对他的期望一点都不低，因为尤尼克里什南少校在训练时就是个佼佼者，当时他是被誉为"奥运选手"的奥斯卡中队的一员，他们的口号是"更快，更高，更强"。他于1999年被编入比哈尔第七军团，三次被派往克什米尔，两次被派往横跨印度和巴基斯坦的锡亚琴冰川——全世界海拔最高的战场。在马尼萨尔，他以谦虚而又幽默的方式对待自己的能力，在社交网站上隐瞒自己的真正职业，把自己的工作描述为"非生产性人力资源"。这是对一个老梗的巧妙发挥：加入武装部队，结识很多有趣的人——然后干掉他们。

11月27日傍晚时分，少校率先完成任务下来了，南翼的队伍却在4楼遇到了麻烦。他们通过无线电向指挥处的上校报告"有交火"，声音听上去都不太对了。在发现几个人影匆匆冲进472房后，他们炸开了门，却发现一张床垫顶在前面，吸收了爆炸的威力。他们试图进入时，发现自己进退两难，因为枪手冲出来时拉着一名客人挡在身前，把他当了人盾。他们还没有重新集结，一枚手榴弹已经伤了队伍里的三人，其他人不得不把他们拖回大堂。

晚上9点,塔楼大堂

尤尼克里什南少校在协助医务人员时,北翼的队伍向指挥处汇报了最新情况。在6楼,他们破门进入了萨宾娜·塞基亚的套房,发现起居室已毁,但卧室几乎完好。"里面没有人。"突击队员一口咬定。萨宾娜不见踪影。在隔壁房间,他们看见了惨不忍睹的一幕,浴室里有三具遗体:一个女人和两个孩子。正是卡拉姆比尔·康的家人,就像他害怕的那样,已经被大火夺去了生命。

有人联系上了萨宾娜的丈夫山塔努·塞基亚,他早上8点已从德里赶来,同行的还有她弟弟尼吉尔。已经在哀悼亡妻的山塔努对这一消息深感吃惊。从星期四凌晨1点半开始,他就失去了萨宾娜的消息,当时他已痛苦地决定跟她永别。尼吉尔也震惊不解。他的姐姐怎么可能已经逃脱?在他能够进入房间并亲眼看到之前,他要去查探每一种可能性,去城里的停尸房看看,万一她就在身份不明的死者里面。

泰姬酒店外,警察找到了卡拉姆比尔·康。他默默地接受了妮缇和儿子们的噩耗,随后走到海边打电话给他的母亲。他整个人都崩溃了。"现在不要哭,"她在千里之外说,"等我过来,在我膝上哭。"卡拉姆比尔等不了那么久。他现在必须振作起来,为了其他那些仍在等待消息的人。他们都还在指望着他,他这样告诉自己。他仍然可以做些实事帮助他们。

泰姬酒店的主人拉坦·塔塔找到了他。"请休息一下吧,花点时间疗伤。"他语气坚决,担心这位屹立不倒的经理会垮掉。卡拉姆比尔摇了摇头。"重要的是,我留在这里,没有逃跑,"他说,

"我来自一个军人家庭。你知道的？在这种家庭长大你说话和思考的方式就是：纪律、义务和责任。"他们俩都抬眼望着火光冲天的泰姬酒店，卡拉姆比尔喃喃地说，如果他现在放弃了，他手下那些失去朋友和家人的员工也会跟着放弃。塔塔明白了。卡拉姆比尔是个榜样。但是，吞噬了他的工作场所的大火也毁掉了他的家人和家园。事实上，随着这个被围困的城市又过去了一天，卡拉姆比尔·康什么都不剩了——甚至连照片都没了——而且无处可去。

第二晚，万籁俱寂的深夜，大堂被应急灯照亮，泰姬酒店看起来就像一艘巨大的沉船，正被潜水员们打捞。坐在"黑猫"指挥处的长长阴影中的西索迪亚准将在研究最新的情况。塔楼的清剿速度比他预期的要快，大部分房间已被清空并在掌控之中。也发生了由误会引发的意外，"黑猫"们听到某个房间里有客人在手机上用阿拉伯语跟人交谈，在高度紧张的气氛下，误判这里是基地组织某个窝点。除此之外，"黑猫"们以其高效的工作赢回了一整天的时间，这意味着重点很快会转移到宫殿，在那里，围攻发生28小时后，4名枪手继续畅通无阻地游荡着。

城里的其他地方，恐怖分子掌控的局面正在松缓下来。虽然泰姬酒店枪手的两部手机都没了动静，但反恐小组的技术部门仍在监听三叉戟-欧贝罗伊酒店内正在使用的一部手机，该酒店有35位客人和员工遇害，而"黑猫"们已经在18楼把2名枪手逼入了绝境。

最新的一盘录音带录下了一名枪手，经确认为法哈杜拉（"公牛"卡哈法的侄子）与卡拉奇的联络员之间的对话。

2008年11月27日，星期四，晚上11点45分，
纳里曼角，三叉戟-欧贝罗伊酒店

录音一开始是一长串激烈的枪声，然后一个像神职人员的声音传来："怎么样了，法哈杜拉兄弟？"

停顿。"阿卜杜尔·拉赫曼（'乔塔'）已经死了，"枪手法哈杜拉平静地报告，"赞美真主。"欧贝罗伊酒店的行动正在铺开。

"哦，真的啊？"联络员的语气几乎可以说是轻描淡写，"他在附近吗？"他似乎无动于衷，冷漠无情。反恐小组觉得这语气听起来像是专门练过的，类似临终关怀工作者给病人送终。

"是的。他就在我隔壁。愿神接受他的殉道。他的房间已经着火了，电视里也在放。我坐在浴室里。"反恐小组能想象到联络员在卫星电视上搜索着这些画面。之后，枪声淹没了电话里的声音。法哈杜拉被困住了。

当枪声暂停时，联络员直奔主题："绝不能让他们逮到你，记住。"有消息传出，阿杰马尔·卡萨布被活捉了。他们经不起又一个错误了。

法哈杜拉回答说："真主保佑。真主保佑。"然后挂断了电话。

几分钟后，联络员又打来电话："法哈杜拉，我的兄弟。"没有回答。"你就不能出去和他们干一架吗？"他催着对方赶紧牺牲自己的生命。"扔一枚手榴弹，想办法出去。"

但是，已经战斗了48个小时的法哈杜拉疲乏不堪。"我的手榴弹用完了。"他听起来很痛苦。

"勇敢一点，兄弟。不要惊慌。想结束任务，你就必须死。真主在天堂等着你。"

"真主保佑。"他喃喃地说。他在哭吗？法哈杜拉似乎很害怕。

联络员继续催促他。"愿真主帮助你。勇敢地战斗，把手机放在口袋里，不过让它开着吧。"卡哈法想要确定最后一刻的来临。电话里的声音变得含糊低沉，然后狂风骤雨般的枪声淹没了一切。

"法哈杜拉？"联络员喊道，"法哈杜拉？"

没有回答。

2008年11月28日，星期五，凌晨2点，
泰姬酒店宫殿

西索迪亚接到电话：三叉戟-欧贝罗伊酒店已被"黑猫"控制。但片刻之后，另一个来电提醒他，泰姬酒店内的枪手依旧危险。

弗洛伦斯·马尔蒂斯绝望的母亲联系了克劳福德市场的警察控制中心，说自己的女儿和丈夫都在酒店内失踪了。从星期三晚上开始，弗洛伦斯一直被困在宫殿翼楼的某个地方。而福斯廷星期四凌晨偷偷潜回酒店后，再也没人见过他。数据中心的前操作员罗山一直在跟她的家人通报最新情况，他刚打来电话说，有消息称枪手找到了弗洛伦斯的藏身之处。

尤尼克里什南少校自告奋勇去解救被困的数据中心工作人员。他带着两支六人队伍爬上了中央大楼梯，途中经过酒店创始人吉姆舍提·塔塔的半身像。当他们到达一层的楼梯平台，与海洋吧的高度齐平时，一个身影闪过，单手支着AK-47，对着"黑猫"的位置扫射并投出了一枚手榴弹，随后人影消失不见，而其同伙

则从三面猛烈开火。突击队员们已经步入了陷阱。当爆炸的气浪击中他们时,尤尼克里什南朝侧面滚去,飞溅的弹片被他险险避开,但击中了他队友的腿部。是苏尼尔·雅达夫,在少校手下训练过并同住过一个营舍。

枪林弹雨中,"黑猫"们紧贴着栏杆,想知道数据中心的工作人员弗洛伦斯是不是个诱饵。她是不是被俘后被迫把他们引来?他们的一名队友已暴露在火力下并痛苦地尖叫着,少校示意其他人将火力引到水晶厅和舞厅的门口,而他则想办法去救回雅达夫。

他举起拳头,叫队伍做好准备。"三,二,一。"少校猛地扑倒在伤员的织带上,紧紧抓住。后面的人则抓住尤尼克里什南的腿,把两个人都拖下了楼梯。确定雅达夫脱险后,少校示意自己将继续前进,进入他们分头射击所清空的区域。他跪在地上,持枪向左右两边来了几个短促的连发,然后冲进了棕榈吧的门。他的脑子转得飞快,知道这条路可以让他进入舞厅,再从那里想办法绕到水晶厅,在手下们继续牵制枪手的时候从侧面夹击枪手。

下面的"黑猫"们在等待进一步的指示。什么也没有。然后,少校的无线电咔哒一声响了。他听起来有点喘不上气。"别来。"他粗声粗气地说。无线电再次响起。"别通话。"其他人敲了下对讲机表示明白了。"别联系。"他低声说。

随之而来的是一阵令人神经紧绷的沉默。尤尼克里什南在做什么?是不是离枪手太近,无线电里的说话声会暴露他的位置?"黑猫"们继续开枪,砰砰地猛击水晶厅和宴会楼层的门口,担忧着他们的队长,而后方队伍则利用火力掩护带着受伤的雅达夫顺着楼梯撤了下去。

半小时后,沉默变得令人无法忍受。他们向指挥处发出信号,说尤尼克里什南少校可能出不来了,然后冲上楼梯,疯狂扫射,逼着枪手退向芥末餐厅的方向。"黑猫"们停顿了一下。没有少校的踪影，但环顾四周，在烟雾缭绕中他们发现他们终于占据了楼梯平台。他们用无线电将消息传给指挥处，西索迪亚准将又把它传给国家安全卫队的负责人乔蒂·杜特。少校失踪了，但他们困住了枪手，将其堵进了日式餐厅。泰姬酒店的行动终于有所进展——但也付出了代价。

上午7点，棕榈吧

当晨曦照进棕榈吧时，一队"黑猫"移到门前，溜进了室内，更多的人则在他们身后绕着走动。烧焦的大厅满目疮痍，木梁发着光冒着烟，石膏从天花板上掉落，灰烬厚得仿佛行走在雪地里。过了一会儿，他们的眼睛才适应了刺目的烟雾，随即他们看到了尸体。军用织带和武器让他们瞬时明白这就是尤尼克里什南少校。把他翻过来，他的伤口大致反映出发生了什么。他冲进棕榈吧时，以为火力在自己身后，而实际上还有两名枪手在里面埋伏等待，就在他的左右两边。他死时手里还拿着无线电。

他们呼叫指挥处："确认死亡。"乔蒂·杜特要求与守卫平台的那些人谈谈，担心"黑猫"战无不胜的光环就此被戳破，动摇他们的前进步伐。西索迪亚准将认为这就是警队和军队的区别。总指挥杜特来自前者，所以担心"黑猫"们无法承受失去少校之痛。从锡克军团调来的准将告诉他："在攻下酒店之前，这些队员甚至不会去纠结少校的牺牲。"他说，突击队员现在需要进入芥末餐厅。他们还需要弄清楚弗洛伦斯·马尔蒂斯的身份和位置，而城里的其他地方，人质正在被处决。

上午 8 点 52 分，哈巴德大楼

上午 7 点，22 名"黑猫"从一架 Mi-17 直升机上通过绳索下降到了哈巴德大楼的屋顶上，楼里的一名印度女佣早些时候带着拉比夫妇 2 岁的儿子逃了出去。据当局所知，这对夫妇仍与 4 名客人一起被扣为人质，尽管在与此矛盾且令人震惊的电话监听录音里，卡拉奇的联络员命令枪手杀死所有人。

他们下来后不久，楼内就传来了激烈的枪声。上午 8 点 52 分，反恐小组监听到另一段对话，并转交给了泰姬酒店指挥处，呼叫者被标记为 BW，即瓦西兄弟，驻守在卡拉奇控制室的联络员之一。他正在和阿卡沙说话，阿卡沙是哈巴德大楼里第二队人中之一。

阿卡沙喘着粗气，显然已经力竭。BW 设身处地地对他说："你已经喝光了水，你很累，他们也知道。一旦你因为又饿又渴变得虚弱时，他们就想逮住你。"BW 希望阿卡沙能自己推断出后果，并自愿战斗到底。

阿卡沙明白 BW 想要他做的事："今天是星期五，所以我们今天应该了结这件事。"众所周知，聚礼日这天人们会聚在一起礼拜，这是为真主舍身的最佳时机。

BW 建议阿卡沙立即开始他的最后反击："开枪，开枪。"他的指令奏效了，这通电话淹没在枪声中。

阿卡沙又回到了线上："他们已经开火了，他们已经开火了。乌马尔，找掩护，找掩护！他们正在朝我们的房间开枪。"线路中断了片刻，随后一个虚弱的声音传来："我中枪了，我中枪了。为我祷告。"

在哈巴德大楼的围攻终于瓦解的那个关键时刻，反恐小组的人听得入了神，看不见的联络员也在听。

BW 仍然想确定情况："你哪里中枪了？"

阿卡沙回答说："一枪在胳膊。一枪在腿上。"

BW："真主保佑你。你有没有打中他们中的任何一人？"

阿卡沙挣扎着说："我们干掉了一个突击队员。求真主接受我的殉道。"

几分钟后，警方收到了确切消息。袭击开始 36 小时后，哈巴德大楼的两名枪手阿卡沙和乌马尔终于伏诛。也有不幸的消息。一名叫加金德·辛格的"黑猫"牺牲了，同样遇害的还有所有的犹太人质。有报道称，他们死前遭受了残忍的虐待和性侵，生殖器残缺不全。早前的窃听录音转成文字后，有一句话浮现出来。"记住，"联络员告诉枪手，"一个犹太俘虏抵得上 50 个非犹太俘虏。"

上午 9 点，泰姬酒店数据中心

数据中心里，泰姬酒店内最后一批被困人员之一的弗洛伦斯·马尔蒂斯已陷入了一场不安的幻觉。她恍惚间觉得自己在一艘船上，船驶出了港口，满载着渔网，准备撒网捕鱼。她的电话响了，她不知道信号是如何从岸边传到了这么远的地方。"在梦里，你什么事都能做。"她自言自语道。

一个陌生的男声先介绍了自己。"你叫什么名字？"他问道。

"弗洛伦斯。"她说，意识到自己已不在梦境里。

声音停顿了一下："你在哪里？你在哪一层？你能描述一下吗？"

是一名"黑猫"从塔楼大堂打来的电话。他听到弗洛伦斯对着另一部手机问道:"罗山?"她含糊不清地说,"你在吗?"弗洛伦斯把手机开了免提,突击队员听到了一个男人的声音。"是的,我是罗山。我在这里。"他正骑着摩托车去塔那①,电话里能听到孟买通勤的声音,汽车的喇叭声,街上的叫喊声和发动机的加速声。

"罗山,"弗洛伦斯说,"有人在办公室的电话线上。他想知道我在哪里。"她把手机靠近座机的话筒。"你跟他说。"她道。罗山一边骑车,一边用脖子夹住手机,在车流声中奋力地喊道:"听着,她在二层的数据中心,在海洋吧和门户厅的上面。"电话时断时续,背景里是砰砰的枪声。"我们会把她救出来的。"突击队员说,然后挂断了电话。

11月28日,星期五,上午10点,两名"黑猫"进入了数据中心,唤着弗洛伦斯的名字。他们看到了一把嘎吱作响的办公椅,把它拉出来后,发现一个憔悴虚弱的年轻女子蜷缩在桌子底下。她在那里已经呆了36个小时。她晕晕乎乎,几近昏厥,但仍叫着要见父亲。突击队员把她扶进了走廊,她发现那里原本的白色大理石现在已变成了黑色,满是烟尘。"小心点。"他们说着,把她扶进了另一个突击队的怀里,继续前行。"枪手还在楼上。"弗洛伦斯被他们轮流搀扶着进了厨房,眼睛盯着脚下凝结的血流。很快,她的白色帆布鞋也沾上了血迹。鞋子是星期三早上父亲送给她的礼物,现在已经变成了深红色,紧紧地箍着她的脚。她一直盯着鞋子,直到被带进塔楼大堂,在那里的一个远房亲戚过来把鞋子扔掉了。"爸爸在哪里?"她喊道。"在医院。"他回答说,小

---

① 塔那是孟买的卫星城。——译者

心翼翼地斟酌着措辞。

上午 11 点,他们把她送回了家,弗洛伦斯时而清醒,时而昏迷,无法认出她的母亲普丽西拉。"爸爸在哪里。"她逢人就问,拒绝让家庭全科医生靠近她,直到她听到一个声音,一个她全心信任的声音。是罗山吗?这个好心人骑着摩托车过来,第一次看到了她本人。弗洛伦斯听从了罗山的建议,打了镇静剂后陷入沉睡。而她 16 岁的弟弟弗洛伊德则前往孟买,按照指点搜寻着城里的停尸房,直至找到了他的父亲。

2008 年 11 月 28 日,星期五,下午 4 点,芥末餐厅

三架来自马尼萨尔的运输机满载着"黑猫"降落在孟买,一百多名突击队员被部署到泰姬酒店内,包围了芥末餐厅。星期五很快要过去了,他们逐渐加紧行动,安排了更多的人手推进。但是,尽管以寡敌众,4 名自杀式袭击者却对凶猛的火力不甚在意,一对枪手从底层的海港酒吧出来瞄准突击队员开枪,而另外两个在芥末餐厅里用枪林弹雨掩护他们。

西索迪亚准将需要看到大楼的东北角里面。酒店外,他命令"黑猫"的神枪手爬进消防升降机,用以色列狙击步枪瞄准芥末餐厅的钢化玻璃窗。窗户的反光让人无法看清里面。"一枪打穿玻璃,"西索迪亚给神枪手下了指令,"听我发信号。"随着交错的爆裂声在码头四周回荡,高速子弹齐发,撞击着窗户。然后,几台榴弹发射器装上了三脚架,瞄准破裂点有序地开火,构成了一堵火焰和烟雾的墙。走运的话,最好把枪手也炸得粉身碎骨,西索迪亚抓着一副双筒望远镜喃喃自语道。

烟雾散去后,他能够非常清楚地看到一层里面,看到枪手仍在四处逃窜。其中三人瞄准了外面的军队,剩下的一人似乎在挥舞一面白旗。是投降,还是要诱他们进去?准将呆住了。

他命令一队"黑猫"缓缓穿过芥末餐厅的厨房,在通向餐厅的服务入口处守好位置准备射击,而刑事分局二把手德文·巴蒂则与第二队一起向下面一层的海港酒吧入口迂回行进。在西索迪亚准将的命令下,两队人马发动攻势,协同开火,歼灭里面的一切。士兵们听到有个枪手在喊:"不要再打了。看在安拉的分上不要再打了。"在外面,西索迪亚手持双筒望远镜,研究着现场情况。自杀式袭击者还活着。他们重新就位,向"黑猫"们和门户厅开火。"什么鬼?"西索迪亚一筹莫展。他从未遇到过如此不屈不挠的斗士。他在宫殿翼楼的底层和一层来回徘徊,绞尽脑汁,还征求了库迪亚迪和巴蒂的建议。当他征求完各方建议时,天已经黑了下来,他们的立足点就要不能待了。在外面,同样备受压力的杜特总指挥告知记者,泰姬酒店会在星期六日出前脱困。"我们为什么不能呼叫空中支援,把整个建筑夷为平地呢?"准将半玩笑半认真地对巴蒂说道。这是目前唯一还未试过的方法。

2008 年 11 月 29 日,星期六,凌晨 3 点,海港酒吧

库迪亚迪来了,带着兴奋和歉意。泰姬酒店的安保主管已经想到了办法,并且很惭愧没有更早想到这个办法。他们之前都忽略了酒店这一角落有个明显的建筑结构上的奇特之处,随便问哪个服务生或厨师都会告诉他们:一段旋转楼梯,把底层的海港酒吧和 1 楼的芥末餐厅连了起来,从地板到天花板都被一根 3 英尺

粗的坚不可摧的巨大混凝土柱子支撑着。每次遭到攻击时，枪手们都会跑到柱子后面躲避。

"是时候来点即兴发挥了。"准将对巴蒂说。如果他们不能放倒柱子，那他们就肯定要造出一种足够强大的武器来消灭任何缩在它后面的生命体。可能吗？准将召来了特遣部队里的爆破小队。"我们能拼凑出什么？"这些人花了一个小时想办法。凌晨4点，他们想出了一个方案，但缺少组件。他们需要喷塑的铜线、胶带、螺丝钉和滚珠轴承——所有这些在巴蒂耳里都像是经典的自杀式炸弹部件——但他很乐意负责采购。这个刑事分局的二把手知道，在孟买这样的城市，只需要一点点积极性和说服力就可以随时买到任何东西。他叫来了手下。"购物时间到了。"

在阿波罗码头周围的小路上，他们叫醒了还穿着睡衣的店主，并强行打开了卷帘门。清晨5点，他们回来了，爆破队坐在钢丝钳和老虎钳堆里，开始组装炸弹装置。他们在其核心位置放了一枚手榴弹，在手榴弹周围放置了一根根TNT，再用塑性炸药填充缝隙。然后他们像恐怖分子所做的那样，摁入螺栓和轴承滚珠，以期造成最大的伤亡。他们制造出来的炸弹具备震天的巨响、刺眼的闪光和弹片四溅的爆震波。到了早上6点，他们已经准备就绪。"好，"西索迪亚说，"现在我们再造一个。"

早上7点，两队"黑猫"在混凝土柱子的上方和下方迂回就位，把炸弹装置固定在长长的导爆索上，预备投进海港酒吧和芥末餐厅。"两次爆炸，同步进行。"西索迪亚一声令下，开始倒计时。巴蒂从芥末餐厅看着投手做好准备，旁边的人拿着无线电与下方的队伍同步倒计时。"三，二，一。"两支队伍投出了简易炸弹，一股爆炸波震得整个酒店直颤，随之而来的是空气被吸入又排出的呼啸声，巨型的漩涡状黑烟和火焰射向天空。

一个焦黑的人形从酒店里飞了出来。他的双腿在半空中蹬着，仿佛在骑车奔向自由，腿上的黑色长裤成了破破烂烂的短裤。他啪嗒一声掉在混凝土的道路分隔栏上，一只死鸽子砸在了他旁边，然后一个等候着的神枪手向他的头部开了一枪。一名突击队员跑了过来，俯身确认他已死亡。西索迪亚准将走近，研究着这人的脸，上面沾着厚厚一层火药和焦油样残留物。他的头发被烧焦了，拳头似是痛苦地紧攥着。他的衬衫被烟尘熏黑，被鲜血浸透，熔入了他的后背。

此人正是阿布·肖艾布，灰衣枪手，那个袭击了利奥波德咖啡馆后一路开枪到泰姬酒店的人。登陆孟买之前，在他们割断MV"库伯号"被俘印度船长的喉咙时，是他按住了船长的腿。这个年轻人被他的传教士父亲献给了虔诚军，是所有新兵中最小的。加入虔诚军之前，肖艾布住在巴拉平德，那是旁遮普省北部的一圈泥砖房。那里从人有记忆开始，就不断有人在边境的交火中丧生，这个男孩就出生在一个可以看到克什米尔山脉的房间。

西索迪亚起身走开，疲惫像潮水般漫过全身。终于结束了吗？消防队员拥向前去，扑灭从酒店角落蹿起的火焰。"酒店里面需要安排搜救犬。"西索迪亚命令道。闷烧的酒吧内，某个地方有阿里（黄衣枪手）、乌默尔（黑衣枪手）和阿卜杜尔·拉赫曼·"巴达"（红衣枪手）的尸体。犬队被召唤过来时，"黑猫"们开始筛查泰姬酒店。将近58个小时后，枪手终于死了，但酒店还需要再过8个小时才算安全。

印度门旁边，卡拉姆比尔·康与总厨欧贝罗伊站在一起，这两个悲痛欲绝的男人努力去着眼未来，就好像未来是救生筏一样，围着他们的是幸存下来的员工，包括阿米特·佩谢夫和他的舍友们。"谁能忍住不吐？"欧贝罗伊轻声问道，"我希望由我们来清理厨房。必须是我们。"人群中响起一阵同意的喃喃声。

1区副局长维什沃斯·帕蒂尔仍在负责泰姬酒店的外围工作，听到一切都已结束的消息后，他感到既宽慰又恼怒。国家和邦的政客的要求让他应接不暇，这些人都想被护送回泰姬酒店，在脱困的酒店外面摆姿势拍照，企图在民意调查上挽回一点声望。在他看来，恰恰是这些人一开始就失职了，没能保护这座城市。帕蒂尔凝望着酒店黑漆漆的窗户，庆幸三天来终于第一次不再看到有人挥手求助。这场血腥的杀戮本来是可以避免的，而他不知道自己的不满是否会慢慢消失。孟买的做事方式意味着不会有深挖细究的调查来检验武装力量的反应或评估情报机构的成功和"黑猫"的作用。帕蒂尔预测，接下来政府部门会有手头拮据的退休人员"载歌载舞"，牺牲几条小鱼来支撑整个摇摇欲坠的大厦。

不能让他们一直这样为所欲为。特别是在副局长和他的同事们经历了这一切之后。帕蒂尔已经开始在脑海中盘算着写份报告，概述之前5个月里他所知道的关于孟买袭击的蛛丝马迹，还有同事早在2006年就已发现的迹象。帕蒂尔勾画着他与泰姬酒店和他的上级的对话情形，开始构思开场白，这时他的车把他载回了布拉伯恩板球场对面的家，妻子和两个孩子正在家里焦急地等待。他打算在2008年12月19日把报告发给局长，报告编号为23/DI/1区/08。而且，出于对孟买的游戏规则的了解，他会同时将报告概要透露给一名一直追着要采访他的本地记者——只为了确保文件不会凭空消失。

坐在布拉伯恩板球场里的是鲍勃·尼科尔斯。体育场是全市最安静的地方，让他能藏身在此思考泰姬酒店内的经历以及T20冠军联赛的命运。谢恩·沃恩和凯文·皮特森已经取消了比赛，整件事都需要推迟，让这座城市有时间哀悼并重新确保自身的安全。如果他们够幸运，联赛可能会在明年晚些时候举行，但安排上不能出一丝纰漏。鲍勃想，尽管困难重重，这座城市总是会东山再起的。在他看来，孟买可以克服任何困难，特别是其统治者的无能。

在布里奇-坎迪的泰坦塔，拉维·达尼达卡上校左右为难，既想回到圣地亚哥的女友身边，又需要为他的印度家人留下来。从楼上望过去，他可以看到多个送葬队伍已经在下面的小巷里蜿蜒而行。他自己也有三场葬礼要参加，有三个亲戚在三叉戟-欧贝罗伊酒店遇害。但是，他所爱的这座城市的居民在自力更生照顾自己的同时，能指望他们的领导人做些什么呢？这些领导人已经开始掩盖错误，将泰姬酒店的灾难、客人和员工的丧生重新定位为印度最光辉的时刻。

孟买医院里，凯莉没怎么在意围困已经结束的消息。她正对未来忧心如焚。一位杰出的印度外科医生将威尔的一些脊椎骨融合在一起，并在他的骨盆周围放置了一个融合器用于固定骨折块，确保一切都不移位，好让他能飞回英国。但事实证明，这项工作反而是最难安排的。威尔的父亲奈杰尔正好在泰姬酒店解除围困之时飞来，他无法得到已经超负荷工作的英国领事官员的重视。官员们对送其回国的安排推诿搪塞，没有按照之前的承诺与英国的医院做好充分的准备。凯莉的旅行保险公司拒绝报销医疗费用或其他任何费用，称恐怖主义行为属于例外情况。他们错过了原本的回程航班后，该航空公司声称接下来数周的飞机都已满员，奈杰尔只能去寻找其他可以接受担架的航空公司。

此外，还有医学预后。谁也说不准，凯莉被如此告知。她看着因大量镇静剂而昏睡的男友，唯一能确定的是，他们曾经憧憬的生活永远消失了。

11月29日上午10点，萨宾娜的丈夫、弟弟和朋友莎维特丽·乔赫利一起站在泰姬酒店外。星期四一早疑似来自萨宾娜的短信，加上国家安全卫队发现的空无一人的套房，都让人猜测这位美食评论家已经逃离了酒店。然而，巴蒂电信公司正在调查"幽灵电话"现象，萨宾娜的短信很有可能被转移到了城里偏远的信号塔，发出了很长时间后才到达收信人的手机上。还有一种可能是，因为电话网络在袭击的首晚被电话淹没了，她的手机信号被远处的天线塔困住，让人误以为她在另一个地方。她的弟弟尼吉尔在城里的停尸房里没有找到答案。"我看到了各种惨不忍睹的尸体——烧死的，被枪打死的，浮肿的。"他告诉莎维特丽。别无他法，他们只能动用家里的各种关系想要进入泰姬酒店。尽管酒店仍是禁区，但三人最终被护送入内，一进入大堂，鼻孔就被走廊的滚滚浓烟刺得无法呼吸。"黑猫"们咚咚地在中央大楼梯上上下下，担架手们则抬着面目全非的尸体匆匆而过。莎维特丽停了下来。她做不到，只能转过身子，山塔努和尼吉尔则继续前行。

爬到楼梯的顶部时，6楼仍在闷燃，损坏程度让两人大为震惊。大火已经把部分屋顶完全烧毁，阳光泻了进来。"你们不该来这里。"一个突击队员吼道，这时他们已经来到了一条漆黑的通道，站在了一扇烧焦的门前。山塔努停顿了一下。强忍着痛苦，他慢慢走进了日出套房。萨宾娜的房间分为三部分：卧室，带早餐角的起居室，还有浴室。尼吉尔可以看到起居室已经被烧毁。"已经被烧成灰，我的意思是它整个都烧没了，除了掉在地上的一盏吊灯骨架，还有餐桌的金属框架，仍然支在早餐角那里，顽强支撑着。"

山塔努和尼吉尔一走进卧室就惊呆了。正如突击队员所报告的,它几乎还是原样,尽管所有东西上都覆盖着一缕烟尘。行李是"典型的萨宾娜式的杂乱无章",但完好无损。"仿佛连火都害怕萨宾娜,越过这里去了卡拉姆比尔的房间。"尼吉尔后来黯然苦笑道。

他们坐在巨大的床上,孤苦凄凉。萨宾娜曾在这张床上兴高采烈地蹦蹦跳跳,惊叹于卡拉姆比尔·康的热情好客。突然有什么东西吸引了山塔努的目光,把他带向了长沙发的远端。他绕了一圈,突然如遭电击般退了回来。萨宾娜就在那里,跪在地上,仿佛在祈祷,眼镜支在头上,额头触地。11月27日星期四的凌晨,随着室内氧气被隔壁贪婪的大火所吞噬,他那个曾经一往无前的妻子跪了下来,疲惫不堪,昏昏欲睡。就在这里,她独自一人,慢慢地窒息了。

他们拉开床罩,下面铺着干净挺括的白色床单,仿佛客房服务人员刚刚整理好。山塔努慢慢地消化着这一幕,尼吉尔则冲回楼下,惊恐万分地大哭。"我要她在一小时内被送下来,"他对泰姬酒店保安喊道,"我想要萨宾娜和我们在一起,就在这个时候。"虽然他们试图劝阻他,但悲恸万分的弟弟的强烈意志还是得到了满足,不久之后,萨宾娜·塞加尔·塞基亚最后一次从中央大楼梯下来了,裹着一条洁白无瑕的白色床单。

阿杰马尔·卡萨布在警方一句承诺的鼓舞下供出了一切,警方承诺的是所有审问结束后他能看到他的9名战友,按当局的说法,他们"被关押在其他地方"。

那一天到来时,一名刑事分局警察走进了他的牢房:"准备好了吗?"阿杰马尔已是迫不及待。

犯人坐车经过印度门和泰姬酒店，抵达了拜库拉的 JJ 医院，这里也收治了哈巴德大楼的受害者。"他们都受了重伤吗？"阿杰马尔不确定地问道，因为门没有锁，敞开着。"你可以自己去看看。"警察说着，把他带进了一个四面白墙的房间。

9 个不锈钢托盘摆在他的面前。在泰姬酒店内战斗过的兄弟是最让人不忍直视的。阿里和肖艾布的脸扭曲出了狰狞的笑容。乌默尔，身材矮小的泰姬酒店行动队长，被烧得面目全非，而阿卜杜尔·拉赫曼·"巴达"只剩一团被烧毁的身体部位和烧焦的红色物质。

阿杰马尔愤怒地转向警卫，他的世界崩塌了："带我走。"他被车送回了他的单人牢房，审讯官在那里等着他。"所以，阿杰马尔，"他微笑着说，"你有没有看到他们脸上的光芒，闻到他们身上升起的玫瑰花的芳香？"

阿杰马尔万分痛苦地哭了。

后　记

恐怖主义常被描述为不对称的,而孟买对此提供了一个令人不寒而栗的佐证:10个心怀怨怼、误入歧途的年轻人能劫持世界第四大城市,在三个恐怖的夜晚杀死166人,伤300多人。

饱受摧残的城市的图片传遍了全世界。背后是无数悲惨的故事。在贾特拉帕蒂·希瓦吉终点站,阿杰马尔·卡萨布和他的同伙枪杀了58名通勤者,另有104人受伤。一名13岁的男孩从枪林弹雨中被救出并送往医院,那里的医生左右为难不知道什么时候才能告诉他,他的父母、一个叔叔和三个堂兄弟都已经死在枪下。哈巴德大楼外面,保姆桑德拉·塞缪尔紧紧抱着2岁的摩西·霍尔茨伯格,而孩子的父母拉比加夫里尔和怀有身孕的妻子瑞芙卡,连同另外4名人质,都被杀害了。在三叉戟-欧贝罗伊酒店,32名员工和客人的遗体被找回后,一对被囚禁了8小时的土耳其穆斯林夫妇——赛非和梅尔特姆·穆埃齐诺格鲁回忆起他们是如何在目睹枪手处决一群女性人质后悲恸万分,突然开始哀悼的。"我们走上前去,张开双手,大声祷告,"赛非说,"你知道发生了什么吗?其中一个枪手瞪大眼睛盯着我们。他不敢相信,开始看着地面。他感到羞愧。我们用阿拉伯语祈祷,我们说得很大声,手拉着手,就在这些遗体面前。"还有更多令人痛心和奋力求生的瞬间——在利奥波德咖啡馆，卡玛医院，都市影院和朗巴文巷。此外，一枚出租车炸弹在城里的港口区域被引爆，另一枚出租车炸弹在维帕勒爆炸，所有这些惨无人道的行为都给世界各地的警察局长们留下了深深的阴影，他们都在思考自己的警队遇到这样的事会如何应对。

他们研究了孟买的清算日，并注意到了虔诚军令人不安的创新之举。身在巴基斯坦的联络员们使用廉价的互联网电话网络实时引导他们的枪手，同时掩盖自己的方位。配备了卫星电视和谷歌地球之后，这些隐形的控制者就这样轻轻松松地坐镇卡拉奇，轻点鼠标或遥控器来放大和缩小遇袭城市的地图。孟买每一个打电话或发短信接受滚动新闻频道采访的人，都让这些幕后黑手深入了解了印度安全部队的战略，还使他们留意到了新目标。几个小时令人毛骨悚然的电话窃听内容揭露了策划者的冷酷盘算，让他们的人出去大开杀戒，之后确保这些人在屠杀后玩完。这些非同一般的录音带也显现出枪手们孩子般的本性，在躁狂、自我怀疑、施虐和疲惫之间摇摆不定。

以上种种都有力地解释了我们为什么要写11·26事件，袭击的消息传遍了全印度，而我们在其结束后不久就开始为《围攻》一书搜集资料。然而，当我们第一次找上孟买当局时，他们的共同反应是疲惫和怀疑。该市最知名的警察拉克什·马力亚2010年晋升为反恐小组负责人，接替了遇难的同事赫曼特·卡卡拉的职位。他坚称，2008年11月的那三天仅代表了警方和情报机构在想象力方面的失败。"所有该说的都已经说了。"马力亚最初如是说，那次我们等了几个小时才在纳格帕达的反恐小组总部一层的办公室见到他。

但是，一旦我们开始搜索证据，情况似乎恰恰相反。美国的

9·11调查委员会组建了一个由10人组成的两党政治家委员会来调查袭击事件的方方面面，伦敦的7·7事件调查花了6个月的时间记录了每一个细节和证人陈述，但与之相比，11·26事件只有普拉丹委员会的一次粗略的审问。普拉丹委员会由2人组成，2008年12月30日在孟买成立，目的是探究针对该市的"战争式"袭击。

由于无法对情报部门、政府官员或国家安全卫队进行逐个讯问，该委员会最后出具了一份64页的调查报告，却因缺乏深度而遭到广泛抨击。普拉丹为孟买的警队开脱罪责，虽然也确实指责了警察局长哈桑·加福尔表现平平。不过，哪怕是这些疲软无力的话语邦立法机构也拒绝接受。加福尔的回应则是将11·26事件中所犯的错误归咎于其他高层官员，2012年他因心脏病发作在布里奇-坎迪医院去世。直至那时，普拉丹委员会提出的关于如何更有效地探查未来的潜在攻击（并加以阻止）的大多数建议仍未得到施行。

国家安全卫队对发声一事也十分谨慎，最终以书面形式向我们证实，他们不想作为"一个官方"被写入此书，原因是害怕印度严厉的保密法。之后，许多军官（有些仍在服役）同意讲述他们的看法，因为他们震惊于国家安全卫队如此失败的调度，这种失败使其在印度有史以来最严重的恐怖袭击中迟到了整整一天。情报人员紧张不安，邦检察官也各有私心，但都以匿名为条件与我们进行了交谈。不过，所有这些回应都不像泰姬酒店的反应那样让人担心。酒店一方面需要为自己重建"魔法屋"的形象，一方面又要铭记员工和客人的牺牲，夹在这两者之间犹豫不决，所以一开始没有给我们官方的回应，这使我们尤为担忧，因为我们这本书就是要围绕着它来写的。

当晚遇袭的所有目标中，泰姬酒店是最具标志性的，也正因为如此，它是虔诚军选中的首个目标。对我们来说，泰姬酒店的故事，以及袭击者、员工、客人和救援人员的故事，也是通向哈巴德大楼、贾特拉帕蒂·希瓦吉终点站大屠杀和三叉戟-欧贝罗伊的窗口，让我们深入了解了每个人所经历过的失去、苦难和克服，从警察到渔民公寓里的住户，从袭击城市的枪手到最终解决他们的国家安全卫队枪手。

我们开始得很慢，要为紧张的群体建立信心，要与数百名泰姬酒店的员工、客人、警察和特种部队成员接触，还有来自孟买、巴基斯坦、欧洲、美国、东南亚和海湾国家的各类目击者和亲历者，要用他们的记忆来构建一条时间线。一旦确定了位置和时间节点后，我们又重新接触了几十名关键的受访者，他们中的许多人之前从未说过什么，而且大多数人由于这次经历大变样了。

我们第一次见到比沙姆·曼苏卡尼是在 2010 年的一个客流高峰段，我们在孟买海滨大道人声鼎沸的海湾披萨店里找了一张桌子坐下，这里离他在布里奇-坎迪的家不远。他透露自己活着逃离泰姬酒店后，就开始想法子逃离印度。比沙姆九死一生的经历让他对当局充满鄙视，和许多其他人一样，他指责当局拉长了他们的磨难，同时对印度与巴基斯坦在跨国关系上的政治僵局不再抱有幻想。我们喝着新鲜的青柠苏打水，比沙姆带着我们回忆了从水晶厅进入钱伯斯的经历，连续说了好几个小时，同时对星期五晚上拥挤的人群表示了轻蔑，认为这些人似乎都已经忘记了 2008 年 11 月 26 日晚上 9 点 40 分过后不久就使整个城市陷入停摆的袭击事件。

莎维特丽·乔赫利在美食评论家萨宾娜·塞基亚生前最后几天的很多时候都与她在一起。她仍在孟买做自由撰稿人，我们互发电子邮件安排见面时，她正为澳大利亚九州网络公司写稿。坐在她的高层公寓里，俯瞰着许多关键地点，从孟买医院到那时仍关押着阿杰马尔·卡萨布的监狱，她回忆起了萨宾娜生前的最后几个小时，也沉浸在她们共同度过的旧时光，那些浓缩了她们友情的故事里。那天晚些时候，莎维特丽安排了丹尼-迈克平托殡仪公司对她朋友的遗体进行防腐处理。"全城逝者中心"，平托公司外面的招牌上依然保留着这句话，标志着这里是城里的首选殡仪馆，为拉吉夫·甘地和特蕾莎修女办过身后事。莎维特丽对着那块广告牌微微一笑，知道萨宾娜肯定会喜欢。她在机场向她的朋友做了最后的道别，丈夫维克拉姆陪在她身边，他们俩注视着棺材消失在一架等候着的客机货舱里。

政界人士、服装设计师、记者、电视明星和艺术家们参加了萨宾娜在新德里的葬礼——正如她所希望的那样。她的弟弟尼吉尔·西格尔告诉我们："我们在家里曾开玩笑说，如果萨宾娜要离世，必须像这样，在荣耀之火中。她最讨厌缓慢而悄无声息的死亡。"她的鳏夫山塔努对我们更加小心谨慎。他仍然住在新德里，带着他们16岁的儿子阿尼鲁达和19岁的女儿阿兰达蒂。

迈克·波拉克带我们回顾了从塔楼大堂到海港酒吧，然后通过芥末餐厅到达钱伯斯的经历，告诉我们他是如何抓住这个改变的机会的，在他发现一张自己在泰姬酒店外躲避子弹的照片充斥报刊头条后，他的决定变得更坚定了。盯着照片，他看到了一个认为自己必死无疑的男人。和安嘉丽回到纽约后，他解散了他在2001年和别人共同创立的对冲基金，成立了SCA慈善基金会，以此促进"公益创投"，为社会企业家提供资金支持，主要是在印度。迈克还成了纽约大学斯特恩商学院的哲学和商业研究兼职教授，同时也管理着家族的投资公司——波拉克控股公司。

我们最初是通过威尔·派克在伦敦市中心的律师联系上他的，当时他正对泰姬酒店提起诉讼。起初，威尔不愿意讲述他的经历。从3楼坠落的后果似乎永无止境，他说。在伦敦北部的斯坦莫尔脊髓损伤中心经历了十几次手术和6个月的治疗后，威尔在2009年2月得知，他再也不能走路了。他和凯莉·道尔在2011年分手，他还是没有完成那部速8电影，为袭击之前他们在果阿海滩共度的时光留下见证，这是他们不幸的假期留下的唯一凭据。与英国政府斗争了5年之后，他终于在2013年1月作为恐怖主义受害者获得了赔偿，但还在继续与截瘫的命运做抗争。

莱恩·克里斯汀·沃德贝克，利奥波德咖啡馆的幸存者，逃过了身体的伤害，但从未摆脱那些日子带来的心理创伤。袭击事件之后，她和男友阿恩·斯特朗姆在孟买呆了一个月，她称此举为"与这个城市一起疗愈"。其间，医生接好了阿恩的断指，缝合了他被割伤的脸。之后，莱恩建了一个幸存者网络，并与那天晚上认识的许多人保持联系，包括她的"天使"阿米特·佩谢夫，虽然没有包括她在咖啡馆因失血过多不幸离世的Facebook好友米图·阿斯拉尼的家人。莱恩仍然四处旅行，最近一次是去柬埔寨和安达曼群岛，她将11·26事件称为她的"重生"。

找到退休的银行家K.R.拉马姆尔西颇为不易。他沉默寡言，害怕和任何人谈论他经历过的磨难，并继续在偏远的地方工作，担任世界银行的顾问。在绿树成荫的班加罗尔，当我们在他家中与他相对而坐时，拉姆在家人的环绕下终于透露了他是如何从1993年的孟买爆炸事件中侥幸生还，之后又寻找合适的言语来概括15年后他在11月26日遭遇的恐怖事件。拉姆后来曾多次回到孟买，虽然获救后被当局漠视的失望感让他难以释怀（哪怕他是与泰姬酒店的4名枪手在一起时间最长的人）。他坚持不懈，终于在审判阿杰马尔·卡萨布时出庭作证。当我们最后一次互通电子邮件时,他正在乌干达工作。

阿米特和瓦莎·塔达尼在水晶厅的婚宴曾是泰姬酒店在11月26日星期三的一项重要日程。获救后,他们尽可能快地恢复了正常的婚后生活。坐在毕打路的公寓里,身边躺着新生儿,他们描述了如何在获救两天后决定去澳大利亚度蜜月,不顾一切想要把这段经历抛在脑后,哪怕一些朋友认为他们应该留在这个满城皆哀的地方。但阿米特不是一个惺惺作态的人,只有他和瓦莎才知道他们到底经历了什么。

现仍住在孟买的贾娜·纳朗是阿米特的校友甘詹·纳朗的妹妹,甘詹·纳朗和父母同在酒店的酒窖中丧生。贾娜当时已奄奄一息,但从她被救出酒店的那一刻起,她就排除万难地活了下来。医生们震惊于她能在屠杀中幸存,之后又不敢相信她居然康复了。在医院治疗了好几个月,输了48瓶血,肠道和肾脏衰竭,双腿一度瘫痪,但贾娜最终学会了再次站起来。她将自己非同凡响的幸存和康复归因于她的佛教信仰,是信仰的力量使她超越恐怖,浴火重生。

鲍勃·尼科尔斯和拉维·达尼达卡上校在逃出搜客后一直保持联系。孟买袭击事件发生一周年之际,搜客餐厅举行了纪念晚宴,邀请仍然经营着尼科尔斯&斯泰恩联合公司的鲍勃和他的团队作为贵宾出席。他的印度业务欣欣向荣:他仍与泰姬酒店的安保主管苏尼尔·库迪亚迪密切合作,参与了最终于2009年9月举行的T20板球冠军联赛的安保工作。而拉维回到圣地亚哥后,成为加州一家航空航天公司的高管,但同时仍在美国海军陆战队预备役第四坦克营服役,并与他在孟买的家人常来常往。从泰姬酒店死里逃生后,他与女友结婚,并在袭击发生两周年之际带她去搜客吃晚饭。现在他们育有一个幼子。

拉坦·卡普尔和尼克·艾美斯顿在孟买事件之后分道扬镳，前者进入了印度新兴的 F1 项目，后者在墨西哥城、圣保罗和莫斯科开设了新的办事处。他们帮助迪昂·李佛拉斯将他父亲的遗体送回了伦敦，在那里，安德烈亚斯的女儿告诉尼克，他们觉得父亲的"生命轮回"已经圆满了。李佛拉斯家族在伦敦北部的一座希腊塞浦路斯教堂举行了盛大的葬礼，之后在 2010 年，"艾莉西亚号"更名为"月光 2 号"，由艾美斯顿代表李佛拉斯家族以 6000 万英镑的价格售出。安德烈亚斯的游艇总管雷梅什·切路沃斯伤愈后继续为李佛拉斯家族效力，经营着迪昂的一艘以他父亲名字命名的超级游艇。我们最后一次联系时，他已经抵达伦敦，在那里替一位沙特大亨管理资产。

对于维什沃斯·帕蒂尔来说，孟买袭击事件仍未得到充分的解释或调查，也绝不代表想象力的失败。但不管他个人感受如何，帕蒂尔成了马哈拉施特拉邦的英雄，乡下普通家庭的男孩们曾以为只有精英阶层才能当警察，但现在他们有了帕蒂尔作为榜样。他关于 11·26 事件的公开演讲在 YouTube 上被点击了数百万次。他被提拔为西部片区警察局副局长，搬到了孟买迷人的海滨郊区、深受宝莱坞明星欢迎的班德拉。我们在那里一个带落地窗的临海办公室见到了他。他的同学拉吉瓦德汗·辛哈也备受赞誉，成为孟买（经济罪案部）的新任副局长，在克劳福德市场附近的刑事分局工作。

"黑猫"们提交了一份法务报告，里面记录了被浪费的每一分钟，并将其提交给了内政部。这是一份惊人的文件，让士兵们愤怒至今，并详细说明了联合特遣队是如何在 2008 年 11 月 26 日星期三晚上 10 点 05 分，距利奥波德的第一枪打响仅 22 分钟后，遭到非官方的调动。到了晚上10点30分,"黑猫"们准备部署到附近帕拉姆简易机场的技术区,但在等了70分钟后,内阁秘书——该国最高级别的公务员,才联系了国家安全卫队总指挥乔蒂·杜特,通告本次调动,没有批准他们出发,也没有透露运送安排。

0点12分,(国内治安)联合警务秘书致电国家安全卫队,也警告说调动只是可能的,没有开绿灯,但答应从空军参谋长那里弄一架飞机过来。3分钟后,准将戈文德·辛格·西索迪亚(DIGOps行动部副总督察)将特遣队转移到了帕拉姆简易机场。0点34分,内政部最高级别公务员、内政秘书马杜卡·古普塔来电说,马哈拉施特拉邦首席部长终于请求调动国家安全卫队。报告总结说,在克拉巴大堤的第一枪打响3个小时后,他们终于获准出发。

然而,当杜特打电话给空军参谋长要飞机时,却被告知运输机在156英里外的昌迪加尔,他只能打电话给印度独立的对外情报部门——调查分析部寻求帮助。调查分析部同意出借一架停在帕拉姆简易机场的伊留申76运输机。但它只能装载120名士兵和他们的装备,意味着"黑猫"将不得不分三批前往孟买,才能最终组成一支足够有力的队伍来对抗袭击。调查分析部透露,飞机上没有机组人员,也没有燃油。要先找到机组人员,给运输机加油,这进一步拖延了出发时间。

杜特心急如焚,0点54分致电内政秘书,却发现他因政府公务还滞留在巴基斯坦,要到早上才能飞回来。"可别被他们劫作人质了。"国家安全卫队总指挥苦笑着揶揄道。

终于,凌晨1点45分,当杜特试图前往简易机场时,又被要求去内政部长的住处接他,尽管杜特告知部长的家人,这意味着他要绕很大一个圈子。当他们到达帕拉姆时,又发现"黑猫"们

围攻

正手动将他们沉重的装备装进伊留申飞机，因为没有起重设备可用。飞机在凌晨 2 点 30 分左右起飞，飞行将近三个小时到达城市，而贾特拉帕蒂·希瓦吉终点站的大屠杀已经开始收尾，多枚炸弹已经爆炸，对哈巴德大楼、三叉戟-欧贝罗伊和泰姬酒店的围攻已经开始。

11 月 27 日，星期四，清晨 5 点 30 分左右，国家安全卫队终于降落在孟买，此时距泰姬酒店内的枪手射杀了厨房班子并开始在酒店黑暗的地窖中追杀客人已经过去了一个小时。然而，报告总结说，说好要把他们送到市中心的车队却没有出现。尽管有一队白色大使牌汽车和武装摩托车警卫出现为内政部长服务，却没有车队运送国家安全卫队。他们又花了几个小时，手动卸下飞机上的装备，征用当地的公共汽车把"黑猫"们运到了市内。

国家安全卫队的报告还一再提到了早在 2006 年就已提交给内政部的关于袭击的早期预警。而且杜特也书面说明过国家安全卫队的调动原则存在"严重的缺陷"。从德里出发到大部分其他城市，几乎都需要飞行超过两个半小时。国家安全卫队提议建立四个地方中继点，但这些提议就像石沉大海。第二份报告也是如此，这份报告告知内政部，采购时的腐败和拖沓极大地"拖了'黑猫'们的后腿"。目前士兵们"装备严重不足"。他们申请的轻型靴子、凯夫拉头盔和现代防弹衣以及免持式通讯工具，都没有着落。他们缺少高性能热成像装置；他们的轻量级梯子老到可以追溯到 1985 年；而且他们没有可用的夜视设备，对此，一名内政部官员承认，国家安全卫队"在晚上就和瞎子一样"，故而"只能在白天有效工作"。

"黑猫"们飞抵孟买，是人力对抗行政系统的胜利，这是总指挥杜特向我们表达的意思。抵达时，国家安全卫队唯一感到高兴的是，8个月前当他们被委派为德里的一个会议提供安保时，总指挥杜特坚持要求30名"黑猫"穿上便服，在一家五星级酒店与人闲谈来往，这是他们人生中第一次进入豪华场所。

当公共部门陷入困顿时，私营部门却在迅猛发展。2008年12月21日，即围困结束三周后，鉴定员报告说酒店没有遭到重大的结构性损坏，于是塔塔集团在报纸上刊登广告，宣布酒店很快就会恢复营业："欢迎再次回家……孟买将重建家园，并邀请全球各地的人来做客。"

西索迪亚准将从国家安全卫队退役后，被塔塔集团聘为人身安全主管。当我们和他一起徜徉在泰姬酒店时，每个角落都曾是单兵阵地，每个楼梯平台都是胜利的重现，所有这些都被发自肺腑的情感重述着。在泰姬酒店，钱伯斯、塔楼和大多数餐厅都在那年的圣诞节之前重新开门迎客。修复后的水晶厅、海洋吧和宫殿翼楼的其他公共区域于次年3月再次开放。一些房间被重新命名，萨宾娜住过的日出套房变成了贝拉-维斯塔套房。耗资2400万英镑重振旗鼓后，酒店在2010年8月举办了隆重的再开业仪式，用那年11月来访的美国总统巴拉克·奥巴马的话说，酒店成为"印度人民力量和坚韧的象征"。

在后台，酒店的行政总厨赫曼特·欧贝罗伊重新启用了位于1楼的办公小屋，厨房祷文也被放回到主厨员工室的墙上，连同伊恩·佩雷拉为他们拍摄的合影，照片上身穿白色制服的高级厨师们挥舞着各种厨具。在金龙主厨尼廷·米诺查（他的胳膊最终治愈了）的帮助下，欧贝罗伊的厨房班子重返工作岗位，进入血迹斑斑的厨房，举行了一场多信仰的法事或洁净仪式，然后为所有餐厅安排了新的工作服、餐具和菜单。总厨欧贝罗伊还有一块大理石板，上面刻着遇难者的名字。主厨拉古也在对抗血洗钱伯斯的枪手后死里逃生，重返泰姬酒店。

还有些人把目光投向了更远的地方，包括莎米安娜的经理阿米特·佩谢夫。他失去了许多朋友，其中就有金龙餐厅的赫曼特·塔利姆（4天后伤重离世），但还是在袭击一结束就重回泰姬酒店工作。然而，他在2009年辞职并结婚了，尝试在欧洲工作，虽然也希望在不久的将来重返孟买。我们在伦敦和他长谈了三晚，重温了11·26事件以及他曾目睹的一切。阿米特告诉我们，他曾想从海港酒吧卫生间中救出的6岁男孩最终与父母团聚了，他也依然与被他救回性命的英国男士保持联系（该男士不愿公开姓名）。

弗洛伦斯·马尔蒂斯也离开了泰姬酒店。被"黑猫"救出几天后，她从昏睡中醒来，终于得知父亲的遗体在锡永医院太平间，仅靠佩戴的戒指就被辨认了出来。2000多人参加了他的葬礼，关于葬礼的报道报纸和电视上铺天盖地。"他的死亡就是他理想中的，但不是他想象中的。"弗洛伦斯说着，向我们展示了塑封后的当地报纸剪报。悲剧发生一年后，她曾重回泰姬酒店的厨房待了片刻，站在父亲被枪杀的肉库里。"那里太冷了，"她告诉我们，"我连一分钟都坚持不下去。"弗洛伦斯现在在塔塔集团旗下金杰酒店的塔那总部工作，她母亲则在泰姬公共服务福利信托基金找到了一份工作——帮助袭击事件的其他受害者。

卡拉姆比尔·康仍在为泰姬集团效力，但不在印度。11·26事件一年后，他与大学时代的老朋友普利娅·纳格拉尼在浦那举行了低调的婚礼并移居美国，成为美洲泰姬酒店的董事和波士顿泰姬酒店的总经理。他一直与萨宾娜的弟弟尼吉尔保持联系，分享彼此的失落和哀伤。

跨越边境，在巴基斯坦旁遮普省的村庄，也就是虔诚军持续壮大的地方，我们发现了这个故事许多至关重要的片段。经过数月的艰苦探寻，我们找到了10名枪手的许多亲戚，发现他们所有人在11·26事件后的几周内都被虔诚军给出了同一说法，这个说法后来又被三军情报局强力重申——该局多次警告他们乱说话的后果很严重。他们被告知，他们的儿子/兄弟/侄子已在克什米尔殉道。有些在战斗中阵亡。其他的淹死在河里，或是翻山越岭时被冻死。总之没有人死在孟买。"都是印度和美国编造出来的。"一个父亲这样告诉我们，语气坚定不移，哪怕对着躺在孟买停尸房里的儿子尸体的照片。

在旁遮普、信德省和伊斯兰堡，我们跟踪了巴基斯坦对孟买袭击事件的困难重重的内部调查。FIA，即这个伊斯兰共和国未来的FBI，里面都是勤劳实干的调查人员，以前从未获准调查虔诚军。但是，在11·26事件引发了全球强烈抗议之后，FIA获得批准（尽管仍受限制）追查孟买的现金和采购行动，调查其中三名枪手、他们的几名联络员以及该组织军需官的经历。调查的核心人物之一，FIA律师兼检察官乔杜里·佐勒菲卡尔·阿里提供了许多见解和法律文件，他告诉我们，孟买的调查颇为棘手。2013年5月，他在前往伊斯兰堡上班的路上被枪杀，凶手不明。调查过程中，巴基斯坦指责印度拿不出清楚的、可被法庭采用的证据，也确实有好几个重要的实例表明这种不满是有道理的，尽管FIA调查人员私底下也对"孟巴行动"的复杂性和波及范围感到吃惊。他们中的很多人认为，如果没有官方的知情和许可，这个行动是不可能发生的。

根据FIA的说法，这里面还有更多的两面派阴谋。调查人员认为，华盛顿也选择了无视针对虔诚军的越来越多的证据，担心这会让巴基斯坦军队不安，而它的支持是美国打击阿富汗塔利班和基地组织所必需的。这些调查人员认为，大卫·海德利也得到了他在美国情报界幕后之手的容忍，只要他仍然可能提供情报，就有望最终帮助他们实现当时最有价值的目标：奥萨马·本·拉登。

这些观点得到了法国和英国安全部门中很多人的强烈赞同，他们告诉我们，一份 2007 年提供给美国的文件就已警告有一个以虔诚军为中心的新全球恐怖主义轴心。

早在 2003 年，萨吉德·米尔就已经引起了西方情报部门的注意，当时他正开始招募高加索和非洲的改宗者、"背景清白的人"，鼓动他们参加未来会违反虔诚军与巴基斯坦军方之间协议的行动，而根据该协议，他们只能在印控克什米尔地区活动。

欧洲的这份文件用强有力的细节解释了被虔诚军招募的一名法国改宗者如何卷入了其中一项行动，此人于 2003 年 10 月被捕，暴露了该组织一个进展顺利的袭击澳大利亚核装置的阴谋。这是虔诚军首次企图在国际上有惊人之举的例子之一。对被捕法国人的审讯使得西方情报机构在欧洲和美国发现了数十名像他一样刚被招募的新人——所谓的"圣战休眠者"，这些人蛰伏起来等待被激活后发动袭击，包括"对伦敦豪华酒店的多重攻击，以及对英国犹太教堂的袭击"。

该报告指出，米尔将他在英国的关键人物称为"杜坎"（Dukan），乌尔都语意为"储存"。但当英国警探们准备突袭杜坎的家时，他逃走了。"虔诚军看起来好像会分裂或蜕变成类似基地组织的组织，正利用印度这样一个特别脆弱的突破口，想方设法打击美国和英国国内外的利益。"这是白宫曾收到的警告。不到一年，文件里预警过的几乎所有种种都在孟买发生了。

11·26事件后一个月，大卫·海德利的父亲赛德·萨利姆·吉拉尼在拉合尔去世。海德利当时不在巴基斯坦，但巴基斯坦总理造访吉拉尼家表示了哀悼。在给朋友帕夏的一封电子邮件中，海德利提到了此事，支持基地组织的帕夏也出席了吉拉尼的葬礼。海德利同父异母的弟弟丹亚尔驳斥了之后关于巴基斯坦政府和海德利是同盟的报道，发表声明称总理的来访只是出于礼节，"因为我曾是他的对外联络官，而且我父亲是一位著名的播音员"。

2008年12月，大卫·海德利和伊克巴尔少校就11·26事件在巴基斯坦的余波互通了一连串电子邮件。海德利担心萨吉德·米尔和帕夏都已潜逃，而且他得知法伊扎和昌德·拜正被巴基斯坦当局审问。他收到消息说，扎基叔叔如果被捕，可能会变节；又有谣传称帕夏也"在品第被（三军情报局的）反恐人员逮住了"，于是他中止了大部分电子邮件往来。然而，很快他又被一个新的阴谋分散了注意力，即所谓的"米老鼠计划"，意在袭击丹麦的《日德兰邮报》社，因为该报纸曾刊登据说是讽刺先知穆罕默德的漫画。海德利再次被派去进行监视，由帕夏和伊克巴尔少校指挥，这两人都在孟买事件中全身而退、重新露面。

2009年10月，海德利最终在前往巴基斯坦的途中于芝加哥的奥黑尔国际机场被捕。尽管美国国务院声称海德利被下套诱捕是因与备受争议的棱镜计划有关的电子监听，但他实际上是因英国情报部门的举报而被捕。那年早些时候，他前往英国会见了萨吉德·米尔手下一个住在德比的"圣战休眠者"。2013年1月，海德利因参与孟买袭击被定罪。但在与当局达成另一项协议后，他只被判处了35年监禁，并可免于被引渡到印度。

他的同案被告、前军校校友塔哈乌尔·拉纳在孟买袭击案中

围攻　317

被判无罪。大卫·海德利的第二个妻子沙琪亚和 4 个孩子仍住在芝加哥，第三个妻子法伊扎·奥塔哈则回到了摩洛哥。尽管有确凿证据，但华盛顿从未正式承认海德利的双面间谍身份，不过他的家人告诉我们，他们相信这是真的。

印度调查人员对阿杰马尔·卡萨布出具了一份长达 11000 页的指控书，他于 2012 年 8 月被印度最高法院判有发动战争罪并被判处死刑。2012 年 11 月 5 日，他的减刑请求被印度总统拒绝，在他正式要求通知他的母亲后，他于 2012 年 11 月 21 日上午 7 点 30 分在浦那的耶尔瓦达监狱被绞死，遗体葬在监狱里面。

袭击发生后，有人交了一封信给他的家人，是阿杰马尔在出发前写的。"尊敬的父亲母亲！今天，真主保佑，我要前往被占的克什米尔去履行我的职责。穆斯林兄弟姐妹的呻吟和哭泣都在向我呼求……生死在安拉的手中，但没有一种死比得上死在战场。"

他的 9 名同伙的尸体一直留在 JJ 医院的太平间，直到 2010 年 1 月，才被葬在一个秘密地点。这 10 具尸体无一被人认领。正如卡萨布所害怕的，他们都没有回家。

海德利和卡萨布（以及被俘的印度圣战者阿布·哈姆扎）都声称萨吉德·米尔就是瓦西兄弟——被反恐小组监听到的卡拉奇控制室的联络员之一。2011 年，米尔在与海德利的一些电子邮件往来中也使用过化名"瓦西"。他被一位美国地方检察官缺席起诉，罪名是在孟买策划谋杀，导致 6 名美国公民遇害。但他仍逍遥法外。

虔诚军的埃米尔扎基-乌尔-拉赫曼·拉赫维于 2009 年 2 月被 FIA 逮捕，一起被捕的还有卡拉奇的联络员之一阿布·艾尔-卡马，以及虔诚军的媒体主管和常驻电脑专家扎拉·沙。扎基正在拉瓦尔品第的阿迪亚拉监狱候审，生活舒适，获准使用手机，与最近刚分娩的妻子生活在一起。11·26事件后，三军情报局局长舒贾·帕夏中将还去监狱探视了他，不过中将极力否认自己的国家参与了孟买袭击。有趣的是，"瓦西"是扎基叔叔的儿子穆罕默德·卡西姆的化名，2007年他在克什米尔战死。阿布·哈姆扎是巴基斯坦自杀式袭击者的印度教官，教袭击者印地语，于2012年从沙特阿拉伯被引渡回印度候审。

联络员阿布·卡哈法，即"公牛"，身份一直成谜。大卫·海德利的三军情报局联络人伊克巴尔少校也是如此。他招募"老鼠"为他在孟买收集信息，曾吹嘘有一个名为"蜜蜂"的印度双面间谍。这些间谍都没有被找到或确认身份。

2012年4月，美国政府宣布1000万美元悬赏虔诚军的联合创始人、其上级组织达瓦慈善会的埃米尔哈菲兹·赛义德的人头，理由是涉嫌参与孟买袭击。但赛义德仍是自由身。当我们在穆里德盖连绵的营地见到他时，被大批武装警卫和重重检查关卡保护着的赛义德对于针对他的指控不屑一顾，忙着向数千名即将从该组织的学校里毕业的宗教学员展现自己的光辉形象。"我是西方人眼中的魔鬼，"他嘲讽道，"对有些人来说价值数百万美元。但我没有东躲西藏。我就在这里，和你们坐在一起。"他抚着胡子，随后向学生们张开双臂，学员们欢呼道："真主至大。"然后赛义德站了起来，指向天空。"他们不是从那里来找我，"他说，指的是在基地组织和塔利班中造成无数死亡的无人机袭击，"也不是从那里来找我。"他指向外面尘土飞扬的小巷，让人联想起恐怖嫌疑人被拘禁并送入美国中央情报局黑牢的骇人场景。"那是因为美国需要用我来分散本国人民的注意力，这样他们就不会注意到自己的国家在垮塌。"欢呼声响起，赛义德赞许地点点头，走向等在一边的皮卡车队以及车旁全副武装的摩托车护卫，他们大都装扮得整洁统一，神气活现：飞行员墨镜，熨烫平整的卡其色裤子，脑后和两侧剃短的军人式平头，还有突击步枪。最近FIA调查员兼检察官乔杜里·佐勒菲卡尔·阿里被暗杀一事，必将使得孟买事件的真相和哈菲兹·赛义德的嫌疑仍需时日才能揭开。

安息——逝去的生命

2008年11月的恐怖袭击中，总计166人丧生，300多人受伤。33人在泰姬酒店遇难：

维杰·巴尼亚（Vijay Banja）——主厨，在厨房遇害

威廉-杨·柏柏尔斯（Willem-Jan Berbers）——比利时裔荷兰客人，办理入住手续时被枪杀

参议员拉尔夫·伯凯（Ralph Burkei）——德国政治家和电视制片人，从窗户坠落后伤重去世

高坦·戈塞恩（Gautan Gosain）——主厨，在厨房遇害

柴特拉尔·冈尼斯（Chaitlall Gunness）——客人，在551房被枪杀

拉詹·卡姆博（Rajan Kamble）——泰姬酒店工程师，在钱伯斯撤离时中枪

凯扎德·卡姆丁（Kaizad Kamdin）——主厨，在厨房遇难

妮缇·辛格·康（Neeti Singh Kang）——卡拉姆比尔的妻子，在6楼的房间里罹难

萨马·维尔·康（Samar Veer Kang）——卡拉姆比尔的儿子，年仅5岁

乌代·辛格·康（Uday Singh Kang）——卡拉姆比尔的儿子，年仅 12 岁

赫玛拉塔·卡西皮莱（Hematlata Kasipillai）——马来西亚女性，遗体在 637 房被发现

费罗兹·汗（Feroz Khan）——在酒店探望国会议员时遇害

拉文达·贾根·库瓦尔（Ravindra Jagan Kuwar）——安保人员，在酒店被枪杀

安德烈亚斯·李佛拉斯（Andreas Liveras）——英国企业家，在钱伯斯身亡

道格拉斯·马克尔（Douglas Markell）——澳大利亚商人，试图逃离 3 楼时被枪杀

福斯廷·马尔蒂斯（Faustine Martis）——海洋吧服务生领班，在厨房丧生

扎欣·马廷（Zaheen Mateen）——主厨，在厨房遇难

迈克尔·斯图尔特·莫斯（Michael Stuart Moss）——加拿大全科医生，在泳池边遇害

甘詹·纳朗（Gunjan Narang）——阿米特·塔达尼的朋友，在酒窖被枪杀

尼勒姆·纳朗（Nilam Narang）——甘詹的母亲，在酒窖遇害

毗湿奴·纳朗（Vishnu Narang）——甘詹的父亲，在酒窖身亡

萨达南德·帕蒂尔（Sadanand Patil）——见习经理，在大堂头部中弹

鲁平德·兰达瓦（Rupinder Randhava）——教师，在钱伯斯撤离时遇难

鲍里斯·雷戈（Boris Rego）——主厨，在地窖丧生

伊丽莎白·拉塞尔（Elizabeth Russell）——来自加拿大的护士，在泳池旁被枪杀

萨宾娜·塞加尔·塞基亚（Sabina Sehgal Saikia）——作家，在日出套房罹难

拉吉夫·萨拉斯瓦蒂（Rajiv Sarasvati）——客人，在威尔·派克和凯莉·道尔上方的4楼房间里遇害

雷马图拉·肖卡塔利（Rehmatullah Shaukatali）——莎米安娜的服务生领班，在餐厅被枪杀

马克苏德·谢赫（Maqsood Shiekh）——在酒店探望国会议员时遇害

拉胡尔·辛德（Rahul Shinde）——SRPF警员，撤离监控室时中弹

赫曼特·塔利姆（Hemant Talim）——主厨，在厨房中枪

桑迪普·尤尼克里什南（Sandeep Unnikrishnan）——NSG少校，在棕榈吧牺牲

托马斯·瓦吉斯（Thomas Varghese）——服务生领班，在厨房遇难

搜救犬露西（Lucy the sniffer dog）——在宫殿大堂旁被枪杀

关于信息资料来源的说明

把握泰姬酒店被围攻这件事并不容易。危机滋生混乱。在熊熊燃烧的大楼里面，遇袭或被掳的人对同一件事的记忆可能大相径庭，使得我们很难建立起一条翔实的时间线来重建事件的时间点。思及此，我们为此书采访了来自四大洲和十个国家的数百号人：酒店客人、酒店员工、特种部队、警察、士兵、目击者、报道袭击事件的记者、外国调查人员、外交官、外国和印度情报人员（在职和退役的），以及印度许多提供紧急救援服务的人，包括消防员、救护车司机，还有医院护工与外科医生及护士。

积累了足够多的看法后，我们确定了关键的场景，然后尽力为每个场景建立一个一致之处，把记录下来的陈述与确凿的数据匹配起来。手机发挥了很大的作用。对某一特定场景的时间有争议时，客人、酒店经理或警察发送的短信通常会锁定精确的时间。我们找到了几百条短信，给手机拍摄的照片标注上日期和时间，其中一些被我们用到了书里，但大多数在定格正确的时间和地点方面起到了无形的作用。

我们从印度、美国和英国的安全部门获得了从枪手手机窃听所得的音频文件和转成的文字稿，这是最完整的汇编，包括了一些从未公开过的材料。因为录音涉及多种语言，还有一些难懂的习语，在翻译后又对其进行了反复核对。我们将受卡拉奇控制室指挥的枪手在酒店内部的对话的窃听录音文字稿和与枪手共处一室的泰姬酒店被俘员工和客人的记忆做了比较，这使我们能够锁定事件发生的时间和描述的准确性。

我们也将闭路电视监控录像和采访中的叙述进行了比对。然而，酒店里的有些画面一直让我们对两名泰姬酒店袭击者的身份心存疑惑。尽管警方坚持认为阿布·阿里是黄衣袭击者，所以也是前方大堂那队中的一员，而阿布·乌默尔是一身黑衣的袭击者，同时也是利奥波德的枪手之一，但我们认为监控录像证明情况恰恰相反。在截获的恐怖分子与巴基斯坦联络员对话的文字稿中，阿里一再声称他的腿受伤了，影响了他干活——而警方称，枪手在宫殿大堂击杀酒店的搜救犬队时，他被一颗弹回的子弹击中。监控画面显示，唯一有明显腿伤的恐怖分子是黑衣人，走路一瘸一拐，少了一只鞋，脚上缠着一块布。如果这两人的身份被搞混了，那么所有的庭审文件都是不正确的。我们还发现了无数其他的关于哪个枪手在哪里的不一致之处，还有，一直无法获取阿布·乌默尔和阿卜杜尔·拉赫曼·"巴达"的尸体照片。

我们查阅了几千份阿杰马尔·卡萨布的未公开庭审文件，包括对他的多次审讯。其中许多说法是互相矛盾的，但我们还是把它们纳入了我们的时间线，这些口供充实了我们已获得的陈述。同样，警方联系人允许我们从刑事分局的证据簿中阅读了好几千页内容，这些都是在11·26事件刑事调查期间所积累的证据，包括所有的证人证词和法庭证据报告。我们还获得了提交给普拉丹委员会的机密文件附录，以及外国情报机构的评估，这些机构在袭击期间为印度提供了技术援助，并在事后提供了司法服务。我们研究了美国联邦调查局提供给孟买调查人员的分析，以及分享给新德里的国内外情报部门的更为复杂的情报档案。

不可避免的是，有些重建的事件会与个人记忆有冲突，这些记忆会把一个人放在不同地点和不同时间。有些对话可能也会如此，尽管我们已经向尽可能多的当事人展现了每个重现的场景，以确保描述的精准。一些引语都与幸存者当时接受有线电视新闻频道和报纸采访时说的话进行了比较，或为直接摘录，为的是捕捉到那一刻的真实——他们当时的想法，而不是事后的认知。

在本书的研究过程中，我们用到了印度和英国的报刊图书馆，观看了几千张记录袭击的照片以及来自大多数印度新闻频道和国际有线电视新闻频道的数百小时电视镜头。最引人注目的描述之一来自《孟买的恐怖袭击》（*Terror in Mumbai*），这是一部由英国导演丹·里德（Dan Reed）制作的获奖电影，在全球各地放映。我们还翻译了萨钦·瓦兹（Sachin Waze）用马拉地语写的对袭击的记载《一场先赢后输的战役》（*Jinkun Harleli Ladhai*）。由于瓦兹是一名退休警官和遭遇战专家，他采访了大量仍在服役的警察，他的书从警队内部提供了一个有趣的视角，尽管在许多方面与我们不同。《11·26孟买遇袭》（*26/11 Mumbai Attacked*）一书，由哈林德尔·巴维亚（Harinder Baweja）编辑，2009年出版，虽然只是对袭击事件的一些早期看法，但包含了一些翔实的法庭报道，特别是阿希什·克坦（Ashish Khetan）所写的内容。他是《喧嚣》（*Tehelka*）杂志的调查编辑，调查了预测袭击事件的情报线索，以及被泰姬酒店和其他孟买机构忽视的安全简报。此外，我们也拜读了斯里尼瓦桑·贾因（Srinivasan Jain）首次发表在《开放》（*Open*）杂志上的综述《贱民》（*The Untouchables*），它为孟买警队所面临的历史性问题提供了一个更广阔的视角，值得一读。

本书中与巴基斯坦、虔诚军和该国安全机构有关的部分，是在该国的驻外记者、作家和电影制片人 18 年工作的结晶，我们从中汇集了庞大的关系网，里面有从事反恐和去激进化工作的人以及不同宗派的学生。为《围攻》一书，我们在巴基斯坦呆了好几个月，与公务员、退役情报官员、外交官、现役和退役士兵、文职调查员以及巴基斯坦学者、记者合作。我们离开后，还有一组研究人员代表我们继续工作。好几次，他们被自称为情报局探员的人勒令离开某个村或某个镇。三军情报局对这个问题仍然极为敏感，并竭力阻止对此进行的更深入调查。

我们接触了几十名现在和以前的虔诚军干部，包括（福利、宗教、军事）各部门的大多数领导人，访问了他们在穆扎法拉巴德和穆里德盖的一些训练和教育中心。这期间经历了好几个月的协商安排，其中一些还是通过退役情报官员的协助完成的。我们还采访了其他逊尼派宗派团体的重要成员和官员，他们一直密切监视虔诚军，对这个世界很了解，包括其中的"先知之友"（2002 年更名为 Ahle Sunnat Wal Jamaat）及"坚格维军"。这两个组织在巴基斯坦和美国都被视作恐怖组织，以致这些会面又耗时又敏感，但最终完成后又极其有用。所有这些采访都对"孟巴行动"的背景、虔诚军内部对大卫·海德利日渐增长的怀疑（他们的最终结论是，他是"一个有用的美国间谍"）及其后果提供了一个极为清晰的看法。

FIA 提供了无数见解，它的调查也是在其职权范围内竭尽所能。来自全国各地的在职和退役的 FIA 探员，很多在分析恐怖主义方面有着长期的经验，他们对虔诚军的招募策略和采购业务提供了宝贵的评论。一家外国情报机构向我们展示了 FIA 搜集的证据包，我们查阅了其中对 13 名有名有姓的罪犯的完整起诉档案，他们中的大多数都是最终行动的中间人。我们还阅读了受审者的审讯报告。

关于虔诚军，我们从《我们，虔诚军的母亲》（*Ham Ma'en Lashkar-e-Taiba Ki*）这三卷书中学到了很多，该书有1000多页，作者是虔诚军妇女部负责人乌玛-哈马德（Umme-Hammad），据称是两名在战斗中阵亡的虔诚军干部的母亲。书里包含了对该组织的构成及其理念的精彩见解，记录了184名"殉道者"的生平与死亡。C.M.纳伊姆（C.M.Naim）为它写了一篇精彩的书评，2008年12月15日发表在《展望》（*Outlook*）杂志上。2013年4月，西点军校的反恐中心出版了《虔诚军战士：招募、训练、部署和死亡》（*The Fighters of Lashkar-e-Taiba：Recruitment，Training，Deployment and Death*）。它分析了900名战士的人生轨迹，取材于虔诚军的乌尔都语出版物，目的是警示公众，该组织的活动方式在11·26之后有了"更广泛的国际意识"。它在统计方面很有意思，但与虔诚军的本质相去甚远。最后，史蒂文·坦克尔（Steven Tankel）的《闯入世界舞台：虔诚军的故事》（*Storming the World Stage：The Story of Lashkar-e-Taiba*）很好地尝试了记录虔诚军的崛起和11·26袭击事件，还包含了对虔诚军自身材料的一些有趣的翻译。

我们从英国、法国、德国、澳大利亚和美国对虔诚军的并行调查中获益良多，所有这些都特别有助于两个角色的描绘：虔诚军境外行动副主管萨吉德·米尔和大卫·海德利，为后者刻画出了一个令人信服的美国缉毒署探子和美国情报局线人/告密者的角色。这些来自可靠机构和资深监视者的描述（只有取得获取机密材料的许可才能拿到）都倾向于认为海德利得到了美国情报界内部的容忍，因为他给出了诱人的条件，承诺会引导调查人员的有更大机会逮捕奥萨马·本·拉登。美国情报界自身并不热衷于将海德利描述成恐怖分子之外的身份，而美国中央情报局和联邦调查局则拒绝公开发表看法。海德利的美国亲属提供了他们自己的见解。大卫·海德利本人对事件的叙述主要来自他接受美国联邦调查局和印度情报部门审讯时的口供。

巴黎大审法院前任副院长让-路易·布吕吉埃（Jean-Louis Bruguière）是法国处理反恐事务的主要调查法官之一，对追踪萨吉德·米尔的行动、虔诚军试图将自己转变为类似于基地组织的全球知名组织的事实都提供了明确看法。而迄今为止关于海德利的最佳出版物是塞巴斯蒂安·罗特拉（Sebastian Rotella）为ProPublica和PBS（美国公共电视网）撰写的，从司法和公平的角度描述了海德利的人生浮沉。罗特拉还写了一本有用的电子书叫《巴基斯坦和孟买袭击：不为人知的故事》（*Pakistan and the Mumbai Attacks: The Untold Story*），而布鲁斯·里德尔（Bruce Riedel）的《致命地拥抱：巴基斯坦、美国和全球圣战的未来》（*Deadly Embrace: Pakistan, America, and the Future of Global Jihad*）对所有想要了解巴基斯坦深层的国家势力与圣战之间关系的人来说，也是必读作品。

孟买警队中的一些人给我们提供了很大的帮助，使我们能够看到一些控制中心的日志、证据簿和分析，我们将其与殉职警察阿肖克·卡姆特的遗孀维尼塔·卡姆特使用知情权获知的内容相结合。维尼塔和家人一直致力于找出朗巴文巷杀戮事件的真相，坚持不懈地从那些力图混淆视听的警察那里获取细节。这些日志确凿有力地概述了压垮警队的混乱无序的管理。奈尔医院里完整的审讯视频和口供笔录，即卡萨布被捕后的首次受审，也是极为宝贵的资源。

泰姬酒店内部的故事是从酒店员工及其家人，还有住店客人和就餐客人那里费力收集整合而成的。没有他们，尤其是酒店的厨师和经理，我们永远不会明白他们在孤立无援的那段时间所做出的牺牲。毫无疑问，手无寸铁的泰姬酒店安保团队的"黑西装"们以及酒店的厨师和经理们，挽救了数百人的生命。

致　谢

衷心感谢孟买的泰姬玛哈皇宫酒店（书中简称为泰姬酒店）里每一个冒着风险与我们合作的人。有些时候，他们亲自带着我们穿梭在孟买和酒店里。另一些人则从远方耗费了好几个小时帮我们重温这些事件。特别感谢阿米特·佩谢夫、玛利卡·贾格德、行政总厨赫曼特·欧贝罗伊和副主厨尼廷·米诺查，他们耐心地解释了庞大的泰姬酒店的内部工作原理，使我们能够了解这些过程的细节。我们希望我们已经达成了某种共识，也为幸存或丧生的工作人员留下了见证。还要感谢弗洛伦斯·马尔蒂斯和她的家人，为我们掀开了福斯廷·马尔蒂斯非凡人生的篇章。

感谢泰姬酒店公关总监妮基拉·帕拉特（Nikhila Palat）的耐心，哪怕在酒店和我们的目标不同的时候。还有迪帕·米斯拉·哈里斯（Deepa Misra Harris）——负责销售和市场营销的高级副总裁。感谢 Pictor 出版社的出版商帕德米尼·米尔钱达尼（Padmini Mirchandani）出版的《阿波罗码头的泰姬酒店》（*The Taj on Apollo Bunder*）一书出色地描述了酒店的历史，包括关于袭击事件的一章内容。我们还要感谢该书作者查尔斯·艾伦（Charles Allen）以及孟买首席历史学家沙拉达·德维威迪（Sharada Dwivedi）。还有酒店内许多不愿公开姓名的人。感谢大家与我们交谈。

与我们交谈的还有几十名士兵和警察，他们也希望匿名，我们非常感谢他们的帮助。

感谢拉克什·马力亚为我们抽出时间。必须特别感谢维什沃斯·南格雷·帕蒂尔和拉吉瓦德汗·辛哈，向我们详细介绍了警方在发现袭击事件并加以遏制方面所付出的最大努力。德文·巴蒂是帮助我们理解围困如何结束以及如何对虔诚军联络员进行电子监听的关键人物。迪帕克·多尔和其他几名来自泰姬酒店附近警局的警察对我们充满了耐心，而邦内和国内情报部门的官员则冒着风险详细阐述了关于孟买袭击的一连串预警，坦率地解释了恐怖袭击时期电子监听的运作。一位情报局的中坚分子已调入公共服务的不同领域，而另一位则继续留在情报部门工作。还有两人已经退役，冒了相当大的风险挺身而出。感谢戈文德·辛格·西索迪亚准将和他的家人，带着我们理解了国家安全卫队行动的许多方面。还要感谢 J.K. 杜特，他对国家安全卫队的调度和现代化方面的概述极为重要。

感谢英国（苏格兰场和外交部）、法国，特别是美国的反恐从业人员和专家。美国的联合反恐特遣队、联邦调查局和中央情报局那些热情的退役探员，帮助我们开辟了许多新天地。同样非常感谢大卫·海德利的家人，他们借这个机会向我们敞开心扉，谈论他们的"反社会"亲戚及他的分裂人格；这对任何一个家庭来说都是一个沉重的负担。感谢让-路易·布吕吉埃对萨吉德·米尔在法国及其他地区的行动提供了他的见解和详细描述。还要感谢外交政策研究所的高级研究员马克·萨格曼（Marc Sageman），他是中央情报局最重要的基地组织研究专家。他作为专家证人参与了对塔哈乌尔·拉纳的审判，并与我们分享了他在很多领域的知识。

感谢萨钦·瓦兹（及其家人）凌晨1点在塔那和我们共进晚餐，还有之后电子邮件里的许多调侃。

特别感谢东部片区副局长阿肖克·卡姆特的遗孀维尼塔·卡姆特及其家人，冒着极大的风险去了解朗巴文巷枪击案的情况。维尼塔·卡姆特与记者维尼塔·德什穆克（Vinita Deshmukh）合著的《致最后一颗子弹》（*To the Last Bullet*）一书，是她写给自己"英勇的爱人"的大胆悼文。他们最近成功地迫使政府去调查涉嫌篡改警方11·26通话记录的事件。

感谢苏科图·梅塔和吉特·塔依尔撰写了《孟买：欲望丛林》和《毒枭》（*Narcopolis*），都是孟买最杰出的当代作品之一。感谢雷迪夫的执行总编希拉·巴特（Sheela Bhatt），不断给我们提供建议、联系人、友谊，还有美味的古吉拉特食物。感谢罪案报道记者侯赛因·扎伊迪（Hussain Zaidi），他比任何人都更了解塔依尔笔下的棕色乌鸦①。扎伊迪是一位优秀的顾问，也是一个可以在班德拉的午夜时分与之坐下大快朵颐的好伙伴。还要感谢他家人的蒸米糕和桑巴舞，以及他的书《海德利和我》（*Headley and I*），书里对大卫·海德利和宝莱坞演员兼健美运动员拉胡尔·巴特之间发展起来的奇异关系进行了多彩、深入的描述。阿希什·克坦没有帮助我们，但一直致力于缩小11·26事件的公开说法和私下真相之间的差异。谢谢《孟买镜报》的主编米娜尔·巴格尔（Meenal Baghel），她也是一位很有成就的作家。她震撼人心的作品《孟买之死》（*Death in Mumbai*）讲述了一起惊悚的宝莱坞谋杀案，是该市第一部此类犯罪作品。感谢摄影师伊恩·

---

① 指孟买警察。——译者

佩雷拉为泰姬酒店的主厨们拍摄了如此出色的照片，感谢哈林德尔·巴维亚编辑了《11·26孟买遇袭》，作为对袭击事件的早期看法，非常清晰有序。

所有勇敢地和我们一起回忆过去的泰姬酒店客人都理应得到我们的公开致谢。谢谢K.R.拉马姆尔西及其家人，感谢你们的陪伴、讲述和反思。谢谢雷梅什·切路沃斯，如此生动地回忆了自己的前老板安德烈亚斯·李佛拉斯。尼克和伍迪·艾美斯顿让我们仿佛亲历了"艾莉西亚号"上的那些日日夜夜，德里的拉坦·卡普尔以及伦敦的威尔·克里斯蒂（Will Christie）和托马索·波力（Tomaso Polli）也是如此。感谢威尔和奈杰尔·派克忍受我们无休止的问题和烦人的要求。特别感谢尼吉尔·西格尔和莎维特丽·乔赫利（及其家人）向我们介绍了萨宾娜·塞加尔·塞基亚和她的世界。也谢谢你，安布林·汗，与我们分享你内心最深处的想法，同样感谢苏尼尔·塞西（Sunil Sethi）把我们引到了正确的方向。

还有阿米特和瓦莎·塔达尼。那天本是你们的婚礼。感谢你们为我们重温那一天，我们知道这颇为不易，因为你们的生活如此忙碌。古拉姆·诺恩爵士（Sir Gulam Noon）在我们追问并拆解他对自己被困泰姬酒店的叙述时，用无限的耐心包容我们。曼格希卡医生目前在新加坡工作，跟我们聊了钱伯斯和更多的内容。比沙姆·曼苏卡尼也是如此，他是一位了不起的作家，善于观察生活，对被困钱伯斯和最后的撤离有着动人的回忆。感谢罗瑞·斯泰恩（Rory Steyn）和鲍勃·尼科尔斯的人脉以及搜客的故事。希望有一天，所有人都能重聚孟买。拉维·达尼达卡凭借飞行员对细枝末节的敏锐观察，带我们回顾了从搜客下来再到印度门的过程。

感谢足智多谋、善于应变的迈克·波拉克。特别感谢莱恩·克里斯汀·沃德贝克向我们讲述了从利奥波德到孟买医院的经历。她鼓起勇气回忆了过去，还把幸存者的圈子介绍给了我们。

在巴基斯坦，许多帮助过我们的人要求匿名。那些因为他们的长期支持和建议可以被我们点名致谢的人，有伊斯兰堡前警务总督察赛德·卡利姆·伊玛姆（Syed Kaleem Imam）、信息部对外宣传总干事萨米娜·佩尔韦兹（Samina Pervez）和巴基斯坦驻伦敦高级专员瓦吉德·山姆苏尔·哈桑（Wajid Shamsul Hasan）。期待与你们在伦敦北部共品雪茄。驻伦敦副高级专员赛德·佐勒菲卡尔·加尔德齐（Syed Zulfikar Gardezi）对我们的要求施以援手，同样的还有新闻参赞穆尼尔·艾哈迈德（Muneer Ahmad），以及我们的好友、新闻部长沙比尔·安维尔（Shabbir Anwer），希望本书出版时，他已经在安享应得的退休生活。高级专员的社交秘书纳格玛·巴特（Naghma Butt）给我们安排了很多次会面，而且每次给她打电话都很愉快。

我们必须感谢地理新闻（Geo News）的萨布克·赛德（Sabookh Syed），还有塔穆尔·汗·优素福扎伊（Tamur Khan Yusufzai），在斯瓦特县和其他地方与我们合作。他聪明而富有洞察力，正成为开伯尔-普赫图赫瓦省的杰出专家。还要感谢他的父亲拉希穆拉·优素福扎伊（Rahimullah Yusufzai），巴基斯坦最谦逊朴实实则知识渊博、人脉广泛的记者之一。多年来，拉希穆拉一直为我们提供建议和专业知识，为我们打电话牵线搭桥，测试各种可能，质疑偷懒和粗糙的假设。我们等待着他关于巴基斯坦的权威著作。

当塔里克·佩尔韦兹（Tariq Parvez）从巴基斯坦国家反恐局局长的职位上退休时，我们的心沉了下去。从旁遮普部队（他是

CID负责人）到伊斯兰堡的联邦调查局（作为总干事，他对其进行了改进），佩尔韦兹高瞻远瞩，协助创建了巴基斯坦第一支真正的反恐部队。他仍在继续努力将人和想法联系起来。令人敬畏的警务副总督察赛德·阿西夫·阿赫塔尔（Syed Asif Akhtar）也是如此，他一路从巴基斯坦走到国际刑警组织，现在退休后到了卡拉奇。特别感谢FIA的特别调查小组（SIG）负责人哈立德·库雷希（Khalid Qureshi），还有他的政府部门副手索海尔·塔吉克（Sohail Tajik），如今是旁遮普中心地带城市巴哈瓦尔布尔的高级警司。

谢谢菲丽哈·佩拉查博士（Dr Feriha Peracha）向我们介绍您在斯瓦特县及其他地方对青年男子和男孩们进行的去激进化工作。感谢她的助手萨达亚·汗（Sadaia Khan）。我们也要向勤勉肯干、满腔热忱的穆罕默德·法鲁克·卡恩博士（Dr Mohammed Farooq Kahn）的家人表示哀悼，他是一位务实且乐观的人，坚信自己的工作——教育年轻的极端分子了解伊斯兰世界的真实信息——可以给他们的人生带来改变。作为一位热诚而勤奋的学者，他2010年7月在斯瓦特与我们长谈，但10月不幸离世，被巴基斯坦的塔利班枪手杀害。

莎拉·塔林（Sarah Tareen）是拉合尔康考迪亚制片公司（Concordia Productions）的执行制片人兼首席执行官，感谢您一如既往的帮助，并祝贺您的第一部长片《塔玛娜》（*Tamanna*）登上大银幕，一流的配乐由拉哈特·法塔赫·阿里·汗（Rahat Fateh Ali Khan）创作。感谢巴基斯坦军方三军公共关系处（ISPR）的穆罕默德·阿里·迪亚尔（Muhammed Ali Diyal）少校，他礼貌且高效地处理了我们激增的请求，使我们能在这个国家四处通行。